Vera Ferra-Mikura

DIE SACKGASSE

Roman

Mit einem Nachwort
von Peter Zimmermann

MILENA

Die Dämmerung ist der Gedanke –
Der Sonnenaufgang ist die Tat!

Ein Nachtfalter umkreiste die Lampe, die auf dem schmalen Wandbrett neben Ruperts Bett stand. Der Schatten des Insekts tänzelte in einem gleichmäßigen, einschläfernden Rhythmus über die offene Schreibmappe und blieb nur gefangen, wenn sich der Falter auf einem Buche oder an der Mauer ausruhte. Rupert hob den Kopf und blinzelte verdrossen ins Licht. Er verspürte keine Lust mehr weiterzuschreiben und begnügte sich damit, über die Ursache seiner plötzlichen Trägheit zu grübeln. Die Schuld in sich selbst zu suchen lag ihm jedoch fern. Vielleicht, dachte er, hat mich das Geflatter des Nachtfalters aus dem Konzept gebracht – oder irritiert mich die Vorstellung, dass Milar in dem Artikel trotz meiner Mühe wieder Fehler finden wird? Er entdeckt ja immer welche. Wenn ich bisher nur ein einziges Mal den Mut gehabt hätte, meinen Standpunkt mit ein paar prägnanten Worten zu verteidigen! Aber ich bin anscheinend zum Stummsein, zum Zuhören und Kopfnicken verurteilt. Zahllose Gedanken wirbeln durch meinen Kopf, wenn Milar mir eine seiner großspurigen Strafreden hält, und es ist eine Qual, dass sie alle nur zu meiner Hand drängen und den Weg über die Lippen nicht finden können. Wofür muss man mich eigentlich halten? Ein Gewandter wird mich linkisch, ein Alter unreif und ein Schwadroneur verstockt nennen. Nicht einmal ein Achselzucken gelingt mir so, dass man dahinter nicht gleichzeitig eine schwache Zustimmung, ein unsicheres Schwanken zwischen der eigenen und der fremden Meinung sähe. Dabei weiß ich ganz gut, was ich will.

Rupert zog die Beine näher zur Brust, gähnte und wischte sich mit dem geflickten Ärmel seines Nachthemdes über die Augen. Dann schloss er die Schreibmappe und legte sie zu seinen Hausschuhen auf den Boden. Bevor er das Licht löschte, blickte er über einen Wulst des Kopfkissens zu Fanny hinüber. Sie schlief, die Arme unter dem Kopf verschränkt. Die Lampe beleuchtete das Gesicht des Mädchens nur bis zu der sanften Linie der Lippen. Ruperts Blick verweilte zärtlich auf dem entspannten Antlitz der Schwester. Wenn er sie schlafend sah, wurde er sich mehr als sonst der warmen Zuneigung bewusst, die er für sie empfand. Er liebte sie, weil er glaubte, ihre kleinen Sorgen und Wünsche zu kennen und weil er instinktiv das Maß ihrer Güte erfasste. Sie schien ihm durchsichtig und sauber bis in die letzte Kammer ihres Lebenshauses, und manchmal nannte er sie heimlich das gesunde Gegengewicht zu der Lust, die seine ungewöhnliche Phantasie in Verbindung mit quälenden Komplexen ihm aufbürdete.

Luise, die Jüngste, nahm ihm mehr, als sie ihm hätte geben können. Er fürchtete ihre Selbstsicherheit, und ihre flinke Zunge erinnerte ihn zu oft daran, dass er selbst kein Redner war. Sie hatte eine Art, die jeden Widerspruch ausschloss. Rupert suchte vergeblich eine Schwäche an ihr, um ihr menschlich näherzukommen und seine Scheu ihr gegenüber zu überwinden. Sie gab sich jedoch keine Blöße. Hätte sie ein einziges Mal versucht, einen Mangel ihres Charakters, einen Fehler oder Missgriff zu verschleiern, wäre ihr Rupert dankbar gewesen. Aber hinter ihrer noch kindlichen Stirn verbarg sich eine brutale Offenheit.

Ihr Bett war leer und ein Hauch von Kälte lag über der glatten, weiß schimmernden Decke. Das grüne Pyjama, das sie sich selbst gekauft hatte, hing von den Kissen herab zu Boden.

Kopfschüttelnd löschte Rupert das Licht. Es ärgerte ihn, dass Luise noch nicht zu Hause war. Wo konnte sie sein – und mit wem? War die Milde der Mutter nicht unverantwortlich? Luise hatte vor wenigen Wochen ihren siebzehnten Geburtstag gefeiert und er, der Vierundzwanzigjährige, war meist schon eingeschlafen, wenn sie heimkam.

Die gelblichen Strahlen eines Glaslusters vom gegenüberliegenden Haus malten ovale Lichtflecke auf den Plafond. Rupert verfolgte ihre kaum merklichen Bewegungen und war froh, dass sie ihn von seinen unfreundlichen Gedanken ablenkten. Zur Zimmerdecke emporblickend, versetzte er sich in die Schulzeit zurück. Er hatte ein rundes Fischglas besessen, das ähnliche Ornamente an die Wände warf. Wenn er es drehte, flogen goldene Funken durch das Zimmer und Rupert fühlte sich von diesem Lichterspiel so angezogen, dass er es öfter übte, als für seine kleine, komplizierte Gedankenwelt gut war. Er träumte, sann und vergaß seine Aufgaben. Damals entstand sein erstes Märchen, überschäumend von Buntheit, glitzernd wie eine Schlange, deren Schuppen aus Glas sind. Und während er, in einem Winkel des Dachbodens sitzend, wie im Fieber schrieb, wurzelte sich in seinem Unterbewusstsein die Gewissheit fest, dass diese Tätigkeit zu seinem Leben gehöre. Von diesem Tage an war es ihm ein Bedürfnis zum Bleistift zu greifen. Seine zerrissene, hässliche Schrift fügte sich zu naiven Versen, die von Blumen, Tieren und Sternen erzählten. Er begann die Sprache zu lieben, ohne genau zu wissen, welchen Namen er diesem wunderbaren Gefühl geben sollte. In seinem hölzernen Bett, unter dem Strohsack, der der erste Mitwisser seines Geheimnisses war, verbarg er die Schreibhefte und zog sie nur im Morgengrauen hervor, um darin zu lesen.

Die Glockenuhr des alten Herrn Lupe vom dritten Stock unterbrach seine Erinnerungen. Er spürte eine angenehme Schwere in den Lidern, schob die Decke zur Seite und faltete die Hände wie ein satter Greis über dem Bauch. Warmes Wohlbehagen rann ihm von den Schultern bis in die Zehen und er nahm sich vor, nun nicht wieder an Luises Ausbleiben zu denken, sondern einzuschlafen.

Als er aber das ungezähmte Lachen der Schwester hörte, setzte er sich mit einem hölzernen Ruck auf. Sie kam selten ganz leise. Rupert hatte sie schon mehrmals vor dem Haustor sprechen oder lachen hören. Doch heute war es besonders spät.

»Jeder Mensch wird ihre Stimme erkennen!«, seufzte er und tappte den Boden nach seinen Hausschuhen ab. Mit verhaltenen Bewegungen schlich er zum Fenster, beugte sich über die Pelargonien und spähte hinunter.

Zwei Schatten lehnten neben dem Haustor nahe bei Frau Kubins Fenster. Nun drang kein Laut mehr herauf. Rupert lauschte gespannt. Gleich darauf aber ließ er den Kopf auf das Fensterbrett sinken. Ein schmerzliches Gefühl hatte ihn beschlichen, und er beurteilte die Zweisamkeit der Schatten unter dem Fenster weniger gereizt. Sein Mund wurde weicher, und er gedachte der Sehnsucht, die ihn selbst manchmal befiel.

Langsam ging er zu seinem Bett zurück. Er stieß an einen Stuhl und lauschte zu Fanny hinüber, ob sie erwacht sei. Sie regte sich nicht, und ihre Atemzüge verloren nichts von ihrer Gleichmäßigkeit. Rupert schlüpfte vorsichtig aus den Pantoffeln und, die groben Kissen umarmend, streckte er sich lang auf der Decke aus.

Als Luise ins Zimmer trat, atmete er im unverkennbaren Rhythmus eines Schlafenden. Er verstellte sich, wie man es manchmal tut, ohne recht zu wissen warum.

Luise stand eine Weile reglos vor ihrem Bett, das Gesicht in einen Strauß weißer Nelken gepresst. Der Bruder wandte vorsichtig den Kopf und schaute mit weit offenen Augen ins Dunkel. Er konnte nichts unterscheiden, denn auch das Licht aus dem gegenüberliegenden Hause war längst erloschen. Das Mädchen ging leise zum Fenster. Rupert hörte einen undeutlichen Laut. Es war kein Seufzer, eher das behagliche Ausatmen einer Last, deren Süße Rupert nur ungefähr ahnen konnte. Er unterdrückte ein Gähnen und versuchte, an den nächsten Tag zu denken. Es war ein Sonntag, aber für ihn bis auf wenige Stunden ein Arbeitstag wie jeder andere. Er hatte Freude daran, seine Vorsätze abzuwägen, und seine Gedanken glitten liebevoll darüber hin, bei jeder Berührung einen anderen Klang hervorrufend. Bevor er die dritte Strophe des Gedichts »Der Mime« änderte, wollte er den Alraunеartikel nochmals einer strengen Prüfung unterziehen. Vielleicht hatte Milar recht mit der Ansicht, dass man sich nicht so schnell zufriedengeben darf. Obwohl, so überlegte er, über Alraune keine Abhandlung verlangt werden kann, die ebenso gut auf vertrocknete Rüben passen würde, will ich einen Weg auf realerer Basis suchen. Die Leser des ›Mosaik‹ suchen Entspannung und sind für phantastische Gedankenflüge zu schwerfällig. Das ist wenigstens die Ansicht des Redakteurs, eines einzelnen. Aber er hatte die Macht, er war mit dem Korrigierstift verwachsen.

Rupert schmunzelte. Milar ist ein Bär. Schon seine dicken Tatzen stempeln ihn dazu, obwohl sie keine Krallen und Haare haben.

»Rupert, schläfst du?«, fragte Luise, während sie ihr Kleid über einen Sessel warf. Der Bruder atmete gleichmäßig weiter und dachte: Natürlich, was glaubst du sonst? Es ist spät. Du hättest längst schon daheim sein sollen.

Wie aus einer kühlen, unendlichen Ferne tropften wieder die Glockentöne der Spieluhr ins Zimmer. Fanny hüstelte im Schlaf und stieß mit einem Fuß gegen das Bettende. Luise war indessen unter die Decke geschlüpft. Jetzt setzte sie sich vorsichtig auf, einige Augenblicke lang schien sie zu lauschen. Aufmerksam spähte der Bruder zu ihr hinüber. Sie beugte sich plötzlich über ihre gefalteten Hände und flüsterte: »Lieber Gott, beschütze ihn!«

Dann fiel sie schwer zurück, räkelte sich wie eine Katze, die um die Liebkosung einer warmen Hand weiß, und überließ sich willig einem gesunden Schlaf.

*

»Der Tee wird kalt, Rupert. Willst du nicht endlich den Bleistift weglegen?« Die Mutter nahm wieder die Schale an die Lippen und vertiefte sich unbekümmert in ein lautes Schlürfen, gleichzeitig wachte sie mit sanften Blicken über allen Bewegungen ihrer Kinder.

Luise las die Morgenzeitung und schob mit bewusster Grazie das von der Mutter in kleine Würfel geteilte Brot zwischen ihre weißen Zähne.

»Das Brot schmeckt heute nach Nüssen, nicht wahr?«, fragte die Mutter, Luise zulächelnd.

»Ja, es ist gut, aber mir wäre lieber, du möchtest es nicht so zerstückeln. Ich muss beißen können, dass die Funken springen.«

»Du weißt, ich meine es gut«, verteidigte sich Frau Kleist, den Mund nur widerwillig von der Schale lösend. Dann wandte sie sich an Rupert: »Bist du immer noch nicht fertig?«

Er sah sie schräg an. »Ich glaube, ich habe jetzt das Richtige getroffen. Komisch, dass ein einziger Klang so viel ausmacht. Hör einmal zu –«

»Nein, lass es lieber«, unterbrach ihn die Mutter. »Du weißt, es strengt mich nur an, und ich verstehe nichts davon.« Hastig begann sie mit einem großen Löffel den Zucker aus ihrer Schale zu kratzen. »Das Kaffeesieb ist schon wieder durchgerostet. Habt ihr auch so viel Sud – ach, ich bin zerstreut. Ich habe vergessen, dass ich euch Tee gab.«

Luise blickte von der Zeitung auf. »Sud ist immer noch besser als ein Haar«, bemerkte sie lakonisch.

Frau Kleist war bestürzt. »Du hast ein Haar gefunden?« Schon wollte sie die Gewohnheit der Schwestern, sich in der Küche zu kämmen, zu ihrer eigenen Entschuldigung tadeln, doch Luise kam ihr zuvor. Sie sagte leichthin: »Es war ein graues, Mutter.«

»Zeig mir das Gedicht«, bat Fanny, um abzulenken.

Rupert verstand sie. Er reichte ihr das Blatt Papier mit einem bedauernden Lächeln. Schade, dachte er, dass sie sich für das Gedicht nur interessiert, um die Stimmung zu retten.

Fanny las. Der Bruder beobachtete ihr Gesicht und stellte freudig erschrocken fest, dass ihre Züge Überraschung und Bewunderung ausdrückten.

»Gefällt es dir?«, fragte er nervös und rieb sich die Nase. »Weißt du, wie ich es meine?«

»Ja, Rupert. Warte noch. Ich lese es ein zweites Mal.«

Luise streckte gelassen den Arm aus. »Ich bin neugierig geworden, Fanny. Du liest viel zu langsam. Mich wundert nicht, dass du zu einem Roman drei Wochen brauchst.«

»Du hast mehr Zeit als ich«, sagte die ältere Schwester, während sie Luise das Blatt reichte. Dann wandte sie sich an Rupert. »Das Gedicht ist herrlich. Dr. Hamberger würde ›monumental‹ sagen.«

»Übertreibst du nicht?«, fragte der Bruder errötend. Wie falsch ich bin, dachte er in der nächsten Sekunde. Eigentlich könnte es kein passenderes Wort geben. ›Monumental‹ – das steht im Raum, hoch aufragend, von einer großartigen Atmosphäre umgeben.

»Ich würde das nicht fertigbringen!«, sagte Luise und schnippte mit den Fingern. »Wie kommst du zu solchen Gedanken?«

Rupert hüstelte verlegen. »Es gibt tausenderlei Dinge, über die man schreiben kann.«

»Du solltest einen Verlag finden. Weißt du nicht, was du tun musst, damit ein Buch von dir erscheint?«

»Andere Leute haben sicher mehr Glück. Und mein Name ist noch nicht bekannt.«

»Ja, aber bei Zeitschriften hast du schon so viele Sachen untergebracht. Eines Tages wird man dir nachlaufen und dich um deine Arbeiten bitten.«

»Du phantasierst!«, warf die Mutter ein.

»Warum sollte Rupert nicht berühmt werden?«, verteidigte Luise ihre Ansicht. »Stellt euch vor, er wird Autogramme geben und Widmungen schreiben – ganz wie ein großer Star.«

Sie legte ein Bein über das andere und lehnte sich behaglich zurück. »Und Geld hätte er in Massen.«

»Geld«, sagte die Mutter. Sie runzelte die Stirn und streifte ihren Sohn mit einem fragenden Blick.

Er stand auf und zog verächtlich den Mund breit. »Der ›Tagesspiegel‹ ist mir noch ein Honorar schuldig. Und nächste Woche wird Milar wieder etwas annehmen. Ich kann eben keine Wunder wirken.«

»Wozu ich dich in die Lehre geschickt habe!« Die Mutter räumte den Tisch ab, verbittert vor sich hinstarrend.

»Buchbinderei liegt mir nicht«, entgegnete Rupert.

»Du hast dich damals selbst dafür entschieden.«

»Die Auswahl war leider nicht groß, Mutter. Und überhaupt – aber es hat ja keinen Zweck, darüber zu reden.«

»Warum streitet ihr?«, fragte Fanny. »Es ist so schade um die Zeit.«

»Das sagst *du*?« Frau Kleist schüttelte verständnislos den Kopf. »Gerade du solltest dich gegen Ruperts Faulenzerei auflehnen, weil du die größte Last der Wirtschaft trägst.«

»Es wird schon anders werden!«, sagte Fanny. Sie nahm ihre Handtasche von der Wäschebank und zog ein dünnes Silberkettchen daraus hervor. »Was sagt ihr zu diesem hübschen Armband? Ich kaufte es mir vom Überstundengeld.«

»Eine wirklich schöne Arbeit«, sagte der Bruder. Er betrachtete dabei gallig Luises Arm, den ein breiter, grell bemalter Holzreifen umschloss.

Luise sah ihn fragend an. »Nun, woran denkst du? Ziehst du Vergleiche?«

Dieser Angriff machte ihn unsicher. Er versuchte, durch ein Achselzucken auszuweichen.

»Sag es doch!«

»Warum trägst du dieses derbe Zeug –«

Luises Pupillen verengten sich. Auch ihr Mund wurde für einige Sekunden schmal. Es sah aus, als wäre sie in sich selbst gekrochen und säße nun in einem sicheren Versteck. »Es ist ein Geschenk«, sagte sie böse. Plötzlich aber kam in ihre Augen ein weicher Ausdruck. »Das verstehst du nicht!« Sie bedeckte den Reifen mit der linken Hand.

Die Mutter hatte das Frühstücksgeschirr in einer Blechwanne verstaut und stellte einen Strauß wahllos gemischter Blumen auf den Tisch. »Sind sie noch frisch genug?«, fragte sie zweifelnd.

Niemand antwortete.

»Was meint ihr?«, drang sie weiter. »Kann ich sie auf den Friedhof bringen?«

»Es sind hässliche Stauden«, erklärte Luise. »Vater würde sich kaum wünschen, dass sie auf seinem Grab liegen.«

»Was soll ich nur tun? Ich habe keine anderen«, murmelte Frau Kleist fassungslos, eine Unzahl scharfer Falten auf der Stirn ziehend. »Wir werden sie doch mitnehmen müssen. Paula und Ludwig kommen sicher auch nicht mit leeren Händen.«

»Oh, Tante Paula. Eine Mumie. Was sage ich – eine Mumie hat wenigstens einmal gelebt. Aber Tante Paula hat Essig in den Adern.«

»Du darfst ihr nicht zeigen, dass du sie nicht leiden kannst,

Luise«, mahnte die Mutter und betrachtete den Strauß noch hilfloser als zuvor.

»Ich werde sie kaum treffen!«, erwiderte das Mädchen trocken.

»Wie? Fährst du denn jetzt nicht mit hinaus? Heute an Vaters Sterbetag kannst du dich unmöglich ausschließen.«

»Natürlich kann ich es. Wenn ich Vater besuche, will ich allein sein. Ich möchte mir Tantes Geschwätz über die Verwandten nicht anhören. Voriges Jahr bekrittelte sie, während sie vor dem Grab stand, Onkel Tonis Junggesellenwirtschaft, wahrscheinlich um Vaters Vorzüge mehr hervorzuheben. Als Vater noch lebte, wusste sie aber auch nur Schlechtes von ihm zu sagen. Und überhaupt – sie ist so blöde und langweilig.«

»Aber Luise, du bist abscheulich!«, schrie die Mutter. Sie schluckte mehrmals heftig, als habe sie ein Haar auf der Zunge.

Rupert und Fanny standen schweigend da, Luise wie ein Wunder anstarrend. Sie war eine schöne Hexe, wenn sie in Zorn geriet, anziehend und abstoßend zugleich.

»Ich muss also allein fahren. Rupert bekommt Besuch – wer ist es eigentlich?«

»Drei Mitarbeiter der ›Parallele‹, Mutter.«

»– und Fanny muss das Essen richten. Oh, ich weiß ja, dass man ganz auf sich angewiesen ist, ob man Kinder hat oder nicht.«

»Ich fahre nächsten Sonntag!«, sagte Luise und zog die Tür hinter sich zu.

Die Mutter wurde lebhafter, sie machte eine scharfe Wendung zum Zimmer. »Wann bist du gestern nach Hause gekommen, Luise? War es spät?«

Das Mädchen schien nicht gehört zu haben, denn im Zimmer blieb es still, nur eine Schranklade polterte auf den Boden.

»Weißt du, wann sie kam, Rupert?«

Der Sohn gähnte. »Nein, ich war gestern so schläfrig. Und ich finde es hässlich, sich gegenseitig zu kontrollieren.« Er sprach betont langsam und laut. Luise sollte erfahren, dass er sich nicht zum Wächter erniedrigen ließ. Seit er sie gestern so unerwartet hatte beten hören, war er beschämt und fühlte sich in ihrer Schuld. Ein kleines Zeichen von Unterwerfung, nur wenige Worte voll kindlicher Innigkeit waren es gewesen – und dennoch, sie wogen auf Ruperts empfindlicher Waage schwerer als sein Groll, der wie ein Schwamm alle Fehler Luises aufgesogen hatte und eine Last an seinem Herzen war.

»Ich glaube, sie kam um zehn Uhr!«, sagte Fanny, als sie sah, dass die Mutter von Ruperts Antwort nicht befriedigt schien. Nach einer Weile setzte sie in frischem Tonfall hinzu: »Eigentlich könnte ich jetzt schon die Kartoffeln für den Teig kochen.«

»Ja, hol dir welche aus dem Keller. Gib acht, dass du dir das Kleid an der Kohlenkiste nicht zerreißt. Und wirf die Petroleumlampe nicht um, sie steht gleich hinter der Tür.« Frau Kleists Gesicht hatte sich ein wenig erhellt.

Sie sah Rupert an und sagte: »Zehn Uhr – so kann Luise um halb zwölf unmöglich vor dem Tor Lärm gemacht haben.«

»Wer behauptet das?«, fragte Rupert unfreundlich.

»Frau Kubin erzählte es mir.« Die Mutter sah plötzlich sehr müde aus. Ungeschickt schlüpfte sie in ihre großen, schwarzen Schuhe und schnürte sie umständlich zu.

»Ich muss also wirklich allein fahren!«, sagte sie gekränkt. »Wenn der Vater wüsste, dass seine Kinder ihn so schnell vergessen haben.«

»Wir denken sehr oft an ihn«, widersprach Rupert.

Frau Kleist blickte überrascht auf. Gut, dass er sich nicht mehr daran erinnerte, wie oft der Vater ihn mit einem Riemen geschlagen hatte, als er noch ein Junge war. Ängstlich suchte sie nach einem anderen Thema.

»Ist das nicht komisch«, sagte sie in grüblerischem Ton, »Luise hat nicht einmal ihr Nachtmahl gegessen. Sie muss doch später –«

»Hör endlich mit Luise auf!«, rief Rupert grob. »Es ist zum Verrücktwerden, wie breit du die kleinsten Dinge austrittst. Ich muss an anderes denken. Gibt es denn nirgends einen Winkel in dieser Wohnung, in dem man Ruhe hat?«

Die Mutter war bestürzt. »Du steigst in Vaters Fußstapfen«, entgegnete sie heiser. »Es war schwer, mit ihm zu leben.«

Luise öffnete die Tür. Sie war sorgfältig gekämmt, eine große Nelke steckte in ihrem Haar. »Hier«, sagte sie weich, »nimm bitte diese Blumen für Vater mit. Sie sind viel schöner als die anderen.«

»Weiße Nelken!«, staunte die Mutter. Ihr Groll war verflogen. »Woher hast du sie?«

»Gestern gekauft. Sie waren ganz billig.« Luise lachte. »Die Blumenfrau hatte ein gelbes Pflaster auf der Nase. Sie sah wie eine geflickte Pfanne aus.«

Rupert fixierte sie halb nachdenklich, halb strafend.

»Was hast du?«, fragte die Schwester frech.

»O nichts, ich denke an meine Arbeit.« Er hatte nicht an seine Arbeit gedacht. Er glaubte zu wissen, dass die Nelken das Geschenk eines Mannes waren und war überzeugt, dass Luise gelogen hatte. »Mich geht das nichts an«, sagte er endlich mit gespielter Interesselosigkeit und rieb sich die Augenwinkel mit dem Daumen und dem Zeigefinger der rechten Hand. »Hast du das auch, wenn du intensiv an etwas denkst?«

»Was?«

»Dass du alles doppelt siehst. Es ist, als ob einem die Augäpfel auseinanderliefen, und man hat keine Lust, sie auf normale Sicht einzustellen.«

»Das kenne ich!«, sagte Luise. »Aber ich denke nicht so viel nach wie du –«

»Leider.« Er wandte sich langsam ab und ging aus der Küche. Wieder erfüllte ihn ein quälendes Unbehagen, wenn er an Luise dachte.

*

Im Spitalsgarten sang eine Amsel. Rupert beugte sich aus dem Fenster und blickte über die Steinmauer, die der grauen Gasse ein Ende setzte. Die Zweige der Akazie hielten grüngoldenen Flitter gegen den niederen Bürotrakt des Spitals, über dessen Dach die Morgensonne in den Park flutete. Tiefer Friede lag jenseits der Gartenmauer, Vögel stöberten im Gras, und der einzige Weg, den Rupert vorn Fenster aus sehen konnte, war glatt und sauber. Eine lange, weiß gestrichene Bank stand am Rande des Rasens. Ein buntes Tüchlein, das eine Patientin vergessen haben mochte, lag darauf.

Rupert neigte sich weiter aus dem Fenster. Unten war die Haustüre aufgegangen. Die Mutter trat heraus. Sie trug zwei Blumensträuße in der schlaff herabhängenden Rechten. Während sie leicht gebückt die kurze Gasse hinabschritt, nestelte sie mehrmals an ihrem Hut, der ihr wohl Unbehagen bereitete. Bevor sie in die quer laufende Straße einbog, blickte sie zurück und winkte mit den Blumen, als sie Rupert am Fenster gewahrte. Er hob automatisch die Hand, ihren Gruß zu erwidern. Aber sie sah es nicht mehr, sie war schon um die Ecke gegangen.

Seufzend wandte sich Rupert dem Zimmer zu. Fanny hatte die Betten aufgeräumt und Polster und Decken auf den Stühlen aufgetürmt. Rupert blickte auf die Uhr. In einer Stunde mussten die Leute von der ›Parallele‹ schon da sein. Das Zimmer sah noch trostlos aus.

Eilig rollte er die Ärmel seines Hemdes hoch, holte Besen und

Staubtuch und begann Ordnung zu machen. Er räumte das noch lauwarme Bettzeug ein und verzog angeekelt die Lippen, als er auf seinem Leintuch Ungezieferspuren entdeckte. Hoffentlich zeigte sich nichts an der Wand, wenn Besuch da war. Bei dieser Vorstellung wurde ihm heiß. Er musste sich den Hemdkragen öffnen. Blamage – welch ein schreckliches Wort! Und man konnte doch nicht jedem Fremden erklären, dass es zwecklos war, Pulver zu streuen und Essenzen zu zerstäuben. Von den anderen Wohnungen kamen neue Karawanen und traten das Erbe ihrer Vorgänger an. Dieser Zustand hatte schon geherrscht, als Rupert ein Knabe war. Man kann sich an vieles gewöhnen – aber es gibt Dinge, die einem die Sonne nehmen. Es ist nicht schön, in einem Haus zu wohnen, das angekränkelt ist, in dem meist gescheiterte Existenzen daheim sind. Die Sackgasse hatte solche Häuser. Sie waren vielzellig, und man landete in ihnen, wenn man zufrieden war, ein Dach über dem Kopf zu haben. Der Monatsanfang hatte dort etwas Festliches für alle, die ihre Miete bezahlt hatten. Sie durften bleiben. Sie mussten nicht schon wieder auf die Suche gehen. Und es gab schließlich schlechtere Quartiere –

Rupert entsann sich deutlich eines Nachmittags, an dem ein Mitschüler wegen schwerer Aufgaben zu ihm gekommen war. Der junge hieß Fingerhut und trug wunderbare Anzüge. Meist mit langen Hosen, die gut gebügelt waren, und weißen Hemden, an denen niemals ein Knopf fehlte oder baumelte. Er schien nicht zu ahnen, wie trockenes Brot schmeckt. Aber er lernte schlecht, er hatte daheim zu oft gehört, dass er eines Tages Vaters Geschäft übernehmen, werde – niemand würde von ihm ein Zeugnis verlangen oder ihn prüfen. Gott sei Dank, gegen diese Gefahr war er gefeit. Manchmal nur versuchte Fingerhut, die Aufgaben redlich zu lösen, besonders wenn sein Geburtstag vor der Türe stand. Das hieß, sie nicht gedankenlos abzuschreiben, sondern zur

Hälfte selbst zu lösen. Die andere Hälfte erledigte Rupert und durfte dafür dann und wann von Fingerhuts Biskuitschnitten oder Marmeladekrapfen abbeißen.

An jenem Nachmittag, der dunkel in Ruperts Gedächtnis weiterlebte, waren die Knaben bei dem damals schon verkratzten Tisch in der Wohnung der Familie Kleist gesessen. Rupert hatte gerechnet, während Fingerhut an seinem Bleistift kaute und die Farbdruckbilder an der Wand betrachtete.

»Was läuft dort?«, fragte er plötzlich, Rupert mit dem Ellbogen anstoßend.

»Was – meinst du?« Ruperts Ohren färbten sich langsam rot.

»Dort!« Fingerhut schien Freude daran zu haben, den anderen zu quälen. Vielleicht dachte er: Du lernst besser als ich, aber du hast doch auch etwas, wofür du dich schämen musst!

Rupert war überaus sensibel. Ein Puff schmerzte, aber Lächerlichkeit betäubte ihn. Er saß verkrampft da und hielt den Atem an. »Jetzt habe ich die ganze Rechnung verpatzt«, sagte er endlich mit gepresster Stimme.

»Aber sieh doch«, rief Fingerhut umso munterer. »Sieh doch, was dort läuft.«

»Ein Käfer!«, meinte Rupert leise. »Wirst du die kurzen Divisionen selber machen können?«

»O ja, die sind leicht«, sagte Fingerhut wegwerfend. »– glaubst du, kann man so etwas in den Heften nach Hause verschleppen?« Er war zu faul, die Hand zu heben und wies durch ein verächtliches Heben seiner Nase nochmals auf das Objekt seines Interesses hin.

»Was ist Hass?«, hatte vor wenigen Tagen der Lehrer gefragt. – Rupert wusste es, wusste es seit jener Stunde, da Fingerhut ihn so wehrlos gesehen hatte.

Er nahm einen Sessel und stellte ihn mit Nachdruck auf den

Tisch. Dann kehrte er den Staub zu kleinen Häufchen und stieg über diese mit größter Vorsicht hinweg. In die Arbeit vertieft, hörte er nicht, dass jemand die Gangtüre zuwarf. Es war Luise. Leise summend ging sie über die Treppe hinab, die graue Trostlosigkeit der Wohnung wie ein altes Kleid abstreifend. Ein Duft von Gras und zerstäubtem Wasser kam über die Mauer des Spitalgartens geflogen. Jäh hob sie den Kopf und sah gerade noch einen Zipfel des Staubtuches, das Rupert ins Fenster zurückzog.

»Warte, bis ich vorüber bin!«, rief sie hinauf und beschleunigte ihre Schritte.

Frau Kubin neigte sich über die Salatköpfe, die ihr Fensterbrett zierten. »Ach, Sie sind es!«, sagte sie säuerlich.

Luise ging mit kleinen, hastigen Schritten die Gasse hinab. Das Rinnsal schimmerte in allen Farben des Regenbogens bis hinunter zur Straßenecke. Petroleum, dachte Luise, wie ich dieses schmutzige Pflaster verabscheue!

Während sie, durstig nach Sonne, blanken Fenstern und vornehmen Alleen, eilig der Stadtmitte zuschritt, kehrte Rupert Wollfasern und Federn unter den Kästen hervor, warf die zerknitterten Kunstblumen von Fannys Nähmaschine missmutig auf die Schaufel und geriet nach und nach in Schweiß. Er musste niesen, als er die Fensterleisten abstaubte. Trotz des offenen Fensters war die Luft im Zimmer stickig, alle Unsauberkeit schien aufgewirbelt und über die Ruhestörung erbost.

Noch nie hatte Rupert die schwarz gewordenen Messingschnallen der Türen so feindlich, so aufdringlich gesehen. Wütend begann er sie zu polieren. Als er auf den Sessel stieg, um die Lampen des Holzlusters zu reinigen, fühlte er, wie seine Knie zitterten. Mir ist ganz elend zumute, dachte er selbstquälerisch und stellte mit der Genugtuung eines beleidigten Pedanten fest, dass sein Herz sprunghaft und hart pochte.

Zuletzt breitete er ein Tischtuch auf, das von Rostflecken überspritzt war. Die anderen hatten zudem Löcher – er war also froh über seinen Fund. Befriedigt überblickte er, bei der Tür stehend, das veränderte Zimmer. Nur die Fenster waren nicht geputzt, aber wenn die Sonne nicht auf die Scheiben schien, konnte man die grauen Regenstreifen übersehen. Vielleicht sollte er den Kollegen die Sessel so stellen, dass sie mehr die Seitenwände vor Augen hatten.

Rupert atmete auf. Er musterte seine Hände. Sie waren schwarz und trocken. Unwillkürlich spreizte er die Finger und widerstand nur mit Mühe der Versuchung, sie an der Hose abzuwischen.

Fanny kam aus der Küche, eine lange, blaue Schürze vorgebunden. »Was machst du?«, fragte sie lachend.

Er wich ihrem Blick aus. »Es ist schrecklich bei uns.«

»Das weiß ich«, entgegnete sie resigniert. »Doch was kann ich tun? Ich habe die ganze Woche kaum Zeit für daheim. Abends bin ich müde. Und der Sonntag ist zu kurz, um alles nachzuholen.«

»Man ist furchtbar hilflos!« Rupert sog die Unterlippe zwischen die Zähne und wackelte mit dem Kopf.

»Nun, du übertreibst gern ein wenig.«

»Sicher nicht! Du musst doch zugeben –«

Fanny unterbrach ihn. »Verzeih, du reizt mich zum Lachen. Du machst ein Gesicht, als ob du ein zahnloser Greis wärst. Manchmal finde ich die apathischen Bewegungen der Mutter an dir. Sei doch jung und frisch und mutiger, Rupert!«

Er fühlte keinen Ärger über ihre Kritik. »Es ist seltsam«, sagte er weich, »dass man Fehler an seinen Nächsten sieht und die gleichen selber macht. Man tadelt sie und äfft sie nach. Ist dir zum Beispiel schon aufgefallen, dass Luise seit einiger Zeit ein gerolltes ›R‹ spricht? Weißt du – so – in der Kehle. Sonst sprach sie es mit der Zungenspitze. Sie muss jemanden kennen, der das ›R‹ in der Kehle formt. Wahrscheinlich ist sie ihm hörig –«

Fanny lachte. »Mir fiel das nicht auf. Aber jetzt, wo du direkt darauf hinweist, ist mir, als hätte ich mich auch schon einmal darüber gewundert. Früher ist ihr ein in der Kehle gerolltes ›R‹ doch immer unsympathisch gewesen. Sie fand es affektiert und verglich alle Leute, die es so aussprachen, mit Papageien.«

»Siehst du? Und sie hat es trotzdem angenommen, und zwar bewusst. Ich glaube, sie gibt genau acht, dass sie nicht manchmal in ihre frühere Aussprache verfällt. Ich wette, sie wird auf diese Neuerung erst verzichten, wenn –«

»Nun?«

Er wand sich, als suche er nach Worten. »Wenn sie die Abende wieder daheim verbringt!«, sagte er endlich. »Sie steht sehr unter einem fremden Einfluss. Könntest du nicht einmal mit ihr darüber reden? Sie ist doch erst siebzehn.«

»Aber Rupert!« Fanny legte ihre vom Geschirrwaschen gerötete Hand auf seine Schulter.

Er riss sich unwillig los. »Ich glaube, du findest mich kurios. Oder hast du Mitleid mit mir?«, sagte er böse. »Du meinst, ich sei verzopft und kleinlich. Du schätzt mich falsch ein, Fanny, glaub mir das. Ich denke nur manchmal, was Vater sagen würde – und die Mutter ist zu weich. Zu weich für Luise.«

»Was weißt du von ihr?«, fragte die Schwester.

»Nichts – das ist es ja eben!«

»Mir geht es ebenso«, meinte Fanny nachdenklich. »Ich weiß nichts von ihr. Aber ich zerbreche mir weniger den Kopf als du. Ich fühle nur, dass sie die Enge in unserem Hause schwer erträgt. Kann man ihr übel nehmen, wenn sie irgendeinen Ausweg sucht? Schlecht ist sie sicher nicht.«

»Nein, nein«, wehrte der Bruder ab. Ihm waren Luises Worte

wieder eingefallen, die sie nachts im Bett geflüstert hatte. Wie beneidenswert war doch der Mensch, für den ein Mädchen wie Luise die Hände zum Gebet faltete.

»Warst du schon einmal verliebt, Rupert?«

Die Plötzlichkeit dieser Frage verwirrte ihn.

»Mein Gott«, wich er aus, »verliebt!«

»Bist du enttäuscht worden?«

»Vielleicht!« Rupert versenkte sich in den Anblick seiner staubigen Hausschuhe. »Was Luise betrifft, muss ich dir noch sagen, dass ich sie wahrscheinlich um ihre Unbeschwertheit beneide. Ihr Leben ist einfacher als das meine, und ich begehe oft den Fehler, ihr das zum Vorwurf zu machen. Vergiss also, dass ich abfällig von ihr sprach.«

»Rupert!«, sagte Fanny weich. »Ich glaube, dich bedrückt etwas anderes. Kann ich dir nicht helfen?«

Ihre Augen forschten in seinem Gesicht und verdunkelten sich enttäuscht, als er ihr jäh den Rücken zukehrte.

»Vor dir würde ich mich schämen«, sagte er und ging in die Küche, sich zu waschen.

Sie stand und blickte ihm besorgt nach. Und während sie darüber nachdachte, dass man oft nahe beieinander lebt, ohne den Kummer des anderen zu begreifen, klang in Rupert die Frage nach: Warst du schon einmal verliebt? Was hätte ich ihr antworten sollen, um die Wahrheit zu sagen? In ein tatsächlich lebendes Mädchen ein einziges Mal! In Frauen, die nur Gebilde meiner Phantasie waren, hunderte Male. Ich kenne die Süße eines zärtlichen Mundes nur von Träumen her und ich kann den Weg zur Wirklichkeit nicht finden. In diesem Umstand wird auch die Wurzel meines Minderwertigkeitskomplexes liegen, denn als ich ein Junge war, habe ich mich, im Gegensatz zu heute, durchaus nicht als Sonderling gefühlt.

Fanny war leise eingetreten. Sie nahm Ruperts Gesicht behutsam in beide Hände und küsste ihn auf die Schläfe.

»Du machst dir alles so schwer, mein Lieber!«

Das Handtuch entglitt seinen Fingern. Er bückte sich umständlich danach und entgegnete: »Du hast vielleicht recht. Aber du solltest über mich weniger nachdenken –«

*

Eine düstere Gegend, dachte Peter Wahl, als er in die schmale Sackgasse einbog. Seine beiden Freunde warteten schon vor dem Tor, Mappen und Hefte unter die Arme geklemmt.

»Warum seid ihr noch nicht hinaufgegangen?«, fragte er.

Sie traten in den halbdunklen Flur und zogen unwillkürlich die Hälse ein. Die Treppe lastete niedrig und schwer über ihnen.

»Es ist nicht ganz zehn Uhr«, sagte Artur. Er rümpfte die Nase, als aus Frau Kubins offener Tür eine Welle scharfen Zwiebelgeruches strömte und der Hauswart sich mit zwei Wasserkannen an ihnen vorbeizwängte.

»Warten wir noch einige Minuten«, schlug Leo vor und musterte die abgeschlagenen Wände des Stiegenhauses missmutig durch seine stahlgefasste Brille.

»Was hältst du eigentlich von Kleists Arbeiten?«, fragte Artur und blickte Peter wie ein hungriger Fisch an. »Kommt er wirklich für uns in Frage?«

Wahl lachte. »Hast du seine kleinen Artikel im ›Mosaik‹ nicht gelesen? Sie sind originell.«

»Das richtige Wort: originell!«, sagte Leo und streichelte sein schütteres Bärtchen.

»– und sie sind keineswegs für Durchschnittsmenschen bestimmt. Noch weniger seine Gedichte. Bei Staar habe ich einige

Abschriften liegen sehen und las sie mit wirklicher Freude. Ich war von seinem Talent überrascht. Bei ihm scheint nur die Gefahr zu bestehen, dass er sich einmal in tolle Extravaganzen versteigt, die schon jenseits unseres Verständnisses liegen.« Wahl berührte Leos spinatgrünen Rockärmel. »Auch du gehst auf des Messers Schneide spazieren. Dein Bild ›Der Storch‹ ist gemalter Wahnsinn.«

Leo zuckte zusammen. »Dir fehlt eben die letzte Freiheit. Aber Phantasie lässt sich nicht injizieren, und in Pillenform kann man sie auch nicht einnehmen.«

»Sich auf die Phantasie auszureden, ist sehr billig, Leo.«

»Was habt ihr denn?« Artur schob seinen Hut in den Nacken. »Ihr wisst ganz gut, dass ich euch beide brauche. Feindet euch nicht dauernd an. Schließlich seid ihr keine Konkurrenten, ihr vertretet doch zwei grundverschiedene Richtungen.«

»Das ist es ja eben«, trumpfte Leo auf. »Zwei grundverschiedene Richtungen! Nur glaubt Peter, die seine sei die Norm, und will mich bekehren.« Er blähte die Nasenflügel, als müsse er ersticken.

»Lass uns debattieren, wir stärken uns aneinander«, sagte Peter spöttisch.

»Du bist kein Künstler, Artur. Du sammelst einfach – und – und –« Leo wurde unsicher und nestelte an seiner breit gestreiften Krawatte.

»Ich sammle einfach. Aha! Was würde dir als Idealzustand vorschweben? Ich soll die ›Parallele‹ wohl nur mit deinen Bildern anfüllen, nicht wahr? Du bist interessant und musst sicher darin vertreten sein. Manchmal aber kommst du mir unmöglich vor, ich möchte fast sagen: angefault oder wurmstichig.«

Leo schwieg. Sein krankhaft blasses Gesicht wurde grünlich. »Reden wir von etwas anderem«, sagte er nach einer Weile.

»Übrigens wird es langsam Zeit, hinaufzugehen. Ich muss heute pünktlich zum Mittagessen kommen. Gebackenes Hirn lässt sich schlecht wärmen.«

»Iss nicht zu viel davon!«, lachte Peter. »Sonst malst du überhaupt nur mehr rachitische Störche, deren Brustbeine den Beschauer aufspießen.« Er blickte Leo nach, der vorausgegangen war und, sich krampfhaft am Geländer festhaltend, seine Beine wie klebrigen Gummi nachzog. »Warum hast du es so eilig, Gazellchen?«, rief er belustigt.

Artur gab Peter einen Schlag in die Seite. »Sag nicht immer Gazellchen zu ihm. Für sein Aussehen kann er nichts.« Er hatte die Stimme gedämpft und sah Peter streng, wie ein Schulmeister, an.

Leo aber hatte Walls Zuruf nicht ernst genommen. Er grinste breit. Seine Zahnlücken wurden sichtbar und der Kehlkopf trat erschreckend spitz über dem Kragen hervor.

Wie das Brustbein seines Storches, dachte Peter Wahl. Vielleicht wollte er ein Selbstporträt machen.

Artur hingegen empfand bei Leos Anblick ein seltsames Wohlbehagen, denn seine eigenen Knochen waren in Fett gehüllt, und er kam sich darin sorgsam behütet und sicher vor. Mit knarrenden Schuhen ging er als Letzter die Treppe empor, ab und zu mit der Hand gegen das schiefe Geländer tippend.

Fanny öffnete. Für das Mädchen war es etwas völlig Neues, dass junge Leute kamen. Mit einem verlegenen Lächeln sagte sie: »Rupert ist im Zimmer. – Ich bin seine Schwester.«

Die drei stellten sich vor und hängten ihre Hüte über die Messinghaken an der Wand. Leo hüstelte nervös. Offenbar beengte ihn das schmale Vorzimmer. Seine Stirn glänzte feucht und glatt.

Fanny blieb mit ihrer unbegreiflichen Verlegenheit allein und betrachtete die noch leise schaukelnden Hüte an der Wand. Dem größten und hübschesten der jungen Männer – er hatte sich als

Peter Wahl vorgestellt – gehörte der helle, sympathische Filzhut mit dem kaffeebraunen Ripsband. Der gepflegte Dicke – Artur Kalander – hatte ein schwarzes, aufdringliches Monstrum über den Haken geworfen, und Leo Käfers Hut hing wie ein von tausend Unwettern misshandeltes, gänzlich aus der Form gebrachtes Stück Papiermaché daneben.

Fannys Blick fiel, wie in plötzlicher Sorge, in den Spiegel. Mit naiver Genauigkeit prüfte sie ihre Züge. Sie sah ein sanftes, beinahe engelhaftes Antlitz, in dessen Kühle der Mund reif und erwartungsvoll aufblühte. Über grüne Gewässer spannten sich die zarten Brücken der Brauen, um vieles dunkler getönt als das rote Haar, das in weichen Wellen auf die Schultern fiel. Es war ein vertrauter Anblick, der Anblick eines Bildes, das ein gütiger Freund gemalt hat. Fanny war weder heuchlerisch noch töricht und wusste, dass sie bezaubernd aussah. Falsche Bescheidenheit lag ihrem klaren Wesen fern, und sie empfand, während sie sich ernst in die Augen sah, eine natürliche Besitzerfreude. Sich vom Spiegel abwendend, fühlte sie ihre Unsicherheit den Fremden gegenüber abflauen.

Rupert hob angenehm überrascht den Kopf, als Fanny die Tür öffnete und auf einer Tasse die kantige Flasche mit Kümmelschnaps, vier einander halbwegs ähnliche Likörgläser und die Keksschüssel hereinbrachte. Als er die Bäckereien näher ansah, erschrak er. »Sind die Keks nicht schon uralt?«, flüsterte er Fanny zu.

»Es ist nicht arg!«, beschwichtigte sie ihn. Aber sie spürte einen jähen Schmerz in sich aufsteigen. Wir haben nie etwas Ordentliches daheim, dachte sie. Oh, und, ich habe vergessen, die Schürze abzunehmen.

Leo zwang Fanny auf seinen Sessel, blieb gekrümmt neben ihr stehen und schlug seine Mappe auf. »Sehen Sie«, sagte er, sich zu

Fannys Ohr neigend, »die obersten drei Bilder kommen in die nächste Nummer der ›Parallele‹. Was sagen Sie dazu?«

»Ich kann nur sagen, was ich schön und was ich hässlich finde. Bei komplizierteren Werken muss mir schon ein Fachmann helfen!«, erwiderte Fanny und nahm das erste Blatt aus der Mappe. Das Bild war ›Blick durch einen Kristall‹ überschrieben und zersplitterte ein in Blau und Gelb gehaltenes Stillleben zu einem Chaos.

»Wie finden, Sie es?«, fragte Leo.

Fanny schluckte. Warum war es so still um sie her? Die anderen hatten zu sprechen aufgehört und erwarteten Fannys Urteil. Entsetzlich, dachte sie, was soll ich nur sagen?

»Und das zweite Bild?«, lenkte sie ab, glücklich, einen Ausweg gefunden zu haben.

»›Ex libris des Teufels‹«, sagte Leo nicht ohne Pathos. »Professor Stachel von der Akademie nennt es eine ganz große Sache. Es gehört zu meinen Lieblingsarbeiten, und ich wette, dass man sich seinem Eindruck nicht leicht entziehen kann.«

Fanny blickte ihn hilflos an. Sie hielt es für das Beste, einfach zu nicken. Sie nickte wie eine alte Frau, die zu müde ist, den Mund aufzutun. Dann starrte sie auf das ›Ex libris des Teufels‹. Ein Schlachtfeld in schwarzer Tusche, ein brennendes Haus, darüber ein Galgen, dessen Schatten sich am Himmel gespenstisch vergrößerte, im Vordergrund ein zusammengekauerter Mensch, der die überdimensionale Pranke nach der letzten noch aufrecht stehenden Blume ausstreckte, um sie zu zerschlagen.

Fanny fühlte, dass Peter sie ansah. Sie hob den Kopf und erwiderte seinen Blick. Gewiss hielt er nicht viel von Leos Werken, und die beredte Sprache seiner Augen bedeutete für Fanny ein Rettungsseil. Sie stand also mit ihrem ernüchternden Urteil nicht allein.

»Du bist nicht leicht zu verstehen«, sagte Peter. »Und du hast anscheinend mit den tollsten Arbeiten begonnen.«

»Das dritte Bild ist völlig anders«, klang Leos Stimme wieder an das Ohr des Mädchens. Fanny rückte ein wenig zur Seite, denn der Hauch, der ihr Gesicht traf, roch aufdringlich nach einem galligen Medikament.

»›Schritte im Traum‹«, las Fanny. Es war ein Aquarell. Wolkiges Grau zog durch violette Arkadengänge. Umflorte Fenster schauten in einen sonderbar leeren Hof, der sich nur an einer Stelle gegen eine trostlose Landschaft öffnete. Und dort, ganz draußen auf den schwarzen Ackerfurchen ging ein Mensch, schattenhaft verwischt, einem traurigen Schleier gleichend. Seine Arme waren ausgestreckt und fassten in eine unendliche Leere.

»Dieser Mensch schreitet nicht selbst, er wird von etwas Unsichtbarem geleitet. Ich kann mir vorstellen, dass nicht weit von ihm ein Abgrund ist, in den er stürzen muss.« Fannys Augen hafteten nun zum ersten Male bewundernd auf Leo.

»Oh, oh«, machte der Angeredete und ordnete mit zuckenden Fingern seinen Bart. Er hatte sich bis vor Kurzem immer glatt rasiert und war sich über die Wirkung seiner neuen Zierde noch nicht im Klaren.

»Die Klischees werden jedenfalls teuer sein«, platzte Arturs Tenor in die Stille. »Von Leo kommen drei Bilder, von Peter drei oder vier, und außerdem sollen wir noch ein paar Abschlussleisten von Rosenkranz nehmen. Hoffentlich erleiden wir bei der nächsten Nummer kein Fiasko.«

»Warum hast du das bisher verschwiegen? Von Rosenkranz? Ein hausbackener Schildermaler in der ›Parallele‹.«

Leo sah wie ein gereizter Hahn aus. Er zerbiss wütend ein Keks mit seinen winzigen Zähnen und stieß übertriebene Laute des Entsetzens aus.

Artur nippte an seinem Likör, schüttelte sich und lachte. »Was heißt Schildermaler? Er ist ein Pedant, des gebe ich zu, aber kannst du dir Miniaturen vorstellen, durch die deine unvermeidlichen Nebelschwaden ziehen? Er ist in seiner Art jedenfalls wert, dass man sich für ihn einsetzt.«

»Er ist dein Freund«, sagte Leo mit krampfhafter Milde, »ich verstehe!«

»Wenn ich ihn finanziell unterstützen wollte, könnte ich das auch anders tun. Einem Freunde zuliebe würde ich die ›Parallele‹ nicht mit unbrauchbarem Kram anfüllen. Mein Unternehmen dient keinem wohltätigen Zweck.«

»Du weißt doch, dass dich Leo für einen Fürsorgerat hält. Sonst wäre er niemals zu dir gekommen«, bemerkte Peter und lächelte maliziös.

Ein Schatten fiel über Fannys Gesicht. Schade, dachte sie, dieses Lächeln ist zu hässlich für ihn.

Unwillkürlich berührte sie Leos Hand und fragte mit warmer Stimme: »Werden Sie ein Gedicht meines Bruders für die ›Parallele‹ illustrieren?«

Er nickte. »Um diese Frage zu klären, bin ich heute mitgekommen. ›Die letzte Trommel‹ und das ›Abendliche Gebet‹ haben mich bezaubert. Leider ließ ich die Skizzen daheim liegen.«

Rupert hatte sich mit Artur unterhalten. Jetzt horchte er auf und sagte erfreut: »›Die letzte Trommel‹? Wie haben Sie dieses Thema graphisch lösen können?«

»Sie werden es sehen«, entgegnete Leo, machte eine kleine Verbeugung gegen Rupert, putzte seine Brille und stützte sich mit den Ellenbogen auf den Tisch.

»Wollen Sie meinen Aufsatz über Alraune lesen?«, fragte Rupert. »Ich habe ihn kürzlich Milar angeboten. Er findet ihn zu kraus, zu unklar für den einfachen Leser.«

Leo schnupfte auf. Im Frühling und Frühsommer war er meistens erkältet und kaum ohne seine riesigen, gelben Taschentücher zu sehen. Mit einer eckigen Bewegung nahm er das Manuskript in Empfang.

»Nicht schlecht«, sagte er nach einer Weile. »Artur sollte es in der ›Parallele‹ bringen. Wozu brauchen Sie das ›Mosaik‹? Halten Sie sich nur nicht zu streng an Milars Vorschriften. Sie lachen? Ich meine wirklich Vorschriften. Ich kenne ihn und seinen Geschmack. Er liebt einfache Schulaufsätze und zieht es vor, sich die Theaterseite von Rosenkranz statt von mir illustrieren zu lassen.«

»Ist er denn mit Rosenkranz befreundet?«, ließ sich Peter hören.

Artur gab ihm die einfachste Antwort. Er stieg ihm kräftig auf den Fuß.

Fannys Augen glitten über Peters Gesicht hin. Ich muss ihn immer ansehen, dachte sie. Und ihr Herz, das aus dem Takt geraten war, überflutete ein wunderbares Gefühl.

Wie aus weiter Ferne drang wieder die Stimme ihres Bruders an ihr Ohr. »Wissen Sie, lieber Käfer, ich würde mich gern für die ›Parallele‹ entscheiden. Aber das ›Mosaik‹ zahlt wirklich gute Honorare. Ich darf ihm aus pekuniären Gründen nicht ganz abtrünnig werden.«

»Nun ja!«, machte Leo und sah Artur bedeutungsvoll an. »Die ›Parallele‹ steckt eben noch in den Kinderschuhen.«

»Ein wunder Punkt, nicht wahr?«, sagte Peter und blickte gleichfalls auf Artur.

Kalander setzte sich mit einem Ruck in seinem unbequemen Sessel auf. »Natürlich, ihr habt vollkommen recht. Aber glaubt nur ja nicht, dass ich den Kampf um die Spitzenposition unter den Zeitschriften nicht weiterführe. Inhaltlich ist mir das, trotz der Jugend aller Mitarbeiter, fast ein leichtes Spiel – nur ist die Auflage noch zu gering und wir würden vor allem Abonnenten brauchen. Unsere Abnehmer setzen sich vorläufig größtenteils aus Studenten und jugendlichen Künstlern zusammen. Doch die Herren auf den Lehrstühlen haben schon aufgehorcht, und die ›Parallele‹ hat die besten Aussichten, breiteren Boden zu gewinnen. Sagt selber, ist es nicht fabelhaft, dass Hocke, der gefürchtetste Kritiker, der Mann mit der unbarmherzigen Pfefferbüchse, im ›Journal‹ über die ›Parallele‹ schreibt? Gut, er sucht offensichtlich unsere Fehler und findet sie auch, aber den ›Block‹, den ›Spiegel der Woche‹, ›Das Magazin der Verwöhnten‹ und viele andere mehr erwähnt er überhaupt nicht. Das heißt, er hat über diesen Zeitschriften den Stab gebrochen, obwohl sie über eine ganze Reihe bärtiger, kluger und solider Autoren verfügen. Die ›Parallele‹ bedeutet eben Revolution, bedeutet frische Luft zwischen den Wolkenkratzern der Tradition, dem geistigen Antiquitätenladen unserer verstaubten Konkurrenz. Es tut mir ja leid, dass ich meine Mitarbeiter momentan noch stiefmütterlich behandle, was die finanzielle Seite betrifft. Ich bin kein Raffer, aber ich muss der ›Parallele‹ eine feste Grundlage sichern. Eine Grundlage für uns alle. In Bälde wird das Heft mehr Gewinn abwerfen und jeder, der während der kritischen Zeit mithalf, es groß zu machen, kann dann hundertprozentig mit anständiger Bezahlung rechnen.« Artur war vor Eifer rot angelaufen und blies die Backen auf.

Die anderen nickten zustimmend. Nur Peter schien die kommerzielle Frage nicht zu beschäftigen. Er schlug seine Mappe auf und sagte in einem Tonfall, der ihn unwiderstehlich machte, zu Fanny: »Wollen Sie meine Bilder ansehen?«

»Gern!«

Sie sprang lebhaft auf und setzte sich neben ihn.

Einen Augenblick lang berührten sich ihre Hände, ganz zufällig und unabsichtlich. Fanny wusste das, und dennoch war ihr, als habe sie eine Zärtlichkeit empfangen.

Behutsam nahm sie das erste Blatt an den Rändern. Es war ein weiblicher Akt, in oranger Kreide ausgeführt, eine Komposition harmonischer Linien, gesund und sauber in der Auffassung. Die nächste Skizze zeigte ein nacktes Kind, das in einem trostlosen Hinterhof mit einem Sonnenstrahl spielt.

Das Mädchen blätterte breiter. Studien säender Bauern, in der Mittagsglut unter einem Ahorn ruhende Schnitter, Wolkenbilder, von zauberhafter Helle erfüllt, kleine, ausdrucksvolle Porträts in Tusche und Kohlestift.

Ehrliche Begeisterung strahlte aus Fannys Augen. »Sie Glücklicher!«, sagte sie, selbst über den innigen Klang ihrer Stimme erschrocken.

»Wie wäre es, wenn ich Sie malen dürfte. Sie sind entzückend.«

»Bravo«, sagte Artur. »Ich schließe mich deinem Urteil an, Peter.«

Alle Blicke waren nun auf Fanny gerichtet, die verlegen lächelnd abwehrte. »Das sieht wie eine Huldigung aus. Und ich nehme sie hin, während in der Küche wahrscheinlich ein kleines Malheur passiert.«

Sie erhob sich eilig und strebte der Türe zu. »Bitte entschuldigen Sie mich.«

»Nicht gern!«, sagte Peter Wahl. »Vor allem nicht so schnell Sie sind mir noch eine Antwort schuldig.«

Fanny sah, dass Rupert sie beschwörend fixierte. Eine Frage lag auf ihren Lippen, aber sie sprach sie nicht aus.

»Haben Sie meinen Antrag nicht ernst genommen?«, fragte Peter unternehmungslustig. »Ich bitte Sie also nochmals, Sie einmal malen zu dürfen. Ich sage einmal und meine möglichst bald.«

»Vielleicht sprechen wir noch darüber«, entgegnete Fanny zögernd. »Aber ich habe so wenig freie Zeit.«

»Ich nehme Ihre Worte trotzdem für eine Zusage. Und Sie besuchen mich – oder meine Ölbilder, die ich Ihnen gerne vorführen würde – ganz bestimmt einmal in meinem Atelier, nicht wahr?«

»Darauf freue ich mich«, antwortete Fanny herzlich.

Peter drohte ihr mit dem Finger. »Ich hoffe, dass das keine Phrase der Höflichkeit war. Um unseren Plan gleich zu fixieren, schlage ich Ihnen kommenden Samstag vor –«

»Kommenden Samstag? Gut! Leider kann ich erst am späten Nachmittag.«

»Ausgezeichnet! Ich erwarte Sie.«

Fanny nickte lächelnd und verließ das Zimmer.

Peter Wahl wandte sich kampflustig Artur zu, der ihn wie einen vorlauten Vasallen maß. »Was hast du? Ich merke schon die ganze Zeit –«

»Für Samstag hast du doch Rosie und Dora eingeladen. Das ist ungünstig, und wir können jetzt nicht mehr gut umgruppieren.«

Peter runzelte die Stirn. Rosie und Dora würden pikiert sein, wenn plötzlich eine fünfte Person, noch dazu ein Mädchen, auftauchte. »Ich habe total darauf vergessen«, sagte er halblaut und streckte den Hals, als ob ihm der Kragen zu eng wäre.

Fanny lehnte indessen an der Anrichte beim Küchenfenster, beide Hände gegen die Wangen gepresst. Samstag!, dachte sie. Vielleicht – oh, ich bin verrückt. Seine Bilder gefallen mir – was hätte das mit Liebe zu tun?

*

Nach dem Mittagessen zog Rupert seinen lichten Sonntagsanzug an, prüfte sich vor dem Spiegel und rief durch den Türspalt in die Küche: »Ich gehe zum Strom hinunter. Bis sechs Uhr werde ich zurück sein.«

»Könntest du nicht vorher Herrn Lupe die Schale Salz zurückgeben, die ich mir vorgestern ausborgte?«

»Ich will keine Zeit verlieren, Mutter«, entgegnete er unwillig.

»Herr Lupe wird schon verärgert sein. Sicher glaubt er, ich hätte vergessen.«

»Verärgert? Wegen einer Schale Salz. Schick doch Luise hinauf«, brummte Rupert. Er schlug die Tür zu und ging langsam die Treppe hinunter.

Es war warm, beinahe schon sommerlich. Rupert freute sich, dass er keine Krawatte genommen hatte und wanderte bedächtig, jeden Atemzug genießend, die Straße hinab.

Als er die Straßenbahn erreichte, erfüllte ihn angenehme Mattigkeit. Er stieg ein, ließ sich auf einer Bank nieder und zog sein Schreibheft aus der Brusttasche. Die Vielzahl seiner Notizen erschreckte ihn. »Es ist unmöglich, sich daheim zu konzentrieren. Mir gehen hundert Themen verloren, unzählige kann ich nicht ausbauen, weil mir die nötige Ruhe fehlt. Am besten wäre für mich ein kleines Kaffeehaus, allerdings müsste ich dann darauf verzichten, laut zu lesen –«

Eine alte Frau setzte sich neben ihn und starrte in sein Heft. Es schien sie zu quälen, dass sie in dem Chaos hastig geschriebener Worte keine Befriedigung ihrer Neugierde fand. »Sie setzen einen Brief auf«, sagte sie, ihm vertraulich zunickend.

»Wie?«, fragte Rupert und blickte auf ihren Mund.

Sie verzog ihre Lippen zu einem freundlichen Grinsen. Rupert sah, dass zwischen ihren letzten zwei Zähnen Mohnkörner steckten. Die Alte schien nicht hungrig zu sein und kein Geld zu wollen.

»Was sagten Sie?« Er sah sie ungeduldig an.

»Sie setzen einen Brief auf«, wiederholte die Frau. »Das Fräulein wird sich freuen. Ich habe auch viele Briefe geschrieben, als ich jung war.«

»Macht es Ihnen jetzt keinen Spaß mehr?«, fragte er ohne Interesse.

»Was sollte man Toten schon schreiben? Ich kenne ja niemanden mehr.« Sie sah ihm beinahe vergnügt in die Augen. »Und wenn ich auch schreiben wollte – ohne Finger kann ich keinen Bleistift halten.«

Rupert horchte auf. Ohne Finger? Das war doch kein Scherz gewesen.

Die Alte sah mit Befriedigung sein Erschrecken. Ja, ja, junger Mann«, sagte sie. »Wollen Sie meine Hand sehen?«

Ihr Arm schob sich hölzern aus der Umhüllung ihres Schultertuches. »Wenn man in einer Fabrik arbeitet, ist man immer in Gefahr. Gehen Sie um Himmels willen in keine Fabrik. Alles andere ist schöner. Die Maschinen sind Teufel. Aber was rede ich da. Heutzutage gibt es sicher bessere Fabriksherren, denen es auf das Geld für Schutzvorrichtungen nicht ankommt. Aber merken Sie sich trotzdem – nur keine Fabrik, nur ja keine Fabrik.«

Sie hüstelte und zog, da Rupert es vermied, ihre verstümmelte Hand anzusehen, den Arm unter das Tuch zurück.

»Ich muss jetzt aussteigen«, sagte Rupert. »Auf Wiedersehen.«

»Die Jugend hat es eilig«, brummte die Frau unzufrieden. Sie war enttäuscht, ihren Zuhörer zu verlieren.

Rupert trat auf die Plattform des Wagens hinaus und betrachtete die Alte von hinten. Sie hatte weißes Haar, darüber ein zerrissenes Netz aus dünnen Seidenschnüren.

Alt und arm, überlegte Rupert, und vielleicht nicht ganz normal. Gut, dass er von der Angst, einmal wunderlich zu werden, längst geheilt war. Er erinnerte sich deutlich, wie er begonnen hatte zu kontrollieren, ob seine Handlungen der Kritik vernünftiger Menschen standhalten könnten. Er hatte Qualen durchlitten, die schmerzlich in ihm nachklangen. Nie wieder wollte er sich einer fixen Idee hingeben –

Rupert stieg aus und schritt langsam im Schatten einer Kastanienallee dahin. Vor ihm wandelte ein junges Paar, trotz der Wärme und Tageszeit eng umschlungen. Das Mädchen hatte eine Leine um den Arm gewunden und zog einen kleinen, hässlichen Köter hinter sich her. Der Hund schien mit seinem Los nicht einverstanden. Er machte ein paar Schritte, stemmte sich immer wieder entgegen, machte einen kurzen, ungeschickten Sprung, weil die Leine seinen Hals einschnürte, und trottete dann ergeben hinter den beiden her, ab und zu kläglich heulend. Rupert bückte sich, ihn zu streicheln. Das Mädchen wandte sich um und sah ihn traumverloren an.

Liebende sind grausam, dachte Rupert, sie denken nur an sich. Warum lassen sie den Hund nicht frei laufen? Man sollte ihnen sagen, dass sie rücksichtslos sind!

Er ging eilig weiter, als er sich bewusst wurde, dass er nahe daran war, sich in eine Sache einzumischen, die ihn eigentlich nichts anging.

Ein schwüler Hauch koste zärtlich seine Wangen. Mit quälender Deutlichkeit fühlte er plötzlich sein Alleinsein, und er legte die Hände ineinander, als müsse auch er ein zweites Leben, ein zweites Wesen spüren.

Er trat zum Strom hinaus. Vor ihm stiegen lachende, laut scherzende Mädchen in die Fähre. Er setzte sich in die Nähe des Schiffers, der bunten Gesellschaft den Rücken kehrend. Ihre laute Heiterkeit schmerzte ihn, als hätte er sie ausgelöst. Zaghaft tauchte er die Hand ins Wasser und zog sie erst herauf, als sie von der gleichmäßigen Kälte gerötet war und bis in die Gelenke wehtat. Dann legte er sie auf die Stirn und schloss die Augen. Der Motor des Bootes rasselte trocken auf, und der rote Bug schnitt scharf in die Wellen, gierig dem anderen Ufer zustrebend. Der Landungssteg war leer: Rupert stolperte über eine Latte, und nun lachten die Mädchen wirklich über sein Missgeschick. Er griff hastig nach dem Holzgeländer und betrachtete seine abgeschürfte Schuhspitze.

Immer noch an seinem Handballen, in den er sich einen Span gerannt hatte, mit verbissener Miene saugend, folgte er dem Ufer. Ein Mosaik rauer Steinplatten dehnte sich längs des Wassers, nur von Grasbüscheln und Disteln unterbrochen. Rupert zog den Rock aus und legte ihn sorgfältig über den linken Arm. Ein Schlepper, der gegen die Strömung kämpfte, lenkte seinen Blick auf sich. Er blieb stehen, bis das Schiff vorbeikam. Eine Frau stand auf dem öligen Deck und schwemmte Wäsche in einem Schaff. Rupert winkte ihr. Sie schüttelte den Kopf und beugte sich tiefer über ihre Arbeit. Ein Mann, der wenige Schritte vor Rupert im Gras lag und rauchte, lachte laut auf. Rupert sah ihn böse an und schritt weiter. Jähe Röte flammte über sein Gesicht. Zu dumm, dachte er, was muss dieser Narr geglaubt haben –

Am anderen Ufer sah er Kleider an den Weiden hängen. Kreischend sprangen Burschen und Mädchen ins Wasser, die Strömung riss sie fort und lang noch hörte Rupert ihre Schreie des Übermuts, der Freude und Begeisterung. Das Wasser war wohl kalt, aber die jungen Leute konnten den Sommer nicht erwarten. Rupert kam sich in seiner langen Hose mit einem Male steif und altmodisch vor. Warum war er nicht so ausgelassen und unbeschwert wie die Leute dort drüben? Sie konnten kaum jünger sein als er. Bohrend kamen die Gedanken wieder, denen er in der

Straßenbahn nachgehangen war. Bin ich wirklich verschroben? Nein, ich bin nur anders. Ich diene nicht nur meinem Körper, wie diese dort!

Beruhigt sog er die feuchtwarme Luft ein und schritt eine Weile unbeschwert weiter, sich die ferne Eisenbahnbrücke, die dunkel den Strom überspannte, zum Ziel wählend.

Aber er kam nicht so weit. Eine auf dem Wasser schwimmende Fischerhütte erregte seine Aufmerksamkeit. Sie war klein und verwittert, hatte winzige Fenster und eine niedrige Tür. Vor dieser kniete ein alter Mann und zerschnitt Fische auf dem Boden. Bettelnd umschmeichelten ihn zwei dicke Katzen, eine dritte lief, den buschigen Schwanz senkrecht aufgestellt, über das Brett, das das Boot mit dem Ufer verband.

Rupert stieg die wenigen Stufen über die Böschung hinab, vergrub die Hände in den Hosentaschen und schaute dem Alten zu. Der Fischer bemerkte ihn und lachte.

»Meine Kinder sind hungrig.«

»Sie wissen, was gut ist«, sagte Rupert.

»Wollen Sie einen Karpfen kaufen? Ich habe heute ein paar sehr schöne gefangen.« Der Alte stand auf und winkte Rupert, in die Hütte zu treten.

Angenehm berührt von der Freundlichkeit des Fischers konnte Rupert nicht widerstehen und balancierte vorsichtig über das schmale Brett. Er schritt über die Katzen hinweg in das Halbdunkel der Hütte. Ihre Wände waren mit Postkarten tapeziert; grelle Herbstlandschaften, Frauen mit roten Lippen, Blumensträuße, Zirkusbilder, plumpe Akte, Fotographien von Pferden, Hunden und Hochhäusern reihten sich wahllos aneinander. Das Bett des Fischers, eine mit groben Decken ausgelegte Kiste, nahm fast ein Drittel der engen Behausung ein.

»Können Sie hier kochen?«, fragte Rupert und wunderte sich

über den vertraulichen Ton, den er anschlug. Er folgte dem alten Mann auf das stromseitige Bootsende hinaus.

»Ich habe einen Spirituskocher«, erwiderte der Fischer. Mit einer Handbewegung lud er Rupert ein, auf einer schmalen Latte Platz zu nehmen. Rupert dankte, erstaunt die Brauen hochziehend, und setzte sich nieder. Wenn er sich über den Bootsrand beugte, konnte er die grünen Moosbärte sehen, die, den Bewegungen des Wassers folgend, hin und her wehten. Unrat schwamm gegen das Boot und drehte sich in einem Wirbel auf den Wellen davon.

Rupert fühlte sich wohl. Ungezwungen streckte er die Beine aus, soweit dies der knappe Raum erlaubte.

Indessen hatte der Fischer eine Kiste aus dem Wasser gezogen und öffnete ihren Deckel. »Sehen Sie«, sagte er stolz, »diese Riesen sind mir heute ins Netz gegangen.«

Zischend spritzte das Wasser aus den Löchern der Kiste, und die Fische polterten, ihres Elementes beraubt, wild durcheinander.

Rupert biss sich in die Lippen. »Suchen Sie schnell einen aus«, bat er. Dann wandte er sich ab und blickte auf den Strom. Breit und mächtig wälzte sich das Wasser gegen Osten, unaufhaltsam seiner Bestimmung folgend, erfüllt von ungebändigten Kräften, und dennoch in eine große, rauschende Harmonie geschlossen.

Geblendet von dem goldenen Glanz, der auf die Wellen flimmerte, schloss Rupert die Augen. Er hörte die Kette rasseln und die Kiste ins Wasser klatschen.

»Der Schönste!«, sagte der Fischer und schwenkte einen fetten, blau schimmernden Karpfen hin und her. Er tötete den Fisch mit einem Holzscheit und schnitt ihm den Kopf ab.

Rupert atmete erleichtert auf, lehnte sich faul an die sonnenwarme Wand der Hütte und genoss das leise, einschläfernd wirkende Schwanken des Bootes.

»Macht es Ihnen Freude, Tag und Nacht auf dem Wasser zu sein?«

Der Alte grinste. Er rieb sein Kinn so heftig, dass die Bartstoppeln raschelten. »Ich bin es gewohnt und kenne seit acht Jahren nichts anderes mehr.«

»Und im Winter?«

»Bevor es kalt wird, lassen wir uns ans stadtseitige Ufer ziehen und schleppen die Boote auf die Zeltwiese. Die meisten Fischer bleiben nicht hier. Ich bin einer der wenigen, die keine andere Wohnung haben.«

Rupert wollte sagen, dass er diesen Umstand für keinen besonderen Nachteil halte, aber eine Entdeckung, die er in diesem Augenblick machte, ließ ihn verstummen. Auf einem Brett lag ein Wäschebündel. Dünne, rosa Seide, ein Hemd mit bananenfarbenen Achselspangen. Unter der Bank standen zierliche Sommerschuhe aus durchbrochenem Leder. Nun erinnerte sich Rupert auch, dass er in der Enge der Hütte an ein helles Kleid gestreift war, das neben der Tür hing. Er betrachtete den Fischer verstohlen, neugierig, beinahe lauernd von der Seite.

»Ich glaube«, sagte er mit belegter Stimme, »dass ich Sie störe!«

Der Alte sah ihn verständnislos an und schüttelte den Kopf. »Ich habe junge Leute gern. Halten Sie mich für einen Sonderling?«

Zögernd wanderte Ruperts Blick über die knochige Brust des Alten. Sie war tätowiert und zeigte zwei Frauenköpfe und eine gekrümmte Schlange, die ihre gespaltene Zunge weit aus dem Rachen streckte.

»Ich werde den Fisch gleich bezahlen«, sagte Rupert, seine Geldbörse öffnend.

Während der Fischer in die Hütte trat, starrte er wieder auf das Wäschebündel und hing unklaren Gedanken nach. Wem mochten die Sachen gehören? In welcher Beziehung –

»Haben Sie eine Tochter?«, fragte er plötzlich.

»Nein, meine Frau war nicht gesund!«, gab der Alte zurück. Seine Stimme klang rau, fast abweisend. »Geben Sie jetzt acht, ich ziehe das Netz auf. Vielleicht haben wir etwas gefangen.«

Das Wort ›wir‹ wirkte wohltuend auf Rupert. Ein heimatliches Gefühl überkam ihn, und er knöpfte sein Hemd auf, das Gesicht der Sonne zugewandt.

Die Kurbel knirschte und das riesige Viereck des Netzes erschien über dem Wasser. Ein silberner Sprühregen fiel aus den Maschen in den Strom.

»Nichts!«, sagte Rupert betroffen. Das Netz war leer.

Des Alten Gesicht verriet keine Enttäuschung. Er setzte sich nieder, nahm eine Katze auf den Schoß und kratzte mit seinem rissigen Zeigefinger ihren Hals.

»Warum stehen Sie schon wieder?«

Rupert schaute unwillkürlich auf das Wäschebündel und zuckte die Schultern. Eine beiläufige Entschuldigung stammelnd, ließ er sich neben dem Fischer nieder und faltete die Hände über den Knien.

Eine unerwartete Erschütterung ging durch das Boot.

»Das ist Leni!«, sagte der Alte und stand auf. Die Katze glitt lautlos auf die Bretter.

Rupert war bereit, jeden Augenblick aufzuspringen. Nervöse Erwartung erfüllte ihn. Er konnte sich der Macht der Einbildung, dass ihm etwas Neues, Gefährliches und doch Verlockendes bevorstand, nicht entziehen.

Ein schlankes, wassertriefendes Mädchen trat auf das Bootsende. Sein Blick traf Rupert flüchtig, gleichgültig.

Rupert stand hastig auf, schwankte und sagte: »Rupert Kleist! Sehr – erfreut!«

Das klang einfältig und nicht überzeugend.

»Leni Strobel!«, stellte sich das Mädchen vor. Es lächelte so kühl, dass Rupert den Rest seiner Sicherheit verlor.

Linkisch ergriff er ihre schmale, nasse Hand. Sie entzog ihm ihre Finger und strich sich das tropfende Haar zurück.

In überraschend hellem Ton rief sie in die Hütte: »Ich bin noch nie so weit geschwommen wie heute. Es war herrlich!«

»Nur nicht übertreiben, Leni!«, klang des Fischers Stimme zurück. »Es ist noch nicht Sommer.«

Sie streckte sich. »Wo ist meine Wäsche?«

»Hier!«, sagte Rupert und wies auf das Häufchen zerknüllter Seide. Seine Hand zuckte, ihr das Gesuchte zu reichen, aber ein warnender Blick Lenis traf ihn, ehe er die Wäsche berührte. Er wich zur Seite und sah mit schmerzlichem Bedauern, dass ihr Gesicht voll von Hochmut und Geringschätzung war. Scheu maß er ihren fast nackten Körper, als sie in die Hütte trat. Sie schlug wortlos die Tür hinter sich zu. Das Boot schwankte. Der Fischer war schwerfällig über den Steg gegangen und saß nun zusammengekauert auf der Böschung.

Nach wenigen Minuten öffnete Leni die Tür und schlüpfte in ihre Schuhe, ohne Rupert zu beachten.

Hier bin ich überflüssig, dachte er, und dennoch drängte es ihn, irgendetwas zu sagen.

»Ist das Wasser nicht eisig?«

»Das stört mich nicht.« Gelassen stand sie da und kämmte ihr nasses Haar.

Sie war nicht schön und ihre schweren Lippen schienen nicht geschaffen, zarte Worte zu formen. Ihr Körper war reif und katzenhaft biegsam, der Wind drückte die bunte Seide des Kleides sanft gegen ihre Schenkel, und sie gab sich räkelnd dieser Liebkosung hin.

»Müssen Sie schon nach Hause?«, fragte Rupert. Seine Stimme

klang brüchig, obwohl er sich bemüht hatte, ihr einen warmen Ton zu geben.

»Ja.«

»Würde es Sie stören, wenn ich –«

Sie schwieg, nicht gewillt, ihm aus seiner lächerlichen Verlegenheit zu helfen.

»– wenn ich ein Stück mit Ihnen ginge?«

»Ich habe nichts dagegen. Ist etwas Besonderes daran?«

»Natürlich nicht!«, sagte Rupert, verwirrt von ihrer Zustimmung. Nach einer Pause setzte er leise hinzu: »Es wird langsam Abend!«

Sie gingen schweigsam nebeneinander her, der Fähre zu. Rupert dachte nicht daran, dass er den Karpfen vergessen hatte. Er mühte sich, die Leere zu überbrücken, die zwischen ihm und Leni lag. Es gelang ihm nicht, und er dachte wütend, dass sie ihn anerkennen, ja bewundern würde, wenn sie seinen Namen in den Magazinen und Zeitungen gelesen hätte. Diese Vorstellung verbesserte seine Haltung und verlieh ihm wenigstens einen Schimmer innerer Stärke. Und plötzlich begann er zu pfeifen – anfangs dünn und nicht ganz richtig, aber es war ein modernes Tanzlied, das jeder Gassenjunge kannte.

Unwillkürlich summte Leni die gleiche Melodie, und lächelnd bemerkten beide, dass sie ihre Schritte dem Takt des Liedes angepasst hatten.

Rupert beurteilte das Mädchen nun mit weniger Befangenheit. Stärker als alles andere an ihr war wohl die warme Tierhaftigkeit, die sich in ihren Gebärden und der ganzen Haltung ihres Körpers zeigte. So geht eine Dirne, dachte Rupert. Er war über seine Feststellung erschrocken, doch wehrlos gegen den verlockenden Rhythmus des Lebens seiner Seite.

Als sie aus der Fähre stiegen, nahm er ihre Hand, und sie versuchte nicht, sich ihm zu entziehen. Langsam gingen sie durch die Auen. Es dämmerte. Bevor sie in die Allee hinaustraten, blieb Rupert stehen. Leni sah ihn böse unter ihren flachen Brauen an, aber ihre Lippen waren geöffnet, als seien sie in Erwartung. Im Grunde fühlte Rupert, dass das Gesicht des Mädchens Hilflosigkeit ausdrückte. Sein unbändiges Verlangen, Leni zu küssen, ging in eine neue, süßere Regung über. Zaghaft hob er die Hand und berührte ihre Wange, dann strich er sanft eine Haarsträhne aus ihrer Stirn.

Sie atmete plötzlich schwer und senkte den Kopf.

»Ich habe dich unterschätzt.«

Impulsiv ergriff sie seine Hand und hielt sie fest.

»Komm, setzen wir uns«, schlug er vor. Leni nickte zustimmend, und er breitete sein Jackett auf dem Rasen aus, nachdem er einen dürren Ast mit dem Fuß weggeschleudert hatte.

Eine Amsel sang ihr Abendlied, und die hellen Striche zwischen den Bäumen füllten sich langsam mit einer wohltuenden Dunkelheit. In der noch immer klaren Bläue des Himmels stand ein Stern. Rupert blickte zu ihm auf, leicht an das Mädchen gelehnt. »Siehst du ihn auch?«, fragte er. Sie wandte ihm das Gesicht zu und verneinte. Da hob er die Hand, umfasste ihr Kinn und drehte ihren Kopf so, dass sie den Stern erblicken musste. Als sie nickte, ließ er sie los und sah nicht das leise Bedauern in ihren Augen. Er stützte die Hand wieder im Gras auf und ahnte nicht, dass Leni nun eine Zärtlichkeit von ihm erwartet hatte. In ihn war Ruhe eingekehrt, des Mädchens Nähe löste in ihm jetzt keine triebhafte Erregung mehr, sondern tiefe Wunschlosigkeit aus.

Endlich erhob er sich, half ihr aufzustehen und führte sie schweigsam in die Allee hinaus. Still gingen sie nebeneinander unter der glitzernden Lichterzeile der Straßenbeleuchtung dahin. Manchmal streiften sich ihre Arme, und diese zarte Berührung gehörte zu ihrem zufriedenen, ausgeglichenen Wandeln.

Als die Enge der Gasse sie aufnahm, reichte ihm Leni die Hand. »Nun gehe ich allein. Gute Nacht!«

Rupert wollte sie nicht verstimmen und zwang ihr seine Begleitung nicht auf. »Wirst du nächsten Sonntag wiederkommen?«, fragte er sie.

Das Mädchen lächelte. »Ich glaube«, sagte es und schaute an ihm vorbei. Dann schritt es rasch die Straße hinunter, ohne zurückzublicken.

Er aber stand und hielt die Hand so, als wolle er Leni winken. Habe ich etwas falsch gemacht?, dachte er im Weitergehen, und wie ein jäher Schreck überfiel ihn die Ahnung, dass er den Klang ihrer langen, geschmeidigen Schritte vielleicht nie wieder hören würde.

*

Der Flur war heller erleuchtet als sonst. Aus den offenen Wohnungstüren strömte Licht auf den Gang. Frau Kubin stand, umringt von mehreren heftig auf sie einsprechenden alten Frauen in einer Fensternische, ihr Mann lehnte an dem Türpfosten und blickte mit trüben Augen zu ihr hinüber.

Rupert hörte erregtes Stimmengewirr, als er die Haustüre öffnete. Erstaunt musterte er im Vorübergehen die groteske Gruppe, aus der Frau Kubin wie ein Wachtturm emporragte.

Kaum hatten die Frauen Rupert erkannt, starrten sie ihn wie erschreckte Vögel an und verstummten.

Rupert Kleist grüßte. Sie bewegten die Lippen, aber ihr Gegengruß war nur ein heiseres, widerlich geheimnisvolles Murmeln.

Auch im oberen Stockwerk standen Leute beisammen. Der Schuhmacher Jahn deutete auf Rupert und rief: »Da ist er ja. Frau Kleist, er ist schon gekommen.« Er trommelte an die Wohnungstür. Die Mutter blickte verstört heraus.

»Rupert, komm –« Sie hielt ein Taschentuch krampfhaft zwischen den Fingern. Der Sohn zögerte und sah sie verwundert an.

»So komm doch, du weißt ja nicht, was du angerichtet hast.«

Die Küche war von Leuten erfüllt. Fanny saß auf der Wäschekiste, Luise lehnte an der Anrichte. Die Stühle waren von Nachbarinnen besetzt. Die alte Frau Toifl hatte ihren verstaubt aussehenden Hund mitgebracht. Er hockte neben ihr und rieb seine Schnauze an ihrer Hand, die sie ihm willig überließ.

Fanny war die Einzige, die Rupert mit einem Lächeln empfing. Sie zog ihn sanft aus der Küche, trotzdem die Mutter mit aller Kraft ihrer Stimme um seine Anwesenheit kämpfte.

»Herr Lupe ist tot!«, sagte Fanny, die Tür zuhaltend.

»Das tut mir leid, ich, ich glaube, dass er noch gar nicht sehr alt war.«

Es klopfte. Luise schob den Kopf durch den Türspalt.

»Mich könnt ihr hereinlassen«, sagte sie mit Nachdruck. »Was sagst du, Rupert, welch seltener Verbrecher du bist.«

»Ich verstehe nicht, was ihr alle habt«, brummte er. »Das ganze Haus ist durcheinander.«

Luise setzte sich auf ihr Bett. Sie schien die Situation amüsant zu finden.

»Du hast heute einen Mord begangen!«

»Bist du wahnsinnig?«

»Nicht ich, Rupert. Aber die lieben Leute, die mit uns unter demselben Dach wohnen. Und die Mutter hat dir die ganze Suppe eingebrockt. Sie erzählte die Salzgeschichte jedem, der sie hören wollte. Kein Mensch hätte etwas geahnt, wenn sie weniger gesprächig wäre.«

»Du stellst alles so krass und hässlich dar, Luise«, mischte sich Fanny ein. »Lass mich reden.«

»Eigentlich habe ich das Vorrecht, weil ich in die Sache selbst verwickelt bin«, wehrte sich die Jüngere. »Du hättest also Herrn Lupe das Salz, das Mutter ihm schuldig war, mittags hinauftragen sollen. Du hast dich geweigert, folglich musste ich es tun. Ich kam aber erst am späten Nachmittag dazu. Herr Lupe machte die Tür nicht auf. Ich klopfte, und plötzlich spürte ich starken Gasgeruch. Herr Rubin hat die Tür aufgebrochen. Es war schon zu spät. Vielleicht hätte Herr Lupe wirklich noch gerettet werden können, wenn du mittags hinaufgegangen wärst. Aber wer kann das genau sagen?«

Die Mutter riss die Tür auf. »Warum schließt ihr euch ein?«, fragte sie weinerlich.

Die Nachbarinnen saßen noch immer unter der Zuglampe und redeten.

»Kommen Sie doch heraus, Herr Kleist!«, sagte Frau Toifl. »Wir sind ja nicht hier, um Ihnen Vorwürfe zu machen. Ihre Mutter hat uns von Ihrem Unglück erzählt – aber es wird Ihnen kein Mensch etwas nachsagen. Es ist alles nur ein schrecklicher Zufall!«

»Ja«, stimmte ihr die zweite Frau eifrig zu, »wir werden der jungen Lupe kein Wort erzählen, dass ihr Vater vielleicht noch lebte, wenn –«, sie schluckte, »– nun, Sie wissen schon. Ach, das ist wirklich traurig.«

»Herr Lupe hat eine Tochter?«, fragte Frau Anderweit. Sie kaute angeregt an einem ihrer vom Nähen zerstochenen Finger. »Ich habe sie noch nie gesehen.« Es schien ihr unverständlich, dass man sie von der Existenz des Fräuleins noch nicht unterrichtet hatte, obwohl sie schon ein halbes Jahr in diesem Hause wohnte.

»Ja, sie ist Erzieherin in einem Kinderheim in der Provinz. Herr Kubin wird sie telegraphisch verständigen.« Frau Toifl blickte Rupert mit ihren rot geränderten Augen treuherzig an. »Mein

Gott, wie grausam das Leben ist! Aber Ihnen, Herr Kleist, wird niemand in gehässiger Weise nahetreten, obwohl wir alles wissen. Wenn Sie etwas anderes erwartet haben, schätzen Sie uns falsch ein!

»Außerdem geht uns die ganze Sache nichts an«, bemerkte Frau Anderweit bescheiden.

»Ganz richtig! Wir kümmern uns auch nicht näher darum. Jeder Mensch hat so viele eigene Sorgen. Aber Sie sollen wissen, dass wir Sie bedauern, Herr Kleist, Ihre Lage ist so peinlich.« Frau Toifl zog den Hund zärtlich an ihr dürres, von einem faltigen Strickstrumpf überzogenes Bein. »Ja, ja«, setzte sie nach einem tiefen Atemzug hinzu, »aber wir halten zu Ihnen. Ihr Missgeschick ist zu groß, man muss Ihnen helfen, darüber hinwegzukommen –«

Rupert schloss die Augen. Was sagten diese grauen Hyänen? Sie fühlten sich ungemein wohl in der Rolle der Verzeihenden, der Milden, der Rücksichtsvollen.

»Ist dir schlecht?«, fragte die Mutter ängstlich. Sie füllte ein Glas mit abgestandenem Wasser aus dem Tonkrug und reichte es ihrem Sohn mit einer fast demütigen Gebärde.

Er nahm es und schleuderte es an die Wand.

Die Nachbarinnen sprangen auf, bleich und verstört. Sie hasteten zur Tür, emsig ihre nass gewordenen Kleider glättend.

Rupert schaute ihnen nach. Seine grauen Augen blickten leer und zeigten weder Zorn noch Reue, aber sein Mund war von Ekel verzerrt und stand schief in seinem schmalen Gesicht.

»Oh, oh«, stöhnte Frau Toifl und zog die Tür hinter sich zu. »Er ist verrückt geworden.«

»Bravo, Rupert!«, sagte Luise und legte die Hand auf den Arm des Bruders. »Diese grässlichen Eulen hast du auf ewig hinausbefördert.«

Er erwiderte nichts, streifte jäh ihre Hand ab und wandte sich der Mutter zu. Frau Kleist lehnte an der Wand, zitternd, fassungslos, das Taschentuch an den Mund pressend.

Sekundenlang fühlte er Mitleid mit ihr. Doch seine Empörung war stärker. »Du hast die Leute auf mich losgelassen, mich als den unfolgsamen Sohn hingestellt, der durch eine Lausbüberei ein Leben auf dem Gewissen hat. Was erwartest du nun von mir?«

»Ich weiß, dass du brutal bist, ärger, als der Vater es war«, sagte die Mutter rau.

»Haben dich diese vier Mauern schon so armselig gemacht, dass du jede Sensation ergreifen musst, nur um von Tür zu Tür hausieren zu können? Du hast keinen Augenblick an mich gedacht, sondern nur an die aufgerissenen Mäuler der Hausleute. Oh, es wäre ein großer Verlust für dich gewesen, wenn du auf diesen Tratsch hättest verzichten müssen. Was gilt dir schon die Rücksicht auf meinen Namen? Nichts, überhaupt nichts! Wie viel mehr bedeutete es für dich, dass du flüstern konntest: ›Denken Sie, wenn mein Sohn mir gefolgt hätte, würde Herr Lupe noch leben! Ja, die Schale Salz, die er mir vor ein paar Tagen borgte, hätte sein Leben retten können, aber unglücklicherweise hatte mein Sohn nicht Lust, sie ihm hinaufzutragen!‹ – So war es doch?« Er trat nahe an die Mutter heran und schrie: »Du hast mich wissentlich ruiniert und erwartest sogar noch eine Entschuldigung von mir!«

»Fanny, hilf mir, ich kann mich nicht verteidigen, ich bin zu schwach, zu armselig, zu –« Das Gesicht der frühzeitig gealterten Frau verzog sich zum Weinen, es sah erbarmungswürdig und grau aus.

Das Mädchen stand unschlüssig da, zwischen der Mutter und Rupert schwankend.

»Es ist bitter für euch beide«, sagte es endlich und bückte sich, die Scherben des Wasserglases aufzuheben.

»Mutter«, sagte Luise, »siehst du nicht ein, dass Fanny das Beste tut, wenn sie unparteiisch bleibt? Du musst schließlich zugeben –«, sie hielt inne und schob der Mutter einen Stuhl hin. »Du hast die Leute auf Ruperts Kosten mit einem fetten Bissen gefüttert.«

Frau Kleist setzte sich, bedeckte ihr Gesicht mit beiden Händen und schluchzte: »Ich hätte mir niemals Kinder wünschen dürfen. Tausendmal musste ich es schon bereuen. Was wisst ihr von den Sorgen einer Witwe mit drei unmündigen Kindern? Ihr – ihr seid undankbar, und wenn es gegen mich geht, haltet ihr immer zusammen.«

»Wir wollen doch nur gerecht sein, Mutter«, entgegnete Fanny.

»Ach, gerecht! Ich weiß ja, ich habe einen Fehler begangen, aber lasst mich in Ruhe, lasst mich in Ruhe!« Sie erhob sich, schlich aus der Küche und warf sich in ihrer Kammer mit Kleidern und Schuhen quer über das Bett.

»Ein netter Sonntag«, sagte Luise und streckte sich. Sie wollte nicht zeigen, dass die peinliche Szene ihr naheging, doch um ihren Mund war ein fremder, erschrockener Zug. »Doch tröste dich, Rupert, ich hatte heute auch schon einen Riesenkrach.«

»So?«, fragte er zerstreut.

»Mutter hat Tante Paula auf dem Friedhof getroffen. Sie fanden kein besseres Thema als mich, wahrscheinlich weil ich nicht mitgekommen war. Paula hat Mutter eingeredet, dass ich mit meiner Heimarbeit zu wenig verdiene. Und überhaupt, sie findet es unhaltbar, zu Hause zu sitzen und Georgettetücher zu säumen. Als ob das ein Vergnügen wäre! Ich soll zu Maudrich & Friedmann gehen. Dort werden ungeschulte Verkäuferinnen angestellt.«

»Das wäre eigentlich nicht schlecht«, meinte Fanny. »Was sagst du dazu, Rupert?«

»Wollt ihr mich ablenken?« Er bohrte die Hände in die Taschen und schritt nervös in der Küche auf und ab.

Luise lachte gezwungen. »Ich würde mich weniger aufregen. Du bist schrecklich humorlos.«

»Lass das sein«, bat Fanny gedämpft. »Es hat keinen Zweck. Die Sache mit Herrn Lupe hat Rupert wie ein Schlag vor den Kopf getroffen. Ich wäre an seiner Steile ebenso verwirrt und erbittert.«

»Weißt du«, sagte Rupert, dankbar für ihre Teilnahme, »mich martert hauptsächlich der Gedanke, dass ich gegen die einerseits primitiven und anderseits ganz logischen Schlüsse der Leute nicht ankämpfen kann. Nicht einmal wenn mir ein Arzt zur Seite stünde, der bestätigt, dass Herr Lupe schon mittags tot war.«

»Auch dann nicht?«

»Man hat über mir den Stab gebrochen, schließlich muss ja einer schuld sein. Und die Menschen lieben es nicht, eine Überzeugung, die bequem ist und ihnen das Recht gibt, auf jemanden Schmutz zu werfen, wie ein Hemd abzulegen. Ist ihnen das Opfer – in diesem Falle ich – ohnehin unsympathisch, werden sie starrsinnig an ihrer vorgefassten Meinung festhalten und sie nur so weit revidieren, dass sie einen immer noch von der Seite ansehen können.

»Du legst also Wert darauf, nicht schief angesehen zu werden?«, fragte Luise.

»Natürlich! Es ist ungemütlich, ein Außenseiter zu sein. Glaubst du, ein Leprakranker fühlt sich unter Gesunden wohl?«

»Dein Vergleich hat einen Stelzfuß. Erstens bist du nicht an Lepra erkrankt und zweitens sind die Menschen, die du als Gesunde bezeichnest, unbedingt krank, und zwar geistig.«

»Wenn sie das wären, würde ich ihre Meinung nicht fürchten«, verteidigte sich Rupert. »Sie sind normal und sicher viel stärker als ich, weil ihnen ihre Böswilligkeit den nötigen Halt gibt.«

»Vielleicht sind sie mehr zu bedauern als du«, sagte Fanny.

»Sie haben vom Leben nicht mehr viel zu erwarten, sind arm und zanksüchtig und so bescheiden, dass sie dem Himmel für jedes Ereignis danken, das ihren eintönigen Trott unterbricht. Du solltest ihnen das zugutehalten, Rupert.«

»Ich denke ja gar nicht daran. Soll ich mich denn vor die Leute hinstellen und ihnen für ihre Gehässigkeit danken? Ach, wenn ich nur die Möglichkeit hätte, mich aus diesem Sumpf herauszuarbeiten –«

»Ach, wenn ich nur hätte, nur dürfte, nur könnte«, sagte Luise spöttisch. »Diese Redensarten sind typisch für dich, Rupert. Damit wirst du nichts erreichen. Setz dich hin und schreib einen Roman. Wenn du Geld hast, bist du ein freier Mann und kannst in eine Gegend ziehen, wo vernünftigere Menschen wohnen. Hätte ich dein Talent, ich fände aus dieser Sackgasse heraus, und die Welt ließe sich von mir wie ein Ball jonglieren. Du nimmst deine Begabung gelangweilt zur Kenntnis und nützt sie nicht aus. Ich möchte auch gern etwas Außergewöhnliches können – und bin auf irgendeine dumme Beschäftigung angewiesen. Georgettetücher! Diese dünnen, grellen Schleier sind mein Tagewerk und ruinieren mir die Augen. Und am Wochenende drückt mir Herr Graditz ein Lohnkuvert in die Hand, das mich hungrig angähnt und mehr Luft als Geld enthält. Ja, jetzt bietet sich mir etwas, das man beinahe einen Lichtblick nennen muss. Maudrich & Friedmann. Das bedeutet zwar, von acht Uhr früh bis sechs Uhr abends hinter einem engen Verkaufstisch eingesperrt zu sein und wie ein Automat zu arbeiten. Jedenfalls werde ich mich erkundigen, ob sich Paulas Rat nicht nur auf ein Gerücht stützt.«

»Du willst es versuchen?«, fragte Fanny erfreut.

Luise konzentrierte den Blick auf einen Haken, der über der Türe in der Wand stak. Es war, als zöge sie ihre Antwort aus diesem wesenlosen Punkt. »Sicher. Es kann nicht schaden. Und der tolle Wirbel, der in diesem Warenhaus herrscht, ist vielleicht gerade das Richtige für mich.«

»Bist du nicht hungrig, Rupert?« Fanny legte den Arm um die Schulter des Bruders.

»Mir ist der Appetit fast vergangen.« Er ließ sich auf einen Stuhl fallen. Seine Gedanken tasteten nun zum ersten Male nach seiner Heimkehr zu Leni zurück. Nun sah er sie wieder vor sich, wie sie im Boot stand und sich kämmte. Ringsum glitzerte das Wasser wie blasses Gold, die Eisenbahnbrücke sog wie ein großes, dunkles Maul den letzten Glanz zwischen ihre Pfeiler. Die Öltanks am anderen Ufer waren schon von Schatten umlagert, und das Boot schaukelte einschläfernd wie eine Sänfte. Ob Leni wirklich wieder zu der Fischerhütte kam? Noch lagen sieben Tage und Nächte vor ihm, erfüllt von Zweifeln und Hoffnungen, tausendfach in die Länge gezogen von wirrer Sehnsucht und der bohrenden Angst, enttäuscht zu werden.

Er blickte leer auf den Teller, den Fanny vor ihn hingestellt hatte, und begann mechanisch zu essen. Fanny betrachtete seine Hände, die das Besteck so fest umklammerten, dass sie noch eckiger wirkten, als sie waren. Wie ein jähes Erschrecken überkam sie die Erkenntnis, dass der Bruder immer ohne Appetit aß. Wie freudlos war der Ausdruck seines Gesichtes! Er mahlte gequält, als könne sein Gaumen keiner Speise einen Reiz abgewinnen. Er öffnete den Mund nicht wie ein Hungriger und stieß fast jedes Mal, wenn er die Gabel zu den Lippen führte, mit den Zinken gegen seine Zähne. Fanny kam in Versuchung, ihn zu fragen, ob ihm das Essen nicht schmecke. Aber sie schwieg, und ihre Gedanken wanderten in ein Atelier mit großen, offenen Fenstern, die weithin über die Dächer blicken mochten. Oh, es musste ein Raum voll Sonnenschein und Glück, ein Raum voll Freude sein! Sie sah sich neben Peter von Bild zu Bild gehen, und ihre

Phantasie legte dem jungen Manne einen farbenbekleckssten Kittel um, der ihm gut stand. Fast glaubte sie, seine angenehme Stimme zu hören und träumte von einem geheimen, beglückenden Wissen, von einer keinem Dritten fühlbaren Verbindung zwischen ihm und ihr.

»Was hast du?«, fragte Luise. »Du siehst so fremd aus.« Sie nahm aus ihrer Handtasche eine Zigarette und entzündete sie an einem kleinen, blau emaillierten Feuerzeug.

Fanny schaute sie verwundert an. »Du rauchst? Wirklich, du bist wie ein verspieltes Äffchen, das jede Mode mitmachen muss.«

»Es macht mir Spaß. Eine Zigarette wirkt auf mich wie ein Glas Wein.«

Rupert brummte mit vollem Munde: »So ein Unsinn.«

»Ich werde nachsehen, was Mutter macht«, sagte Fanny.

Eigentlich hatte auch Rupert den Wunsch, das Gleiche zu tun. Er legte Messer und Gabel auf den Tisch und überlegte. Doch er blieb sitzen und krümmte den Rücken, als stünde etwas Unangenehmes hinter ihm. »Eine böse Geschichte«, murmelte er dann, und seine Finger spielten nervös mit dem Salzstreuer.

Luise klopfte die Asche ihrer Zigarette ab. »Du wirst hoffentlich nicht immer an Lupes Tod denken, wenn du Salz siehst.«

»Nein, nein«, wehrte er ab. Aber in seinen Augen stand die Lüge. Jeden Tag, jeden Tag würde er an diesen seltsamen Unglücksfall erinnert werden. Fühle ich mich denn schuldig, grübelte er. Schuldig? Indirekt ja! Vielleicht wäre es meine Aufgabe gewesen, Lupes Retter zu sein.

Laut sagte er: »Was kann einem in unserer Gasse schon Gutes beschieden sein?«

»Du wirst den Weg ins Freie finden, Rupert, wenn du tüchtig bist. Ich habe weniger Möglichkeiten als du – aber ich werde auch nicht hier sterben.«

»Du bist siebzehn, Luise, warum sprichst du vom Tod?«

»Ich tue es ohne Angst und Resignation, weil ich weiß, dass ich noch sehr viel Zeit habe. Am Anfang zu stehen ist doch das Schönste, was es gibt.«

Fanny kam in die Küche zurück. »Sie weint!«, sagte sie, vorsichtig zu Rupert blickend. »Willst du nicht auch hineingehen?«

»Ich kann nicht!«, entgegnete er.

»Wenn jemand bereut, soll man ihm die Hand nicht versagen, Rupert. Wenn ihr euch nicht versöhnt, wird sie die ganze Nacht kein Auge schließen.«

»Mir fehlen jetzt die richtigen Worte. Bemüh' dich nicht. Morgen früh wird alles anders aussehen –«

Ein Glockenspiel tönte im Haus. Es war, als schlüge ein kristallenes Herz in einem dunklen, schweren Körper.

»Die Uhr des armen Lupe«, sagte Fanny. »Er hat sie wie etwas Lebendiges geliebt. Ich war mehrmals bei ihm und brachte ihm die Zeitung – und immer erzählte er mir, dass die Uhr sehr wertvoll und seine einzige treue Gefährtin sei. Wie wenig Schönes muss er erlebt haben.«

»Ich ertrage heute keinen Vorwurf mehr!« Ruperts Stimme klang farblos. »Es ist spät – ich gehe schlafen.«

*

»Herr Milar, bitte kommen Sie rasch ins Büro herunter – der Papierkorb brennt!«

»Das wäre nicht das erste Mal!«, brummte der Redakteur, warf den Hörer in die Gabel und verließ mit großen Schritten die Setzerei. Als er in seinen Arbeitsraum trat, sah er seine Sekretärin inmitten einer Rauchwolke lebhaft hin und her springen. Das sonst etwas behäbige Fräulein war wie verhext, kreischte, hustete und schlug mit einem Paket nasser Zeitungen wild auf die Flammen ein.

»Sie machen das ausgezeichnet«, rief ihr Milar zu.

»Wollen Sie mir nicht helfen? Die blauen Mappen haben auch Feuer gefangen. Ach, es ist ein Jammer mit Ihrer Pfeife –«

Milar warf sein Jackett über einen Stuhl und drängte Fräulein Else zur Seite. »Natürlich helfe ich Ihnen, Sie machen das übrigens ganz falsch!«

»Falsch?«, keuchte die Sekretärin in komischem Entsetzen. »Sie sagten doch eben –«

»Ja, ich sagte. Aber ich habe mich geirrt. Sehen Sie, so – so – so – ist's richtig!«

In diesem Augenblick ging die Tür auf und Schnabel, der Theaterkritiker, erschien in ihrem Rahmen. Er sah aus wie ein entlaufener Mönch.

»Hat die Feuerwehr Sie geschickt?«, schnaubte Milar.

Schnabel hustete. »Ich bringe meine Rezension.«

»Über den ›Wunderdoktor‹ und die ›Goldene Maske‹?«

»›Wunderdoktor‹ und ›Goldene Maske‹, ganz richtig.«

Milar zertrat ein Stück glimmenden Kartons, richtete sich auf und sah Christian Schnabel unheilverkündend an.

»Ihre Beiträge hätte ich gestern schon gebraucht.«

»Ich – ich weiß! Aber ich hatte, ich hatte –«

»Kopfweh oder Zahnschmerzen, nicht wahr? Sie prellen mich seit mehr als einem Jahr um den Termin. Sicher haben Sie am Mittwoch wieder die Pressekarten verfallen lassen. Jedenfalls waren Sie bei der Premiere der ›Goldenen Maske‹ überall anders, nur nicht im Theater.«

Herr Schnabel hustete abermals, diesmal sehr anhaltend, obwohl der Rauch sich schon ziemlich verflüchtigt hatte. Seine Blicke wanderten traurig über die angekohlten Mappenstoße und hefteten sich schließlich an Milars schwarze Nasenspitze. Nachdem Fräulein Else sich in die Schreibstube zurückgezogen hatte, sagte Schnabel in niedergeschlagenem Ton: »Ich musste die Pressekarten verfallen lassen, weil mein Hemd um sechs Uhr abends noch feucht auf der Leine hing. Für festliche Abende besitze ich nur das eine – und ich wollte nicht so schäbig im Theater auftauchen.«

»Sie haben ungefähr meine Halsweite, lieber Schnabel. Kommen Sie morgen her, ich bringe Ihnen ein Hemd. Ein schönes, hellblaues, mit dünnen Streifen. Und nun gehn wir zur Tagesordnung über.«

Schnabel strahlte. »Ich habe Ihnen zur Probe auch eine Filmkritik mitgebracht.«

»Wollen Sie Dr. Frenz aus den Angeln heben? Nein, mein Lieber, bleiben Sie beim Theater – und Frenz wird weiterhin die Filmseite machen. Für Übergriffe bin ich nicht zu begeistern. Jedem das Seine.«

»Jedem das Seine«, wiederholte Schnabel ergeben. »Hoffentlich glauben Sie nicht, dass ich in böswilliger Absicht –«

»Durchaus nicht. Aber jetzt brauche ich Zeit, ich sehe, Ihre Rezensionen sind wieder um zwei Kilometer zu lang. Drei Spalten gehören Ihnen, nicht ein Stückchen mehr.«

»Streichen Sie nur das Wichtigste nicht«, bat Schnabel und presste seinen langhaarigen Hut an seiner Brust platt.

»Seien Sie unbesorgt«

»Das bin ich, das bin ich«, murmelte der andere und zog sich auf leisen Sohlen zur Tür zurück.

»Fräulein Handl wird Ihnen Karten vom Stadttheater geben. Von der Lustspielbühne wurde angerufen, dass die Karten an der Kasse bereitliegen. Und, bitte, nicht vergessen: Drei Spalten!«

Christian Schnabel ging, und Milar griff nach dem Rotstift.

Wenige Minuten später kam eine Bedienerin, um die Reste des Papierkorbes und die Asche wegzuräumen.

»Wieso konnte das passieren?«, fragte sie kopfschüttelnd.

Milar versuchte, ihre Frage zu übergehen und räusperte sich. Doch die Frau schien gewohnt zu sein, dass sie siegte. Sie siegte auch diesmal und beeilte sich, Milar zu belehren, nachdem er seine Untat gebeichtet hatte.

»Sie sollten Ihre Pfeife niemals in den Papierkorb ausklopfen. Wozu wären dann die Aschenbecher da? Ach, Sie erinnern mich an meinen seligen Mann. Er machte auch immer solche Streiche.«

»Lassen Sie die Toten ruh'n«, murrte Milar und beugte sich tiefer über seinen Schreibtisch.

»Herr Kleist ist da!« Fräulein Else wisperte es so vorsichtig durch den Türspalt, dass Milar unmöglich gereizt sein konnte.

Zu ihrer maßlosen Überraschung rief der Redakteur erfreut: »Soll gleich hereinkommen.«

Rupert trat ins Zimmer, eine Mappe unter dem Arm tragend. Milans erster Blick fiel auf die schweißfeuchte Stirn seines Besuchers. Rupert kam linkisch auf ihn zu.

»Hoffentlich störe ich Sie nicht.«

»Eine Viertelstunde kann ich Ihnen widmen, Kleistchen. Haben Sie etwas Neues mitgebracht?«

»Den – den Alrauneartikel. Und ein paar Gedichte.«

»Gedichte? Fein! Ist der Artikel jetzt geändert?«

Rupert errötete. »Wollen Sie ihn nicht in der ersten Fassung bringen? Ich – ich fand keinen Fehler darin.

»Ihr Fehler ist«, knurrte Milar gutmütig, »dass Sie zu viel Geist haben. Warum schweben Sie dauernd in den höchsten Regionen? Man muss als Schriftsteller festen Boden unter den Füßen haben.«

»Ich weiß es.«

»Ja – aber?«

»Ich habe nicht die Kraft, anders zu werden, als ich bin. Soll ich mir Gewichte an die Beine hängen?« Rupert verzog den Mund. Er sah wie ein trotziges Kind aus, das einen Tyrannen bezwingen will und die Drohung: ›Warte nur, gleich werde ich weinen!‹ für eine wirksame Waffe hält.

»Gewichte! Das meine ich nicht. Die Schwere muss innen liegen. Und Sie brauchen nicht anders werden, Kleistchen. Hören Sie meinen Rat: Sie sind schrecklich blass und schmal, das heißt, Sie schreiben bis in die Nacht hinein. Dass Sie schwimmen und Rad fahren sollten, fällt Ihnen wohl niemals ein, nicht wahr?«

Rupert wich seinem Blick aus und schwieg.

»Lassen Sie sich von mir warnen. Es ist gefährlich, übermäßig viel geistige Arbeit zu leisten, wenn der Körper nicht robust genug ist. Ich kenne mehrere junge Leute, die es so treiben wie Sie. Einer nach dem anderen zeigt die besten Ansätze zu einer unheilbaren Überspanntheit. Das Wort klingt böse. Hm, ich meine jetzt auch nicht Sie, lieber Freund. Sie sind überaus begabt, aber Sie müssen sich hüten – oder gerade deshalb müssen Sie sich hüten, ein hoffnungsloser Wolkenfischer und Schwärmer zu werden.«

»Sie meinen es gut mit mir«, sagte Rupert gepresst. »Ich werde darüber nachdenken, das heißt, ich denke ohnehin immer darüber nach. Sie haben einen meiner wunden Punkte getroffen. Wenn Sie wüssten, wie ich mich fürchte, einmal nicht mehr Herr meines Verstandes zu sein.«

»Ein böser Komplex. Aber ich sage Ihnen ja – schwimmen und Rad fahren. Je gesünder und kräftiger man ist, umso leichter kann man Wahnvorstellungen zum Teufel boxen. Und nun zeigen Sie mir, was Sie mitgebracht haben. Vor allem setzen Sie sich, Sie sehen müde aus.«

Rupert gehorchte und löste hastig die Bänder seiner Schreibmappe.

Milar bohrte mit einem verbogenen Draht in seiner Pfeife. »Der Tabak ist feucht geworden!«, sagte er mehr zu sich selbst. Dann schaute er Rupert voll an. »Auf die neuen Gedichte bin ich sehr neugierig.«

»Und die Alraune – wollen Sie es nicht damit versuchen?«

»Ich werde den Aufsatz nochmals lesen. Vielleicht erscheint er mir diesmal leichter verdaulich.«

Rupert versuchte, in das Gelächter des Redakteurs einzustimmen. Er zog eine klägliche Grimasse.

»Seit wann existiert für Sie das Thema ›Liebe‹?«, fragte Milar. Er spitzte die rosigen Lippen und vertiefte sich wieder in Ruperts letztes Gedicht ›In der Dämmerung‹.

»Gut!« Seine Stimme dröhnte wie eine Glocke.

»Ja?«

Rupert saß hilflos vor ihm. Immer wenn er sich nicht wohl fühlte, war sein Körper starr und krampfhaft. Sogar die Zehen hatte er eingezogen, denn die Schuhe schmerzten ihn, als wären sie plötzlich zu eng. Er stützte sein Rückenende auf die äußerste Kante des Stuhles, aber er schwebte dabei ständig zwischen Aufstehen und Abgleiten. Man konnte diesen Zustand nicht ›sitzen‹ nennen. Milar bemerkte es. »Die Sessel sind ungemütlich!«, sagte er. Rupert dankte mit einem Lächeln und legte die Ellbogen wie etwas Zerbrechliches lautlos auf die glatten Armlehnen.

»Sie haben vom Leben noch manches zu erwarten«, sprach Milar in die Stille, und Rupert seufzte auf. Er sah den breit dasitzenden, fast bäuerlich wirkenden Mann verloren an. Ein weicher Schatten lag plötzlich in seinen Mundwinkeln. »Meinen Sie?«, fragte er ungläubig.

»Ich sage Ihnen ehrlich, dass ich Sie beneide. Sie sind sehr jung –« Milar machte eine Pause und runzelte nachdenklich die Stirn. »Wie alt können Sie sein? Ich schätze –«

»Vierundzwanzig!«, sagte Rupert. Hastig benetzte er seine trockenen Lippen mit der Zunge.

»Als ich vierundzwanzig war, rannte ich als Reporter herum. Ich hatte viel Mut, wenig Geld und defekte Sohlen. Die Socken waren auch meistens zerrissen.« Er hob ein Bein und betrachtete seine hellgelben, gepflegten Schuhe. »Das waren Zeiten, mein Lieber. Aber Sie haben viel mehr Möglichkeiten, als ich damals hatte.«

Rupert schaute ihn zweifelnd an. »Aber«, sagte er, verlegen den Kopf wiegend. Er wusste momentan mit seinen Händen nichts anzufangen und verschränkte sie über dem Bauch. »Ich darf Ihnen also diese Arbeiten hierlassen, Herr Milar? Wenn Sie bald etwas brächten, wäre ich Ihnen dankbar.«

»Brauchen Sie Geld?«, fragte Milan. »Ich könnte Ihnen einen Vorschuss anweisen lassen.«

»Nein, danke!«, wehrte Rupert ab. »Ich – ich brauche es wirklich nicht so dringend.«

»Gut.« Milar ließ den Kopf vorfallen. Einen Augenblick lang verdoppelte sich sein Kinn. »Gehen Sie einmal zu meinem Freund Würffel vom ›Rundblick der Woche‹ und berufen Sie sich auf mich. Vielleicht hat er einen netten Auftrag für Sie.«

»Oh, danke. Sie sind so gut zu mir. Ich –« Rupert rang nach Worten.

»Aber ich bitte Sie, Kleistchen, was heißt denn das? Ich möchte Ihnen vorwärtshelfen, nichts weiter. Sie sind, dies ist wenigstens mein Eindruck, ein verträumter Jüngling ohne jeden Geschäftsgeist. Idealismus ist gut und schön, aber der Magen des größten Idealisten pocht auf sein Recht, und in unserem Zeitalter kann sich ein dichtender Klausner nicht mehr durchsetzen. Die Welt mit ihren Hindernissen und Hemmschuhen ist eben ein Rahmen, in den wir uns einfügen müssen. Sie haben leider gar keinen Sinn für Ziffern. Sie sind auch kein Agent, der aus eigener Initiative seine Ware anpreist, sondern Sie möchten wohl am liebsten mitten im Wald in einem hohlen Baum wohnen, Verse machen, den Tau von den Blumen trinken und dem lieben Gott für Ihren Frieden danken.«

Ruperts Wangen färbten sich langsam rot. »Sie haben recht, Herr Milar, ich bin sicher ein Fremdkörper zwischen den anderen Menschen. Ich bin ein Außenseiter, ein Sonderling, ein –«

»Darüber wollen wir in fünf Jahren weiterreden, lieber Freund. Noch ringen Sie um Erfolg, noch ist Ihr Name auf keinem Buch gestanden. Warten Sie – aber nicht untätig. Eiserner Fleiß! Hören Sie? Eiserner Fleiß! Nicht schlapp werden. Mutig sein und Vertrauen haben. Sie dürfen nicht Ihre Energie an phantastische Projekte verschwenden und Ihren Hirngespinsten – verzeihen Sie den groben Ausdruck – Nahrung geben. Denken Sie sich, Sie seien ein Baum mit gesunden Ästen, und diese Äste sollen Früchte tragen. Sie können es auch, aber da ist ein Ästchen, das hoffnungslos und unnütz ist. Es ist schwach und krank, entzieht aber dem Baum enorme Kräfte. Wenn Sie ein kluger Baum sind, werden Sie diesen schädlichen Ast dem Sturm entgegenhalten, damit er gebrochen wird. Ich möchte gern in Gestalt eines Gärtners an Sie herantreten und den bösen Ast einfach absägen – doch dazu müsste ich ein besserer Psychologe sein. Vielleicht übernimmt einmal ein anderer Mensch – bewusst oder unbewusst – diese Mission. Am besten allerdings wäre, wenn Sie zu dem Ast sagten: ›Du bekommst von mir keinen einzigen Tropfen mehr. Ich lasse dich absterben, du bist mir schädlich und außerdem ein Schönheitsfehler. Untersteh dich nicht länger, mich zu belasten.‹ Sie hätten Erfolg damit. Die anderen Äste würden nach dieser schmerzlosen Operation sofort produktiver und kräftiger werden.«

»Ein guter Vergleich«, sagte Rupert. Es klang nicht überzeugend, obwohl Rupert bemüht war, die plötzlich in ihm wach gewordene Hoffnung in diese drei Worte zu legen.

»Na schönt!« Milar lümmelte sich behaglich auf einen Stoß abgegriffener Manuskripte. »Wir werden ja sehen. Und jetzt muss ich die Theaterseite in Angriff nehmen. Besuchen Sie mich bald wieder und vergessen Sie den ›Rundblick der Woche‹ nicht.«

Er lächelte, erhob sich und schob Rupert mit seinen dicken Händen vor sich her, zur Tür hinaus. Die Sekretärin blickte trüb von ihrem Stenogrammheft auf und dankte gleichgültig für seinen Gruß.

Rupert Kleist lief beschwingt die Stiege hinab. Als er auf die Straße trat, kam ihm der Widerschein des Himmels in allen Fenstern wie eine freundliche Verheißung vor.

Morgen ist Sonntag, dachte er aufatmend und presste seine leere Mappe fest an sich. Die Welt gehört ebenso gut mir wie den anderen Menschen. Und ich werde Leni wiedersehen –

*

Im Halbstock hatte er eine unangenehme Begegnung, die ihn Milars Worte und seinen schwach aufkeimenden Optimismus wieder vergessen ließ. Frau Kubin kam mit einer jungen Dame die Treppe herab und sprach lebhaft auf die Fremde ein. Als sie Rupert gegenüberstand – er hatte in seiner Ungeschicklichkeit versäumt, ihr rechtzeitig auszuweichen –, sagte sie in vulgärem Tonfall: »Das ist er – das ist Herr Kleist –«

Rupert grüßte. Sein Herz war plötzlich schwer wie ein Stein. Ein jäher Schreck zog alle Farbe aus seinem schmalen Gesicht. Langsam ging er vorbei. Das war Fräulein Lupe, hämmerte sein Gewissen. Fräulein Lupe! Wieder jemand, der mich verachten wird, ein neues Gesicht in der Reihe meiner Widersacher. Wie sonderbar sie mich angesehen hat.

Rupert erinnerte sich an ein zartes Mädchenantlitz – er selbst war vielleicht sieben Jahre alt gewesen, als es manchmal im Halbdunkel des Stiegenhauses auftauchte. Maria hatte sich oft von ihm abgewandt, wenn er sie zu einem Spiel mit gläsernen Kugeln oder zum Betrachten seines schmutzigen Tierbuches in den Hof locken wollte. Sie war etwas älter als er, überlegener und stolzer, und Rupert entsann sich mit Unbehagen ihrer schon damals so eigenwilligen Haltung ihm gegenüber. Jahre waren darüber vergangen. Er hatte das Mädchen, das immer bessere Schuhe trug als er, längst vergessen. Nun war es wieder an ihm vorbeigegangen, groß, schlank, vornehm gekleidet und kühl bis in die silberblonden Haare.

Rupert lehnte sich gegen das Geländer der Treppe, bis sein Herz ruhiger schlug. Seine Füße aber blieben schwer und zitterten innerlich wie nach einer langen Wanderung. Er sehnte sich nach seinem Bett und schämte sich gleichzeitig seines Wunsches, nichts zu tun, als das Gesicht zur Wand zu kehren, zu schlafen und zu vergessen. Ihm war, als trage er wirklich eine quälende Last, eine unverzeihliche Schuld auf seinen Schultern. Milar hatte recht, er musste seinen Körper stählen. Die geringste seelische Erschütterung machte ihn unfähig, sich zu bewegen. Er durfte kein jugendlicher Greis sein, wollte er seinen Geist nicht in verworrene Abgrunde stürzen sehen. Körperliches Siechtum schien ihm die erste Stufe zum Verfall alles Geistigen. Immer mehr festigte sich in Rupert die Überzeugung, dass ihn ein gesunder, bis in die letzte Faser von einem klaren Willen beherrschter Körper vor psychischen Verwirrungen bewahren werde. Und er dachte nun an Milars Rat, dass er schwimmen und Rad fahren solle, wie an eine Offenbarung, wie an einen Ausweg für seine Furcht vor dem Wahnsinn.

Er besaß kein Rad, und wenn er nicht regelmäßig schwamm, konnte auch diese Betätigung nicht wirksam werden. Da erhellte sich sein Gesicht. Turnen, dachte er und dankte dem Augenblick für diesen Einfall. Morgens und abends vor dem Essen körperliche Übungen, das würde sicher helfen.

Rupert fühlte, wie seine Niedergeschlagenheit wich. Er beschloss, mit aller Energie gegen seine Mattigkeit anzukämpfen und sie zu überwinden. Und er klammerte sich an die Vorstellung, dass er arbeiten werde, bis der Bleistift seiner Hand entglitte –

Luise öffnete ihm die Türe. »Wir sind beim Mittagessen. Gut, dass du kommst.«

Er war blass und seine Hände zitterten, als er zu essen begann. Wie ein Schüler, der ein schlechtes Gewissen hat und einen Strafzettel unterschreiben lassen muss, streifte er das Gesicht der Mutter.

»Fühlst du dich nicht wohl?«, fragte Frau Kleist besorgt.

»Es ist so schwül heute«, entgegnete er leise.

»Fräulein Lupe ist vormittags angekommen«, berichtete die Mutter. »Sie scheint ihren Verlust weniger tragisch zu nehmen, als ich vermutet hatte.«

»Woher weißt du das?«

»Ich habe mit ihr gesprochen.«

»So!«

»Ja, ich hörte von Frau Toifl, dass sie gekommen sei – und ging zu ihr hinauf.« Die Mutter kratzte mit der Gabel verlegen auf ihrem Teller. »Ich musste mit ihr reden. Glaubt mir, ich ging nicht aus Neugier hinauf. Ihr habt bis jetzt nicht gewusst, dass ich für Herrn Lupe die Wäsche flickte und reinigte. Wir brauchten Geld, und ich dachte mir, ich würde es schon aushalten. Es war nur alle vierzehn Tage – und – ich bin ja immer noch stark genug.«

Fanny griff nach ihrer Hand. »Aber Mutter!«

Frau Kleist versuchte zu lächeln. »Meine Rente ist schrecklich klein«, stammelte sie.

Rupert schwieg. Er war zutiefst beschämt.

»Ihr seid erwachsen«, setzte die Mutter fort, »und ich kann euch jetzt sagen, dass Herr Lupe mit mir zusammenleben wollte. Er bat mich schon vor zwei Jahren darum. Sicher hat er es gut gemeint, und er dachte bestimmt, ihr könntet allein fertig werden. Aber ich habe es euch zuliebe nicht getan.« Sie glättete eine Falte ihrer Schürze und setzte zögernd fort: »Er verstand mich gut und nahm an meinen Sorgen Anteil, doch er wollte nicht einsehen, dass ich schon zu alt war, um wieder zu heiraten.« Sie stockte. »Ihr seid mir doch nicht böse, nicht wahr?«

Rupert stand auf. Sein Blick war von Tränen verschleiert. Zart legte er eine Hand auf die Schulter der Mutter. »Man geht so oft aneinander vorbei. Und ich habe viel gutzumachen an dir –«

»Ach Kinder, mir ist so weh ums Herz«, sagte die kleine, alte Frau und senkte den Kopf, um den Schmerz zu verbergen, der ihr Gesicht verkrampfte.

Die Schwestern waren verlegen dagesessen, von der unerwarteten Szene peinlich berührt. Nun zog Fanny die Jüngste aus der Küche und flüsterte: »Komm, lass sie allein.«

Sie öffnete den Kasten und fragte, während sie ihre Kleider musterte: »Was soll ich anziehen, Luischen? Ich habe heute etwas vor. – Ich bin eingeladen.«

Luise sah sie überrascht an. »Wirklich? Eine Verabredung?«

»Ja. Er ist Maler. Sonntag war er bei Rupert. Ich soll mir heute seine Bilder im Atelier ansehen –«

»Warum wirst du so rot, Fanny?« Luise lachte warm. »Du bist doch nicht verliebt in ihn?«

»Ich weiß es noch nicht«, wehrte Fanny die Neugier der Schwester ab. »Er ist sehr nett – und klug.«

»Das freut mich.« Luises Gesicht war hell und rosig, ein sanfter Zug lag um ihre Lippen. »Endlich kommst du unter ordentliche Leute. Daheim ist es so langweilig und kahl.«

Luise setzte sich in den Schaukelstuhl und wiegte sich genießerisch. »Ich dachte schon, du wolltest wirklich eine alte Jungfer werden – du warst immer zu schwerfällig und solid, Fanny.«

Die Schwester lächelte. Die Kritik Luises an ihrer Vergangenheit schmerzte sie nicht. Die Gegenwart war anders und wies tausend lebenswarme Wege in die Zukunft.

»Ist er hübsch?«

»Ja, sehr.« Fannys Augen nahmen einen versonnenen, nachdenklichen Ausdruck an.

»Er ist sicher auch unverdorben, trotzdem er mit Modellen zu tun hat.«

»Hoffentlich ist er nicht zu schüchtern.«

»Nein, im Gegenteil – sehr selbstbewusst.«

»Weil wir schon so schön miteinander plaudern, muss ich dir von Helmut erzählen.« Luise quittierte Fannys fragenden Blick mit einem offenen Lächeln. »Helmut – ist mein Freund. Wir werden wahrscheinlich heiraten. Aber das hat noch lange Zeit. Das heißt, es muss Zeit haben, weil Helmut studiert. Und er steht ganz mittellos da, sein Vater hat ihn nach der Matura hinausgeworfen. Nun, er war damals schon ein Windhund.«

»Aber Luise!«

»Das ist kein Schimpfwort, ich meine es auch gar nicht böse. Seine leichte Art gefällt mir. Wenn er wie Rupert wäre, hätte ich mich niemals in ihn verliebt. Du ahnst nicht, wie die Mädchen ihn verfolgen.«

»Hast du nicht Angst, dass er dich enttäuscht?«

»Nein, er liebt mich. Und ich halte ihn dauernd in Atem. Ich bin immer anders, einmal übermütig, dann wieder ganz hingebungsvoll und zärtlich, einmal schlicht, einmal grausam und kalt –«

»Warum machst du das?«

»Um ihn nicht zu langweilen. Er darf nie sicher sein, ob ich ihn ernst nehme, und er darf mich nicht durchschauen. Deshalb lasse ich ihn manchmal glauben, er sei mir gleichgültig – du solltest sehen, wie sehr er sich da um mich bemüht! Nur wenn ich fühle, dass er sentimental wird, bin ich weich und ganz liebevoll wie eine Mutter.«

»Du spielst also Theater«, sagte Fanny hart.

»Theater? Ich weiß, er ist flatterhaft und braucht Abwechslung. Und ich habe Temperament genug, mich dauernd zu wandeln. Was glaubst du, wenn ich immer sanft und schmiegsam wäre? Er würde einschlafen!«

»So könnte ich nicht sein«, sagte Fanny leise und traurig. Sie sah wie ein Kind aus, obwohl sie zwei Jahre älter war als Luise.

»Hm!«, machte Luise. Es klang verächtlich. Sie schaute Fanny aus halb geschlossenen Augen zu, wie sie ihre Kleider musterte.

»Nimm das lavendelblaue, es passt gut zu deinen Haaren. Soll ich dir meinen Lippenstift borgen? Nein? Du müsstest es tun – was denkst du – ein Maler.«

»Er hat mich, als er hier war, auch ungeschminkt gesehen. Vielleicht wäre er enttäuscht.«

»Du bist kindisch, Fanny. Er braucht es fast nicht merken. Ich helfe dir gern, wenn du willst. Verlass dich auf mich.«

Die Türe ging auf. Rupert kam langsam herein, es sah aus, als trete er nur mit den Fußspitzen auf.

»Wir schlafen nicht«, lachte Luise und sah ihn kalt, verständnislos an. »Warum schleichst du so?«

Rupert beachtete sie nicht. Er streichelte sein Kinn und wandte sich verwundert an Fanny. »Du gehst fort?«

Fanny nickte.

Der Bruder neigte den Kopf schräg nach vorne und räusperte sich.

»Das begreifst du nicht, Pertie, sie hat ein Rendezvous.«

»Ich gehe zu Peter Wahl«, fügte Fanny erklärend hinzu. »Hast du es vergessen?«

Rupert sah sie finster an. Er leckte verwirrt über seine Lippen. »Ach so!«, sagte er überrascht. »Zu Peter Wahl, ja, aber ich glaube, es wäre besser, du würdest zu Hause bleiben.«

Fanny schüttelte den Kopf. »Ich verstehe dich nicht – was hast du gegen ihn?«

»Du bist ja verrückt!«, pfauchte Luise. »Warum willst du Fanny die Freude verderben und sie daheim festnageln?«

Rupert setzte sich auf sein Bett. »Ich vergaß dir zu sagen, Fanny, dass heute andere Mädchen zu ihm kommen. Du warst schon draußen, als er mit Kalander darüber sprach. Es war ihm anscheinend unangenehm, dich eingeladen zu haben. Ich fürchte, du würdest nur stören!«

Fanny war blass geworden. »Andere Mädchen?«, fragte sie. »Davon wusste ich nichts.«

Mit einer müden Geste legte sie ihr Kleid über eine Stuhllehne. »Hast du dich nicht verhört, Rupert?«

Der Bruder stand auf und ging langsam zum Bücherregal. »Und außerdem würde er dich überreden, ihm Modell zu stehen«, sagte er schroff. Es war, als spreche er zur Wand. »Du darfst nicht glauben, dass er nur dein Gesicht malen will.«

Luise lachte gereizt auf. »Altmodischer Uhu! Du tust ja, als ob das ein Verbrechen wäre. Und du willst ein Künstler sein –«

»Es passt nicht zu Fanny«, brummte er, immer noch die Wand anstarrend.

»Hör nicht auf ihn«, sagte Luise. »Er möchte dir am liebsten eine Ritterrüstung anziehen, damit man nicht sieht, dass du eine Frau bist.«

»Ich bleibe zu Hause.« Fanny schob einen Haken in ihr Kleid.

»Sei nicht so hilflos«, schalt Luise. »Schließlich handelt es sich um dich und nicht um Rupert. Er soll ein Buch über den Segen der Einsamkeit schreiben und durchs Fenster springen.« Sie lief aus dem Zimmer. Hart fiel hinter ihr die Tür ins Schloss.

»Was wirst du tun?«, fragte Rupert. Sein Mund zuckte.

»Ich sagte es schon. Ich bleibe zu Hause.«

Fanny schloss den Kasten und wandte sich dem Bruder zu. »Ich bin froh, dass du mir das gesagt hast.«

Er verzog das Gesicht zu einem kläglichen Lächeln. »Du weißt ja, Fanny, ich meine es gut mit dir. Und ich kenne Wahl zu wenig, um zu wissen, ob er anständig ist.«

»Seine Bilder sprechen für ihn. Ich könnte niemals schlecht von ihm denken.« Fannys Miene wurde abweisend. »Und du – du hast dich mit der Mutter nun ganz versöhnt, nicht wahr?«

Er nickte. »Ich hatte keine Ahnung, wie sehr sie leidet. Und ich war scheußlich.«

»Wir müssen ihr den Verlust tragen helfen. Begreifst du nun, warum sie nicht am Begräbnis teilnahm und erst gestern auf den Friedhof fuhr? Sie wollte allein sein mit dem Toten und hätte sich vor den vielen neugierigen Frauen ihrer Tränen geschämt. Während der Beerdigung des alten Lupe saß sie beim Fenster und starrte vor sich hin – stundenlang. Ich wagte nicht, sie anzusprechen.«

»Du warst nicht im Büro?«

»Nein. Nachmittags arbeiteten Maurer in der Schreibstube, wir durften nach Hause gehen.«

»Ich habe heute Fräulein Lupe im Stiegenhaus getroffen. Sie sah über mich hinweg, obwohl Frau Kubin sie auf mich aufmerksam machte.«

»Erwartest du, dass sie dich anspricht? Sei nicht so ängstlich, Pertie. Du brauchst kein schlechtes Gewissen haben.«

»Ach!« Er schob die Unterlippe vor. »Es ist mir trotz allem peinlich. Hoffentlich reist sie bald wieder ab.«

»Was sollte sie hier tun? Sie würde vielleicht ihre Stellung verlieren, wenn sie zu lang wegbliebe. Und ich glaube nicht, dass sie ihren Vater sehr geliebt hat, sonst wäre sie zu seinem Begräbnis gekommen. Das Telegramm wird sie wahrscheinlich noch Montag erhalten haben.«

»Ja, ja«, sagte Rupert. Er sah müde aus. »Mir tut die Mutter leid. Sollten wir ihr nicht Blumen holen, Fanny?«

Ihre Augen leuchteten freudig auf. »Ja, komm, wir werden sie damit überraschen.«

Leise verließen die Geschwister die Wohnung und liefen Hand in Hand, wie in der Kinderzeit, die graue Gasse hinunter.

»Gestern habe ich jemanden getroffen, Fanny –«

»Nun?«

»Artur Kalander!« Rupert warf einen flüchtigen Blick auf Fannys Profil. Die Schwester schien nichts Besonderes an seiner Begegnung zu finden.

»Ist er nicht ekelhaft?«, fragte sie.

»Er ist nicht dumm. Was hast du gegen ihn?«

»Ich weiß es eigentlich nicht. Aber ich lehne ihn ab – vielleicht kenne ich ihn auch zu wenig. Welche Rolle spielt er nur bei der ›Parallele‹?«

»Er finanziert die ganze Geschichte. Stell dir vor, er fragte mich, ob du an jemanden gebunden bist. Dabei glotzte er mich an, als ginge es um seine Karriere.«

Fanny lachte. Doch plötzlich fiel ein Schatten über ihr Gesicht. Sie hatte sich an Peter Wahl erinnert. Nun würde er vielleicht schon warten – oder atmete er bereits auf, weil er keine Schritte auf der Treppe vernahm? Sie ging still neben dem Bruder einher. Einmal blickte sie ihn forschend an, als fürchte sie, er könne ihre Gedanken erraten.

Er fühlte den Wechsel ihrer Stimmung. »Bist du traurig?« Seine Stimme klang schuldbewusst.

»Nein, gewiss nicht. Oh, dort drüben gibt es Blumen!«

Sie hatten den Markt erreicht und wandten sich dem ersten Verkaufsstand zu. Fanny wählte einen großen Strauß langstieliger Margeriten. »Mutter hat sie sehr gern!«, sagte sie wie entschuldigend. »Gefallen sie dir?«

»Sie sind ein wenig kalt«, meinte Rupert vorsichtig. »Aber nimm sie nur –« In seine Wangen stieg jäh hektische Röte. Er stieß eine Frau zur Seite, die neben ihm in einer Blumenkiste wühlte und schaute angestrengt zu den Gemüseständen hinüber. Hatte er sich getäuscht? War nicht Leni dort drüben gegangen?

»Verzeih, Fanny«, sagte er. »Ich habe jemanden gesehen, den ich unbedingt sprechen möchte.« Er sprang über einen Korb mit Stiefmütterchen und verschwand zwischen den grauen Holzbuden.

Fanny zahlte und ging langsam über den Brunnenplatz. Von hier hätte ich nicht weit zu Peter Wahl, dachte sie. Was wird er von mir halten? Ich habe mich lächerlich benommen. Das kommt mir erst jetzt zum Bewusstsein, da ich nicht mehr unter Ruperts Einfluss stehe. Wenn ich doch noch hinginge?

Sie sah zweifelnd an sich herab. Schade, dass ich nicht das lavendelblaue … Sie hielt im Gehen inne. Ich will, ja, ich will –

Sie schritt eilig dahin. Schmerzhaft hart schlug ihr Herz, ein warmer Glanz vertiefte das Grün ihrer Augen. Bei einer Auslage blieb sie stehen und musterte sich. Das bunte, einfache Kleid stand ihr gut, und der Strauß der Margeriten lag leuchtend in ihren braunen Armen.

Was kann mir Böses geschehen, dachte sie. Aber sie presste die Zähne auf die Lippen, als sie in den vornehmen Flur des fremden Hauses trat.

Ein angenehmer Vanilleduft umfing sie, während sie die Treppe hinaufstieg. Im vierten Stock blieb sie stehen und wartete, bis ihr Atem ruhiger wurde. Die letzten Stufen lagen kühl und sauber vor ihr, die bemalten Fenster gossen leuchtende Farbflecke auf den glatten Marmor. Ihr war, als träumte sie. Sie stand vor Peters Türe und hob zögernd die Hand zur Klingel.

*

»Es hat geläutet«, sagte Dora, »Ich glaube, wir dürfen doch noch dein neues Modell bewundern, Peter.«

Wahl stellte sein Weinglas unsanft auf den Tisch. »Ich habe eigentlich nicht Lust, aufzumachen.«

»Dann sprich leiser«, flüsterte Rosi. »Die Tür zum Vorzimmer ist nur angelehnt.«

»Ihr habt mich heute zum Hausherrn erklärt und müsst jetzt auch meine Künste bewundern!« Artur Kalander schloss die Küchentüre und balancierte ein überladenes Servierbrett zum Tisch. »Was sagt ihr? Herzkirschen in Likör. Meine Erfindung!« Er lachte dröhnend.

»Sei still«, mahnte Rosi. »Es steht jemand vor der Türe. Aber wir wollen uns nicht stören lassen.«

»Wisst ihr, wer es ist?«, fragte Artur.

»Ein Modell!«, erwiderte Dora, großartig tuend. »Angeblich kennst du das Mädchen auch, Artur.«

Peter blickte ihn beschwörend an. »Es kann nur Kleists Schwester sein«, sagte er gedämpft.

»Dora spricht von einem Modell!« Artur sah erschrocken und

böse aus. Er maß Peter mit einem missbilligenden Blick. Wie konnte er Fanny als sein Modell ausgeben? Nur aus Rücksicht auf Rosi und ihre krankhafte Eifersucht?

»Du bist ein Lümmel!«, sagte er und sprang zur Türe. Fanny war schon ein Stockwerk tiefer.

»Fräulein Kleist, o bitte, bleiben Sie stehen!« Kalander hing trotz seines schwerfälligen Körpers wie ein Akrobat über dem Geländer und streckte die Arme aus. »Verzeihen Sie«, keuchte er. »Wir wussten wirklich nicht, dass Sie noch kommen würden.« Sein rundes Gesicht glänzte vor Eifer und Verlegenheit.

Zögernd kam Fanny zurück. Der Margeritenstrauß bebte in ihren Händen. Sie versuchte ein Lächeln.

Artur lief ihr bis zum Halbstock entgegen. »Ich freue mich sehr!«, sagte er herzlich. »Und Peter wird ebenso begeistert sein. Wir haben Besuch, doch das soll Sie nicht erschrecken. Bitte, kommen Sie, ich habe eben meine Giftmischerkünste vorgeführt. Sie werden hoffentlich zufrieden sein.«

Es war früh am Nachmittag, aber die Fenster des halb als Wohnzimmer, halb als Atelier eingerichteten Raumes waren verhängt, und in den grotesken, verrenkte Tänzer darstellenden Leuchtern brannten rote Kerzen. Bequeme Stühle standen um den mit Bäckereien und Gläsern besetzten Tisch.

»Künstliche Barstimmung«, erklärte Peter, nachdem er die Mädchen miteinander bekannt gemacht hatte. Sein Gesicht verriet keinen seiner Gedanken, selbst Artur streifte er mit einem freundlichen Blick. Dora und Rosi lächelten gezwungen.

Artur wandte sich an Peter. »Wäre das nicht ein prächtiges Bild: ›Mädchen mit Margeriten‹.« Er sah Fanny strahlend an. »Schade, dass ich kein Maler bin!«

»Sie sind sehr liebenswürdig«, sagte Fanny scheu.

Die Mädchen sahen sie aus der Umrahmung ihrer getuschten

Wimpern kritisch an. Sie ist sehr hübsch, aber keinesfalls schick, dachte Rosi. Dass Fanny nicht schick war, beruhigte sie. Fanny kam also als Konkurrentin nicht in Betracht, denn Peter hing – Gott sei Dank – an äußerer Harmonie mehr als an innerer.

Dora schob eine Waffel zwischen ihre grausamen roten Lippen und dachte: Ihr Kleid ist zu lang. Ich habe sie mir anders vorgestellt. Und Artur benimmt sich einfach täppisch.

»Artur, bitte zieh die Vorhänge auf. Ich will Fräulein Kleist die Bilder bei Tageslicht zeigen«, sagte Wahl. Er zog zwei tiefe Falten auf der Stirn und erwiderte die fragenden Blicke Rosis mit einer resignierten Geste.

»Das ist schrecklich ungemütlich«, tadelte Dora. »Willst du die ganze Stimmung zerstören?«

»Dora hat recht«, stimmte Rosi zu und nahm eine Zigarette. »Komm, Peter, gib mir Feuer.«

Artur schob einen fünften Stuhl an den Tisch und nahm Fanny die Blumen aus der Hand. »Bitte, versuchen Sie doch den Likör. Er ist süß. Ich werde eine Platte auflegen. Sie sollen sich wohl fühlen.«

Offenbar war ihm Fannys Befangenheit nicht entgangen. »Was hören Sie gern?« Seine besorgten, warm klingenden Worte überstürzten sich. Er achtete nicht auf Doras warnende Blicke. Wenn sie wütend war, hob sie arrogant die rechte Braue und schob herausfordernd das Kinn vor. Als sie merkte, dass niemand ihren Unwillen zur Kenntnis nahm, änderte sie ihre Pose, schlug die Beine übereinander und lehnte sich lässig in ihrem Stuhl zurück.

Fanny sah sie an. Warum fürchte ich diese Art von Mädchen, grübelte sie. Sie sind elegant und sicher sehr raffiniert – ja, sie sind auch hübsch. Doch ich glaube nicht, dass sie viel im Kopf haben. Sie wandte sich Artur zu, der immer noch unschlüssig stand und ihre Antwort erwartete.

»Vielleicht eine Serenade –« schlug sie stockend vor.

»Sie lieben schwermütige Musik, nicht wahr?« Artur öffnete den Plattenschrank. »Ich fürchte nur, dass Peter nicht viel Gediegenes aufzuweisen hat. Er schwelgt in Foxtrotts und tollen Schlagern. Was denken Sie, welche Mühe es mich kostet, ihn ab und zu in die Oper zu lotsen. Ein Wunder, dass er so solid malt!«

»Lass Peter in Ruhe«, schmollte Rosi. »Du bist ein Ekel, Dicker.«

»Er ist schon viel schlanker, seit er mit mir Tennisspielen geht«, verteidigte ihn Dora. Sie hatte in diesem Augenblick ihren Groll vergessen. »Wartet nur, ab nächster Woche muss er Reitstunden nehmen. Es bleibt ihm nichts erspart!« Sie sprach wie eine Ehefrau, die über die Fügsamkeit ihres Gatten Bescheid weiß.

»Meine neuen Stiefel sind noch nicht fertig«, sagte Artur unwillig.

»Aber Artur!«, sagte Dora gekränkt. Sie begleitete ihren Tadel mit einer abfälligen Geste. »Was hast du heute?« Dann wandte sie sich unvermittelt an Fanny. »Sind Sie Berufsmodell?«

Fanny erschrak über diesen Angriff, dessen Feindseligkeit offen auf der Hand lag. Sie lachte gezwungen. »Wie kommen Sie auf diese absurde Idee?« Ihre Stimme zitterte und klang spröde. Dora fand nicht gleich eine Antwort, und Fanny war plötzlich von wilder Freude erfüllt, weil Dora von ihrer Gegenfrage aus der Fassung gebracht war.

»Ich glaubte –« Dora blickte verwirrt zu Peter hinüber. »Aber Sie haben doch sicher einen künstlerischen Beruf, nicht wahr?«

»Nein. Ich bin Stenotypistin.«

»Interessant!«, sagte Dora. »Stenotypistin.« Sie wog das Wort auf der Zunge und lächelte.

Fanny fühlte einen dumpfen Schmerz in der Brust. Wie seltsam und wie überheblich doch manche Menschen waren.

»Ja«, sagte sie, ihr Likörglas betrachtend. »Das muss es auch geben. Und es ist mir lieber, als nur Vergnügungen zu leben und dem lieben Tag jeden Sinn zu nehmen. Ich habe auch Verpflichtungen meiner Mutter gegenüber. Wir müssen alle zusammenhelfen.«

»So!«, machte Dora. »Sie *müssen* also arbeiten. Das ist allerdings traurig.«

Fanny hatte ihre Sicherheit wiedergewonnen. »Ich finde es nicht traurig!«, erwiderte sie gedehnt. »Ohne Arbeit könnte ich mir mein Leben nicht vorstellen.«

»Wissen Sie, ich halte Stenotypistinnen eigentlich für arme Sklaven, die rein mechanisch tätig sind. Eine Stenotypistin ist eine Maschine, die keinen Geist braucht.«

»Oh!« Fannys Wangen waren tiefrot geworden. Sie biss sich auf die Lippen.

»Wollen wir nicht von etwas anderem sprechen?«, fragte Artur. Er war noch im Zweifel, ob er die Szene ernst nehmen sollte oder nicht.

Dora zog die Lippen schmal und klopfte betont gelangweilt die Asche ihrer Zigarette ab. »Warum sollen wir das Thema wechseln? Es ist amüsant – für mich! Und es bestätigt mir, dass – manche Leute – einen unbegründeten Dünkel pflegen.«

»Es ist nicht schön, wenn man taktlos ist«, sagte Fanny ruhig.

Dora sprang auf. »Und Sie sind ausfallend und aufdringlich.« Beifall heischend blickte sie auf Peter und Rosi, die eng nebeneinandersaßen und, wie aus einem Traum aufgeschreckt, die beiden Mädchen anstarrten. Auch Fanny war aufgestanden. Sie ging mit festen, kurzen Schritten zur Staffelei, vor die Artur ihre Blumen gelegt hatte. Artur kniete sprachlos vor dem Plattenschrank und rang nach Worten.

»Du warst vorlaut, Dora!«, sagte er bestürzt. Dann wandte er sich an Fanny. »Ich bitte Sie, Fräulein Kleist – entschuldigen Sie diesen Zwischenfall. Dora hat zu viel Likör getrunken. Sie meinte es nicht böse.« Er stand auf und kam zögernd auf Fanny zu. Sie schaute ihn verzweifelt an, über seine Stellungnahme beschämt. »Ich meinte es auch nicht böse«, stammelte sie. »Es war dumm von mir.«

»Nein – oh, Sie imponieren mir«, stieß er hervor. »Und ich bedaure aufrichtig, dass Sie beleidigt wurden.«

Dora schritt an ihnen vorbei zur Türe. Grußlos ging sie hinaus, das Gesicht von Hochmut und Zorn entstellt. Artur streckte die Hand nach ihr aus, aber es schien ihm eine Erlösung zu sein, dass er Dora nicht berührte.

»Verzeihen Sie –«, sagte Fanny zu Peter, der verwundert zu ihr aufblickte. »Ich störe nicht länger –«

Peter streifte Rosis Hand von seinem Arm. »Fräulein Kleist«, sagte er, mühsam lächelnd, »ich glaube, Sie waren im Recht. Und ich bitte Sie herzlich, jetzt zu bleiben. Wir wollen es uns gemütlich machen. Artur, was ist mit der Serenade? Du bist ein nachlässiger Kapellmeister.«

Fanny schaute ihn prüfend an. Sie war nun von einer erschreckenden Kälte erfüllt und Herrin ihrer Vernunft. Mitleidlos gegen sich selbst stellte sie fest, dass Peter wohl niemals an ihr Gefallen gefunden hatte und ihr völlig fremd war. Ja, sie hatte nur so innig gewünscht, er möge ähnlich empfinden wie sie und hatte sein Lächeln, seine Blicke und Worte für eine Erwiderung ihrer schnellen Zuneigung gehalten. Rosi, dachte sie, ist einig mit ihm. Ich habe mir etwas eingebildet –

Die Nadel summte in den Rillen einer Platte. Und erlösend klang die warme Stimme einer Geige durchs Zimmer.

»Seid ihr zufrieden?«, fragte Artur. Er lachte schon wieder. Seine Augen glänzten dunkel und erregt. »Fräulein Kleist, Sie bleiben mir zuliebe! Ich bitte Sie darum.« Ohne ihren Widerspruch abzuwarten, zog er sie sanft zu ihrem Stuhl zurück. »Sie haben meine Kirschen noch nicht gekostet. Ich fürchte, Sie halten mich für einen Zauberer, der Liebestränke braut.«

Rosi schien nun aufgeräumter und weniger geziert, da Dora fortgegangen war. Ihr Gesicht drückte beinahe Wohlwollen aus.

»Möchten Sie auch gerne tanzen?«, wandte sie sich an Fanny. »Ich habe plötzlich Lust auf etwas ganz Verrücktes, Wirbelndes –« Sie sprang auf und lief lebhaft durchs Zimmer. »Artur, such etwas Schönes aus«, rief sie. »Einen betörenden Tango!«

Fanny dachte: Es ist anständig von ihr, dass sie die Situation retten will. Bis jetzt schien sie ziemlich blasiert –. Aber sie war dankbar für Rosis Bemühen, und der Anblick Peters schmerzte sie weniger, weil sie sich durch seine Freundin versöhnt fühlte.

Die Kerzen flackerten, als Rosi und Peter an ihnen vorbeitanzten. Widerwillig und doch dem Zauber der neuen Stimmung hingegeben, ließ sich Fanny von Kalander führen. Sie konnte nicht tanzen, aber er war geduldig. Seine Finger bebten. Einmal kamen sich ihre heißen Wangen nahe. Fanny spürte, dass Artur vergeblich gegen eine Erregung kämpfte, die ihre Nähe in ihm weckte. Sie wehrte sich nicht, als er sie enger an sich zog und ihr Haar küsste. Was habe ich nur gegen ihn, dachte sie verzagt. Er ist netter als Peter – und – er ist verliebt in mich.

Sie lächelte und erwiderte den Druck seiner Hand.

Es war ihr gleichgültig, dass Peter Rosis Fingerspitzen an die Lippen zog. Sie wunderte sich nur, dass er vor ihren tomatenroten Nägeln keinen Ekel empfand. Es sah aus, als habe sie in Blut gewühlt. Fanny verzog den Mund. Aber im nächsten Augenblick überrann sie eine Welle inniger Freude über die Geborgenheit in Arturs Armen. Sie triumphierte nicht über Dora, aber sie war über ihre Abwesenheit befriedigt. Sie wollte auch nicht grübeln, welche Rolle Dora in Arturs Leben gespielt hatte oder immer noch spielte – sie wollte sich ganz der Illusion des Glücklichseins hingeben. Unbewusst schmiegte sie sich an Artur und war enttäuscht, als der Tango verklang.

Langsam brannten die Kerzen herab. Peter öffnete ein Fenster, und Rosi lehnte sich neben ihm hinaus. Sie lachten vergnügt und atmeten gierig die reine Luft ein, die über die Dächer wehte.

Der Himmel war schon der Dämmerung offen. Eine Wolke, die massig im Westen über dem Horizont lag, trug noch letzte Spuren einer verblassenden Glut.

Die beiden wandten sich Fanny und Artur zu. Peter sagte aufatmend: »Komisch, wenn man ein Fenster öffnet und frische Luft wittert, wird einem das Kerzenlicht, der Rauch und der Likör zuwider. Habt ihr nicht auch Verlangen nach einem kleinen Spaziergang?«

»Du hast recht«, rief Artur heiter aus. »Weise uns die Tür!« Zu Fanny sagte er leise und zärtlich: »Ich freue mich auf den Heimweg.«

»Sie dürfen meine Blumen tragen!«, scherzte Fanny übermütig, angeheitert vom Likör und der Atmosphäre des Zimmers.

Als sie die Treppe hinabstiegen, nahm Artur ihren Arm. »Lassen wir Rosi und Peter allein durch die Straßen lustwandeln – ich möchte Ihnen gern mein Stammlokal zeigen. Es ist eine reizende Weinstube mit einem romantischen Garten. Dort verkehren fast nur Künstler und andere fidele Leute.«

»Meine lieben Freunde«, sagte er vor dem Haustor, »verzeiht, wenn unsere Wege sich trennen. Das Schicksal will es so!« Er glänzte vor Eifer.

Peter und Rosi waren begeistert. Als das andere Paar um die Ecke des Hauses gegangen war, traten sie wieder in den kühlen, dämmerigen Flur und stiegen, eng aneinandergeschmiegt, die Treppe empor.

Glockengeläute schwang über die Dächer, und die Düfte des Frühlings strömten durch die Fenster.

*

Die Tür der Fischerhütte war versperrt. Rupert drückte mehrmals die rostige Klinke nieder, trommelte mit den Fingern gegen das Holz und setzte sich schließlich ratlos auf den Bootsrand. Sein Herz, das den ganzen Vormittag in freudiger Erregung gepocht hatte, war nun merkwürdig besänftigt, als füge es sich in Demut der großen Enttäuschung, die ihm widerfuhr.

Eintönig rauschte das Wasser gegen das Boot, ein aufgedunsenes Hündchen trieb auf den Wellen vorbei. Rupert verlor es bald aus den Augen. Er saß reglos da und grübelte. Er schwankte noch, ob er die Hoffnung Leni wiederzusehen aufgeben solle. Noch stand die Sonne hoch, und die Ufer waren von Leuten belebt, die, wie er, ihre Kleider trugen und erst einen Lagerplatz suchten. Aber die Fähre hatte nun schon viermal am diesseitigen Ufer angelegt, und Rupert blickte den langsam näher kommenden Gruppen mit immer größerer Angst und bitterem Misstrauen entgegen. Nein, auch diesmal war Leni nicht dabei. Er seufzte, und obwohl er nicht bequem saß, veränderte er kaum seine Stellung. Die Sonne stach unerbittlich durch das schüttere Gewebe seiner weißen Leinenjacke, seine Augen schmerzten von dem grellen Widerschein des Lichtes auf den Wellen, aber sein ganzes Unbehagen war ein innerliches. Wo konnte der Fischer heute sein? Er sagte doch, dass er keine andere Wohnung habe! Rupert horchte auf. Hatte nicht eine Katze in der Hütte mit einer kläglichen Kinderstimme gejammert? Es konnte keine Täuschung sein. Rupert stand hastig auf und hielt sich an der Tür fest, weil das Boot durch die jähe Bewegung hin und her schaukelte. Wieder hörte er einen

Laut in der Hütte. Es war sinnlos, aber er klopfte nochmals an die Tür und legte lauschend ein Ohr an das warme, raue Holz. Der Fischer hatte eine seiner Katzen eingesperrt, konnte also nicht weit entfernt sein. Er musste bald heimkommen, und wenn Leni nicht erschien, konnte er von dem Alten ihre Adresse erfragen. Er würde mit jemandem sprechen, der Leni kannte und ihm sicher helfen wollte, sie zu finden.

Jetzt gingen die letzten Leute vorbei, die die Fähre herübergebracht hatte. Sie trugen Decken, Zeltplanen und kleine Taschen, aus denen grüne Flaschenhälse ragten, sie waren mit Ballnetzen und Rucksäcken behängt und strebten lachend und schwitzend ihren Rastplätzen zu. Der Tag war heiß, zu heiß für die frühe Jahreszeit. Als die Leute in einiger Entfernung waren, zog Rupert seinen Rock aus und legte ihn sorgsam gefaltet über eine niedrige, festgenagelte Kiste. Dann schlüpfte er aus den Schuhen und Strümpfen und sah mit Entsetzen, dass seine Füße von der Wanderung auf den Sandwegen der Auen staubig geworden waren und ungepflegt aussahen. Rasch zog er seine fast bis in die Kniekehlen reichende Hose aus, breitete das Hemd darüber und ging, die Arme auseinanderspreizend, über die Latte ans Ufer. Ein spitzer Stein stach ihn beim Auftreten in die Sohle, er verzog das Gesicht und tastete sich linkisch zum Wasser hinunter. Obwohl nun weit und breit niemand zu sehen war, fühlte er sich beobachtet und bewegte sich hölzern wie eine Marionette. Langsam ließ er sich auf einem großen, heißen Stein nieder und begann übertrieben eilig seine Füße zu reinigen. Das Wasser war kalt. Rupert warf einen Blick über den Uferweg, und als er sich vergewissert hatte, dass ihn niemand sah, benetzte er Brust und Hals, vorsichtig wie ein alter Mann, der eine jähe Abkühlung fürchtet. Endlich tauchte er bis zum Nabel unter und stieß sich mit einem Ruck vom Ufer ab. Als er einem Wirbel zutrieb, schlug er wild um sich und schluckte einen Mundvoll des schmutzigen Wassers. Erregt wandte er sich wieder dem Ufer zu und ging auf der Böschung zu der Hütte zurück. Er war froh, dass er festen Boden unter den Füßen spürte, und eine angenehme Frische überrieselte seinen Körper.

Als er sich ins Gras niederließ, erfüllte ihn wohlige Mattigkeit. Das Wasser kitzelte seine Haut, als die Sonne es aufsog. Rupert rollte die Beine seiner altmodischen Badehose hoch und gab sich dem Genuss der Wärme, dem Streicheln des lauen Windes und den Düften hin, die aus den Auen herüberwehten.

Dann war ihm, als stürze er in eine unendliche Tiefe, die mit dunkelrotem Licht erfüllt war. Er schlief ein. Auch seine Gedanken schliefen, er hatte keine Träume und lag bewegungslos da, sein Mund stand offen und schien zu lächeln.

So fand ihn der Fischer, der, zwei nasse Bierflaschen in einem Strohnetz tragend, von der Erfrischungshütte zurückkam. Er nahm Ruperts Kleider und warf sie auf sein Bett, ließ die Flaschen an zwei Schnüren ins Wasser hinab und begann, nachdem er die kalte Pfeife auf den Tisch gelegt hatte, mit ruckartigen Bewegungen die eiserne Kurbel zu drehen. Draußen rauschte das Netz hoch. Drei dicke Karpfen zappelten darin. Der Fischer wand das Netz höher und höher. Sein nackter Oberkörper glänzte von Schweiß, und die tätowierte Schlange wetteiferte mit den beiden Frauenköpfen auf seiner Brust in grotesken Bewegungen. Endlich stand die Kurbel fest. Der Alte holte ein gestieltes Netz unter dem Bett hervor und beförderte damit die Karpfen in die durchlöcherte Kiste. Gleichmütig ließ er den Holzkasten ins Wasser zurückfallen. Dann setzte er sich aufatmend in die nach Teer und warmem Holz duftende Hütte, nahm eine Katze auf den Schoß und kraulte sie zwischen den weichen Polstern ihrer Sohlen. Sie schnurrte, den scheckigen Kopf an seiner Brust reibend.

Plötzlich erinnerte sich der Fischer, dass draußen der wunderliche Jüngling lag, der letzten Sonntag den Karpfen vergessen hatte. Er stand auf, und zwischen der niederen Tür stehend, rief er hinaus: »Ihre Kleider sind gestohlen worden – wollen Sie dem Dieb nicht nachlaufen?«

Rupert setzte sich jäh auf und starrte den Alten erschrocken an. Erst als ein breites Grinsen über des Fischers Züge ging, lächelte auch er und stand auf. Er taumelte beim Gehen. Der Schlummer in der sommerlichen Hitze hatte ihm nicht gutgetan. Schweiß war aus seinen Poren getreten und glitzerte auf der feinen, mädchenhaften Behaarung seines Körpers. Aber seine Haut war kaum gerötet, sie sah fahl und blass aus.

»Ich habe auf Sie gewartet«, sagte er schlaftrunken und zögerte, das Brett zu betreten. Blaue und violette Kreise schwammen vor seinen Augen.

»Die Wärme kommt heuer zeitig«, rief der Fischer und blickte mit zusammengekniffenen Augen gegen den wolkenlosen Himmel. »Es sollte noch ein wenig regnen.«

Rupert ging schwankend über den primitiven Steg und legte seine Hand, deren Adern ein blaues Relief bildeten, in die dar gebotene Pranke des Alten.

»Kommen Sie herein!« Der Fischer betrachtete mit unverhohlenem Bedauern den krankhaft eckigen Körper Ruperts. »Ich habe mir Bier geholt und unterwegs einen alten Bekannten getroffen. Sonst wäre ich schon früher zurück gewesen.«

Er angelte eine Flasche aus dem Wasser, entkorkte sie mit einem derben Griff und goss das Bier in zwei henkellose Steingutbecher.

»Ah«, sagte er nach dem ersten Schluck und leckte seine Lippen. »Das schmeckt mir.« Er nickte Rupert zu. »Warum lassen Sie sich so lange Zeit?«

»Ich bin sehr erhitzt«, erwiderte Rupert. Er nahm den Becher vom Tisch, geziert, abwägend, zwischen Begehren und Ablehnung schwankend.

»Gestern war ich mit meiner Schwester auf dem Markt«, berichtete er langsam, ohne den Blick zu heben. »Einen Augenblick lang war mir, als sei Fräulein Leni vorbeigegangen.« Er stockte und betrachtete die gelben Nägel seiner Zehen. »Aber sie war es nicht – und ich bin ihr eine ganze Weile nachgelaufen.«

»Soso.« Der Fischer füllte nochmals seinen Becher und entleerte ihn genießerisch.

»Wird sie heute kommen?«, fragte Rupert. Sein Mund zuckte nervös.

»Ich weiß es nicht. Sie ist ab und zu bei mir.«

Der Schaum auf Ruperts Bier hatte sich aufgelöst. Rupert trank einen kleinen Schluck. Es sah aus, als wärme er das Getränk im Munde auf.

»Kennen Sie Leni schon lange?«

»Nun ja, seit ungefähr zwei Jahren.«

»Oh!« Rupert blickte überrascht auf. »Zwei Jahre schon?«

»Eigentlich nur zwei Sommer«, verbesserte sich der Alte. »Voriges Jahr kam sie jeden Sonntag. Manchmal auch schon Samstag. Ich schlief dann draußen in den Sandmulden, und die beiden – er lächelte verschmitzt – »blieben über Nacht in der Hütte.«

Die beiden, dachte Rupert. Hatte er sich verhört? Nein, auch die vielsagende Miene des Fischers belehrte ihn eines Besseren. Ein schmerzliches Verstehen zeichnete sich im Gesichte Ruperts ab. Leni war nicht allein gewesen.

»Was sagte ihre Mutter dazu?«, fragte er mit gequälter Stimme.

»Darum habe ich mich nie gekümmert. Später kam Leni immer allein und wartete. Sie sieht nicht einmal so aus, als ob sie an Erinnerungen hinge. Aber dieser Mann war ihre erste Enttäuschung.

Und sie ist erst achtzehn. Ich glaube, dass sie ihn noch immer gernhat. Die ersten Male, wenn sie allein kam, weinte sie. Sie wehrte sich nicht gegen mein Mitleid, doch wenn ich Georg einen Lumpen nannte, wurde sie böse. Jetzt sprechen wir nicht mehr von ihm, es ist ihr lieber so.« Der Fischer blickte Rupert nachdenklich an. »Gefällt sie Ihnen?«

Der Gefragte erschrak und fand kein Wort der Entgegnung. Aber sein Schweigen und der klägliche Ausdruck in seinen Augen sagte dem Alten genug. Er stand seufzend auf, die zweite Flasche zu holen. In der Tür blieb er stehen, halb zurückgewandt. »Leni ist nicht leicht zu behandeln. Sie hat sich in eine krampfhafte Verachtung der Männer verrannt. Das ist nicht der richtige Weg. Eigentlich quält sie sich selbst am meisten. Und ihr Gesicht wird nicht schöner dadurch.«

Rupert zuckte zusammen. Zum ersten Male fühlte er etwas Fremdes, Feindliches zwischen sich und dem Alten. Ist Lenis Hässlichkeit so auffallend, dass man sie bereden muss? Er zog die Augen schmal. Wer weiß, vielleicht hatte sich ihr der Fischer einmal genähert und war abgewiesen worden? Ein einziges bewunderndes Wort hätte dem wehen Herzen Ruperts wohlgetan, aber es wurde nicht ausgesprochen.

Als der Alte wieder in die Hütte trat, senkte Rupert den Kopf. Sein Gesicht war zu schmerzerfüllt, zu enttäuscht und befremdet. Wenn Leni auch nicht kam, wenn er sie nie wiedersah und sie für ihn verloren war, weil sie in einer Erinnerung lebte, müsste er sie dennoch mit der ganzen Stärke seines Gefühls gegen ein Wort verteidigen, das ihr jeden Reiz absprach. Aber er tat es nicht. Er krümmte den Rücken und schaute trüb auf den Jutesack, der in der Hütte aufgebreitet lag.

Genau betrachtet, ist Leni schamlos, dachte er, sich selbst verletzend. Sie schlief mit einem Mann in der Hütte, und der Fischer verbrachte die Nacht in einer Sandmulde. Nicht nur das, die beiden hatten dem Alten gegenüber gewiss kein Hehl daraus gemacht, dass sie einander gehörten. Sie hatten bestimmt nicht versucht, ihm etwas anderes einzureden. Ihnen genügte wohl, dass er ihnen die Hütte für die Nacht überließ.

Der Fischer legte eine Hand auf Ruperts spitzes Knie. »Haben Sie Sorgen?«, fragte er teilnehmend. Ohne eine Antwort abzuwarten, setzte er sich neben Ruperts Kleider auf das Bett und brütete vor sich hin. »Georg hat mir viel geholfen«, begann er endlich in väterlichem Ton zu erzählen. »Er brachte mir oft Lebensmittel. Frisches Brot – solche Laibe.« Er beschrieb einen großen Kreis in der Luft. »Und feste Würfel Landbutter. Manchmal auch ein Stück Speck. Mir ging es damals sehr schlecht. Ich konnte mir nicht einmal Dachpappe für die Hütte kaufen. Es regnete herein.«

Rupert nickte ihm zu. Seine Brust war von grenzenlosem Jammer erfüllt. Er nahm das Gehörte nur halb auf und griff nach seinem Hemd. »Ich werde gehen«, sagte er.

»Leni wird kaum kommen«, ergänzte der Alte. Er holte einen schmierigen Lederbeutel unter dem Kopfkissen hervor und stopfte seine Pfeife. »Um diese Stunde war sie immer schon hier.«

Eine Frage würgte in Ruperts Kehle. Er hätte gerne Lenis Adresse erfahren. Doch er schwieg und biss die Zähne aufeinander. Kurz und ohne Herzlichkeit nahm er Abschied. Seine Finger erwiderten kaum den Druck der kräftigen Hand des Fischers.

»Auf Wiedersehen!« Als er über das Brett zum Ufer ging, wusste er, dass er nur aus Gewohnheit so gegrüßt hafte. Er würde nie wieder hierherkommen. Die Romantik der Hütte allein war nicht imstande, in ihm Sehnsucht zu wecken. Und er dachte bitter, mit sich und seinem Schicksal hadernd: Ein verlorener Sonntag!

Doch während er durch die zauberhaft vor ihm ausgebreiteten Auen heimwärts wanderte, machte seine innere Müdigkeit einer jähen Erregung Platz. Verloren? Nicht ganz! Er würde ein Gedicht schreiben, das erfüllt war vom Schmerz aller Enttäuschten, aller einer süßen Hoffnung beraubten Menschen. Und er atmete durstig die nach Erde duftende Luft ein und schritt rascher dahin. Worte von tragischem Dunkel flogen ihm zu, tausend Einsamkeiten öffneten sich seinem Blick – er trank sie und formte Verse in seinem Herzen, die wie im Lichte einer düster untergehenden Sonne bildhaft glühten.

*

Als er in die Sackgasse einbog, war er müde, aber er brannte vor Ungeduld, das Gedicht niederzuschreiben. Er schritt grußlos an den Frauen vorüber, die neben dem Haustor auf wackeligen Stühlen saßen, Wolle abwickelten und strickten. Sie hoben die Köpfe und blickten ihm giftig nach.

»Er hat es nötig, so stolz zu sein«, sagte Frau Sigmund laut.

Rupert hörte es noch und biss sich in die Lippe. Das drückende Stiegenhaus mit den abgeschlagenen Wänden legte plötzlich ein graues Kleid um ihn. Er begann zu laufen, nahm zwei Stufen auf einmal und schüttelte sich. Vergeblich, sein Geist war wieder in die alte Form gepresst und die Verse entfielen ihm, wie vertrocknete Früchte von einem kranken Baum fallen. Der Schmerz, dass die Leute ihn hassten und mit ihrer kleinlichen Kritik verfolgten, zerbrach den Zauber, der ihn umfangen hatte. Keuchend blieb er vor der Wohnungstüre stehen und suchte seinen Schlüssel. Sein Gesicht war verfallen und fahl, Schatten lagen unter seinen Augen, und er fühlte die ganze Kraftlosigkeit seines Körpers.

Mit einem mürrischen Gruß trat er in die Küche.

Die Mutter war allein. Sie saß beim Fenster und las. Neben ihr stand ein Korb mit übelriechender Schmutzwäsche. Kartoffelschalen lagen auf dem Boden, über den Stuhllehnen hingen Geschirrtücher und Schürzen. Rupert war diesen Anblick gewohnt, aber er fand ihn immer wieder in gleichem Maße beleidigend. Er setzte sich und starrte auf die staubigen, von Motten zerfressenen Pantoffel der Mutter.

Frau Kleist spürte seinen Blick und stand auf. Behutsam legte sie das Buch auf den Geschirrschrank. Dann ging sie schlurfend auf ihren Sohn zu und legte ihre rissige Hand auf seinen Kopf. »Bist du krank, Pertie?«

»Nein, Mutter!« Er zog sie an sich und umschlang sie mit den Armen. »Ich bin froh, wieder bei dir zu sein«, sagte er weich. Seine Augen brannten. Krampfhaft hielt er die Tränen zurück. Unsägliche Trauer erfüllte ihn, und die verhärmte Frau neben ihm verkörperte ihm plötzlich Zuflucht und Heimstatt. Alle Kritik an ihr durfte nicht gelten, musste angesichts ihrer sanft auf seinem Haupt ruhenden Hand wie ein böser Geist verdammt werden.

Wie laut und unregelmäßig ihr Herz schlug. Seltsam, dachte er, unter diesem Herzen bin ich gewachsen. Er hob den Kopf und blickte in das Antlitz der Mutter. Es war von Sorgen zerfurcht, und obwohl es kaum einen inneren Reichtum ausdrückte, schien es nun ganz verklärt von Verständnis und Liebe.

Sie streichelte seine Wange. »Sicher bin ich auch an deinen bösen Stimmungen schuld. Ja, ich denke noch immer daran, du brauchst dich nicht dagegen zu wehren. Und ich glaube, es wäre gut, wenn du einmal mit Fräulein Lupe reden würdest.«

Er schloss die Augen und nickte. Jetzt alles andere tun, nur nicht aufbrausen, nur nicht wieder kämpfen! »Vielleicht müsste ich es tun«, erwiderte er leise. »Aber was soll ich mit ihr besprechen?«

Frau Kleist wurde lebhaft. »Oh, nur ein paar Worte, Pertie. Sag ihr, dass du über den Unglücksfall traurig bist. Oder – oder –«

Ungeschickt rang sie um Worte. »Sag ihr, dass du nichts dafürkannst.«

»Sie wird mich nicht freundlich empfangen. Schon als Kind hat sie sich über mich erhaben gefühlt. Ich fürchte solche Menschen.«

»Du musst sie näher kennenlernen. Ich war heute schon bei ihr – und als ich fortging, küsste sie mich und tätschelte mir die Schulter.«

Rupert streifte ihre Hand mit seinen Lippen. »Ach Gott, wenn ich nur wüsste, wie ich ihr gegenübertreten soll. Ich werde mich lächerlich benehmen.«

»Geh nur hinauf«, sagte die Mutter. »Geh nur hinauf. Ich sagte ihr, dass du wahrscheinlich heute noch kommst.«

Vergeblich suchte er seinen Widerstand zu bezwingen. »Und wenn ich nicht will?«, fragte er mürrisch. Sein Mund sah aus, als weigere er sich, eine üble Speise zu berühren.

Die Stimme der Mutter blieb demütig. »Ich hatte ein so schlechtes Gewissen. Einmal musste doch dieser Punkt aus der Welt geschafft werden, nicht wahr? Darum bereitete ich Fräulein Lupe auf deinen Besuch vor. Nachher wird dir ganz leicht ums Herz sein.«

Er wiegte den Kopf und schwieg. Eine heiße Welle von Scham und Mitleid überflutete ihn. »Ja, ja«, sagte er schließlich langsam und zerknirscht. »Ich – werde – hinaufgehen.«

Die Mutter küsste ihn auf die Stirn, vorsichtig, wie man einen Kranken küsst. »Das freut mich«, murmelte sie. Nach einer Pause fügte sie ebenso erleichtert hinzu: »Ich gehe jetzt zu Frau Urban in den Garten. Sie will mir ihre Blumen zeigen.«

»Hast du kein anderes Kleid, Mutter?«

Frau Kleist blickte an sich hinab. »Es ist mein bestes«, erwiderte sie verwundert. »Nichts hält ewig – und es macht auch nichts, ich bin eine alte Frau.«

»Deshalb könntest du doch ein wenig mehr auf dich halten; es gibt in manchen Geschäften –«

»Lass nur«, unterbrach ihn Frau Kleist. Ein Schatten fiel über ihr Gesicht. »Ich habe eine – andere Sorge. Fanny ist gestern abend betrunken nach Hause gekommen.«

Eine dunkle Ahnung trübte seinen Blick. Wie hatte er Fanny so vergessen können. »Wo sind die Blumen?«, fragte er hastig. Er stand auf und öffnete die Tür zum Zimmer. »Hat sie nicht Margeriten gebracht? Wir kauften sie gestern auf dem Markt – für dich. Ich lief weg, weil ich jemanden Bekannten sah und dann war ich so verwirrt, und habe alles vergessen.« Rupert rieb sich die Hände und dachte krampfhaft nach. Er bemühte sich, sein Entsetzen zu verbergen. Die Mutter stand ratlos vor ihm, eine kleine, magere Frau mit grauen Haaren und unruhigen Augen.

»Wenn ich nur wüsste«, murmelte Rupert und spielte mit seinem silbernen Siegelring. Oh, ihm war gestern nicht einmal aufgefallen, dass Fanny nicht daheim war, als er, enttäuscht und unglücklich darüber, einer Fremden nachgelaufen zu sein, die Wohnung betreten hatte.

»Fanny hat keine Blumen gebracht«, sagte die Mutter verständnislos. »Ihr seid nach dem Essen fortgeschlichen – ich wusste nicht, wohin. Fanny kam erst um elf Uhr nachts! Sie war ganz rot im Gesicht und lachte mich aus, als ich ihr sagte, wie spät es sei. So habe ich sie noch nie gesehen. Später begann sie zu weinen und bat mich um Verzeihung. Es sei nichts Böses gewesen, sagte sie, und gleich darauf lachte sie wieder. Als sie ihre Hausschuhe holte, sah ich, dass sie nicht gerade gehen konnte. Und sie war so erhitzt und zerrauft, ich – ich hätte sie am liebsten geschlagen. Ich war doch nur ihretwegen so lange aufgeblieben, ich hatte geglaubt, es sei ihr etwas zugestoßen. Wenn sie bis Mitternacht nicht gekommen wäre, hätte ich zur Polizei gehen müssen.«

»Wo ist sie jetzt?«, fragte Rupert heiser. Er legte bekümmert die Hand auf die Stirn und stammelte: »Mir ist überhaupt nichts aufgefallen, ich war so zerstreut, ich habe nur an mich gedacht. Dass ich sie abends nicht vermisste, ist wieder ein Beweis – oh, ich habe solche Angst, einmal verrückt zu werden.«

»Aber Rupert!« Die Mutter blickte ihn überrascht, ungläubig und tadelnd an. »Was sagst du denn? Du versündigst dich!«

»Du hast ja keine Ahnung, wie ich leide«, schrie er sie an. »Du ahnst auch nicht, wie oft mich die Furcht vor dem Ungewissen befällt. Jeder Mensch kann den Verstand verlieren. Wenn ich im Bett liege, habe ich die schrecklichsten Gedanken, und ich balle die Fauste, beiße in die Decke und schreie innerlich meine ganze Qual zum Himmel. Ich weiß, eines Tages werde ich laut schreien – man wird mich wegführen und sagen: ›Jetzt ist es so weit!‹ Ja, so wird man sagen. Aber ich lehne mich dagegen auf, mit aller Gewalt, mit allen Mitteln.« Er hielt erschöpft inne. Die Mutter griff nach ihrem Taschentuch und wischte ihm zitternd den Schweiß von der Stirn.

»Ach, mein Armer«, seufzte sie, »was redest du dir ein. Du bist doch so begabt – alle Leute sagen es, die deine Sachen in der Zeitung gelesen haben. Dir kann nichts geschehen.« Sie war unfähig, weiterzusprechen. Zu tief hatte sie in Ruperts Inneres geblickt, und sie war von den Abgründen, die sich ihr so elementar öffneten, erschüttert und gelähmt.

»Mein Leben ist ein einziger Alpdruck«, sagte er mit zerbrochener Stimme.

»Geh zu einem Arzt«, bat die Mutter.

Nun schämte er sich seines Ausbruches. »Es ist doch noch Zeit, dass ich mir selber helfe«, beschwichtigte er sie und versuchte zu lächeln. »Manchmal nur lebe ich wie im Traum und bewege mich dabei nicht selbstständig. Ich spüre dann, wie wenig mein Wille allein bedeutet, aber ich wollte dich nicht schrecken, verzeih, bitte!«

Rupert blickte die Mutter flehend an. Sie nickte ihm zu, aber ihr Gesicht war verschlossen und voll Sorge. »Ich werde jetzt gehen, sonst wird es noch dunkel«, sagte sie tonlos. »Vergiss nicht auf Fräulein Lupe.«

Behutsam schloss sie die Tür. Rupert fühlte, dass sie draußen zögerte, ob sie nicht nochmals hereinkommen solle. Er stand rasch auf und ging ins Zimmer. In nervöser Hast nahm er einen Block aus der Lade und wühlte in der Bleistiftschachtel. Dann setzte er sich aufatmend an den Tisch. Dünn, schleierhaft und lockend kamen die Worte zurück, die er auf dem Heimweg durch die Auen gesammelt hatte. Sein Kopf schmerzte, aber er spürte eine köstliche Spannung in seinem Körper, die nach außen drängte.

Er schrieb eine Zeile, sprach sie laut nach, die Augen halb geschlossen. Dann fügte er Satz an Satz, fiebernd, hektische Röte auf den Wangen. Er wollte ein Ganzes schaffen, das in seiner Wohlgestalt Wunderbares barg. Verbissen kämpfte er um die Reinheit des Zusammenklanges aller Worte und die unanfechtbare Wahrhaftigkeit des Inhalts. Er schrieb, tief versenkt in seinen Schmerz, aber er zeichnete nicht sein Leid allein, er sprach im Namen aller, die um der Liebe willen leiden. Zwei Strophen gelangen ihm wie durch göttlichen Zuspruch. Sie waren edel und klar wie tönende Gefäße, sie hatten Glockenstimmen, und wenn er sie laut las, empfand er in ekstatischer Verzückung eine Vision des Tanzes. Es war ein Tanzschritt lebendig gewordener Buchstaben, eine Kette, die nicht anders gefügt sein durfte, eine Harmonie tiefer und warmer Stimmen.

Als er die dritte Strophe begann, läutete es. Er hielt den Atem an. Nein, ich bin nicht zu Hause, ich bin allein, allein. Er presste die Hand gegen die Augen und erlebte in innerer Schau die Bilder, die in den ersten Strophen glühten.

Es läutete nochmals. Ein Gefühl grausamer Kälte befiel ihn. Doch er regte sich nicht. Er saß und starrte auf seine Rechte, die den Bleistift hielt. Plötzlich hörte er ein hartes Pochen an der Tür. Die Tischkante umklammernd, erhob er sich steif vom Sessel. Hass gegen das Unbekannte, das Einlass begehrte, flammte in ihm auf. Der Klang seiner eigenen Schritte schmerzte ihn, als er das Zimmer durchmaß.

Mit einer schnellen Bewegung riss er die Tür auf. Frau Dreiser stand vor ihm, blass, verschüchtert, mit groß auf ihn gerichtetem Blick. Sie war gesegneten Leibes. Rupert sah es trotz der herrschenden Dämmerung. Seine Stimmung wandelte sich im gleichen Moment. Er hätte weinen mögen vor Weh, als er so unerwartet eine Frau vor sich sah, die ein unschuldiges, kleines Leben unter dem Herzen trug, und die er zur Hölle gewünscht hatte.

»Guten Abend, Frau Dreiser«, sagte er, bezwungen von ihrer Hilflosigkeit

»Ist Frau Kleist nicht zu Hause?« fragte die Frau. Sie schob einen Fuß vor und schickte sich an, die Schwelle zu übertreten. Rupert bat sie herein. Er sprach ein paar höfliche Worte und bot ihr einen Stuhl an. Dann stellte er sich so, dass er den ärgsten Teil der Unordnung in der Küche verdeckte.

»Kann nicht ich Ihnen behilflich sein?«

Frau Dreiser seufzte. Die Schultern zuckend, entgegnete sie: »Vielleicht.« Das Sprechen schien ihr schwerzufallen. Rupert sah, dass sie verweint war, er vergaß auf sein Gedicht, auf die Kartoffelschalen, die hinter ihm auf dem Boden lagen, auf alles, was ihn heute bis zu diesem Augenblick mit Freude oder Abscheu erfüllt hatte. Langsam zog er einen Sessel zum Tisch und setzte sich.

»Was bedrückt Sie?«, fragte er teilnehmend, und seine Hand

streckte sich unwillkürlich aus, die Finger Frau Dreisers zu berühren.

Die Frau blickte an ihm vorbei, gequält, unschlüssig und dennoch von der drängenden Beharrlichkeit eines Wunsches zu einer Antwort gezwungen.

»Frau Toifl sagte mir, dass Ihre Mutter einen Trauerhut mit Schleier trug, als ihr Mann beerdigt wurde.« Ihre Wangen röteten sich, sie lächelte schüchtern und fragend.

Rupert dachte nach. »Das ist möglich!«, sagte er. »Aber ich weiß nicht, ob sie ihn aufgehoben hat Es sind seither sieben Jahre vergangen.« Er hielt inne und überlegte, ob es passend sei, die Frau zu fragen, wen sie verloren habe.

Frau Dreiser schien seine Gedanken zu erraten. »Es ist kein Todesfall in meiner Familie – es ist überhaupt niemand von meinen Bekannten gestorben. Aber ich brauche den Hut – für etwas anderes.« Sie schämte sich ihrer Geschwätzigkeit und presste die Lippen zusammen. »Wann wird Frau Kleist denn zurückkommen?«

»Sie ist bei Frau Urban im Garten. Wollen Sie nicht morgen früh wiederkommen?«

»Das ist zu spät«, stammelte die junge Frau verlegen und wich Ruperts Blicken aus. »Ich brauche ihn noch heute – mein Mann geht um acht Uhr fort, wenn er gegessen hat. Und ich muss einmal erfahren …« Sie stockte, tief Atem holend. Rupert sah, dass ihre Augen sich feuchteten.

»Ich werde den Hut suchen«, sagte er freundlich.

Er ging ins Zimmer und öffnete die gewölbte Truhe, in der die Winterkleider der Mutter lagen. Dürre Lavendelblüten rieselten zu Boden, als er den schäbigen Muff und die gestrickten Umhängetücher herausnahm. Naphthalin glitzerte wie Schnee in den Falten eines alten Tuchmantels, und zwischen den Kleidern lag

Zeitungspapier, das mit einem scharf riechenden, weißen Pulver bestreut war. Rupert legte jedes Stück sorgfältig über eine Stuhllehne und kniete vor der Truhe nieder.

»Ich mache Ihnen so viel Arbeit«, rief Frau Dreiser von der Küche herein. Sie saß schüchtern da, der Boden knackte kein einziges Mal unter ihren eng angezogenen Füßen.

»Das macht nichts. Ich habe ohnehin nichts zu tun!« Er wunderte sich, wie schön und barmherzig es sein konnte, wenn man log.

Ein zufriedenes Murmeln antwortete. Endlich fand Rupert in einem Leinensack den gewünschten Hut. Er war flach gedrückt.

»Sehen Sie«, sagte er betroffen, »das habe ich befürchtet! Aber man kann ihn vielleicht ein wenig bügeln.« Ungeschickt beulte er den Hut aus und strich den dünnen Schleier glatt. »Er ist wirklich nicht schön«, entschuldigte er die Mängel dieses traurigen Gebildes aus Steifleinen, Seide und Lackperlen.

Die junge Frau war aufgestanden und folgte aufmerksam seinen Bewegungen. »Es wird schon gehen«, seufzte sie. »Hoffentlich ist es Ihrer Mutter recht, aber – ich wusste keinen anderen Rat!«

Rupert verstand sie nicht, doch er nickte ihr beruhigend zu. »Sie brauchen mir wirklich nicht zu danken«, sagte er.

»Oh, danke, danke!«, rief die Frau, und nun erst fiel Rupert auf, dass sie vorher nicht von Dank gesprochen hatte. Er schämte sich seiner Bemerkung und stand hölzern vor ihr, als wäre er gescholten worden. »Wenn er Ihnen nur nicht zu schäbig ist«, stotterte er.

Frau Dreiser ging zur Tür. Sie hielt den Hut wie ein Bukett, das sie nicht bewegen durfte, weil sonst die Blüten abfallen würden. Der Schleier hing ihr bis zum Rocksaum herab und verdeckte ihren gewölbten Leib.

»Morgen bringe ich ihn wieder«, sagte sie leise und ging.

Rupert blieb in der Küche stehen, seine Augen waren groß und glänzten. Man bringt schwangeren Frauen viel zu wenig Ehrfurcht entgegen, dachte er. Ob Frau Dreiser wohl darüber nachdenkt, wie wunderbar die Entstehung eines Menschen ist? Nein, ich glaube, sie trägt ihr Kind wie ein Tier im Walde – und sie hat auch Augen wie eine Hirschkuh.

Er ging langsam ins Zimmer und räumte die Truhe wieder ein. Dann setzte er sich an den Tisch und las den Anfang seines Gedichtes. Es war ihm fremd geworden – es war ausgekühlt und auf dem Papier erstarrt. Er erkannte mit einem jähen Schmerz, dass er heute nicht mehr fähig war, die dritte Strophe aus dem verschütteten Brunnen seines Herzens zu schöpfen.

Ohne Groll stand er auf und verließ die Wohnung.

*

Maria Lupe empfing ihn anders, als er erwartet hatte. Jede Scheu fiel von ihm ab, er fühlte schon aus dem Druck ihrer kühlen Hand, dass sie ihm gut gesinnt war.

Ins Zimmer tretend, fiel sein erster Blick auf die Spieluhr. Das kleine Werk, dessen Stimme er oft in schlaflosen Nächten gelauscht hatte, thronte auf zierlichen, gewundenen Säulen und hatte ein glattes Porzellangesicht, von silbernen Schnecken umrahmt.

»Bitte, nehmen Sie doch Platz«, sagte Maria. »Und verzeihen Sie die Unordnung. Ich war eben dabei, Vaters Briefschaften zu sortieren. Ihre Mutter sagte mir schon, dass Sie kommen werden – ich darf Sie sicher gleich fragen, was Sie auf dem Herzen haben?«

Rupert lächelte unbeholfen. Er war von Marias Zielsicherheit verblüfft.

»Ja«, sagte er, »ich hätte nur gern gewusst, aber es kann Sie ja nicht interessieren.«

»Ich bitte Sie!« Maria schaute ihn ernst und, wie ihm schien, gewinnend an. Er hielt ihrem Blick stand. »Es lässt sich schwer sagen«, setzte er fort, »aber kennen Sie die Furcht, verachtet zu werden?«

»Sie haben keinen Grund dazu«, rief Maria lebhaft. »Und es war nicht richtig, Sie nach dem Grund Ihres Besuches zu fragen. Doch ich konnte nicht glauben, dass dieser eigenartige Zufall Sie in solchem Maße bewegt und beunruhigt.« Ihre Stimme klang weich, und ihr fein modelliertes Gesicht war ihm nun offen und lächelnd zugeneigt. »Sie quälen sich selber – und nur, weil Ihnen kleinliche Menschen aus diesem Hause eine Schuld unterschieben. Hören Sie ihre bösen Worte nicht. Ich kann mir vorstellen, dass man freudig jedes Ereignis ergreift und verzerrt, wenn man nichts kennt als diese engen, dunklen Zimmer und der ganzen Trostlosigkeit dieser Gasse Jahr um Jahr ausgeliefert ist. Und es sind meist alte Frauen, die hier wohnen. Frauen, die vielleicht verträglicher und liebenswürdiger wären, hätten sie etwas mehr Licht und Wärme. Sie sind sicher alle einmal so sehr von Idealen erfüllt gewesen wie wir.«

Rupert horchte auf. Hatte Maria so gesprochen? War dieses Verständnis für die Schwächen anderer das große, ausgeglichene Fundament, auf dem sich ihre Gelassenheit aufbaute? Er wusste keine Antwort, ihm war, als müsse er ihr die Hand küssen.

»Ich danke Ihnen«, stieß er endlich hervor. »Ja, ich muss es Ihnen sagen, ich bewundere Sie.«

»Ach!«, sagte Maria. »Ist das Leben nicht sonderbar? Wir kannten uns als Kinder. Und jetzt sitzen wir uns gegenüber und sprechen wie Fremde miteinander. Die Zeit baut Mauern zischen den Menschen auf. Können Sie sich erinnern – einmal spielten wir einen ganzen Vormittag miteinander. Sie standen beim obersten Gangfenster und warfen kleine Papierflugzeuge in den Spitalgarten hinüber. Ich kam mit der Mutter herauf, und während Sie auf dem Dachboden Stricke spannte, half ich Ihnen, aus verschmierten Schulheften die hübschen Segler zu falten.«

»Ja, ich erinnere mich«, rief Rupert. Seine Augen glänzten. »Sie hatten ein lichtes Kleid an und eine Masche im Haar.«

»Das wissen Sie noch?« Maria lachte befreiend und Rupert stimmte in ihr helles Gelächter ein. Alle Steifheit war von ihm abgefallen.

»Einmal hat Sie eine Biene gestochen und ich beneidete Sie, weil die anderen Kinder Sie neugierig und staunend umstanden. Ich hielt es damals für etwas Großartiges, Mittelpunkt zu sein.«

»Hoffentlich trug ich die Beule tapfer.«

»Ich glaube schon. Geweint haben Sie sicher nicht.« Rupert lehnte sich zurück. Plötzlich sagte er: »Sonderbar – dass wir uns jetzt mit ›Sie‹ ansprechen.« Er errötete.

Maria war impulsiver, als er erwartet hatte. »Mir ist das auch gerade aufgefallen. Wir könnten uns wirklich duzen.«

»Oh, danke!« Rupert deutete mit dem Oberkörper eine Verbeugung an. Maria streckte ihm die Hand hin. »Wir akzeptieren die Zeit nicht, die dazwischen liegt – auf du und du!«

Er ergriff dankbar ihre Rechte und spürte mit seligem Erschrecken den Druck ihrer feisten, kühlen Finger.

»Verzeih, dass ich ein Tölpel bin«, sagte er leise.

Sie schwiegen, als die Uhr zum Schlagen ansetzte. Lieblich und melodisch klangen die Stimmen der winzigen Glöckchen durchs Zimmer.

Marias Blicke hefteten sich auf ein Bild ihres Vaters, das vor ihr auf dem Tisch lag. »Erinnerst du dich noch an meine Mutter?«

»Nur ungefähr. Doch ich weiß, dass du vom Tage ihres Todes an nicht mehr im Hause warst.«

»Ja – Vater wusste mich bei den Tanten in besserer Hut. In den ersten Jahren besuchte er mich, wenn er vom Geschäft abkommen konnte. Später unterließ er es – er war oft krank, und jede Bahnfahrt bereitete ihm Qualen. In den Ferien durfte ich manchmal nach Hause fahren – aber wir fanden nicht mehr zueinander.«

Eine Pause entstand. Rupert betrachtete verstohlen das Gesicht des Mädchens. Es war schmal, von einem hellen Schein blonder Haare umgeben. Jetzt erst sah er, dass ihr Mund weich geschwungen war und dass ihre Augen manchmal unklar blau und manchmal grau schienen. Ihre Wimpern waren seidig und gepflegt, und die Brauen wuchsen nahe an die Wurzel ihrer geraden, energischen Nase heran. Unwillkürlich zog er Vergleiche zwischen Maria und Leni. Leni war eine kleine, kratzende oder schnurrende Katze gegenüber Maria. Und sie ging wie eine Dirne. Sie bot sich bei jedem Schritt feil, wenn auch unbewusst, und obwohl sie gleichzeitig schroff schien. Maria war vornehm und – ja, sie war eine Dame. Aus allen Bewegungen ihrer Hände, aus jedem Zuge ihres Gesichtes sprach ein selbstverständlicher Adel, eine Harmonie zwischen Körper und Geist.

Ich will Leni herabsetzen, weil sie mich enttäuscht hat, dachte er, grimmig gegen sich selbst. Er machte ein Gesicht, als sei ihm jemand auf den Fuß gestiegen.

»Was tust du beruflich?«, fragte Maria. Sie hatte ohne Ungeduld nach einer Möglichkeit gesucht, das Gespräch fortzusetzen. Nun da sie dem großen, schwerfälligen Rad zwischen ihnen in die Speichen gegriffen hatte, begann es sich langsam wieder zu drehen. Der tote Punkt war überwunden.

Rupert atmete auf. »Ich – schreibe!«

»Du schreibst?« Maria rief es entzückt, verwundert, mit beinahe kindlicher Stimme.

Er stand auf. »Wenn du erlaubst, hole ich die Zeitschriften herauf, die meine Arbeiten gedruckt haben – es sind nicht viele.«

»Ich schreibe auch!«, rief das Mädchen. »Ach, das freut mich, das freut mich wirklich. Bitte, bring die Zeitschriften – ich habe leider nichts hier, was ich dir zeigen könnte, und ich habe auch noch nichts veröffentlicht. Bisher wanderte alles nur in die unvermeidlichen Mappen.«

Rupert lief die Treppe hinunter. Es war schon düster. Aus allen Wohnungen kamen Gerüche von erhitztem Fett, Kaffee oder Fischen. Einen Augenblick lang verspürte Rupert Hunger. Aber er war zu erregt, um essen zu können; eilig nahm er die ordentlich in Papier eingeschlagenen Zeitschriften und verließ die Wohnung.

Maria hatte eine Schirmlampe auf den Tisch gestellt und die Vorhänge zugezogen. Ein Gefühl wärmster Geborgenheit überkam Rupert. Wenn er so angeregt und zufrieden war, konnte man ihn beinahe hübsch nennen. Sein schmales Gesicht verlor alles Unstete und Suchende und zeigte einen Anflug von Röte. Ein freudiges Leuchten belebte seine Augen, und das warme, orange Licht ließ seine Haare seidig erscheinen. Maria setzte sich erwartungsvoll neben ihn. Sie trug keine Trauerkleidung, sie sah ernst, aber festlich aus, und die weiße, glatte Seidenbluse, der zarte Duft guter Seife und die frische Bräune ihrer Haut erhöhten den Zauber ihrer Erscheinung.

Behutsam legte ihr Rupert die offene Mappe vor.

Ohne Verlegenheit fragte Maria: »Darf ich laut lesen?«

Er nickte überrascht. Wie seltsam, nein, wie natürlich Maria war. Er selbst scheute sich, seine Gedichte vorzutragen, und sei es auch nur vor wenigen Menschen. Wenn er wusste, dass ihm jemand lauschte, brachte er die Worte ohne Klang, zerrissen und armselig hervor. Doch wenn er allein war, sang seine Stimme die ganze Melodie der Sprache, sein Mund war fügsam und formte die Worte kräftig und klar.

Als Maria las, saß er verwirrt da und blickte auf ihre Lippen. Dann und wann hielt sie inne und hob den Kopf. Rupert sah einen feierlichen Glanz in ihren Augen. Er lächelte verlegen, und das Mädchen las weiter, andächtig und wie in ein Gebet vertieft. Maria war von der Größe seines Könnens tief beeindruckt. Sie ergriff seine Hand und drückte sie wortlos. Sie schämte sich nicht, dass ihre Augen feucht geworden waren.

»Und das alles hast du – in diesem Hause geschaffen«, sagte sie. »In diesem lauten, freudlosen Hause. Oh, wie müsstest du erst groß werden, wenn du reisen könntest, wenn du nicht immer in dieser Gasse eingesperrt wärst.«

»Vielleicht bin ich gerade durch die furchtbare Enge hier zu diesen Gedichten getrieben worden. Ich glaube, dass ich nur schreibe, weil dieses Haus mir einen Stempel von Minderwertigkeit aufgedrückt hat und weil ich irgendetwas tun musste, um glücklich zu sein. Und – es wird mir wohl auch weiterhin beschieden sein, Schönheit nur in Vorstellungen und visionären Bildern zu finden.«

Maria hörte ihm aufmerksam zu. Sie musterte nachdenklich den gezackten Rand des Lampenschirmes. »Ich weiß nicht, ob dich in der Stadt etwas festhält«, begann sie zögernd, und Rupert blickte überrascht auf. So zu sprechen mochte sonst nicht ihre Art sein.

»Mich hält nichts außer der Verbindung mit den Zeitschriften«, sagte er und wartete geduldig, bis sie weitersprach.

»Ich würde dir gern einen Vorschlag machen. Das Kinderheim, in dem ich beschäftigt bin, sucht eine Kanzleikraft. Es ist sehr schön dort. Malerische, weiße Häuser, ein kleiner See, romantische Wälder. Wäre das nichts für dich?«

Er sah sie sprachlos an. Ihm war, als ob er träumte. Was verhießen ihm Marias Worte? Eine Stellung, die ihm sicher auch Zeit für sein eigenes Schaffen ließe, blühende Wiesen, Obstgärten – einen goldenen Sommer.

Rupert erwiderte nichts, er öffnete mehrmals die Lippen, brachte aber kein Wort hervor.

»Das Heim zahlt ganz gute Gehälter, und das Leben ist draußen so einfach und billig. Du könntest deiner Mutter regelmäßig etwas schicken. Sie erzählte mir heute, wie schwer ihr zu kämpfen habt.«

»Das ist wie ein Traum«, murmelte Rupert. »Ich – ich zweifle nur – dass man mich anstellen wird. Ich habe noch nie Büroarbeiten gemacht.«

»Du wirst dich rasch einarbeiten. Vielleicht ist es sogar möglich, dass sich deine Tätigkeit auf halbe Tage beschränkt. Wenn du also willst, werde ich mit Herrn Atter reden. Er ist der Besitzer des Heims. Ich schreibe dir dann sofort, wann du kommen kannst.«

»Wie soll ich dir danken?« Rupert wusste vor Hilflosigkeit und Freude nichts anderes zu sagen.

Maria stand auf. »Ich werde Tee für uns kochen.«

Er widersprach nicht. Traumverloren saß er vor der Lampe, und seine Gedanken wanderten über Felder und Hügel, leicht und gelöst. Es war kein kühner, aber ein beglückender Flug in die Weite, in eine große, fruchtbare Landschaft, in ein neues Leben.

Als Maria ins Zimmer trat, lächelten beide. Und sie saßen in stiller Vertrautheit beisammen, bis die Glockenuhr die zehnte Stunde anzeigte.

Benommen von dieser unerwarteten Wendung seines Schicksals tastete sich Rupert bis zum ersten Stock hinab. Weder die Mutter noch eine der Schwestern war zu Hause.

Hastig wusch er sich mit kaltem Wasser. Dann schlüpfte er in sein Nachthemd und begann zu turnen. Mitten in der Küche stehend, beugte er die Knie und stieß die Arme vor, drehte ruckweise die Schultergelenke, straffte sich und wippte mit den Fingerspitzen gegen den Boden.

Völlig erschöpft, aber zufrieden und voll süßer Hoffnungen fiel er in sein Bett und schlief nach wenigen Minuten ein.

*

Der Morgen war trüb. Der Himmel sah bleigrau aus.

Das Zimmer war noch von den dunklen Schritten der Nacht gezeichnet, als Frau Kleist eintrat. »Fanny«, rief sie halblaut, »es ist bald Zeit für dich!«

Das Mädchen setzte sich auf und gähnte. »Guten Morgen, Mutter.«

»Der Kaffee ist schon fertig.«

Fanny warf einen Blick auf Rupert, der mit offenem Munde schlief, und schlüpfte in ihre Pantoffel.

»Ich werde auch gleich aufstehen«, sagte Luise bekümmert, ohne den Kopf zu heben.

»Heute muss ich liefern – das ekelhafte violette Dutzend, das mich halb blind gemacht hat. Für die cremefarbenen Schals ist mir die Seide ausgegangen. Aber ich gebe das Ganze ohnehin bald auf.«

»Armes Kind, so früh am Morgen wälzt du schon Probleme. Komm, frühstücken wir gemeinsam!« Fanny strich sich eine Haarsträhne aus der Stirn und lächelte Luise aufmunternd zu.

»Ich bin nicht ausgeschlafen«, sagte die Jüngere und streckte sich. Seufzend schlug sie die Decke zurück und stand auf.

Zuerst benutzte Fanny die Waschschüssel, dann reinigte sie das Becken und füllte es mit frischem Wasser. Luise nahm diesen kleinen Dienst ohne besondere Beachtung an. Sie streute aus einer Dose grüne Badekristalle in die Schüssel. Wild umherspritzend begann sie sich zu reinigen.

Als sie bei Tisch saßen, merkten die Schwestern an allen Bewegungen der Mutter, dass etwas Unangenehmes in der Luft lag.

»Was ist eigentlich mit euch beiden?« Frau Kleist rührte fahrig in ihrer Frühstücksschale. »Ihr seid übermütig, Kinder. Bis jetzt schaute ich zu.« Sie wandte sich bedeutungsvoll an Luise. »Aber jetzt, da Fanny auch so anfängt, ist es mir doch zu viel. Seid ihr gestern miteinander fort gewesen?«

»Das wäre sehr langweilig«, entgegnete Luise in liebenswürdigem Ton.

Fanny trat ihr auf den Fuß. »Was fällt dir ein«, flüsterte sie.

Luise hatte einen fremden Zug um die Lippen. »Weißt du«, sagte sie sanft, »dass wir keine Kinder mehr sind? Natürlich bin ich mit einem Mann ausgegangen. Und Fanny sicher auch – was findest du Schlechtes daran?«

Frau Kleist zuckte zusammen. »Du gibst es also zu?«

»Sehr gerne. Du willst doch hoffentlich nicht belogen werden? Die Wahrheit ist schon eine kleine Störung unseres häuslichen Friedens wert, nicht wahr?« Luise genoss ihre Worte, lässig zurückgelehnt.

»Wir wollen uns ja nur ein bisschen unterhalten«, erklärte Fanny ernst. Ihr Gesicht war vom Waschen rosig überhaucht und sie sah hübsch aus, obwohl sie noch nicht gekämmt war.

»Woher kennt ihr diese Männer?« Die Mutter entrindete ihr Brot und brach es in kleine Stücke. »Woher ihr diese Männer kennt, will ich wissen. Seid ihr allein tanzen gegangen? Oder haben sie euch auf der Straße angesprochen?«

Luise konnte ein schrilles Lachen nicht unterdrücken. »O nein«, rief sie prustend, »wir haben annonciert und bekamen natürlich sofort Zuschriften. Das Inserat lautete: Zwei junge Mädchen – aus gutem Hause – musikliebend und häuslich – mit Millionenerbschaft – suchen brave Jünglinge zum Besuch von Kinos und Milchtrinkhallen. Für ausgezeichnete Schwiegermutter wird garantiert. Unter ›Der erste Kuss‹ an die Verwaltung des Blattes.« Luise lachte hemmungslos weiter, über ihren Einfall begeistert. Sie beachtete nicht, dass die Mutter aufstand. Erst als ihre Wange brannte, verstummte sie.

Endlich gewann sie ihre Sicherheit wieder. »Deine Hände sind grob«, bemerkte sie kalt. Hochmütig lächelnd ging sie aus der Küche. Doch als sie vor ihrem Bett stand, würgte sie etwas in der Kehle und mit einem dumpfen Laut warf sie sich quer über die Kissen.

Fanny saß allein mit der Mutter bei Tisch. Frau Kleist beruhigte sich langsam, doch ihre Finger zitterten noch. »Ihr seid beide eine Enttäuschung für mich – ja, auch du, Fanny!«, sagte sie mit bebender Stimme.

Das Mädchen nahm den Vorwurf schweigend hin, und seine Gedanken beschäftigten sich mit den vergangenen zwei Tagen. Samstag war ich mit Artur in dem kleinen Künstlerlokal und habe etwas zu viel Wein getrunken. Artur war auf dem Heimweg sehr ritterlich und versuchte nicht, mich zu küssen. Und gestern? Welch schöner Tag! Artur hat eine so nette Radpartie inszeniert – und die lustige Gesellschaft, in die wir abends hineinschneiten!

»Du warst doch auch einmal jung«, sagte sie versöhnlich. »Auch gibt es nichts, was ich vor dir verheimlichen müsste.«

»Ja, ja!«, gab Frau Kleist zu. »Es hat geläutet. Willst du sehen, wer es ist?«

»Ich habe aber noch nichts Richtiges an.«

»Nimm dir den Schlafrock. Ich kann nicht aufmachen.« Frau Kleist wies auf ihren zahnlosen Mund.

Fanny gehorchte und stand auf.

»Guten Morgen, liebes Fräulein«, sagte Frau Toifl. Der borstige Fußabstreifer knisterte unter ihren Schuhen. Sie machte Anstalten, Fanny beiseitezuschieben. »Ich muss der Mutter etwas erzählen.«

In die Küche schlüpfend, setzte sie keuchend fort: »Frau Kleist, stellen Sie sich vor – ach, ich muss mich niedersetzen, mein Mann und ich konnten die halbe Nacht nicht schlafen. Die Dreiser hatten einen furchtbaren Skandal.«

Frau Kleist bedeckte ihren Mund mit der Rechten. »Erzählen Sie«, sagte sie, außer sich vor Neugierde.

»Herr Dreiser hat seine Frau geschlagen, und sie ist doch so zart und – schwanger. Mein Gott, es kommen entsetzliche Sachen vor.« Die Blicke fromm auf ihren spitzen Knien verankert, hielt Frau Toifl inne und wartete die Wirkung ihrer Worte ab. Als Frau Kleist schwieg, hob sie mit einem Ruck den Kopf und berichtete weiter: »Sie ist jetzt derart verängstigt, dass sie Ihnen nicht einmal den Hut zurückbringt.«

»Welchen Hut?«

»Ach, Sie wissen das nicht? Frau Dreiser ist doch mit Ihrem Trauerhut gestern abends ihrem Mann nachgeschlichen. Sie hat jetzt Woche um Woche zugeschaut, wie er um acht Uhr das Haus verließ, ohne ihr zu sagen, wohin er ging. Schließlich hat sie als seine Frau ein Recht zu wissen, bei wem er die halben Nächte zubringt. Ich borgte ihr einen alten, langen Mantel, und Sie –«

»Ich?«, fuhr Frau Kleist auf. »Ich habe ihr den Hut nicht geborgt. Meinen Trauerhut – zu solch einem Frevel. Ist Frau Dreiser denn wahnsinnig geworden: Wie kann sie meinen Hut zu diesem Zweck ausborgen?«

Fannys Blicke wanderten verwundert zwischen den beiden Frauen hin und her.

»Hast du den Hut hergeborgt?«, fragte die Mutter.

»Nein.«

»Wer war es dann? Luise! Rupert! Kommt heraus!« Die Mutter schnupfte auf und nestelte an ihren Haaren.

»Stellen Sie sich vor, wenn das Kind durch die Aufregungen zu früh kommt«, flüsterte Frau Toifl. »Das kann Frau Dreisers Tod sein.«

»Gar nicht auszudenken«, stimmte ihr Frau Kleist zu. Schon wollte sie neuerlich nach Rupert und Luise rufen, als der Sohn die Tür öffnete. »Was ist geschehen, Mutter? Wie spät ist es denn?«

»Hast du Frau Dreiser gestern meinen Trauerhut gegeben?«

»Ja, warum nicht? Ist es dir nicht recht?« Er rieb sich die Augen, von Frau Toifls Anwesenheit unangenehm berührt.

Die Stimme der Mutter überschlug sich. »Dich darf man wirklich nicht allein zu Hause lassen. Du wirst es dir bald mit Gott und den Menschen verscherzt haben.«

»Was ist passiert?«, fragte Rupert rau.

Frau Tolfl versäumte nicht, den jungen Mann vorwurfsvoll zu messen. »Ich will alles gleich erzählen«, sagte sie mit breit gezogenem Mund. »Frau Dreiser schlich ihrem Manne nach, wie sie mir sagte, er drehte sich mehrmals um, konnte sie aber nicht erkennen. Sie hatte sich mit Ihrem Hut sehr klug maskiert, doch später – nun, ich will nicht vorgreifen. Sie schlich ihm nach, und plötzlich blieb er stehen. Es war in der Kegelgasse!«

»Oh!« Frau Kleist vergaß, dass ihre Zähne noch im Wasserglas lagen, und ließ die Hand in den Schoß sinken. In der Kegelgasse wohnten Freimädchen, das war eine bekannte Tatsache.

»Er blieb vor einem gelben Haus stehen und rief: ›Anni!‹ Gleich darauf erschien eine junge Frau an einem Fenster. Es war aber sicher keine – solche – wie Frau Dreiser behauptet. Sie winkte ihm, zu ihr hinaufzukommen. Jetzt allerdings machte Frau Dreiser einen großen Fehler. Sie lief auf ihren Mann zu, riss sich den Hut vom Kopf und verwehrte ihm den Eingang. Das gelang ihr auch, doch er packte sie derb am Handgelenk und zerrte sie unter wüsten Flüchen nach Hause. Oh, Sie ahnen nicht, was sich dann in der Wohnung abspielte. Eine Tragödie! Frau Dreiser flüchtete zu uns, wir haben sie gern aufgenommen, nur sind unsere Ehebetten sehr schmal, wissen Sie!« Frau Toifl hielt erschöpft inne und zerrte an der Borsten der Warze, die auf ihrem Kinn saß.

»Und das alles mit meinem Hut – mit meinem Hut!«

»Vielleicht ist er jetzt auch noch ruiniert, es wäre kein Wunder, Frau Kleist. Sie können meinen Mann fragen – es war grässlich, was die beiden nebenan aufführten.«

Rupert war bis jetzt schweigend dagestanden. Nun murrte er etwas, das wie ›verdammte Tratscherei‹ klang und schlurfte, da er seine Pantoffel vertauscht hatte, ungeschickt zur Waschschüssel.

Er seifte sein Gesicht ein und griff missmutig nach seinem Waschlappen. Als er sich plötzlich umdrehte, vom Kinn bis zu den Haarwurzeln voll Seifenschaum, zog Frau Toifl den Kopf ein. »Regen Sie sich um Himmels willen nicht auf. Man schiebt Ihnen ja keine Schuld zu.«

»Das habe ich schon einmal gehört. Sie dreschen leeres Stroh, Frau Toifl. Haben Sie übrigens meiner Mutter erzählt, dass Sie selbst Frau Dreiser zu uns geschickt haben?«

»Nein!«, rief Frau Toifl erschrocken. »Das habe ich vergessen. Aber ich gab Frau Dreiser diesen Rat, als ich noch glaubte, sie brauche den Hut für einen Trauerfall.«

Rupert sah sie aus schmalen Augen an. »Das ist großartig. Glauben Sie denn, Frau Dreiser hat *mir* gesagt, wozu sie den Hut braucht? Ich nahm natürlich nicht an, dass sie zu einem Maskenball geht.«

»Du hättest sie fragen müssen«, warf die Mutter weinerlich ein.

»Das wäre besonders taktvoll gewesen.«

»Taktvoll? Ich bitte dich, Rupert, eine teilnehmende Frage.«

»Es ist auch gleichgültig«, rief er gereizt. »Ich weiß nur, dass man hier dauernd über mich Gericht hält. Gott sei Dank, ich fahre bald weg.«

»Beruhige dich«, bat Fanny.

»Du fährst weg? Und was wird aus uns? Du willst uns einfach allein lassen?«

Rupert trocknete seinen Hals ab und wechselte seine Pantoffel. »Ich brauche frische Luft!«, sagte er. »Hier ist es zum Ersticken.«

Frau Toifl saß beharrlich in der Küche. Es sah aus, als sei sie mit dem Stuhl verwachsen. »Ach«, meinte sie sanft, »Sie fliegen in die Welt hinaus. Darf man fragen, wo Sie landen werden?«

»In der Türkei – auf einer Moschee. Hoffentlich breche ich mir nicht den Hals. Die Kuppeln sollen sehr abschüssig sein.« Er ging ins Zimmer und gab der Türe einen unwilligen Stoß.

Die beiden Frauen blickten ihm sprachlos nach. Fanny trat ans Fenster und strich seufzend über die Blätter der Fuchsien.

So hätten wir einmal daheim sprechen sollen.« Frau Toifl schöpfte tief Atem. »Die heutige Jugend ist von einem bösen Geist besessen.«

Die Mutter nahm schweigend ein Reibtuch und wischte die Seifenkleckse vom Boden. »Ich glaube nicht daran, dass er wegfährt. Er hat es wohl nur so gesagt – im Jähzorn. Den hat er von seinem Vater geerbt – er soll ruhig schlafen –, aber im Jähzorn war er ein Teufel, und der Wein hat das Übrige getan.«

Frau Toifl stand auf. Jetzt muss ich leider gehen. Mein Mann wird sonst den Kaffee verkochen lassen. Und Puffi hat auch noch kein Frühstück. Ach, er ist ja so geduldig und gut erzogen.«

Mit einem kindlich verwunderten Lächeln fügte sie hinzu: »Und er ist doch nur ein armer, kleiner Hund.«

»Ich werde Frau Dreiser ein paar Kinderjäckchen heraussuchen. Sie sind noch von Luise – ein bisschen gelb, aber nicht zerrissen. Ich habe immer alles schön ausgebessert. Vielleicht hat sie ein wenig Freude damit.«

»Das ist lieb von Ihnen. Ich werde es ihr sagen. Frau Toifl ging mit kurzen Schritten zur Tür, nachdem sie ihren Stuhl an die Wand gestellt hatte. Bevor sie die Küche verließ, richtete sie die in dichten Falten um ihre Beine schlotternden Strümpfe und strich ihre Schürze glatt. »Ich komme später nochmals – wenn Sie allein sind«, flüsterte sie und verschwand.

*

»Fräulein, haben Sie Seife mit Zitronengeruch?«

Luise nickte und wies auf eine Pyramide aus gelben Seifenwürfeln. »Wie viel darf ich Ihnen einpacken, gnädige Frau?«

Die Kundin blähte die Nüstern. »Nein, ich will keine kantige. Gibt es denn keine runde Seife?

»Gewiss!«, erwiderte Luise. »Aber die runde riecht nach Mandeln oder Lavendel.«

»Nicht nach Zitronen?«

»Nein, doch sie ist ausgezeichnet.«

»Werden Sie runde Zitronenseife bekommen?«

»Vorläufig leider nicht.«

»Das ist schade.« Die Frau lächelte bedauernd und maß den gelben Seifenberg mit naivem Staunen. »Wo kann ich Zahnbürsten kaufen?«, fragte sie endlich resigniert, mit einer Hand ihre Ohrmuschel vergrößernd.

»In der Bürstenabteilung im ersten Stock.«

Luise wies nach dem Aufzug. »Sie können fahren.«

»O nein«, rief die Frau abwehrend. »Ich möchte lieber über die Stiege gehen. Mein Mann hat sich einmal den Fuß in einem Paternoster eingeklemmt.«

Luise wandte sich anderen Kunden zu und bediente sie. Die Frau tippte auf ihren Rücken. »Wo ist denn die Treppe, Fräulein?«

»Hinter der letzten Spiegelsäule«, antwortete Luise, ohne sich umzudrehen.

»Links oder rechts?«, fragte die Frau, ihre Brust gegen den Seifenberg pressend. »Hallo, Fräulein, links oder rechts?«

»Links *und* rechts. Lassen Sie mich doch in Frieden«, sagte Luise heftig. Sie errötete vor Ungeduld.

»So dürfen Sie mit den Kunden nicht reden«, belehrte sie Herr Rottweil, der im Erdgeschoß die Aufsicht führte. Er blieb einen Augenblick stehen und schüttelte den Kopf.

»Ach, die Leute sind zu komisch.«

Rottweil betrachtete seinen Daumennagel. »Beherrschung ist unsere erste Pflicht!«

Luise blickte auf die Uhr. Noch eine Stunde – hoffentlich vergisst Helmut nicht, mich abzuholen.

Rings um ihren rechteckigen, im vorderen Teil der Verkaufshalle stehenden Tisch brauste das bunte Leben des Warenhauses. Frauen mit Kindern, junge Mädchen, halbwüchsige Burschen, Schaulustige, Neugierige und Gelangweilte strömten durch die glitzernden Flügeltüren herein und erfüllten das Haus mit ihren Schritten und Stimmen. Vom oberen Stockwerk klang Schallplattenmusik herunter, untermalt vom Gemurmel der Käufer, und vom schrillen Klingeln der Registrierkassen zerhackt.

Luise musterte sich im Spiegel der gegenüberliegenden Säule. Der kirschrote Arbeitsmantel mit dem runden, bananenfarbenen Kragen, wie ihn alle Verkäuferinnen des Hauses Maudrich &

Friedmann trugen, machte sie blass, stand ihr aber dennoch gut. Er war ihr nur ein wenig zu groß. Luise zog den Gürtel enger und lächelte ihrem Spiegelbilde zu.

»Ich soll Sie ablösen«, sagte eine Stimme hinter ihr.

»Ist etwas geschehen?«, fragte Luise bestürzt. Sie war sonst nicht leicht aus der Fassung zubringen, doch seit einiger Zeit war sie zerstreuter, fahriger, von einer unbestimmten Sorge belaste. Was war es nur, das sie nachts oft aufschreckte, das noch keine Form angenommen hatte und sie dennoch umschlich, bedrängte und deprimierte? Luise fühlte auch in diesem Augenblick, wie ihre Haltung nachließ, wie sie einer trostlosen Stimmung nachzugeben drohte. Sie war momentan nicht fähig, weiter zu fragen.

»Gehen Sie in die Personalabteilung hinauf, meine Liebe. Direktor Pfeffer will mit Ihnen sprechen.« Die ältliche Verkäuferin öffnete die Klapptüre und zog Luise heraus.

Das Mädchen schritt hastig zwischen den hin und her schlendernden Käufern zur Treppe. Zu dumm, dachte es, sollte der eifrige Aufseher sich oben beschwert haben?

Das Stiegenhaus, das nur die Angestellten benutzten, war ruhig und kühl. Aufatmend lehnte sich Luise gegen das gelbe Geländer. Sie überlegte, woher sie die Verkäuferin kannte, die sie abgelöst hatte. War sie aus der Geschirrabteilung oder von der Schuhschwemme? Nein, sie dürfte manchmal im Speisesaal in ihrer Nähe gesessen sein. Möglicherweise war sie ihr abends mehrmals in der Garderobe begegnet. Oh, es war nicht leicht, die unzähligen jungen und alten vergrämten oder übermütigen Gesichter auseinanderzuhalten, Luise hatte in der letzten Zeit zu viele Frauen und Mädchen kennengelernt, die alle in den gleichartigen Mänteln steckten und kleine, gestickte Nummern auf den Aufschlägen trugen. Uniformen, dachte Luise wegwerfend.

Die Büroräume waren vom Geklapper der Schreibmaschinen

erfüllt. Gelbe Jalousien blendeten die Fenster bis zur Hälfte ab und bewahrten in den Zimmern angenehme Kühle.

Gleichgültige Blicke streiften die Eintretende.

Luise wandte sich an einen jungen Mann, der von einem rastrierten Bogen Ziffern ablas und in die Addiermaschine übertrug. »Bitte, ist Herr Pfeffer hier?«

»Direktor Pfeffer, dort drüben!«

Luise wollte anklopfen, überlegte es sich aber angesichts der dicken Filzpolsterung der Türe. Die Schultern zuckend, trat sie ein.

Hinter einem ungeschlachten Schreibtisch saß Herr Pfeffer, ein dicker, durch sein rotes, glänzendes Gesicht freundlich wirkender Mann. Bevor Luise das Zimmer betreten hatte, war er in eine Tabelle vertieft gewesen und hielt nun einen seiner kurzen, feisten Finger auf die Stelle, bis zu der er gelangt war.

Er forderte Luise nicht auf, Platz zu nehmen. Sie leistete deshalb auch seiner Aufforderung, näher an den Tisch zu treten, nicht Folge und sagte mit überlegener Stimme: »Ich bin Luise Kleist. Haben Sie mich rufen lassen?«

Direktor Pfeffer schluckte sein Malzbonbon und versenkte den Blick wieder in die Tabelle. »Ja«, sagte er endlich. »Sie sind durch Herrn Schmock aufgenommen worden, nicht wahr?«

Luise hob die Brauen. »Er hat mir seinen Namen nicht gesagt.«

»Herrn Schmock ist ein kleiner Fehler unterlaufen. Hören Sie: Wir nehmen wohl ungelernte Verkäuferinnen auf, aber sie müssen das Mindestalter haben. Sie sind noch nicht einundzwanzig Jahre alt?«

»Siebzehn – vorüber.«

»Sie sind zu jung. Ich dürfte Sie nur als Lehrling oder Laufmädchen nehmen.«

Luise erwiderte nichts. Sie war zu sehr überrascht und erschrocken. Auch dachte sie darüber nach, wie widerlich überspitzt Herr Pfeffer das »T« aussprach. Es klang wie ein »Z«.

»So liegt also Ihr Fall«, fuhr der Mann hinter dem Schreibtisch fort. »Zu welcher Lösung entschließen Sie sich?«

»Muss das sofort sein?«, fragte Luise. »Ich meine – darf ich mir das nicht bis morgen überlegen?«

»Ich muss es heute wissen. Wir machen morgen früh die Personalstandsmeldung. In welche Kategorie soll ich Sie da einreihen? Als Lehrmädchen verpflichten Sie sich zu einer Schulungszeit von drei Jahren und haben ein entsprechend niedriges Gehalt. Außerdem müssen Sie einmal wöchentlich die Gewerbeschule besuchen. Entschließen Sie sich, bei uns Laufmädchen zu werden, bekommen Sie den normalen Hilfsarbeiterlohn und werden jeden Freitag ausbezahlt.«

»Wenn ich gewusst hätte, dass meine Anstellung als Verkäuferin nur eine provisorische ist, wäre ich bei meiner Heimarbeit geblieben«, rief Luise gereizt aus. »Nun habe ich mich schon ans Verkaufen gewöhnt. Als Lehrling kann ich mich nicht verpflichten, erstens wegen der drei Jahre, wegen der Schule und wegen des Gehaltes.«

»Ich sagte Ihnen zwei Möglichkeiten. Wählen Sie also die andere.«

»Als – als Laufmädchen darf ich aber nicht mehr verkaufen?« Luise spielte mit den Knöpfen ihres Arbeitsmantels und starrte auf den Aschenbecher, der neben Pfeffers aufgestütztem Arm auf dem Schreibtisch stand.

»Das können Sie dann allerdings nicht mehr«, sagte der Personalchef. »Aber die Arbeit im Lager ist nicht schwer.«

»Und was muss ich sonst noch machen?«

»Pakete an Kunden zustellen, Waren sortieren und auspacken, abends die Verkaufstische reinigen und die Verkäuferinnen ab und zu entlasten.«

»Also doch – verkaufen?«

»Nein, mein Kind. Ich meine das anders. Die Geschirrabteilung braucht zum Beispiel dauernd jemanden, der verkaufte Waren in einem Korb zum Packtisch bringt und auch die aus dem Lager kommenden Körbe ausräumt. Was glauben Sie, was das für einen flotten Verkauf bedeutet. Noch eine Aufgabe fiele Ihnen zu. Oben im Speisesaal servieren – das wäre wohl ein feines Lockmittel?«

Zorn und Erbitterung pressten Luise die Kehle zu, Sie nickte, hätte aber lieber mit dem Fuß aufgestampft, Herrn Pfeffer ihren Mantel über den Kopf geworfen oder ihm die Zunge gezeigt. Doch durfte sie ihrer Familie und Helmut ihre Niederlage eingestehen? Nein, man musste auch weiterhin glauben, sie sei als Verkäuferin anerkannt worden.

Hatte denn der Direktor keine Augen? Sah er nicht, wie hübsch sie war und wie gut sie in den glitzernden, mit hundert Spiegeln und Kristalllampen prunkenden Rahmen der Verkaufshalle passte? Wie viel unscheinbare, kränklich und freudlos aussehende Verkäuferinnen behaupteten doch dort unten, im Getriebe der schaulustigen und kritischen Menge, ihre Plätze! Und sie – gerade sie, die oft ein bewundernder Blick gestreift hatte, die es verstand, Zögernde mit einem Lächeln zu locken und mit süßen Worten nicht kargte, musste beiseitegestellt, in das Verlies des Lagers verbannt werden? Ach, heute war sie zum ersten Male ungeduldig geworden. Aber die Frau war wirklich sekkant und albern gewesen, und Rottweil hatte den Vorfall sicher nicht gemeldet. Er war zu beschäftigt und gebrauchte wohl hunderte Male im Tag die Redewendung: »Beherrschung ist unsere erste Pflicht!«

»Schön«, sagte sie endlich, nachdem ihre Unentschlossenheit peinvoll lange gedauert hatte, »ich bleibe als Laufmädchen hier.«

Pfeffer nickte ihr aufmunternd zu: »Es wird schon gehen. Gut, dass Sie den Versuch wagen. Melden Sie sich morgen früh bei Frau Kleinhaus. Sie wird Sie einer Abteilung oder dem Lager zuweisen.«

»Frau Kleinhaus«, wiederholte Luise. Ein höfliches, aber bestimmtes Neigen des Kopfes über dem feierlichen Schreibtisch entließ sie.

Im Stiegenhaus setzte sie sich in eine Fensternische, nestelte eine Zigarette aus ihrem Arbeitskittel und sog den Rauch in kurzen, durstigen Zügen ein. Ein alter Mann, der eine Unterschriftenmappe unter dem Arm trug, schlich wie ein zerknirschter Sünder vorbei, lautlos von Stufe zu Stufe gleitend, Luise ließ sich nicht stören. Sie schmiegte sich an den kalten Marmor der Fenstereinfassung und überdachte ihre seltsame Lage. Laufmädchen – wie deprimierend das klang. Zuerst war sie Heimarbeiterin gewesen, aber das Säumen der hauchzarten Tücher und Schals hatte immerhin eine gewisse Fertigkeit und feines Gefühl in den Fingerspitzen erfordert.

Bis ich etwas Besseres finde, bleibe ich hier, dachte sie, ihre Bitterkeit mühsam eindämmend. Plötzlich befiel sie maßlose Trauer. In diesem großen, modernen, lebendurchpulsten Haus würde sie die Letzte sein. Alles Unangenehme, Schmutzige und Schwere würde man auf sie abwälzen. Sie sah sich mit schweren Paketen durch die Straßen gehen, kühle, vornehme Häuser betreten, an hohen Türen läuten und sah spöttisch glitzernde Münzen in ihre von den Tragschnüren gefurchte Hand fallen. Es war nicht auszudenken, wenn eine Schulkollegin sie einmal so schwitzend und unglücklich durch die Stadt gehen sähe. Ah, weit hat sie es gebracht, die kleine, hochfahrende Luise! Wenn ihr nur solch peinliche Begegnungen erspart blieben. Nein, im Lager musste es besser sein. Niemand konnte dort ihre Scham sehen, niemand würde ihr durch mitleidige Blicke die Pein vergrößern.

Als sie die Verkaufshalle wieder betrat, musterte sie die Gesichter der Mädchen, zu deren Kreis sie bisher gezählt hatte. Nun war sie mit einem Schlage aus dieser Gemeinschaft gerissen worden und bald würden alle Kolleginnen wissen, dass sie eine Stufe abwärts geglitten war. Die goldblonde Nora mit den ausdruckslosen Glasaugen durfte ihr nun ein Staubtuch in die Hand drücken, damit sie ihren Spiegeltisch poliere, und die hagere Frau Weizmann, die neben ihr den Garderobekasten hatte, konnte sie künftig zum Packtisch schicken. Und Eva, das zierliche Mädchen aus gutem Hause, würde sich eine andere Freundin suchen, der sie ihre romantischen Liebesabenteuer anvertrauen konnte. Ganz erfüllt von diesen trostlosen Gedanken vergaß Luise, dass alle diese jungen und unter ihrer Schminke oft erschreckend alternden Frauen jemandem dienten. Sie standen zwischen ihren überhöhten Tischen, um Wünsche zu hören und zu erfüllen, zu fragen, zu antworten, für die Herren Maudrich und Friedmann Geld in Empfang zu nehmen und zu lächeln. Die wenigsten waren glücklich. Sie übergaben abends müde und abgespannt und manchmal auch ihres Daseins überdrüssig die eingenommenen Beträge und den Kassenbericht an Herrn Krank, warteten geduldig, bis er die abgegriffenen Geldscheine und Münzen nachgezählt und im Tresor verstaut hatte, und flüchteten durch die dämmerigen Gassen heimwärts. Viele mussten abends erst ihren Haushalt in Ordnung bringen, ihre Kinder von Verwandten abholen und Wäsche ausbessern. Nachts lag das Warenhaus tot zwischen den anderen Gebäuden, in denen Leben atmete, deren Fenster beleuchtet waren, und in denen geliebt, gehasst, gestritten und geträumt wurde. Die Tische waren mit weißen Tüchern bedeckt, und in den Hallen blieb keine Spur der vielen Menschen zurück als verbrauchte Luft oder Papierfetzen, die dem Besen entgangen waren. Das ganze Haus war dann leer und finster. Nur in der kleinen Wohnung des

Nachtportiers brannte eine Lampe, und die Fußprothese des alten Mannes klopfte vom Tisch zum Schrank, vom Schlüsselbrett zur Wasserleitung und zum Bett, auf dem er nachts, in seinen grauen Geschäftsmantel gehüllt, dahindöste.

Nun aber warfen die großen Deckenlampen noch grelle Strahlen in die Spiegel der Säulen, und die Käufer drängten sich zwischen den Pulten.

Luise sah, dass eine junge Frau eine Rolle blauer Seidenbänder von einem der Wühltische nahm und in ihre Tasche fallen ließ. Einen Augenblick lang blieb das Mädchen stehen, von der Kühnheit der Diebin verblüfft. Ich muss die Detektivin aufmerksam machen, dachte sie und blickte suchend umher. Fräulein Huß war aber nirgends zu entdecken. Das bunte Gedränge, der unaufhaltsame Wechsel der Gesichter, Hüte und Frisuren ringsum war verwirrend. Als Luise sah, dass sich an das Kleid der Frau, die eben die Bänder gestohlen hatte, ein mageres, verkrümmtes Kind klammerte, überrann sie eine heiße Welle von Mitleid und sie ging eilig weiter.

Der Seifentisch war von einer Unzahl zeternder Frauen belagert. Luise öffnete die Klapptüre und schlüpfte in das erhöhte Rechteck zwischen den überladenen Pulten. »Da bin ich wieder«, sagte sie leichthin und setzte ihre Arbeit fort.

Während sie Seifenflocken, Waschpulver und ähnliche Artikel in fieberhafter Eile einpackte, gingen ihre Gedanken im Kreis. Schon morgen trage ich einen grauen Arbeitsmantel wie die Lagerarbeiter – schon morgen darf ich nicht mehr fragen: Sie wünschen, bitte?

»Fräulein, ich möchte eine Giraffe kaufen«, sagte eine warme Männerstimme hinter ihr. Luise wandte sich errötend um. Sie hatte schon nach den ersten Worten gewusst, dass es Helmut war, der diesen unerfüllbaren Wunsch aussprach. Lachend streckte sie ihm ihre schmale Hand hin. »Warum erschreckst du mich so? Ich dachte, du würdest draußen warten.«

»Du lässt dich nicht gern bei der Arbeit kontrollieren, nicht wahr? Warum musst du gerade Seife verkaufen? Ich an deiner Stelle würde lieber in noblere Gebiete gehen. In der Kleiderabteilung ist sicher kein so lauter Trubel.«

»Ja – das kann man sich leider nicht aussuchen. Deine Krawatte sitzt schief, Helmut!« Sie nestelte an seinem Kragen, vertieft, für die Wünsche der Kunden taub, und fröhlich wie an einem sorgenlosen Maimorgen.

»Noch zehn Minuten Geduld. Dann kann dein Sträfling tun, was ihn freut.«

»Soll ich zu dir in die Zelle kommen? Ich setze mich ganz klein und zahm hinein und lehne mich an dein Knie.«

»Fräulein Kleist!«, raunte die Verkäuferin mahnend. »Geben Sie acht!«

»Was ist denn?«, fragte Luise verwundert.

»Herr Maudrich kommt. Ich bitte Sie, die Kunden warten.«

Luise nahm die Warnung nicht ernst. Sie überflog das Gedränge der Käufer, zuckte die Schultern und sagte: »Ich kenne Herrn Maudrich noch nicht. Wie sieht er denn aus?«

Jetzt erst sah sie, dass ein ungeschlachter Mann sie anstarrte. Er stand neben Helmut und musste eben erst gekommen sein.

»Sie haben viel überflüssige Zeit!« Maudrich schlug mit der Hand gegen die Klapptüre, dass das Holz dröhnte.

Die zweite Verkäuferin zog den Hals ein und hastete im Viereck des Tisches hin und her, als wolle sie alle Kunden gleichzeitig bedienen. Sie war blass und verbissen, diensteifrig und demütig.

»Wie heißen Sie?«, fragte der Chef schallend.

»Ich bin Nummer zweihundertachtundsiebzig!«, erwiderte

Luise und wies auf ihren bestickten Mantelaufschlag. »Womit kann ich Ihnen sonst dienen?«

»Das ist Herr Maudrich«, zischte ihr die Kollegin ins Ohr.

Luise spürte, wie ihr Herzschlag sich veränderte. Aber sie sah aus, als könne nichts sie verschüchtern. Sie machte eine wegwerfende Geste. »Es ist ohnehin gleich sechs Uhr!«

»Ihnen wird man künftig mehr Beachtung schenken müssen«, sagte Maudrich mit gedämpfter Stimme. »In meinem Hause ist für Drohnen kein Platz!« Er funkelte das Mädchen zornig an und ging.

Luise biss sich in die Lippen, dann wandte sie sich wie hilfesuchend nach Helmut um. Er war verschwunden. An seiner Stelle stand eine alte Frau, die sie offenen Mundes fixierte.

Helmut ist ekelhaft, dachte Luise bitter, er lässt mich einfach allein und entzieht sich schweigend der Situation. Nun, ich werde heute nicht durch den Hauptausgang gehen. Er soll warten, solange er will. Oh, und gerade *ihm* habe ich diesen dummen Zwischenfall zu verdanken.

Ein schrilles Glockenzeichen tönte durch die Halle. Zwei Burschen schlossen die Eingänge und winkten den noch immer Einlass begehrenden Käufern durch die Scheiben, dass es heute zu spät sei. Sie stellten sich zu den Ausgängen und hielten die Leute, die sich zwischen die hinausströmende Menge drängen wollten, mit bestimmter Höflichkeit auf. Luise breitete die Leinenplanen über den Tisch und sortierte den Inhalt der Registrierkasse in die grünen Münzensäcke.

Missmutig verrechnete sie Herrn Krank die Einnahmen des Tages und eilte in die Garderobe. Ein großer Teil der hellen Holzschränke war offen, bunte Kleider leuchteten daraus, es duftete nach Parfüm, Pomade und Schweiß. Luise streifte die eng sitzenden Lederschuhe ab und schlüpfte in ihre weißen Sandalen.

Aufatmend ließ sie den Arbeitskittel zu Boden fallen und zog ihr perlfarbenes Kleid an, dessen Seide sich kühl an ihre Haut schmiegte. Vor den Spiegeln drängten sich die Lehrmädchen und kämmten ihre Locken und Schöpfe auf, malten gewandt ihre Lippen und verließen auf hohen Absätzen, wippend, schäkernd und unternehmungslustig die Garderobe. Luise folgte ihnen in einiger Entfernung und betrachtete die Mädchen mit wachsendem Unbehagen. Ja, auch diese jungen, unreifen Geschöpfe, denen sie sich immer überlegen gefühlt hatte, würden künftig von ihr Dienste fordern können. O Gott, wenn sie wüssten, wie sehr sie ihre innere Armseligkeit verachtete und wie tief sie dennoch auf der Rangleiter dieses Hauses unter ihnen stand. Luise dachte über die Ungerechtigkeit des Schicksals nach, Stufe um Stufe hinabsteigend. Nun wartet Helmut vor dem Hauptausgang, dachte sie gereizt, er ließ mich allein, als mich seine Anwesenheit beruhigt und gestärkt hätte. Oder ging er aus Feingefühl, um nicht Zeuge zu sein, wenn man mich zurechtweist? Und wenn auch – ich gehe durch den Hof und den Privatausgang.

Sie steckte ihre Nummernkarte um und war froh, dass der Portier am Schlüsselbrett beschäftigt war. So konnte sie unbemerkt durch die Seitenpforte in den Hof schlüpfen. Sie stieß mehrere Türen auf, fand aber nicht den Zugang zum Privatflur. Nun gehe ich erst recht nicht zurück, dachte sie, ich will nicht.

Sie setzte sich auf eine Kiste, ohne auf ihr Kleid zu achten, und entzündete eine Zigarette. Um sie her war Dämmerung, es roch nach Leim und frischem Holz. Kein Mensch konnte sie hier sehen. Luise lehnte den Kopf gegen die Wand und lauschte den harten Schlägen ihres Herzens. Seltsames Gefühl, wenn man erwartet oder gesucht wird und sich in einem Versteck geborgen und sicher weiß! Ist es ein Triumph, wenn es einen mit aller Macht hinauszieht und man dennoch eine grausame Befriedigung darin findet, verborgen zu bleiben? Helmut hätte auf keinen Fall gehen dürfen, er hätte für sie Partei ergreifen müssen. Sie selbst musste schweigen, doch er war ungebunden, brauchte keine Entlassung oder Vorwürfe zu fürchten. Helmut war also ein Feigling. »Ein Feigling!«, sagte sie laut und erschrak über ihre Stimme.

Sie schloss die Augen und ließ die Geschehnisse der letzten Nacht an sich vorübergehen. Das Hotelzimmer in der Georginengasse war kahl und nüchtern, die Fensterscheiben klapperten in den verschmutzten Rahmen, die Lampe brannte auf dem billigen Nachtkästchen wie ein kleiner, trauriger Mond unter dem verstaubten Schirm aus blassgrüner Seide. Aber die Düfte des nahen Parkes wehten durchs Zimmer, das Bett war weich und in einer dunkel tapezierten Nische geborgen. Luise kannte den Raum von vielen Abenden her, von verregneten Sonntagen, die, voll unbegreiflich süßer Erfüllungen, wie reife, köstliche Früchte wogen. Tausend Zärtlichkeiten und Liebkosungen, tausend geflüsterte Worte drängten sich in Luises Gedächtnis. Sie saß da, die erkaltete Zigarette zwischen den Fingern, tief eingesponnen in einen Mantel von Sehnsucht und Qual. Helmut sollte warten – und gehen? Er musste ihre Verachtung spüren, er musste büßen um einen Preis, den sie selber mit maßloser Nüchternheit bezahlte. Luise hob den Kopf und lauschte in den Hof hinaus. Alle Schritte und Stimmen waren verebbt, die grauen Mauern waren wie mit Asche bestreut. Aber Luise wusste, dass hoch über ihr die Dächer und Kamine noch golden in der Abendsonne glühten, dass die Straßen von Frohsinn widerhallten, dass Helmut zwischen fremden Frauen und Mädchen durch die Kapitolstraße ging, wütend und beleidigt. Wie ein körperlicher Schmerz packte Luise jäh das Bewusstsein ihrer Verlassenheit. Sie sprang auf, glättete ihr Kleid und überquerte den Hof mit eiligen Schritten. Die Tür zum Warenhaus war nun versperrt. Ungeduldig trommelte

Luise gegen das Holz, und als Herr Bock sie einließ und fragte, woher sie käme, entgegnete sie leise: »Ich war im Hof – mir ist schlecht gewesen. Ich glaubte, ich würde erbrechen.«

Der Portier ging ihr durch die Passage voran und öffnete das Scherengitter.

»Vielen Dank«, sagte Luise, »und angenehme Ruhe!«

»Ja, ja. Schon gut.« Er ging langsam zurück. Sein Holzfuß klapperte auf den Fliesen.

Luise überlegte, nach welcher Richtung sie sich wenden sollte. Es war eigentlich schade, schon nach Hause zu gehen. Vor dem Kristallkino stand eine Schar junger Leute. Luise musterte die Plakate. Quer über ein grün beleuchtetes Gesicht waren flammende Buchstaben gemalt: »Ich leugne!« Von Neugier getrieben, löste sie eine Karte und schlenderte dem Automatenbüfett zu, von dem sie sich manchmal mittags ein Stück Cremekuchen oder Fischbrote geholt hatte.

Die weiß gekachelte Halle war von einem undeutlichen Summen, Klappern und Sesselrücken erfüllt. Luise trank ein Glas Limonade und ließ sich Rosinenschnitten einpacken. Das Alleinsein und das Ungewöhnliche des Abends erregte sie. Ihre Wangen brannten, und mit fremden Augen betrachtete sie sich in dem geschliffenen Spiegel neben der Kasse. Verwundert stellte sie fest, dass ihr Gesicht Fröhlichkeit ausstrahlte, und immer mehr kam ihr zu Bewusstsein, wie wenig sie Helmut heute vermisste. Hatte ihr nicht der junge Mann im grauen Anzug, der dort drüben an der Wand lehnte und ein Wurstbrot aß, einen bewundernden Blick zugeworfen, und war der große Blonde mit der eckigen Sonnenbrille wirklich unabsichtlich an sie angestreift? Es war interessant, prickelnd, erregend, wenn man sich frei fühlte, wenn einem nicht ein bestimmtes Gesicht dauernd vorschwebte, ein bestimmter Name einem in den Ohren und im Herzen klang. Freiheit, die man nützen konnte, wenn man wollte, wenn man nur einen Augenblick lang wollte.

Im Kino saß sie zwischen zwei alten, nach muffigen Kleiderkästen riechenden Frauen, die sich über ihren Kopf hinweg unterhielten. Luise machte sich erbötig, ihren Platz zu tauschen. Die beiden Alten nahmen erfreut an, kuschelten sich trotz der Wärme aneinander, die knöchernen Hände ineinandergelegt und richteten ab und zu ein Wort an das Mädchen. Zur Rechten Luises saß nun ein brünetter Hüne, der so breit war, dass Luise ihre Arme in den Schoß legen musste und trotzdem noch die Wärme und jede Regung seines Körpers spürte. Sie empfand darin eine tröstliche Genugtuung. Der Rhythmus seiner Atemzüge war männlich und beruhigend. Als die Lichter verglühten, schloss Luise die Augen und lauschte der Tanzmusik, die die Geschäftsreklamen begleitete. Sie dachte nicht an Helmut, sie dachte nur daran, wie unendlich der Wunsch in ihr brannte, bewundert, begehrt und glücklich zu sein. In schaurigen Bildern rollte der Film über die Leinwand. Luise saß, eng an den fremden Menschen gelehnt, dessen Gesicht sie nur flüchtig gesehen hatte, und spielte mit den Möglichkeiten, die ihr der Heimweg bot. Ihr war, als würde ihr Nachbar sie auf der Straße ansprechen und vor dem Tore ihre warme Hand in der seinen halten. Benommen, taumelnd und voll Erwartung verließ sie den hell gewordenen Saal. Draußen brannten die Bogenlampen, es war schwül, und die Häuser blickten fremd und schläfrig auf das Gedränge der erhitzten, von den spannenden Szenen des Films noch in Bann gehaltenen Menschen.

Luise schlenderte einige Häuser weit, dann stieg sie in die Straßenbahn. Sie war enttäuscht, dass sie den Mann nicht mehr erblickte, der zwei Stunden lang in ihrer Phantasie eine Rolle gespielt hatte. Nachdenklich bog sie in die Sackgasse ein. Vor dem Tor blieb sie zögernd stehen und atmete tief, gierig und bewusst.

Beim Anblick der dunklen Nische, in der sie sich von Helmut immer verabschiedet hatte, griff etwas Warmes an ihr Herz. Ein zärtlicher, wehmütiger Gedanke stieg in ihr auf und löschte die kleine Falte des Trotzes von ihrer Stirn.

In der Küche brannte die Zuglampe. Rupert saß auf dem Boden und wippte mit den Fingerspitzen gegen seine Zehen. Er war so vertieft, dass er erst aufsprang, als Luise vor ihm stand und ihn erstaunt musterte.

»Was machst du denn?«, fragte sie.

»Ich turne – findest du das komisch?« Er wischte sich den Schweiß von der Oberlippe. »Ich halte es jetzt schon zehn Minuten aus, ohne einen Wadenkrampf zu bekommen.«

»Du willst anscheinend einen Rekord aufstellen. Gestern hast du es so arg getrieben, dass alle Gläser im Schrank klirrten.«

Er sah sie sprachlos an. Ein Schatten huschte über sein Gesicht. Luise nahm ihn nicht ernst. Sie ahnte ja nicht, welchen Zweck er mit seinen körperlichen Übungen verfolgte. Er hatte bis jetzt mit eiserner Konsequenz keinen Tag versäumt, und obwohl er nicht fühlte, dass sich seine Mühe schon auf seinen Geist ausgewirkt hätte, blieb er seinem Vorsatz treu. Sicher würde er eines Tages einen Erfolg buchen können, freier und beschwingter sein und dem Leben gewappnet gegenüberstehen. Jetzt war er noch zerfahren und unsicher wie immer, und seine Furcht vor psychischen Verwirrungen war eher größer geworden. Er hielt dies für einen Übergang in ein Stadium der Genesung.

Ich werde auch mittags, vor dem Essen trainieren, dachte er und klammerte sich beharrlich an diesen neuen Vorsatz. Wenn ich nicht hart bin gegen mich und meine Trägheit, wird mir mein letztes Selbstbewusstsein entgleiten. Ich muss eiserne Disziplin üben. Schon Maria zuliebe. Sie hat mir zwei wunderbare Briefe geschrieben. Und es ist gut, dass sich meine Anstellung noch verzögert – bis dahin werde ich ein anderer Mensch sein! Während sich Luise das Nachtmahl wärmte, vertiefte sich Rupert in einen Zeitungsartikel und wartete. Er hatte die Absicht, seine Übungen fortzusetzen, wenn Luise zu Bett gegangen war. Doch das Mädchen hatte es nicht eilig und aß ohne Hast.

»Gute Nacht!«, sagte Rupert nach einer Weile. »Du bleibst wohl noch lange auf?«

»Ich bin heute gar nicht schläfrig. Gute Nacht!« Sie warf ihm flüchtig eine Kusshand zu.

Rupert ging ins Zimmer und tastete sich zum Fenster. Undeutlich sah er dunkle Erhebungen auf Fannys Bett und hörte die leisen Atemzüge der Schwester.

Es war gut, sie zu Hause zu wissen. Doch vor einigen Wochen hatte ihm dieses Bewusstsein mehr bedeutet, und er erkannte verwundert, dass er sich von den Menschen, die ihn täglich umgaben, in letzter Zeit entfernt hatte. Sie beschäftigten ihn nicht mehr wie früher; die gramvollen Blicke der Mutter glitten an ihm ab und drangen nicht mehr bis an sein Herz. Auch zwischen Fanny und ihm hatte sich eine Kluft gebildet, und an Luises manchmal so kränkender Art übte er weniger intensive Kritik. Seufzend lehnte er sich an das Fensterbrett und spähte in ein erleuchtetes Fenster. Eine Frau stand vor ihrem Bett und richtete es zum Schlafengehen her. Rupert starrte wie gebannt hinüber. Er wusste, dass seine Blicke frech und beleidigend waren, aber er vermochte nichts anderes mehr zu tun, als die Frau zu beobachten. Er hoffte, dass sich die Frau entkleiden würde, ohne den Vorhang zuzuziehen. Sie trat vor den Spiegel und kämmte sich. Ihr Haar war lang und dunkel. Es sah aus, als hingen kleine schwarze Schlangen auf ihren Rücken herab. Als sie sich umdrehte, zuckte Rupert zusammen. Doch er rührte sich nicht, er biss sich vor Erregung in die Zunge und hielt den Atem an. Die Frau fühlte sich offenbar unbeobachtet. Plötzlich spielte Rupert mit dem Gedanken, er sähe Maria dort drüben und eine heiße Welle floss über seinen Körper. In diesem Augenblick ging die Frau zur Tür und schaltete das Licht aus. Rupert schlich enttäuscht, mit zitternden Knien auf sein Bett zu. Er umarmte die Kissen und drückte seine Wange darauf, in der Vorstellung, es sei Marias Gesicht. Eines Tages wird sie mich rufen, dachte er, und wenn wir uns täglich sehen, kommen wir uns vielleicht so nahe, dass –. Er rollte sich heftig zur Wand. Zweifel und Angst stiegen in ihm auf. Wenn er versagte? Er hatte noch nie eine Frau besessen, und seine Unerfahrenheit trug viel zur Stärkung seiner Minderwertigkeitsgefühle bei.

Als er siebzehn Jahre alt war, näherte er sich zum ersten Male einem Mädchen. Es hieß Angela und war in dem schmutzigen Friseurladen beschäftigt, der ein Jahr später seine Läden schloss. Rupert hatte sie heimlich bewundert, wenn er schmal und schüchtern in einer Ecke saß und wartete, bis Herr Jockel ihn mit einem schwungvollen Wink auf den Drehsessel bat. Jedes Mal, wenn Angela mit der Seifenschüssel oder einem Handtuch vorüberging, wehte etwas Schwüles, Süßes und Unbegreifliches über Rupert hin. Krampfhaft verfolgte er die leisen Bewegungen der gelben und grünen Perlenschnüre des Türvorhanges und versuchte, Angelas Bann auszuweichen. Eines Abends aber trieb ihn die Hoffnung, sie zu sehen, wieder in die Nebenstraße, zu dem niederen, schäbigen Haus, in dem er sie wusste. Er begleitete sie damals nach Hause. Angela machte einen Umweg und küsste ihn auf einer Bank, auf die er sich nur zögernd niedergelassen hatte. Rupert wusste mit ihr nichts anzufangen, seine Zärtlichkeiten fielen scheu und unmännlich aus. Angela fand keinen Gefallen daran und verabschiedete sich unter einem Vorwand. Ihm war, als sei er einer Gefahr entronnen, und kein Schmerz blieb in ihm zurück. Er hörte nur mit großer Scheu die

Reden anderer Jungen seines Alters. Später ersehnte er heftiger Begegnungen mit Mädchen, und weil er die Liebe als etwas Kostbares, Heiliges achtete, schloss er sich den Wegen seiner ehemaligen Schulfreunde nicht an, sondern träumte sich Erfüllungen und fand schließlich in schwülen Illusionen Befriedigung. Selten hatte er den Mut, an eine Verwirklichung seiner Phantasien zu denken. Längst hatte er das Vertrauen zu sich selbst, den Glauben an sein ursprüngliches Ideal und an das Glück schlechthin aufgegeben. Wenn er abends unter die Decke schlüpfte, wanderten seine Gedanken in krausen Bahnen. Er beugte sich über einen halb offenen, warmen Mund, streifte ein Kleid von einem schmiegsamen Körper, fühlte weiche Arme an seinem Hals und schlief erst ein, wenn seine Sinne sich im Erfinden heißer Umarmungen erschöpft hatten.

So war er der Wirklichkeit ferngeblieben, und je länger dieser Zustand anhielt, umso weniger wagte er, sie zu gewinnen. Bis zu seinem zwanzigsten Jahre bedeutete ihm seine Reinheit mehr, als vielleicht manchem Mädchen dieses Alters. Er empfand wie eine Jungfrau, die sich für den einzigen Menschen ihrer Zukunft bewahren will. Doch quälte ihn die Sehnsucht, und ein seltsamer Fieberglanz, etwas Unstetes und Angstvolles beherrschte seine Augen. Dieser Ausdruck war ihm geblieben, er haftete ihm wie ein Makel an. Ungestilltes Begehren und das Gefühl eigener Schuld belasteten ihn. Er wollte eine Wendung erzwingen, wollte leben wie die anderen Männer, und als er Leni begegnet war, schien ihm diese Möglichkeit zuzufliegen. Aber Leni kam nicht mehr, sie hätte ihn verachtet, weil sie enttäuscht worden war. Und wie ein heller Himmel öffnete sich da Maria vor ihm. Sie erschien ihm als die mütterliche Geliebte, die geduldig und verständnisvoll ist, die nicht lächelt, wenn man sie auf die Stirn küsst, die aber dennoch die heiße Sonne des Weibtums in sich trägt. Wieder waren es nur Vorstellungen und Wünsche, die ihn Marias Wesen so beurteilen ließen. Rupert wusste auch nicht, ob Maria jemals daran denken würde, ihm mehr als Freundschaft oder Kameradschaft zu schenken.

Während sich Rupert unruhig atmend in die Kissen verkrampfte, dachte er darüber nach, ob Maria schon einem Manne gehört habe. Er war trotz seiner oft wunderlichen Ansichten kein Nörgler, und der Gedanke, Maria könne schon mehr erlebt haben und mehr wissen als er, schmerzte ihn nicht. Er fürchtete nur, vor ihr nicht bestehen zu können. Nun, da seine Phantasie wieder abgekühlt war und sich nicht mehr mit der entkleideten Frau beschäftigte, schämte er sich der wirren Empfindungen, schämte sich seiner Neigung zu einer Erotik, die das geile Gesicht der Sünde trug, die ihn immer nur verbrennen, niemals aber befreien und erlösen konnte.

Völlig ernüchtert erwog er die Möglichkeit, einmal mit Maria vereint zu sein. Dies wäre eine Situation, in der es nur eines gab: Bewährung – oder Niederlage!

Plötzlich setzte er sich steif auf. Ihm war, als habe ihm jemand zugeflustert: Warum verschaffst du dir nicht Gewissheit? Vorher – bei einer anderen Frau.

Er lehnte sich mit dem Rücken an die kalte Wand und blickte gegen das undeutlich schimmernde Geviert des Fensters. »Wo sollte ich das?«, fragte er halblaut und bedeckte erschrocken den Mund mit beiden Händen. »Wo sollte ich das?«, klang die Frage in seinem Innern nach, und jedes Wort hinterließ einen kurzen, stechenden Schmerz in seiner Brust.

»In der Kegelgasse –« sprach ihn ein Fremdes an.

Er streckte die Arme abwehrend ins Dunkel. »Um Gottes willen – nein!« Schweiß trat ihm auf die Stirn, einige Augenblicke lang hing sein Kiefer schlaff herab, und wie erwachend schloss er wieder die Lippen. Als er hörte, dass Luise in der Küche das Licht abschaltete, legte er sich rasch nieder.

Luise schloss vorsichtig die Türe hinter sich, und mit ihr kam ein Duft reifer Erdbeeren ins Zimmer. Es war schwül und dunkel, irgendwo bellte ein Hund, und durch die Glaserstraße knarrte ein Fuhrwerk. Rupert lauschte dem metallenen Aufschlagen der Pferdehufe. Seine Lider wurden langsam schwer. Die Abscheu, die er vor den Mädchen der Kegelgasse empfand, flaute ab, verlor, vom ersten Nebel des Schlafes verschleiert, die strengen Konturen.

Und Rupert nahm in seine Träume die Vorstellung mit, dass er an einem regnerischen Abend, an dem wenige Menschen auf den Straßen zu sehen waren, zwischen den engbrüstigen Häusern der Kegelgasse gehen werde. Dort würde er eine Antwort auf seine quälende Frage finden.

*

»Sehen Sie«, rief Fanny lebhaft, als sie mit Artur an der überladenen Verkaufshütte des Strandbades vorbeikam. »Ein schöner goldener Kürbis!«

Artur folgte ihrem Blick und sah einen riesigen Wasserball zwischen blauen Gummikrokodilen, Windrädern und Springschnüren hängen. Er blies die Backen auf: »Diesen Vollmond holen wir uns. Er darf nicht länger herrenlos bleiben«, sagte er und zog Fanny wie ein Kind über den Hitze atmenden Tummelplatz der Badegäste. Lachend überreichte er ihr den Ball, erstand eine Flasche Sonnenöl und Zeitungen und schritt, seinen Bademantel über der Schulter, neben Fanny einer Lagerwiese zu. Unter einer Birke legten sie sich nieder, faul und von der Sonnenwärme benommen. Fanny schlüpfte aus ihren Holzpantoffeln und streckte sich wohlig im Grase aus.

»Es ist herrlich heute!«, sagte sie leise, Artur zulächelnd. Sie schloss die Augen, verschränkte die Arme unter dem Kopf und dachte: Ich bin glücklich – und doch bedrückt mich etwas. Darf es in der Liebe solch einen Zwiespalt geben? Artur gefällt mir, weil er klug und zartfühlend ist und mir seine Zuneigung schmeichelt. Doch manchmal stößt sich mein Gefühl an seiner Äußerlichkeit – Artur ist kleiner als ich. Warum kann ich das nie ganz vergessen? Ach Gott, wenn ich ihn nur nicht enttäuschen muss, und sei es durch ein Wort, das mir zufällig entschlüpft.

Als Artur sie ansprach, erschrak sie. Sich aufsetzend, blickte sie ihn voll an.

»Wenn Sie Eis mit Waffeln wollen – ich bin in einer Minute zurück.«

»O nein, bitte, bleiben Sie doch«, erwiderte Fanny. Ihre Stimme klang weich. Artur griff nach ihrer Hand. Seine Finger waren warm und trocken, und die streng geschnittenen, gesunden Nägel verliehen ihnen etwas unbedingt Männliches. Fanny freute sich über diese Entdeckung, und plötzlich errötete sie unter seinem selbstvergessenen Blick. »Ein wundervoller Tag«, sagte sie befangen und blickte lächelnd einem alten Manne nach, der lange gestreifte Hosen und einen durchlöcherten Strohhut trug.

»Ich bin so froh, Sie zu kennen«, flüsterte Artur. Er ließ ihre Hand los und streckte sich wie ein zufriedener, satter Bär.

Fanny schwieg. Ihr Haar schimmerte wie rotes Gold im Sonnenlicht und berührte im leisen Hauch der Luft ihre Schultern. Artur gestand sich, dass er sie noch niemals so reizend gesehen hatte. Seine Augen tranken ihr Bild – von der Stirn herab, über Mund und Kinn, die leise sich hebende und senkende Brust, die knabenhaften Hüften, die graziösen Beine. Artur seufzte. Die Birke bewegte ihre goldgrünen Blätter über ihnen und warf einen bebenden Schatten, ein zitterndes Gebilde aus Spitzen auf das Gras.

Das Mädchen wurde unruhig, drehte sich auf den Bauch und stützte den Kopf in beide Hände. Vor ihnen glitzerte das Wasser, Segel blendeten darauf wie weiße, fröhliche Fahnen, die Luft war von Freude erfüllt.

»Es wird Sie sicher nicht mehr überraschen«, sagte Artur ernst, »wenn ich Ihnen gestehe, wie sehr ich Sie ins Herz geschlossen habe. Sie sind – die Frau, die ich mir erträumte. Aber ich habe manchmal Angst.«

Fanny verbarg ihr Gesicht und fragte: »Wovor?« Und als er schwieg, sagte sie stockend: »Wissen Sie nicht, dass ich Sie gut leiden kann?«

»Wie nett Sie das sagen«, rief er begeistert aus. Er küsste ihren Handrücken. »Sie sind eine kleine Sphinx!«

Etwas Unerklärliches, Fremdes und doch Beseligendes beengte Fanny die Kehle. Habe ich nur Mitleid mit ihm, ist es zu wenig für seine Liebe, dachte sie angstvoll, vielleicht ist es ein Unrecht, ihm Hoffnungen zu geben. Doch es gibt etwas, das mich zwingend zu ihm hinzieht – ist das wirklich Sympathie allein?

Sie schwiegen. Ein Boot furchte das unbewegte Wasser, und mit ihm kamen und entfernten sich helle Stimmen und die Klänge einer Gitarre, die wie goldene Tropfen in die Stille fielen.

Artur streifte mit dem Zeigefinger einen Käfer von Fannys Rücken. Sie empfand diese Berührung als etwas Angenehmes, ohne an eine Zärtlichkeit zu denken. Hätte Peter das Gleiche getan, wäre ein Schauer über Fannys Haut gelaufen. Sie runzelte die Stirn, riss einen Grashalm aus und zielte damit in Arturs Ohr. Er verzog das Gesicht so komisch, dass sie lachen musste.

»Ich muss Sie zur Geduld erziehen«, rief sie übermütig aus, während sie nach einem längeren Halm Ausschau hielt. Über ihre Gefühle nicht völlig im Klaren, wusste sie nicht, warum sie Artur eigentlich reizen wollte – aus Langeweile geschah es nicht.

Erst als er ihr die zweite Grasrispe plötzlich aus der Hand riss und sie lachend zwang, mit ihm zu ringen, dämmerte in ihr eine Erklärung ihrer Unruhe. Sie hatte Artur einmal anders sehen wollen, und es befriedigte sie, dass er sie brutal anfasste und besiegte.

»Das kostet Sie einen Kuss, Fanny!«

Sie atmete schwer und versuchte, sich aus seiner Umklammerung zu befreien. Sein Gesicht war über dem ihren. Er lächelte, aber trotzdem beherrschte ein schmerzlicher Ernst seine Züge.

»Wehe Ihnen«, sagte Fanny drohend. Etwas Warmes überflutete sie, als sie zu Arturs Gesicht aufblickte. Sein Mund war halb offen und ließ die gesunden, weißen Zähne frei. Sein Atem duftete frisch und herb.

»Ihr Frauen seid Rätsel«, sagte er endlich, sie auslassend. »Ihr wollt kämpfen und verlieren. Ist es nicht so?«

»Auf keinen Fall!«, widersprach Fanny.

Verlegen brachte sie ihre Haare in Ordnung. Dann streckte sie sich lang aus und blickte in den Himmel. Eine gefiederte Wolke schwebte im Blauen. Sie glitzerte wie gesponnenes Glas und schwamm langsam durch die klare Höhe. Er hat recht, dachte das Mädchen verwirrt, wenn er der Unterlegene gewesen wäre, hätte ich mich geärgert. Ich hätte ihn für einen Schwächling gehalten.

In jäher Lust, sich zu bewegen und auszutoben, setzte Fanny sich auf. »Ich möchte ins Wasser gehen«, rief sie hell. »Kommen Sie.« Rasch griff sie nach seinem Handgelenk und versuchte, ihn hochzuziehen. Er machte sich schwer, über ihre Bemühungen lachend. Dann sprang er federnd auf, und Fanny freute sich, dass er nicht ungelenk war. Munter eilten sie dem Ufer zu. Im seichten Wasser spielten Kinder mit kleinen Segelbooten und Wassertieren. Langsam schritt Fanny durch das kühle Nass, bis die Wellen ihre Schenkel umspülten. Dann ließ sie sich vorfallen und schwamm durch die grüne Flut, warf sich auf den Rücken und strampelte mit den Beinen, dass das Wasser emporwirbelte. Artur warf ihr vom Ufer den riesigen Ball zu und folgte ihm geräuschvoll nach. Fanny beeilte sich, vor ihm zur Sperrkette zu gelangen. Aufatmend hielt sie sich an den schweren Eisengliedern fest und blickte zurück. Knapp nach ihr war Artur am Ziel. Er sah wie ein schlimmer Schuljunge aus, wenn ihm die Haare ins Gesicht hingen. Nach Luft ringend, umklammerte er die Sperre und blies die Wassertropfen von seiner Nase.

»Das Wasser ist wie Öl«, rief er keuchend.

Fanny fuhr mit der Hand gegen die glitzernden Wellen und warf ihm eine Handvoll Schlingpflanzen gegen die Brust. »Ihre Lorbeeren – Sie sind brav geschwommen!«, rief sie ausgelassen und tauchte unter.

Wie eine Nixe erschien sie wieder an der Wasseroberfläche, das bunte Tuch war von ihren Haaren geglitten, und die leidigen Locken hingen nun nass und schwer auf ihre Schultern herab.

»Fanny!«, sagte Artur zärtlich.

»Ja?« Sie strich mit einer Hand ihre Brauen glatt und sah ihn schräg an.

»Ihre Augen sehen noch grüner aus, wenn Sie im Wasser sind!«

»Ach!« Das Mädchen ließ die Lider fallen und wandte das Gesicht ab.

»Sicher haben Ihnen schon viele Männer gesagt, dass Sie schön sind, nicht wahr?«

Fanny gab keine Antwort. Sie legte sich flach auf das Wasser, rollte sich auf den Bauch und schwamm dem Ball zu, der wie ein großer Lampion auf den Wellen schaukelte.

Artur folgte ihr nach. Er schlug wild um sich und schrie: »Retten Sie mich, Neptun hält mich an der großen Zehe!«

Ein helles Lachen schallte zurück.

»Sie lassen mich also sterben?«, brüllte Artur aus vollem Halse.

Er tauchte und packte sie am Fußgelenk. Fanny hielt den Ball umklammert und begann zu strampeln. »Sie sind ein Seeräuber«, kreischte sie, ließ den Ball los und peitschte Artur einen Guss Wasser ins Gesicht.

Er verkniff den Mund und schluckte, doch im nächsten Augenblick umschlang er ihre Mitte und presste sie an sich. »Strafe muss sein«, rief er und küsste sie auf den Mund.

Sie riss sich los und strebte dem Ufer zu. Er stieß den Ball vor sich her und schwamm ihr nach.

Langsam schritt Fanny über den Rasen, den Brausen zu. Ihre Augen funkelten trotzig, doch als Artur wieder neben ihr ging, überrieselte sie eine Welle der Freude. Beide schwiegen. Die Silberstrahlen der Duschen prasselten auf sie nieder. Das Wasser war rein und eisig, und als sie unter den Kastanien gingen, prickelte seine Frische noch auf ihrer Haut. Sie spürten Hunger und wandten sich dem lang gestreckten Restaurant zu, das von Zinnien- und Rosenbeeten umsäumt war.

»Im Namen des Gesetzes –« Eine Hand klatschte auf Arturs Rücken. »Ich bin nicht zu Hause!«, rief Artur, ohne sich umzuwenden. Er hatte Peter Wahls Stimme erkannt, trat einen Schritt zurück und stieg dem Freunde auf den Fuß.

»Hallo, was sind das für Unarten«, lachte Peter. Er begrüßte Fanny mit einer knappen Verbeugung. »Meine Hände kleben von Honig«, entschuldigte er sich lächelnd und betrachtete schuldbewusst seine gespreizten Finger.

»Das habe ich gespürt«, knurrte Artur gutmütig, seinen Rücken befühlend. »Außerdem hättest du sehen müssen, dass ich einen starken Sonnenbrand habe. Sicher wird sich nach deiner Misshandlung die Haut schälen. Bist du übrigens allein, Peter?« Er deutete auf ein Heftchen, das Wahl in der Linken hielt. »Die richtige Beschäftigung für Einsiedler – Kreuzworträtsel.«

»Ich würde mich euch gern anschließen«, sagte Peter. »Geht ihr essen?«

»Ja, komm mit!«

Langsam schlenderten sie auf einen Tisch zu. Fanny setzte sich in die Ecke der Terrasse, legte einen Arm auf die sonnenwarme Holzbarriere und blickte über das lebhafte Treiben der nahen Liegewiesen. Sie vermied, Peter ins Gesicht zu sehen. Was war es nur, das sie so verwirrte, wenn sie in seiner Nähe weilte? Etwas Bezwingendes ging von ihm aus – vergessene Träume erwachten in Fannys Reizen. Doch sie fühlte zu ihrer Beruhigung, dass Artur ihr schon viel näher stand, dass Peter im Vergleich zu ihm ein Fremder für sie war. Ihre Stimmung litt trotzdem durch Peters Anwesenheit. Sie verschloss sich und ging auf die scherzhaften Gespräche der beiden jungen Männer nur widerwillig ein.

»Sind Sie nachdenklich?«, fragte Peter.

Fanny errötete. »Nein, nur ein wenig müde. Wir haben uns wohl zu lange gesonnt.« Sie spielte mit ihrem Schlüssel. Welche Befreiung wäre es jetzt für sie gewesen, aufzuspringen und fortzulaufen. Sie wollte allein sein, alle Einflüsse abstreifen.

»Glauben Sie, dass niemand Ihren Bademantel von der Wiese nehmen wird?«

»Nein. Er ist zu schäbig«, erwiderte Artur. Er wies auf die Speisenkarte. »Was darf ich für Sie bestellen?«

Einen Augenblick lang verwirrte Fanny die Zärtlichkeit seiner Stimme. Auch tat ihr wohl, dass er sie nicht duzte, obwohl er sie geküsst hatte.

»Vielleicht – Aspik und Butterbrot.« Ihre Stimme klang unsicher.

»Ich werde den Kellner suchen«, sagte Artur. Er stand auf. Fanny lächelte ihm scheu zu.

Peter wies auf den Wasserball, der neben ihm auf einem Stuhl lag. »Und was wirst du für den vierten Gast bestellen?«

»Eine Athletenlunge – er ist zu schwach aufgeblasen«, rief Artur zurück. Dann verschwand er in der Tür des Gasthauses.

»Ich habe Sie lange nicht gesehen«, sagte Peter lebhaft. Stirnrunzelnd betrachtete er das Mädchen, während er seine Hände mit einer Papierserviette reinigte. »Von Ihrem Bruder habe ich vorige Woche ein sehr schönes Gedicht im ›Mosaik‹ gelesen. Was macht er immer?«

»Er schreibt meistens. Jetzt soll er für den ›Rundblick‹ Reportagen machen.« Langsam gewann Fanny ihre Sicherheit zurück. Sie fühlte, dass sie Peter gefiel. Seine Blicke waren von demselben Leuchten erfüllt wie damals, als sie daheim bei Tisch saßen und die Zeichnungen betrachteten. Der peinliche Nachmittag in seinem Atelier war längst wesenlos und völlig aus der Vergangenheit gestrichen. Einen verregneten Sommertag vergisst man ebenso rasch.

Unbewusst warb Fannys Mienenspiel um Peters Bewunderung. Und der Maler betrachtete sie wie ein schönes Bild, dessen Harmonie sein Auge entzückte. Sie war reizvoller als Rosi – und weckte sein Interesse. Mit Rosi verband ihn nichts Tiefes, er fühlte sich nur rein körperlich von ihr abhängig. Sie verstanden einander, ohne nach Ursachen zu forschen. Für sie war es Liebe, schön gekleidet zu promenieren, elegante Lokale zu besuchen, sich gegenseitig mit Launen zu überraschen, Zärtlichkeiten zu tauschen und sich nach einem Glas Wein oder einem Tanzabend zu vereinen.

Es schmeichelte Peter, aus Fannys Augen eine – wenn auch harmlose – Koketterie zu lesen. Das Mädchen schien Arturs leicht erkennbare Gefühle nicht zu erwidern.

»Sie haben Artur wahrscheinlich zufällig hier im Bad getroffen«, sagte Peter.

»Nein, wir kamen mitsammen her.«

»Fräulein Fanny –« Er blickte nach der Tür, ob Artur schon zurückkäme. »Sie haben mir einmal zugesagt, dass ich Sie malen darf. Ich möchte Sie nun an Ihr Versprechen erinnern. Wie wäre es, wenn Sie nächste Woche zu mir ins Atelier kämen? Ich habe Ihnen, als Sie bei mir waren, die Ölbilder nicht gezeigt.«

Fanny war plötzlich sehr leicht ums Herz. Sie sagte: »Leider bin ich jetzt immer sehr beschäftigt – und ich gehe abends oft aus. Es tut mir wirklich leid, aber ich muss Sie enttäuschen. Wenn es mir einmal gelingt, mich freizumachen, werde ich Sie durch meinen Bruder verständigen. Sie sehen ihn doch ab und zu?«

»Ja, ja«, sagte Peter verblüfft. »Es ist furchtbar heiß heute.«

Endlich kam Artur zurück. Als er sich setzte, berührte sein Knie Fannys herabhängende Hand. Es war Fanny peinlich, dass er sich entschuldigte.

»Artur, Artur«, neckte Peter. Beide lachten. Fanny biss sich auf die Lippen. Sie ärgerte sich über ihr Erröten.

»Haben Sie den Kellner gefunden?«, fragte sie ablenkend.

»Ich bin gleich in die Küche gegangen. Es wird sofort jemand kommen.«

Er löste die Kautschukbörse von seinem Gürtel und legte sie auf den Tisch. »Wo hast du Rosi heute gelassen, Peter?«

Wahl zögerte mit der Antwort. »Sie ist mit Professor Buckl weggefahren. Er hilft ihr, ein Motiv zu suchen.«

»Ein Motiv!«, wiederholte Artur. Er wiegte bedächtig den Kopf.

»Nun?«, fragte Wahl kampflustig. »Ist das nicht verständlich? Buckl ist Rosis Lehrer und von ihrem Talent überzeugt. Wie Rosi mir sagte, will er sie zum Stern der Jugendausstellung machen.«

»Eine schöne Leistung von Buckl. Alle Achtung für den guten alten Herrn. Wenn er jeder seiner zwanzig Schülerinnen ein Motiv sucht, hat er eine Lebensaufgabe. Hoffentlich hilft er Rosi nicht zu auffällig – seine Art erkennt man unter hunderten.«

»Du meinst doch nicht, dass er ihr die Hand führt? Du bist heute sehr anzüglich, Artur.«

Peter Wahl griff nach einer leeren, am Rande des Tisches stehenden Flasche. »Da hat sich eine Wespe gefangen«, sagte er, immer noch ärgerlich. Er verschloss den Flaschenhals mit einem Finger und klopfte gegen das Glas. »Sie ist in einer Sackgasse. Nun, wenn es eine Biene wäre, ließe ich mit mir reden. Aber Wespen sind ekelhaft.«

»Gib einmal her«, sagte Artur. »Sie tut mir leid.«

Er blickte Fanny wie entschuldigend an. Sie lächelte ihm zu und fühlte mit einem angenehmen Erschrecken, dass sie durch sein kleines Bemühen um das gefangene, matt an der gläsernen Wand kriechende Insekt angeheimelt wurde und ihr Vergleich zwischen den beiden Männern eindeutig zu Arturs Gunsten ausfiel.

»Seien Sie vorsichtig«, riet sie freundlich. Unwillkürlich legte sie ihre Hand auf seinen Arm. »Wenn sie heraußen ist, wird sie wütend sein.«

Artur kehrte die Flasche um und klopfte auf ihren Boden.

»Wie lange wirst du dich damit beschäftigen?«, fragte Peter gelangweilt.

Artur antwortete nicht. Er stieß einen leisen Pfiff aus. »Sei nicht so widerspenstig, kleiner Aeroplan.«

»Der Kellner kommt!« Fanny schob den Aschenbecher und die Bierteller zur Seite und machte eine Bewegung, als wolle sie ein Tischtuch aufbreiten.

»Man muss es sich gemütlich machen, so gut man kann«, rief sie übermütig und lächelte Artur zu.

Er strahlte. »Sie sind heute in wunderbarer Laune, Fanny.«

Der Kellner trug die Speisen auf. Sein Gesicht war vergrämt, und das Tuch, das aus seiner Rocktasche hing, wies eine Unzahl frischer Tomatenflecke auf.

Das Vergebliche seiner Mühe einsehend, stellte Artur die Flasche auf einen leeren Nebentisch und griff nach dem Bierglas.

»Verzeiht«, bat er, komisches Schuldbewusstsein in der Stimme. »Ich bin halb verdurstet. Euch zum Wohle –« Er leerte das halbe Glas mit einem Zuge und lehnte sich behaglich zurück. »Nun, wie schmeckt das Aspik?«, fragte er Fanny, die indessen den kleinen, glasigen Krapfen angeschnitten hatte.

»Fein«, erwiderte sie. »Die Schinkenwürfel sind ausgezeichnet. Aber warum essen Sie nicht?«

Er schaute zweifelnd auf seinen Teller. »Der Durst ist größer.« Wieder griff er nach dem Bierglas.

»Nun, ich glaube, du hast deine Abneigung gegen Aspik immer noch nicht überwunden«, meinte Peter und lachte. Fanny glaubte auf seinem Gesicht einen spöttischen, überlegenen Ausdruck zu sehen. Sie wandte sich Artur zu:

»Haben Sie nur aus Höflichkeit für sich das Gleiche genommen? Oh, das tut mir leid.«

»Ich bitte Sie!«, sagte Artur. Ein verweisender Blick streifte Peter. Dann nahm er hastig seine Gabel und aß.

Während er kaute, beobachtete er die Wespe, verstohlen und dennoch beharrlich.

»Was macht die ›Parallele‹?«, fragte Peter. »Ist die nächste Nummer zusammengestellt?«

Ohne eine Antwort abzuwarten, fügte er hinzu: »Ich habe mit ein paar Leuten gesprochen, die das Heft begeistert.«

Artur blickte auf. »Diese Leute waren gar nicht dumm. Ich kann dir verraten, dass wir jetzt schon tausend Abonnenten haben. Jede Woche kommen durchschnittlich dreißig dazu. Und bei den Kolporteuren bleibt kein Stück mehr liegen. Nächsten Monat werden wir die Auflage erhöhen können. Übrigens habe ich einen famosen Mitarbeiter gewonnen: Gregor Oster. Er liefert gute naturwissenschaftliche Artikel. Gerade fällt mir ein – Leo ist angefeindet worden!«

»Höchste Zeit«, warf Peter ein. »Er hat sich in letzter Zeit zu viel Verrücktheiten geleistet.«

»Vorige Woche sind drei Brandbriefe in die Redaktion gekommen. Ein Mann, der kaum der Orthographie mächtig ist, wirft uns Unfähigkeit vor. In den wenigen Zeilen, die er uns schrieb, fand ich dreimal das Wort Wahnsinn. Das hat mich irgendwie an früher gehörte Urteile und an die schüchtern protestierende Stimme in meiner eigenen Brust erinnert. Den zweiten Brief verdanken wir einer Schülerin der Akademie. Das Mädchen bittet uns, dem Publikum nicht zu häufig Käfers schwer verständliche Arbeiten zu servieren und weist gleichzeitig darauf hin, dass es eine große Anzahl druckfertiger Federzeichnungen besitzt. Dann schrieb noch ein biederer Geschäftsmann, er halte Käfers Illustrationen für eine schlechte Reklame. Ich habe Leo diese Briefe schicken lassen – bisher kam keine Antwort. Sicher hat er sich in das Schneckenhaus seiner Künstlerehre zurückgezogen und grollt der unverständigen Menschheit.«

Artur war belustigt, wiegte aber bedächtig den Kopf. »Ich muss ernstlich über eine weitere Mitarbeit nachdenken. Du ahnst nicht, Peter, wie viel junge, begabte Zeichner sich bei mir melden. Du weißt, dich und Rosenkranz brauche ich ständig, um den Charakter der Zeitschrift zu wahren. Aber sollte ich nicht immer zwei Seiten dem Nachwuchs widmen? Das wäre doch interessant, nicht wahr?«

»Sicher!«, stimmte Peter zu. »Willst du auch Rosi in diese neue Serie aufnehmen? Ich würde sie gern damit überraschen.«

Artur schob das Kinn vor. Es war eigentlich eine Abwehrstellung. »Gerne. Ich fürchte nur, ihre Linie hat zu große Verwandtschaft mit Modezeichnungen. Sie könnte sehr gut für ein erstklassiges Journal arbeiten.«

Peter legte unsanft die Gabel nieder. »Artur, ich bitte dich, sag das niemals in ihrer Gegenwart. Sie würde dir die Augen auskratzen. Unter uns gesprochen – du hast nicht ganz unrecht. Denke ich zum Beispiel an ihre Skizzen ›Mädchen im Garten‹ und ›Spaziergang‹, muss ich dir zustimmen.«

»Gut, dass du trotz deiner Empörung objektiv bleibst«, sagte Artur freundlich. Er berührte Fannys Hand. »Sie sind hoffentlich nicht böse, dass wir fachsimpeln. Langweilt Sie das Thema?«

»Nein, durchaus nicht. Lassen Sie sich nicht stören.«

Der Lautsprecher wurde eingeschaltet. »Hallo – hallo«, rief eine quakende Stimme. »Der Kunstmaler Peter Wahl möchte sofort zur Telefonkabine kommen. Ich wiederhole –«

Peter sprang auf. »Verzeiht, das ist Rosi. Wir kommen gleich hierher zurück.«

Als Wahl im Gedränge der Badegäste verschwunden war, stand auch Fanny auf. »Wollen wir nicht gehen? Was sollten wir mit ihr sprechen? Und es ist so schade um die Zeit.«

Arturs Augen leuchteten freudig auf. »Ich werde schnell zahlen«, sagte er bereitwillig und winkte dem Kellner. Dreimal Aspik und Brot, drei Gläser Bier.«

Auf Umwegen erreichten sie ihren Rastplatz unter der Birke. Die Sonne strahlte milder, und die Badegäste, die im Schatten der Büsche Schutz gesucht hatten, breiteten nun ihre Decken und Handtücher auf den rötlich bestrahlten Rasen. Auf Arturs Frottiermantel lagen Eierschalen und zerknülltes Stanniolpapier.

»Hier hat es sich jemand gemütlich gemacht«, rief Fanny. »Ein Wunder, dass der Mantel noch da ist.«

»Sprechen wir nicht über Gleichgültiges«, sagte Artur weich. »Liegt uns nicht mehr am Herzen, Fanny?«

Sie hielt ohne Verlegenheit seinem Blick stand und nickte.

»Ich freue mich so, dass wir weggegangen sind. Jede Minute, die ich mit Ihnen allein verbringen kann, ist kostbar.« Er zog Fannys Hand an die Lippen. »Wenn Sie sich nur nicht langweilen mit mir.«

Fanny schüttelte den Kopf und ließ sich langsam ins Gras nieder. Sie quälte sich mit der Klärung ihrer Gefühle. Wie beunruhigend war doch der ständige Wechsel ihrer Stimmung. Noch nie war sie gegensätzlichen Empfindungen so leicht zugänglich gewesen. Kaum erfüllte schwerelose Heiterkeit ihr Herz, wurde es von Zweifeln bedrängt, aus dem Gleichgewicht gebracht. Sie wollte sich von Artur manchmal etwas distanzieren, um sich ihre Vernunft zu erhalten. Doch sie fand immer wieder durch eine Geste, durch ein Wort, das ihn sympathisch, nein, unwiderstehlich machte, zu ihm zurück.

Arturs Stimme unterbrach ihre Gedanken. »Sie sollen sich durch mich nicht beengt fühlen – ich will Sie nicht drängen. Doch Sie müssen immer wissen, dass ich Sie sehr liebe.«

Seine Worte beschämten sie, und sie streifte mit einem scheuen, unsicheren Blick sein Gesicht. Dann griff sie mechanisch nach ihrer Hautcremeschachtel, tupfte die weiße Paste auf ihr Gesicht und verrieb sie mit spitzen Fingern.

»Ist es gut so?«, fragte sie mit heller Stimme.

»Auf der rechten Wange ist noch ein Punkt«, sagte er. Seine Augen waren trüb. »Darf ich?« Er berührte zart ihr Gesicht und strich die Creme auseinander. Dann streckte er sich seufzend auf seinem Bademantel aus. Fanny hatte offenbar nicht Lust, auf sein Geständnis näher einzugehen. Er gestand sich, dass in seinem Herzen dadurch ein kleiner, weher Punkt entstanden war.

»Nun muss ich fragen: ›Darf ich?‹« Fanny lächelte über seine Verwunderung. Sie legte sich quer zu ihm und bettete ihren Kopf auf sein Knie.

»Oh, Fanny –« stammelte er. Als seine Hand ihr Haar berührte, schloss sie die Augen.

»Ich fühle mich sehr geborgen, Artur!«

Er streichelte ihren Arm. »Sind Sie müde?«

»Nein, nur angenehm matt.«

»Ich kann mir gut vorstellen, wie Sie schlafend aussehen. Es müsste schön sein, Ihren Schlummer zu bewachen. Ich würde ganz leise sein und Sie immer nur ansehen. Wenn Sie aber erwachten –«

Das Mädchen räkelte sich. »Nicht sprechen, bitte, mir ist das alles noch so neu, so fremd, so unbegreiflich.«

»Wie soll ich das verstehen?«

»Ich – ich weiß ja noch gar nicht, was Liebe ist.«

Er lachte leise und zärtlich. »Wie lieb und unverdorben Sie sind! Dabei können Sie allen Männern die Köpfe verdrehen.«

»Das will ich gar nicht«, sagte sie beinahe schroff. »Ich fände kein Vergnügen daran.«

Er beugte sich über sie und legte seine Wange auf ihre Stirn. »Wollen Sie nicht doch eine Ausnahme machen, Fanny? Nein, bitte sagen Sie nichts, es ist ohnehin schon zu spät! Das Unglück ist schon geschehen, und ich fühle mich wunderbar wohl dabei.«

Sie suchte seine Hand. »War ich manchmal hässlich zu Ihnen?«

Artur sah, dass ihre Augen feucht schimmerten. »Nein«, entgegnete er. »Manchmal fühle ich nur, dass Sie etwas hemmt, dass Sie noch nicht erwacht sind. Sie haben von den Männern bisher vielleicht keinen allzu günstigen Eindruck gewonnen, oder aber hat noch kein Mann Ihre reine Kinderseele angerührt. Sie sind ein Garten, durch den – Gott sei Dank – noch kein Fuß geschritten ist. Oh, Fanny, wenn Sie es mir erlauben wollten, ich würde ganz zart gehen und keine Blume zertreten.«

Sie blickte zu ihm auf, verwirrt, keines Wortes fähig. Stumm drückte sie seine Hand.

Eine Weile verharrten sie schweigsam.

Endlich setzte sich Fanny auf, kreuzte die Beine und stützte sich mit den Armen auf.

»Ihr Rücken ist ganz verbrannt!«, sagte Artur besorgt. Er öffnete die Cremeschachtel und begann ihre Haut einzufetten.

»Das brennt!« Fanny schüttelte sich. »Sie Armer, nun müssen Sie noch Sklavendienste an mir verrichten.«

»Mit Vergnügen. Doch sagen Sie lieber – einen kleinen Liebesdienst. Wenn ich könnte, würde ich Sie in Watte einpacken.«

»So?« Sie lachte ihn offen und herzlich an.

»Schade, dass es bald Abend wird. Ich trenne mich so schwer von Ihnen. Wollen wir heute nicht miteinander ausgehen? Ich kenne ein nettes, kleines Tanzlokal. Es ist sehr romantisch – auf der Veranda brennen Lampions, und auch im Garten kann man tanzen.«

»Fein«, jubelte sie. »Ich habe große Lust dazu.« Fanny dachte nicht mehr daran, wie sehr es sie beim Tanzen gestört hatte, dass Artur kleiner war als sie. Lebhaft richtete sie sich auf. »Aber ich muss vorher nach Hause gehen, mich umzukleiden. Mit meinem Leinenkittel kann ich unmöglich ein Lokal besuchen.«

»Es passt Ihnen wunderbar«, widersprach er. »Von Umziehen kann keine Rede sein. Doch wenn Sie wegen des Nachtmahls Sorge haben – im Bösenwangstüberl gibt es herrliche Sachen. Sie dürfen nicht Nein sagen! Und jetzt schlage ich Ihnen vor, aufzubrechen. Eins – zwei – drei –«

Sie sprang auf. »Ihr Kommando ist mir in die Glieder gefahren«, sagte sie schmollend, doch der Schalk blitzte aus ihren Augen. Er machte eine Rolle über den Bademantel und kam flink auf die Füße. »Man darf sich das Aufstehen nicht zu leicht machen.«

Ihren Arm nehmend, steuerte er quer über die Wiese den Kabinen zu. Sie hielten Schritt und machten nur hin und wieder einen übermütigen Sprung.

Ihre Kabinen lagen nebeneinander. Fanny stopfte ihre Badekarte in das einzige, in Augenhöhe liegende Astloch und streifte das feuchte Trikot ab. Während sie ihre glatte Haut frottierte, summte sie leise vor sich hin.

»Bajazzo?«, dröhnte nebenan Arturs Stimme. Er klopfte an die Holzwand. »Wir müssen einmal in die Oper gehen.«

Hastig schlüpfte Fanny in ihre Wäsche. »Ja«, rief sie zurück. »Wenn Sie artig sind.«

»Oho!«, war die Antwort. Helles Gelächter folgte, und in Fannys Gesicht stahl sich ein inniger, weicher Zug.

»Ich bin bald fertig!« Sie öffnete die Kabinentür und kämmte sich vor dem schiefen, blinden Spiegel.

Artur brachte den Sicherheitsriegel nicht auf. Er polterte ungestüm durch sein halb dunkles Gefängnis. »Endlich«, rief er erleichtert aus. Er trat auf den Betonweg hinaus und wandte sich Fanny zu. Er war sorgfältig gekämmt, und sein vornehmer Anzug duftete nach Gepflegtheit. »Loben Sie mich, Fanny. Ich war doch sehr rasch, nicht wahr?«

»Sie haben gezaubert.« Das Mädchen lachte. »Ich habe Sie im Verdacht, dass Ihnen eine Kammerzofe in Ihrer Kemenate half.«

»Soll ich mich rächen?«, fragte er heiter. Er trat in Fannys Kabine und zog langsam die Tür hinter sich zu. Angenehmes Dämmerlicht erfüllte den engen Raum.

Fanny wich nicht zurück, als er sie an sich zog. Sie schloss die Augen und erwiderte seinen zarten Kuss. – Ihr Gesicht zwischen beide Hände nehmend, flüsterte er: »Du!«

Sie bog den Hals zurück und entwand sich geschmeidig.

»Wir könnten jetzt gehen –« stammelte sie verwirrt, und etwas Beglückendes nahm von ihrem Herzen Besitz.

»Sag ›du‹ zu mir«, bat er.

Sie näherte scheu ihr Gesicht dem seinen und sagte in kindlichem Gehorsam: »Du – nur du!«

Er umschlang sie mit beiden Armen, presste sie an sich und küsste sie so durstig und wild, dass ihr der Atem verging. Dann öffnete er die Tür.

Sie folgte ihm zögernd ins Freie. Unaussprechlicher Jubel erfüllte ihr Herz. Ich gehöre ihm, ihm allein.

Arm in Arm wanderten sie dem Ausgang zu. Artur trug Fannys Badetasche, und ihm war, als berge sie etwas Kostbares.

*

»Sie haben ganz gute Fragen gestellt«, sagte Oskar Matt zu Rupert, als sie das hohe, graue Haus verließen. »Nächstes Mal werden Sie schon weniger nervös sein.«

Rupert drückte seine Mappe an sich. »Ich bin kein Journalist«, murmelte er kopfschüttelnd. »Wer weiß, ob ich jemals ein Interview treffen werde. Hatten Sie den Eindruck, Herr Matt, dass die Dame über unseren Besuch sehr ungehalten war?«

Der Pressefotograph stimmte ein meckerndes Gelächter an. »Ungehalten? Mein Gott! Frau Thoman ist keine Berühmtheit. Sie kann froh sein, wenn man sich für sie interessiert. Immerhin ist es keine schlechte Idee, einmal eine Radiosprecherin zu interviewen. Nun, mein Lieber, Sie haben ja die Macht, das Gehörte in eine nette Form zu bringen. Aber ich? Was das Bild zeigt, das gilt. Und diese Frau ist geradezu beleidigend hässlich. Sie dürfte vor allem nicht so große Ohrgehänge tragen.« Er wies mit dem

Daumen zu dem Hause zurück. »Das ist eine jener Frauen, die immer tänzelnde, süße Backfische bleiben wollen. Es ist geradezu lächerlich. Und Sie reden von ›ungehalten‹. Sicher wird Frau Thoman noch jahrelang an diesen Tag denken, und die ›Rundschau‹, die ihre Biographie bringt, wie ein Heiligtum hüten. Vielleicht rahmt sie die Zeitung ein und hängt sie über ihr Bett. Ich kenne das.« Er kratzte sein über die enge Pullmankappe hinausragendes Ohr. »Ich gebe Ihnen einen Rat. Wenn Sie Journalist sein wollen, brauchen Sie eine Portion Kaltblütigkeit und Wendigkeit und dürfen nicht schüchtern sein. Sie müssen das Heft in der Hand behalten. In welcher Richtung gehen Sie? Hier – ja, da können wir noch ein Stück miteinander wandern. Wovon sprach ich zuletzt?«

Rupert hüstelte. »Sie sagten, ich müsse kaltblütig sein.«

»Richtig! Man muss nur kühn auf das gegebene Ziel lossteuern und dabei doch die psychologischen Studien nicht vergessen. Noch etwas: Haben Sie mit dem alten Würffel eigentlich einen Vertrag?«

»Nein. Ich dachte, er bezahlt einheitlich nach dem Umfang der Arbeit.«

»Das ist die Ansicht eines Laien. Verzeihen Sie, aber Sie sind ja ein Neuling. Lassen Sie sich nicht mit Einzelhonoraren abspeisen. Die beste Verrechnung gewährleistet Ihnen ein Vertrag, nach dem wöchentlich ein Artikel fällig ist und der Ihnen ein Monatspauschale sichert. Verstehen Sie mich recht. Sie müssen natürlich auch dauernd gleichwertige Arbeiten liefern. Wenn wir miteinander einig werden könnten, wäre das ein glänzendes Geschäft. Alle Ideen müssen nicht von Ihnen stammen. Ich habe eine Hundenase und spüre gute Bissen auf. Zum Beispiel – ich rate Ihnen, nächste Woche den Zauberkünstler Paolo zu verhören! Vorerst müssen Sie allerdings seine Leistungen auf sich wirken lassen.

Er tritt im ›Palmengarten‹ auf. Ein prächtiger Mensch. Soviel ich weiß, ist er im Parkhotel untergebracht. Dort bin ich gut bekannt. In vierzehn Tagen könnten wir dann wieder eine Frau – zum Beispiel die alte Reintaler – röntgen.«

»Wer ist das?«

»Das wissen Sie nicht? Ihre Kochbücher sind weltberühmt, in vier Sprachen übersetzt. Fragen Sie eine Hausfrau, die nicht nur Rindsuppe und Kartoffeln kocht. Die brave Reintaler liefert den Kitt, der vielen Ehen den einzigen Halt gibt.«

»Was könnte man über diese Frau schreiben?« Rupert nagte an seiner Unterlippe.

Der Fotograph blieb stehen. Er schaute Kleist verwundert, mit großen, runden Augen an. »Sie sind wirklich kein Journalist«, rief er so laut, dass zwei Frauen, die plaudernd beisammenstanden, erschrocken die Köpfe hoben. »Das ist doch sehr einfach. Sie können fragen, ob sie alle Rezepte selbst ausprobiert, wie oft diese Experimente misslingen, wann sie auf die Idee kam, Kochbücher zu verfassen, ob sie selbst eine ungewöhnliche Feinschmeckerin ist oder von einfacher Hausmannskost lebt, ob sie viele Anregungen von auslandischen Nationalspeisen bezog und so weiter und so fort. Ist das nicht kinderleicht?«

»Kinderleicht!«, wiederholte Rupert und seufzte.

»Auch der Portier des Hotels Königshof ist ein geeignetes Opfer. So ein Mann kann viel Interessantes erzählen. Ein Reigen großer Persönlichkeiten, Staatsmänner, Künstler, Leute mit Rang, Namen und Geld zögen an uns vorbei. Soll ich Ihnen noch andere Anregungen geben? Suchen Sie sich einen Feuerwehrmann, der zwanzig Dienstjahre hinter sich hat und pressen Sie ihn wie eine Zitrone aus. Oder werfen Sie Ihr Lasso über das zierliche Köpfchen einer Schauspielerin, oder lassen Sie einen alten Ballettmeister seine Weisheiten vor Ihnen auskramen. Und sehen Sie vor allem nicht so hilflos drein. Sind Sie überhaupt für nichts zu begeistern?«

»Doch«, sagte Rupert halblaut und errötete.

»Schön, schön«, murrte Matt. Sein Interesse an der gemeinsamen Aktion schien abgeflaut. Er tänzelte neben Rupert auf der Einfassung des Gehsteiges dahin, beharrlich vermeidend, auf eine Trennfuge zu steigen. Er machte immer drei große und einen kleinen Schritt.

»Ja«, sagte er plötzlich, ohne seinen Blick zu heben. »Sie werden hoffentlich auf einem anständigen Pauschalbetrag bestehen. Wenn wir wirklich miteinander arbeiten – wohlgemerkt, ich bringe dann ebenso Ideen und Anregungen wie Sie selbst –, fielen mir mindestens vierzig Prozent Ihres Honorars zu. Die vier Bilder, die ich monatlich zu liefern hätte, werden mir zwar bezahlt, aber ich käme auf einen mageren Verdienst.«

»Natürlich«, gab Rupert ohne Überzeugung zu. »Aber – soll ich Herrn Würffel gegenüber etwas von unserer Vereinbarung äußern?«

Sein Begleiter blieb stehen. »Auf keinen Fall. Was fällt Ihnen ein! Das geht nur Sie und mich an. Herr Würffel erfährt ja auch nicht, dass ich Ihre Unternehmungen steuern helfe. Wenn er das wüsste, hielte er Sie für unfähig!«

Rupert erwiderte nichts. Er blickte ins Leere und zuckte hilflos die Schultern. »Ich verstehe«, murmelte er endlich. »Glauben Sie, soll ich mein Manuskript noch heute abliefern?«

»Tragen Sie es Mittwoch in die Redaktion. Vielleicht vor zehn Uhr. Ich bringe um diese Zeit auch das Bild. Möglicherweise muss ich Ihre Energie für den Vertragsabschluss noch ein wenig stärken. Sie dürfen sich auf keinen Fall billig abspeisen lassen. Auf Wiedersehen.« Er streckte Rupert die Hand hin, berührte aber nur flüchtig seine Finger.

»Auf Wiedersehen«, sagte Rupert. Bedächtig schritt er nach Hause. Mit diesem Menschen werde ich nicht zusammenarbeiten, dachte er empört, er ist mir zu schlau. Auch werde ich zu Würffel kein Wort wegen des Vertrages sagen. Das war mein erstes und letztes Interview.

Im Stiegenhaus traf er Frau Dreiser. Bevor er sie erblickte, grüßte sie ihn mit einem scheuen Lächeln. Als er ihre raue Stimme neben sich vernahm, blickte er auf. »Verzeihen Sie, ich war so vertieft. Guten Tag –«

Er schämte sich, dass sie ihn zuerst gegrüßt hatte. Diese einfache, arme Frau, die ein Kind unter dem Herzen trug, hatte es wohl verlernt, ihren Stolz zu wahren. War er nicht ein Knabe gegen sie? Trug sie nicht eine dunkle Krone aus Leid, Sorgen und Demütigungen und durfte Ritterlichkeit fordern?

Rupert seufzte. Wenn er reich wäre, würde er ihr ein schönes Geschenk machen. Ein Kleid, das ihren gewölbten Leib nicht so grausam eng umspannte, einen weiß lackierten Kinderwagen, einen Karton mit Windeln und gestrickter Säuglingswäsche.

Er machte eine wegwerfende Handbewegung. Damit wäre erst *einer* Frau geholfen. Und die unzähligen anderen? Die Namenlosen, Ledigen, die allein eine Wiege bauen und schaukeln mussten, um die sich niemand kümmerte, und wenn, dann nur in ungutem Sinne. Scheele Blicke, Missachtung, hochmütige Kritik. Ob sie wirklich ihre Kinder mit liebevollen Gedanken erwarten können? Musste sich ihre Verzweiflung und ihr Hass gegen den Mann, der sich von ihnen abgewandt hatte, nicht auf das wachsende, unschuldige Leben übertragen? Ach, wenn es doch eine große, gütige Mutter gäbe, die solche Frauen und Mädchen in fürsorgliche Arme nähme und betreute, die sie mit ihrem Schicksal versöhnte und der Mutterschaft die Heiligkeit und Süße wahrte!

Daheim fand er die gewohnte Unordnung vor. Er ging ins

Zimmer und las beim Fenster die Notizen für das Interview durch. Dann setzte er sich an den Tisch und begann, den Kopf in die Hand gestützt, die Schlagworte zu Sätzen auszubauen. Er schrieb widerwillig, ohne Begeisterung. Nachdem er einen Bogen Papier beschrieben hatte, zerriss er ihn und schob ihn beiseite. Diese Arbeit liegt mir nicht, ich werde sie niemals fertigbringen, dachte er, und im nächsten Augenblick lagen auch die Zettel mit den kurzen Aufzeichnungen, die er bei Frau Thoman gemacht hatte, zerfetzt auf dem Tisch.

Als er hörte, dass die Gangtüre ins Schloss fiel, stand er auf und ging in die Küche. Die Mutter stand vor ihm, erhitzt, mit hängenden Armen. »Ich war einkaufen«, sagte sie und deutete auf die prall gefüllten Leinenbeutel zu ihren Füßen. »Frau Lenzl ist so unfreundlich gewesen – ich werde doch die Uhrkette versetzen müssen.«

Sie setzte sich, streckte die Beine aus und lehnte den Kopf zurück. »Wenn ich dann meine Schulden bei Frau Lenzl beglichen habe, suche ich mir einen neuen Kaufmann.«

»Gibt es denn noch einen in der Umgebung, bei dem du noch nicht warst? Oder willst du den Reigen wieder von vorne beginnen?«

»Am liebsten ginge ich zu der alten Weiser. Sie hat sicher schon vergessen, dass ich öfter aufschreiben ließ. Aber ich müsste vorher irgendeine Sicherheit haben, dass ich *immer* zahlen kann.«

Rupert zuckte zusammen. Wenn ich die Notizen nicht vernichtet hätte, könnte ich ihr eine Hoffnung geben. Aber nun werde ich wieder, wer weiß, wie lange, mit leeren Händen vor ihr stehen.

»Seit acht Wochen hast du zum Wirtschaftsgeld nichts beigesteuert, Pertie«, sagte die Mutter. »Ich bin ganz auf Fanny und Luise angewiesen. Und Fanny will sich jetzt unbedingt ein besseres Kleid kaufen.«

Der Sohn wandte sich ab, die Hände in die Taschen gebohrt. »Ich versuchte heute etwas Neues. Aber ich kann es nicht ausführen –«

»Deine Idee, zu schreiben und nichts anderes zu tun, ist ein Unglück für uns alle. Könntest du nicht doch eine ordentliche Stellung annehmen?«

»Als Buchbinder?«, fragte Rupert lauernd.

»Du willst dich nicht beugen«, flüsterte die Mutter. Sie machte eine wegwerfende Handbewegung. »Ich muss also meinen Plan verwirklichen.«

Er horchte auf. »Welchen Plan?«

»Das Kabinett zu vermieten.«

Sie blickten sich an, feindlich, abschätzend, zu einem scharfen Wortwechsel bereit.

Rupert sagte mit schmalen Lippen: »Wir haben doch selbst zu wenig Platz. Willst du ein Fensterbrett oder die Wäschebank als Bett benutzen?«

»Nein. Ich schlafe bei euch im Zimmer. Es gibt Leute, die zu viert, zu fünft, zu sechst in einem Raum wohnen. Wenn wir einen Kasten vor die Verbindungstür stellen und an seinen Platz den Diwan schieben, geht es sich aus. Ich habe alles schon berechnet.«

»So?«, fuhr er auf. »Du hast alles berechnet. Gut. Aber dein Bett kannst du im Kabinett lassen. Ich hoffe, ohnedies bald auszuziehen.«

»Immer, wenn dir etwas nicht passt, drohst du, fortzugehen. Tu es doch einmal, tu es doch!« Die Mutter war aufgestanden und stieß mit dem Fuß unwillig die Einkaufstasche zur Seite.

»Was können die Kohlrüben dafür?«, scherzte Rupert bitter. Er ergriff die Hand der Mutter und zwang die ihn zornig abwehrende Frau, ihn anzublicken.

»Sag mir nur«, bat er in schmeichelndem Ton, »wie du dir alles vorstellst. Vergisst du denn, dass ich in dieser Wohnung ohnehin keinen Winkel habe, in dem ich ruhig arbeiten kann? Und weißt du denn jemanden, der in diese armselige Kammer einziehen würde?«

»Für mich musste der Raum auch gut genug sein. Bisher ist dir nicht eingefallen, dass ich darin unglücklich sein könnte. Oh, ich bin auch *nur* die Mutter. Ja, natürlich, für mich ist alles recht. Was mir abgeht, merkt niemand. Eine alte Frau braucht nicht viel – sie soll nur ihre Pflicht tun, bis sie zusammenbricht. Damit du gleich Bescheid weißt: Tante Paula wird das Kabinett nehmen.«

»Tante Paula?« Rupert vergaß den Mund zu schließen. Er sah in diesem Augenblick größten Erstaunens wenig intelligent aus. »Das ist ja nicht möglich«, seufzte er. »Was wird Luise sagen.«

Der Sohn krampfte die Hände ineinander. Ein plötzlicher Hass, der ihn zu ersticken drohte, befiel ihn. Die Mutter hatte also schon alles in die Wege geleitet, um noch ein Übel in die Luftlosigkeit dieses Haushaltes zu pressen. Sein Blick haftete starr an der unsauberen Suppenschüssel, die seit dem Vorabend noch immer ihren Platz auf dem Küchenschrank behauptete, von einer Schar schwarzer Fliegen umtanzt. Ein kurzer, gepresster Laut kam über Ruperts Lippen. Fester und schmerzhafter verkrampfte er seine Finger. Er zwang sich, ruhig stehen zu bleiben, obwohl das unsinnige Verlangen, die Schüssel zu ergreifen und zu Boden zu schleudern, sich wie ein Rausch seiner bemächtigte.

»Oh, wenn ich nur Geld hätte, wenn ich nur Geld hätte«, schrie er. Tränen trübten seinen Blick, sein Mund verzog sich zu einem schrägen, dünnen Strich.

»Wie siehst du aus, Rupert? Du bist ja verrückt.«

»Das weiß ich. Ich bin erblich belastet. Schon als Kind habe ich das gefühlt.«

Frau Kleist schwieg, und er setzte mit höhnisch erhobener Stimme fort: »Ja, so ist es. Das einzig Positive, das ich geerbt habe – mein bisschen Talent –, verdanke ich Vater. Und von wem kommen meine peinigenden Minderwertigkeitsgefühle, das Unausgeglichene, Unstete und Armselige?«

»Du meinst, *mir* die Schuld daran zuschieben zu können? Rupert, du irrst. Als ich dich zur Welt brachte, war ich noch ein anderer Mensch. Ich war gesund und wusste nicht, was Nervosität ist.« Namenlose Qual sprach aus dem Gesicht der alten Frau.

Sekundenlang drängte es ihn, vor ihr auf die Knie zu fallen und um Verzeihung zu bitten. Seine Beine schlotterten, Abscheu vor sich selbst erfüllte ihn.

»Geh fort«, bat die Mutter, als sie ihn so unschlüssig und schwach vor sich stehen sah. »Geh!«, sagte sie befehlender, Abwehr in den Augen.

Er bewegte mechanisch die Füße zur Tür hin.

*

Die schmalen Gassen, die er wie im Traum durchschritt, waren menschenleer. Die Fenster schimmerten im Sonnenlicht und spiegelten die fröhliche Bläue des Himmels. Erst als er in eine Geschäftsstraße einbog, fühlte er den Puls der Stadt, ihr buntes, vielfältiges Leben. Aus den Gasthäusern kamen Frauen mit Bierkrügen, Mädchen in Arbeitskitteln schlenderten, wie immer nach etwas Schönem und Neuem Ausschau haltend, an den Auslagen vorüber. Ein Werkelmann drehte die Kurbel seines senffarbenen Instruments, unverständliche Worte vor sich hinmurmelnd. Die Schienen der Straßenbahn gleißten zwischen dem Pflaster. Autos glitten vorbei, und die Sperlinge, die sich vor der Weinhalle zwischen den rastenden Pferden tummelten, ließen sich nicht stören.

Rupert trat in das Kaufhaus Maudrich & Friedmann. Durch das Glasdach fiel gebrochenes Licht auf den trotz der Mittagsstunde lebhaften Trubel. Rupert hatte dieses Warenhaus noch nie vorher betreten. Er wusste selbst nicht, was er hier suchte. Vielleicht sehe ich Luise, dachte er. Wäre er ehrlicher gegen sich selbst gewesen, er hätte sich gestanden, dass er sich nach der Auseinandersetzung mit der Mutter unbehaglich fühlte und gern mit jemandem sprechen wollte. Er musste ein Gesicht sehen, dem er zulächeln konnte, musste eine Hand finden, die seine Finger umschließen konnten, und wenn es auch Luises Hand war, die wohl kaum dazu geschaffen war, Trost und Beruhigung zu schenken.

Langsam schritt er von Tisch zu Tisch, mit trüben Augen die Waren musternd. Ab und zu fragte er nach einem Preis, schließlich kaufte er eine Krawatte, die ihm billig schien. Als er sie im Weitergehen näher ansah, fand er sie hässlich und verfluchte seinen voreiligen Kauf und seine Ungeschicklichkeit.

Bei dem marmorverkleideten Stiegenabgang stieß er mit einer Verkäuferin zusammen. Sie war dick und hatte streng ondulierte Haare, die wie eine Perücke wirkten.

»Entschuldigen Sie«, sagte er. »Können Sie mir sagen, wo ich Fräulein Kleist finde?«

»Der Name ist mir nicht geläufig«, entgegnete die Frau.

»Meine Schwester ist noch nicht lange hier«, erklärte Rupert. »Vielleicht kennen Sie sie unter dem Namen Luise?«

»Neu – und Luise? Ach ja, das ist das Laufmädchen. Momentan serviert sie oben im Speisesaal.«

»Ich dachte –«, sagte Rupert erstaunt. Doch die Frau war schon vorbeigegangen. Er blickte ihr nach und schüttelte den Kopf. »Laufmädchen?«

Er ließ die Arme sinken. Schon wieder eine Lüge. Warum? Plötzlich irritierte ihn seine laute Umgebung, und er drängte dem

Ausgang zu. Das Sonnenlicht blendete seine Augen. Er verspürte Durst und trat in ein Kaffeehaus. Es war dicht besetzt. Rupert ließ sich neben dem Küchenschalter an einem schmalen Tischchen nieder. Der Kellner bat ihn höflich, sich einen anderen Platz zu suchen. Dies sei der Abstelltisch für die Servierbretter. Er bedaure.

Rupert stand auf, blickte verlegen um sich und lief auf die Straße. Er warf sich vor, dass er alles falsch mache und, wohin er auch kam, eine lächerliche Figur darstellte. Dem Geschäftsviertel den Rücken kehrend, ging er langsam durch eine buckelig gepflasterte Straße dahin und fand endlich ein kleines, ländlich anmutendes Gasthaus, dessen äußere Armut ihm wohltat. Aufatmend betrat er den halbdunklen Raum. Um den Schanktisch strich eine Katze, eine Küchenuhr tickte einschläfernd über einem grün gerahmten Gastwirtdiplom.

Rupert setzte sich in einen Fensterwinkel. Der Kellner, ein verholztes, täppisch wirkendes Männchen, fragte ihn mit einem Kinderlächeln nach seinen Wünschen. Während Rupert nachdachte, ruhte der Blick geronnener Augensterne auf ihm. Ein Rücken, der sich von Jugend an immer nur gebuckt, ein Mund, der anscheinend nichts sagen konnte als »bitte sehr, danke schön, ergebenster Diener«, ein Paar müde, in rissigen Schuhen steckende Füße und zittrige, demütig ein Serviertüchlein haltende Hände – alles wartete, wartete auf die Worte, die diesen armseligen menschlichen Mechanismus wieder bewegen würden.

Heftiges Mitleid erfasste Rupert. Der kleine, alte Mann vor ihm war krank an Leib und Seele. Er wusste wohl nichts von Hochmut und Spott, er kannte nur den Weg vom Schanktisch zu den Gästen. Er war einer von jenen, die Gott schon bei ihrer Geburt vergessen hat.

Als der Alte davongeeilt war, stellte Rupert unwillkürlich Vergleiche an. Dieser, so dachte er, ist ein Belasteter wie ich. Doch ihm wurde die Barmherzigkeit zuteil, seinen Zustand nicht zu erfassen. Ich muss alles bis zur Neige trinken, und zwar bewusst.

Die Erkenntnis einer augenfälligen Diskrepanz kreuzte seine Grübeleien. War es nicht unbegreiflich – daheim hatte er die Mutter mit ihren Schmerz allein gelassen, und hier kamen ihm fast die Tränen vor Mitgefühl, wenn er des alten Kellners ansichtig wurde. An einem Fremden, von dem er nur zu wissen glaubte, dass er größerer Nächstenliebe bedürfe als irgendein anderer, nahm er besorgt Anteil, während er die Mutter, die ihn manchmal nur durch ihren Mangel an Einfühlungsvermögen reizte, zur Seite schob. Sie fühlte sich ihren Kindern geistig unterlegen. Das war ihr schon zum Bewusstsein gekommen, als Herr Kleist noch lebte und die Kinder anfingen, tiefgründige Fragen zu stellen. Sie zog sich, fern von Büchern und klugen Bekannten, immer mehr in ein Gehäuse von Einfalt und Verwunderung über alles Ungewöhnliche zurück. Ihrer Pflicht genügend, fand sie sich oft mit den Schwierigkeiten des Alltags und ihrer Ehe mit Nikolaus ab. Das Einzige, was sie sich gestattete, war eine abfällige Kritik an Dingen oder Geschehnissen, denen sie nicht anders nahekam. Seit sie aber in der Sackgasse wohnte, fand sie nur mehr im Erlauschen und Weitererzählen von Neuigkeiten oder Sensationen, die sich nicht in den Rahmen ihrer Vorstellung von Moral und Ordnung einfügten, eine gewisse Befriedigung. Sie hatte eine Reihe von Gesetzen für richtig befunden und so stabilisiert, dass es ihr unmöglich schien, daran zu rütteln. Ruperts Entwicklung betrachtete sie von der Warte der Mutter, die ihr Kind in geregelten Bahnen sehen will, mit bitterer Resignation. Dass er schrieb, schien ihr eine Überschreitung seiner Befugnisse. Sie hatte ihn Buchbinderei lernen lassen und seiner Laufbahn damit eine solide, leicht weiterzubauende Richtung gegeben. Die Kunst war ihr so fremd, dass sie Rupert nicht gern mit ihr verbunden sah.

Es erging ihr dabei ähnlich wie jenen Müttern, die dem Sohne eine Frau gewählt haben, zu ihrer Enttäuschung aber erkennen müssen, wie wenig er ihren Geschmack teilt. Die Frau aber, die er selbst für sich bestimmt, nennen sie trotz offensichtlicher Harmonie leicht, undurchsichtig und keinesfalls fähig, den Jungen glücklich zu machen. Rupert hatte keinen sicheren Verdienst. Dies allein genügte Frau Kleist, seine Tätigkeit verwerflich zu finden. Und da die Mutter sich zu keiner Form der Dichtkunst hingezogen fühlte und ihrer auch nicht bedurfte, entsprang ihre Einstellung demselben Boden wie die Abneigung des Analphabeten, Schriftzeichen zu betrachten. Sie glaubte, Rupert jage einem Phantom nach und werde dabei scheitern. Manchmal hatte ihr jemand gesagt, dass Ruperts Arbeiten, die in Zeitschriften erschienen waren, große Bedeutung hätten. Sie trug dieses Urteil wie einen Fremdkörper in ihrem Herzen und wiederholte es nur, wenn ihr jemand besonders überheblich schien. Denn um Rupert zu loben, war ihr selbst ein Wort, das andere Menschen geprägt hatten, willkommen. Nur wenn sie selbst ihn angriff, zog sie es niemals zu seiner Verteidigung aus ihrem Gedächtnis. Vor ihrem Richtertisch galten Ehrbarkeit, nette Kleidung, regelmäßig ausgeübte und bezahlte Tätigkeit, die vor Gott und den Menschen bestehen konnte, und schrankenlose Offenheit. Geheimnisse waren ihr verhasst. Was sich dahinter verbarg, konnte nur etwas Unrechtes sein – müsste man es sonst verschleiern? Dass Luise und nun auch Fanny irgendetwas Fremdes dem frisch gekochten Nachtmahl und dem sorgsam bereiteten Bett vorzogen, störte ihren Ordnungssinn. Ihr Leben war anders gewesen. Sie hatte die Schule besucht, brav gelernt, war im Verein mit Paula der Mutter hilfreich im Haushalt beigestanden und hatte Nikolaus Kleist geheiratet, da ihre Eltern es für richtig hielten. In den ersten Jahren ihrer Ehe war sie voll Ergebenheit neben Nikolaus einhergegangen, hatte seine Zornesausbrüche mit einem demütigen

Schauer ertragen und ihre Pflicht getan. Die Kinder erzog sie mit großer Sorgfalt und Liebe. Die finanziellen Verhältnisse erlaubten ihr wenig Freiheit in der Wahl der Kleidung und Nahrung. Aber sie konnte durchsetzen, dass Nikolaus hin und wieder vom Kauf eines Buches absah und wandte diese Beträge immer nur ihren Kindern zu. Nikolaus, der umsonst versuchte, seine Frau in sein Geistesleben zu ziehen, sah sie schließlich nur mehr mit den grausamen Augen des Überlegenen und um das Wertvollste Betrogenen an. Sie war die Haushälterin. Die Liebe, die Frau Kleist ihren Kindern mit fragloser Selbstentäußerung entgegenbrachte, blieb nicht ohne Folgen. Sie selbst gönnte sich kein Kleid, keinen hübschen Hut, keinen noch so billigen Schmuck. Ihr Leben hieß Arbeit, und sie war neben Nikolaus ein kleiner, hastiger, reizloser Schatten. Als er starb, entdeckten die Kinder fremde Energien an ihr. Es war, als hätte sie manches von ihrem Gatten übernommen, um es an seiner Stelle weiterzutragen. Nur von seinem weiten Gesichtskreis, seiner Objektivität und Beweglichkeit hatte sie nichts angenommen. Ihre angeborene Unsicherheit gegenüber intelligenten Menschen hatte sich durch ihre Ehe noch mehr vertieft, und auch nach Nikolaus' Tode richtete sie sich aus ihrer geknickten Haltung nicht auf. Rupert schob ihr heimlich, und bei Streitigkeiten auch ungehemmt laut, die Schuld zu, dass auch er von Minderwertigkeitskomplexen bedrückt wurde. Weder Fanny noch Luise schienen jemals darunter zu leiden. Beide waren das eigentliche Ebenbild des Vaters. Äußerlich anziehend, lebhaft und geistig rege, waren sie nicht das geeignete Feld zum Reifen der düsteren Saat, die in Rupert voll zur Entwicklung gekommen war. Man konnte ihn nicht hässlich nennen, und seine Begabung hätte einen nicht morosen, gesünder veranlagten Jüngling seines Alters vielleicht eitel und träge gemacht. Ein Mensch, der glaubt, dass höhere Mächte sich mit Einzelwesen befassen, hätte dies als eine weise Mischung angesehen. Im Grunde war es auch so. Einerseits ungewöhnliches Talent, die Berufung, mit begnadeter Zunge zu sprechen – und anderseits die harte Hand der Furcht, die Qual der Zerrissenheit, die immer wieder neue Lieder zeugt und wie ein Zwang hinter dem Berufenen steht, damit er nicht schweige und nicht wage, sich auszuruhen.

Während Rupert in Grübeleien versank und mechanisch aß, betrat ein rüstiger Greis die Gaststube. Er trug eine grüne Leinenhose und ein lockeres, weißes Hemd, dessen Ärmel aufgerollt waren und dicke Wülste um seine Oberarme bildeten. Obwohl sich Rupert in seinem Winkel vor anderen Gästen sicher gefühlt hatte und kaum aufsah, eilte der Fremde, lebhaft seinen Stock schwingend, auf ihn zu und setzte sich neben ihn.

»Das freut mich«, rief er mit hoher Stimme, »endlich – endlich sehe ich wieder einmal einen vernünftigen jungen Mann!«

Bevor Rupert eine Frage stellen konnte, setzte er begeistert fort: »Sie essen Käse und Brot. Oh –.« Er hielt inne, denn er hatte das halb leere Bierglas bemerkt. »Das ist hoffentlich nicht von Ihnen, mein Freund?« Wie um sich selbst zu verspotten, zog er eine Grimasse. »Das war natürlich ein Irrtum. Ich bin überzeugt, Sie haben Apfelsaft bestellt.«

»Eigentlich nicht«, erwiderte Rupert.

»Das lässt sich ja nachholen. Hören Sie – als ich Sie sah, wusste ich sofort, dass Sie kein Schlemmer sind, ein Gegner der Erbfeinde Alkohol und Nikotin, ein Freund pflanzlicher Nahrung – mit einem Wort, Sie verstehen trotz Ihrer Jugend die wahren Genüsse und Freuden des Lebens.« Er öffnete eine Tasche, die er über dem Rücken an einer Bastschnur trug, und legte eine Handvoll geschälter Nüsse auf den Tisch.

»Das ist vollwertiger Fleischersatz. Und hier –«, nun kollerte eine Rübe zu den Nüssen, »ist das beste Gymnastikgerät für die

Zähne. Merken Sie sich für die Zukunft: Nur das, was in der Erde wurzelt, ist dem menschlichen Organismus zuträglich. Sie sind noch am Anfang und essen Käse. Auch Milch und Milchprodukte muss man ablehnen. Sie erzeugen Rheumatismus. Sie werden das noch lernen. Das Köstlichste sind die Früchte unserer Heimat, doch muss man sie so genießen, wie Mutter Erde sie uns in die Hand gibt. Warum quälen sich die Hausfrauen mit dem Zubereiten der Mahlzeiten? Warum bringen sie ein Viertel ihres Lebens bei Geschirrwaschen und Umrühren zu? Warum stellen sie ihren Männern nicht eine Schüssel mit Pflaumen, Birnen und Äpfeln auf den Tisch, und warum erfreuen sie sich nicht an Vollkornbrot und Nüssen? Oh, es ist grauenhaft – sie kochen Leichenteile und verzehren sie, ohne zu erbrechen!«

Ruperts Hand zuckte nach dem Bierglas. Im rechten Moment aber änderte sie die Richtung und legte sich auf den sehnigen Arm des Alten.

»Verzeihen Sie, haben *Sie* jemals Fleisch gegessen?«

»Nur als Kind. Meine Eltern erzogen mich in ihrem Unverstand zum Raubtier. Aber ich kämpfte gegen den Dämon Gaumen, gegen die blutige Überlieferung des Fleischessens. Ich lernte die ganze Süße menschenwürdiger Nahrung lieben. So kann der Mensch zum Paradies zurückkehren. Die Natur ist weise. Sie schenkt uns Wunderbarstes in Hülle und Fülle. Doch der Mensch ist taub für die Stimme des Himmels. Er tötet. Denken Sie sich die unendlichen Herden der Schlachttiere, die er auf dem Gewissen hat. Diese Millionen gebrochener Augen, diese Scharen schuldloser Geschöpfe. Wie viel Vögel würden die Luft bevölkern, wie viel Fische würden durch die Gewässer ziehen, wie viel Rehe gingen mit ihren Elfenschritten durch die Wälder! Begreifen Sie die grenzenlose Schuld der menschlichen Hand?«

Rupert schwieg, betroffen von der anklagend erhobenen

Stimme des Fremden. Er sah ihn scheu von der Seite an. »Daran denkt man gar nicht«, murmelte er kopfschüttelnd, und im nächsten Augenblick dachte er: Dass ich immer mit so wunderlichen Menschen zusammentreffen muss!

Der Alte begann die Rübe zu schälen. Er tat es mit großer Sorgfalt. Die Augen zukneifend, setzte er in theatralischem Ton fort: »In Ihrem Alter war ich Pazifist! Heute denke ich anders über Kriege. Ob sie nicht eine Heimzahlung für unsere Sünden sind? Eine Vergeltung für die hunderttausend Morde, die der Mensch täglich auf dem ganzen Erdball an seinem Bruder Tier verübt?« Er blickte schmerzlich versonnen vor sich hin. »Gestern sah ich ein Pferd. Ein gedankenloser, derber Bursche führte es an einem Strick ins Schlachthaus. Ich musste die Augen schließen. Ist es nicht furchtbar, dass sich jemand findet, der auf dieses edle Tierhaupt hinschlägt, der ein Messer in diesen seidigen, warmen Hals stößt?«

Rupert horchte auf. Der Schmerz des Alten war so überzeugend und echt, dass er sich auf ihn übertrug.

»Die Tiere können doch nicht nur Fleisch sein. Irgendetwas Überirdisches beseelt auch sie – Sie haben recht, es ist eine Schmach, dass wir Geschöpfe Gottes töten. Manchmal, wenn ich einen Braten aß, musste ich daran denken, dass sich das Stück Fleisch auf meinem Teller einmal bewegt hatte, dass ein Wille oder Instinkt es lenkte.«

»Sie sind brav!«, lobte ihn der alte Mann. Jetzt erst fiel ihm ein, seinen Namen zu sagen: »Friedrich Schwalb, Gründer des Vereines der Kaltwasserfreunde und Vegetarier.«

»Rupert Kleist! Entschuldigen Sie, dass ich mich nicht vorstellte –«

»Mein junger Freund, bedarf es eines Namens, wenn man sich versteht? Nein! Namen sind Schall und Rauch, leider muss man das auch oftmals von Titeln sagen. Ein reines Herz ist die Krone all unserer Bestrebungen und Ziele.«

Der Kellner kam einhergetrippelt, stellte ein Glas Apfelsaft vor Schwalb auf den Tisch und murmelte: »So, Herr Professor, ich bitte schön!«

»Bringen Sie noch ein zweites Glas – für diesen klugen, jungen Mann.« Schwalb hielt den Kellner am Rockärmel zurück. »Sehen Sie ihn genau an. Er ist lobenswert und auf dem richtigen Weg.«

Rupert versuchte ein Lächeln. Das hilflose Gesicht des Kellners verwirrte ihn, noch mehr aber das Bemühen des armen Alten, das Gesagte zu begreifen. Er machte vor Rupert eine linkische Verbeugung und entfernte sich mit unsicheren Schritten.

»Nun raten Sie einmal, wie alt ich bin«, rief Schwalb und nahm eine herausfordernde Pose ein, als erwarte er, fotographiert zu werden.

Rupert blickte ihn abwesend an. Vielleicht weist dieser sonderbare Kauz mir einen neuen Weg! Vielleicht finde ich durch seine Hilfe aus dem Labyrinth meiner Ängste.

»Sie sollen mein Alter erraten«, drängte Schwalb beharrlich. »Nun, nun, ist das so schwer?« Er zwinkerte listig und nickte seinem Gegenüber aufmunternd zu.

»Ich treffe nie das Richtige«, wandte Rupert ein. Er versuchte, seinen eingeschlafenen Fuß zu bewegen. »Aber – Sie sind höchstens sechzig.«

Der Alte brach in lautes Gelächter aus. Seine Stimme überschlug sich. »Sehen Sie nun den Erfolg meiner Lebensweise: Ich bin gestern achtzig Jahre alt gewesen!«

»Herzlichen Glückwunsch!«

Schwalb schrieb die Zahl mit dem Zeigefinger auf sein angelaufenes Glas und drehte es um. »Achtzig, achtzig. Doch ich fühle mich um die Hälfte jünger. Manche Frau könnte an mir noch

Freude haben. Warum lachen Sie so verlegen? Ah, man redet nicht darüber, aber es ist wahr, junger Freund.«

Eine Fliege sauste gegen Ruperts Nase. Er schlug nach ihr und fühlte sich mit einem Male sehr unbehaglich. »Ich muss jetzt nach Hause gehen.«

»Wir werden zahlen. Dann wandern wir gemeinsam zu mir: Ich habe ein hübsches Häuschen!«

»Eigentlich –«, wandte Rupert ein. Er gedachte seiner Mutter, und Reue beschlich ihn.

»Keine Widerrede. Ich möchte Ihnen eine Broschüre geben, die Sie wie einen Katechismus ans Herz drücken werden. Leider habe ich heute kein Exemplar bei mir.«

Als Rupert und der Greis auf die Straße traten, war es schwül und drückend.

»Ein Gewitter kommt!« Schwalb schnupperte, als rieche er etwas Unangenehmes.

»Landregen ist besser«, meinte er dann, vertraulich Ruperts Arm nehmend.

»Soll ich wirklich mit Ihnen gehen?«, fragte Rupert unsicher und wollte stehen bleiben.

»Natürlich, natürlich. In zehn Minuten sind wir am Ziel, wenn wir so gehen, wie es zwei sportlichen Burschen ansteht. Glauben Sie nur ja nicht, dass ich eine Schnecke bin.«

Zur Bekräftigung seiner Worte begann er munter zu traben, den Kopf stolz erhoben, lustig das Stöcklein schwingend. Es war ein hölzerner und doch lebensvoller Rhythmus. Rupert ließ sich nun willig fortziehen.

»Fröhlichkeit ist die beste Medizin des armen Mannes«, rief Schwab mit dünner Stimme. »Nur keine Chemikalien, nur kein Pflaster, keine elektrische Behandlung und am allerwenigsten ein Operationstisch. Ich war mein Leben lang in keinem Spital.«

Rupert nickte, trotzdem er die Ansicht Schwalbs nicht teilte. Er wollte schon einwenden, dass Fröhlichkeit und gesunde Lebensweise ein gebrochenes Bein nicht heilen könnten, unterließ es aber, und seine einzige laute Äußerung war ein nervöses Aufschnupfen.

»Da sind wir!« Schwalb öffnete eine Gartenpforte und ging Rupert zwischen verwilderten Gebüschen voran, dem Hause zu.

Das Zimmer, in das der Alte seinen Gast schob, atmete Ruhe und Ausgeglichenheit. Auf einem breiten Schreibtisch stand ein Globus, die goldbedruckten Rücken unzähliger Bücher schimmerten auf Regalen und Schränken. Bilder, die Landschaften und Ernteszenen darstellten, hingen an den hellen Wänden, und überall, wo der Platz es zuließ, standen Vasen mit Blumen.

Hier könnte ich arbeiten, dachte Rupert, und etwas Feierliches, Erlösendes durchströmte ihn. Heimlich leistete er dem wunderlichen Alten für seine Ansicht, einen Narren vor sich zu haben, Abbitte.

»Erschrecken Sie nicht, jetzt kommt Wilma zu Ihnen!« Schwalbs Stimme weckte Rupert aus seiner Versunkenheit.

»Wilma?«, fragte er. Er machte ein albernes Gesicht.

»Da! Meine weiße Maus.« Der Alte wies auf den Teppich. »Sicher wird sie auf Ihre Beine klettern. Das tut sie mit Vorliebe.«

»Ps – ps – ps!«, lockte Rupert, sich zu der Maus hinabbeugend. Das Tierchen setzte sich auf die Hinterbeine und verharrte in dieser drolligen Stellung, verwundert äugend.

»Gefällt sie Ihnen?«

Ein kindliches Leuchten brach aus Ruperts Augen. »Ich – ich habe noch niemals eine so zahme Maus gesehen.«

»Sie läuft frei im Haus herum, und wenn ich die Schuhe ausziehe, macht sie es sich darin sofort bequem. Versuchen Sie es doch einmal – Wilma wird mich nicht Lügen strafen.« Schwalb lachte vergnügt, und Rupert dachte mit Unbehagen an die Löcher in seinen Socken. »Ein anderes Mal – vielleicht«, stammelte er und blickte auf die Uhr.

»Warum haben Sie es denn so eilig? Werden Sie erwartet?«

»Ja, ich –«

»Gut. Dann versprechen Sie mir eines. Gehen Sie also nach Hause, wenn es sein muss, und kommen Sie später wieder. Oder macht es Ihnen kein Vergnügen, mit mir zu plaudern?«

»Im Gegenteil«, sagte Rupert errötend.

»Das höre ich gern«, rief Schwalb und versetzte Rupert einen Schlag auf die Schulter.

»Danke für Ihre liebe Einladung«, sagte Rupert im Hinausgehen. »Wenn es Ihnen recht ist, bringe ich für Wilma ein paar Kürbiskerne mit.« Er machte eine kurze, linkische Verbeugung und ging. – Schwalb blickte ihm durchs Fenster nach. Ein netter, fügsamer Mensch, dachte er. Vielleicht hat er ebensolche Freunde. Es wäre schön, sie alle zu Jüngern meines Vereines zu machen.

*

Die Schwüle hatte zugenommen. Rupert verlangsamte bald sein Tempo. Er durchschritt eine Parkanlage und bog in eine schmale, lang gestreckte Gasse ein. Zufällig hob er den Kopf und las: »Kegelgasse!« Er stockte. Mit zwingender Deutlichkeit entsann er sich des Abends, an dem eine Stimme ihm zugeraunt hatte: »In der Kegelgasse –« Mit suggestiver Kraft sprach ihn nun wieder das Fremde, Erschreckende an. Der Lärm, der aus offenen Fenstern und Toren drang, prallte an ihm ab und zerfloss in der unbewegten Luft. Werde ich es jemals wagen, dachte Rupert, ganz dem Dröhnen seiner inneren Stimme aufgeschlossen. Werde ich den Mut haben, mir *hier* Gewissheit zu holen?

Völlig ermattet langte er daheim an. Luise saß auf dem Fensterbrett und las einen Brief. Rupert merkte, dass ihre Hände vibrierten. Als sie den Kopf hob, sah ihn ein abwesender, großer Blick an.

»Guten Abend, Luise.«

»Guten Abend.« Sie faltete den Briefbogen zusammen und steckte ihn in den Umschlag. Wie Rupert schien, tat sie es mit einer trotzigen, selbstsicheren Bewegung. Er ahnte nicht, dass Luise den Brief vor wenigen Minuten geküsst und gestreichelt hatte.

»Ich habe dich heute im Geschäft besuchen wollen«, sagte er mit einem Anflug von Gekränktheit. »Aber du warst im Speisesaal.«

»So?« Sie glitt vom Fenster herab und lächelte kühl. »Das ist schade.«

Rupert zögerte. Er hätte gern gefragt, ob Luise bei Maudrich & Friedmann wirklich nur Laufmädchen sei. Doch Luises Lächeln entwaffnete ihn.

»Wo ist die Mutter?«

»Sie ging zu Frau Urban. Habt ihr gestritten? Sie sah so verweint aus.«

Rupert setzte sich und seufzte. »Ja, wegen Tante Paula.«

»Ach Gott!«, warf Luise gelangweilt ein.

»Sie wird bei uns wohnen – Mutter scheint sich schon lange mit dem Gedanken zu befassen, einen Untermieter zu nehmen.«

»Bei uns wohnen?«, wiederholte das Mädchen. »Das ist ja unmöglich.«

Der Bruder hob die Schultern. »Wohin das führen wird, weiß ich nicht.«

»Nun, bevor ich in diesem Massenquartier bleibe, suche ich mir eine Kammer, und wenn sie noch so schäbig ist.«

»Das kostet Geld. Hast du denn ein so gutes Gehalt?« Rupert sah sie schräg an und nagte nervös an seiner Unterlippe.

Sie schwieg. Gehalt! Er glaubte, sie bekäme monatlich ihren Lohn. Aber – es gab doch eine Möglichkeit, mehr Geld zu verdienen. Vor wenigen Wochen hatte sie mit Margit Luksch, die bei Frau Anderweit eingemietet war, über dieses Thema gesprochen. Margit war einmal Mannequin gewesen – und jetzt, da ihr Körper nicht mehr schlank genug war und sie als Schneiderin in dem gleichen Salon arbeitete, hatte sie Verbindung mit Zeichenschulen aufgenommen. Dreimal wöchentlich stand sie den Schülern Modell und ergänzte damit ihr spärliches Einkommen.

Luise strich langsam über ihre Hüfte. Warum nicht? Ihres Körpers brauchte sie sich nicht zu schämen. Wenn Margit es wagte? An diesen drei Abenden würde sie so viel verdienen wie die ganze Woche bei Maudrich & Friedmann.

Das Mädchen räkelte sich. Es dachte an die Worte, die über Ruperts Bett auf einer mit Reißnägeln befestigten Karte prangten: »Die Dämmerung ist der Gedanke – der Sonnenaufgang ist die Tat!« Ja, es musste etwas geschehen!

Wiegenden Schrittes verließ die Schwester die Küche und legte sich auf ihrem Bette nieder. Sie streckte sich, legte Helmuts Brief unter ihren Kopf und schloss die Augen. Niemand, am wenigsten Helmut, würde erfahren, auf welche Art sie zusätzlich Geld verdiente. Und überhaupt – Helmut! Er sollte nur noch eine Weile zappeln. Er sollte sich Sorgen machen um sie, sollte verzweifelt über seinen Büchern sitzen! Nach einer Woche würde sie ihn vielleicht schon erlösen. Aber jetzt war die beste Gelegenheit, ihn ihre Stärke fühlen zu lassen.

Luise lächelte. Wie süß musste die Versöhnung, wie bedeutungsvoll der erste Kuss nach dieser von ihr für notwendig befundenen Trennung sein!

Es war schwül. Graue Wolken lasteten über den Dächern. Ein Blitz erhellte das Zimmer. Schwerer Donner hallte durch den Himmel. Der Vorhang blähte sich auf, ein Fensterflügel fiel klirrend zu. Und jäh prasselte der Regen auf die Stadt nieder. Die Tropfen sprangen vom Boden auf wie glasige Blumen. Im Spitalsgarten rauschten die Bäume, erquickende Düfte wehten über das im Halbschlaf ruhende Mädchen hin, und ein reiner, kühler Luftzug spielte in seinen Haaren.

Rupert lehnte an dem Küchenschrank und blickte in den Regen hinaus. Der kleine Raum um ihn schien ihm voll Geborgenheit. Als das Gewitter sich ausgetobt hatte und nur mehr das Gurgeln des Wassers in den Kanälen zu hören war, richtete sich Rupert auf. Er begann hastig in einer Lade nach den Kürbiskernen zu suchen, die er der weißen Maus bringen wollte. Wilma, dachte er schmunzelnd, wie der alte Mann nur auf diesen unpassenden Namen gekommen ist?

Als er das Haus verließ, ging die Dämmerung durch die feuchten Gassen. Der Himmel hatte sich gelichtet und war im Westen apfelgrün getönt. Musik klang aus offenen Fenstern.

Je näher Rupert der Kegelgasse kam, umso mehr befasste er sich mit dem Gedanken, einen Umweg zu machen. Er musste dieser Gasse, die Verderbnis atmete und von Gerüchten beschmutzt war, in weitem Bogen ausweichen. Wenn ihn dort jemand sah, konnte man annehmen – nein, das durfte nicht geschehen. Rupert blieb stehen und starrte in eine Auslage. Vielerlei Dinge lagen da vor ihm ausgebreitet, doch er sah sie nicht. Er spürte nur ein Hämmern in den Schläfen, ein Rauschen in den Ohren, und seine Augen blickten leer, ohne die Schachteln, Fläschchen und Dosen wahrzunehmen, die hinter der nassen Glasscheibe sichtbar waren.

Zögernd machte er wenige Schritte, schaute um sich, streifte den Himmel mit einem angstvollen Blick und ging endlich gesenkten Hauptes wie gehetzt weiter. Seine Füße liefen allein – und sie steuerten auf die Kegelgasse zu. Es ist der kürzeste Weg, und Herr Schwalb wird warten. Wozu sollst du dieser Gasse ausweichen? Du bist doch Herr über deine Sinne, du kannst gehen, gehen, gehen, und musst niemals stehen bleiben.

Jetzt bist du da. War das wirklich so schwer? Und niemand wird dich sehen, niemand wird dich aufhalten. Wie konntest du nur einen Augenblick überlegen, welchen Weg du einschlagen sollst? In wenigen Minuten stehst du vor der kleinen Gartenpforte, Schwalb kommt dir entgegen, du trittst ein, und dann ist wieder dieses wunderbare Zimmer um dich, das Zimmer mit den Büchern. Eine Lampe wird brennen, das glatte Gesicht des Globus wird glänzen, und du hörst die freundliche Stimme Schwalbs, nimmst seine Worte belustigt und doch zufrieden in dich auf.

»Wohin so eilig?«

Rupert zuckte zusammen. Wer war das? Ein Mädchen in einer Tornische, ein Tuch um die Schultern gelegt.

Wie erwachend blickte er in ein fremdes Gesicht.

»Hältst du mich für ein Gespenst?«, fragte die Stimme. Rupert fühlte, wie er gefesselt wurde, gefesselt von unsichtbaren Mächten. Er schwankte und warf furchtsame Blicke um sich.

Das Täfelchen über dem Haustor begann vor seinen fiebrigen Blicken zu tanzen. Es drehte sich, flimmerte, und doch stach jeder Buchstabe des Wortes »Kegelgasse« deutlich und schmerzend in seine Pupillen.

»Nun?« Sein Gegenüber lächelte.

Er atmete mühsam. Seine Beine wurden schwer, etwas qualvoll Süßes rann über seinen Rücken. Was war Vernunft? Was Furcht vor der Meinung anderer Menschen? In Sekundenschnelle hatte er sein eigentliches Ziel vergessen. Ein heißer Nebel hüllte ihn ein. Er streckte den Arm aus und berührte die Schulter des Mädchens.

Sie gingen nebeneinander durch den Flur. Schemenhaft streifte noch einmal die Gestalt des wunderlichen Greises, der auf ihn wartete, Ruperts Bewusstsein. Dann ging dieses Bild im Rauschen seines Blutes unter. Etwas Neues stand ihm bevor, und dieses Neue war in dem schmalen Mädchen neben ihm wie ein unwandelbares Gesetz beschlossen.

Er wusste nicht, über wie viele Stufen er emporschritt. Der Klang seiner eigenen Schritte war ihm fremd.

Unsicher trat er in ein halbdunkles Zimmer und blieb an die Wand gelehnt stehen.

Das Mädchen legte das Umhängetuch über den Tisch und stand nun in einem verwaschenen Schlafrock vor ihm. »Ich heiße Frieda!«

Er zwang sich, ihr in die Augen zu sehen. »Das ist alles so schnell gekommen«, flüsterte er.

Sie gab ihm mit ihrer flachen Hand einen leichten Stoß gegen die Brust. »Warum so feierlich?«

Er senkte den Kopf und stammelte etwas, das sie nicht verstand.

»Du bist anders als die meisten«, sagte sie, mit dem Aufschlag seines Rockes spielend. »Aber du willst doch dasselbe?«

»Ja, das will ich«, sagte er laut und erschrak über seine Stimme.

Frieda ging zum Fenster, schloss es und zog einen zerknitterten Vorhang darüber. »Es ist kalt heute.«

Lautlos fiel ihr Schlafrock zu Boden. Sie stieg in das offene Bett und deckte sich zu. Als Rupert sich nicht bewegte, fragte sie rau: »Hast du vielleicht Angst?«

»Nein!«, erwiderte er. »Aber du bist die erste Frau.«

Umständlich begann er sich zu entkleiden.

*

Der Wind hätte die Wolken zerrissen. Nun blinkten Sterne über der Stadt. Rupert sah sie nicht. Er ging, die Hände in den Taschen vergraben, gesenkten Kopfes heimwärts. Tot sein, überlegte er kalt, wäre für mich das Beste. Und ohne Erbarmen hämmerte sein Herz zu seiner Erkenntnis den Takt. Ich habe versagt – jämmerlich versagt!

Ein trockenes Schluchzen schüttelte ihn. Er blieb stehen und lehnte sich gegen eine Mauer. Eine andere würde mich verachten. Aber sie ist selbst eine Verachtete. Sie will, dass ich wiederkomme. Eine Dirne sprach mir Mut zu. Eine Dirne! Wie kann man nur so arm und doch so gut sein. Habe ich ihr Geld gegeben? Sie verlangte keines. Ich versprach ihr etwas anderes.

Taumelnd setzte er seinen Weg fort. Grausame Kälte erfüllte ihn, er schaute mit leeren Augen zu Boden. Dies ist also die Wahrheit, die unabänderliche Wahrheit, dachte er. Es wäre für mein ganzes Leben bestimmend gewesen, hätte ich heute Besseres über mich erfahren. Nun lebt die grausame Furcht, vor einer Frau nicht bestehen zu können, tausendfach verstärkt in mir weiter. Vielleicht, so versuchte er sich zu trösten, geschah alles nur, weil ich Frieda nicht liebe. – Aber ist es denn Liebe, was mich zu Maria hinzieht?

Rupert hielt im Gehen inne. Ist es Liebe? Für Sekunden vergaß er seine Niederlage, und ein bejahendes Lächeln spielte um seine Lippen. Ja, dieses herrliche Gefühl war Liebe. Doch – durfte er Maria zumuten, seine Qualen zu teilen, durfte er ihre Geduld mit seinem Unvermögen belasten? Er ließ die Arme sinken, und während er weiterschritt, war ihm, als ginge er immer im Kreis. Plötzlich blitzte ein neuer Gedanke durch sein zergrübeltes Hirn. Ich habe ja nur versagt, weil ich vorher schon davon überzeugt war.

Weil ich an eine Niederlage glaubte, weil die Furcht mich lähmte! Die *Angst* war es, die mich in ihren unerbittlichen Klauen hielt, immer wieder ist es nur Angst, was mir das Leben verleidet. Und welcher Schwäche entspringt sie? Worauf kann sie sich aufbauen, woran klammert sie sich, dass sie stärker ist als ich? Ist ihr Nährboden der Geist oder der Körper? Der Geist? Nein! Nur mein Körper ist so schwach, so widerstandlos, so armselig.

Und Rupert nahm sich vor, noch mehr zu turnen als bisher, um die Sicherheit und Stärke, die seinem Körper fehlte, zu erreichen. Er konnte nun nicht mehr erwarten, daheim zu sein. Mit großen Schritten bog er in die Sackgasse ein, stürmte über die Stiege hinauf und entkleidete sich hastig in der Küche. Aus keinem der beiden Zimmer drang ein Laut. Die Mutter und die Schwestern mussten wohl längst schlafen.

Er warf seine Kleider über einen Stuhl, schob den Tisch zur Seite und begann zu turnen. »Eins – zwei – eins – zwei«, zählte er keuchend. Seine Füße schnellten hoch, zehnmal links, zehnmal rechts. Dann ließ er die Arme kreisen, bis sie schmerzten und schwer wurden. Jedes Mal, wenn er die Kniebeuge machte, krachten seine Gelenke, sein Atem ging stoßweise, seine Nasenflügel waren gebläht und feucht von kaltem Schweiß. Völlig ermattet ließ er sich endlich auf einen Stuhl fallen und sog die Luft mit weit offenem Munde ein.

Bevor der Schlaf ihn übermannte, rieb er sich mit kaltem Wasser ab und setzte seine Übungen fort. Hätte er in einen Spiegel geblickt, wäre er vor der Qual, die sein Gesicht verzerrte, zurückgeprallt. Aber er war in eine Raserei verfallen, er wand, beugte und streckte sich, er stieß die Fäuste gegen den Boden, legte sich auf den Rücken, schnellte empor, setzte seinen ganzen Körper in maschinelle Bewegung, unerbittlich, von Verzweiflung gehetzt.

Was er trieb, war Wahnsinn. Er hatte das Maß verloren, er hatte die Grenzen des Zuträglichen längst überschritten. Aber er hatte erreicht, dass seine Verzweiflung einem Zustand tiefer Erschöpfung gewichen war.

Seine Beine zitterten vor Müdigkeit, als er endlich ins Zimmer schlich. Lang ausgestreckt lag er auf seinem Bett, mit dem atemberaubenden Gefühl, in einen dunklen Abgrund zu stürzen.

Träume umarmten ihn und zogen ihn durch gewitterschwüle Landschaften. Eine Vogelscheuche verneigte sich vor ihm und wisperte: »Sie haben die Prüfung bestanden, junger Freund!« Eine hölzerne Hand klopfte auf seine Schulter. »Wirklich?«, fragte er verwundert. »Das wusste ich nicht. Ich dachte, ich sei durchgefallen!«

Da erblickte er unter dem zerrissenen Hut der Vogelscheuche Schwalbs Gesicht. »Ach, Sie sind es«, murmelte er. »Haben Sie Frieda nicht gesehen?«

»Nein, ich war zu sehr mit meiner Wunde beschäftigt.« Die Vogelscheuche krümmte sich, als habe sie Schmerzen. Nun sah Rupert, dass in ihrem Hals ein Messer steckte. Braunes, malzartiges Blut troff auf ihre fetzigen Kleider. »Ich habe Tieraugen«, sagte der Alte eindringlich. Er hob die Lider, und Rupert blickte in große, angsterfüllte Pupillen.

»Ich kann's nicht sehen!«, schrie Rupert auf. Er erwachte, am ganzen Leib zitternd. Und im selben Augenblick fiel ihm ein: Ich habe die Prüfung nicht bestanden! Etwas Heißes stieg in seiner Brust hoch, und sich hemmungslos seiner Enttäuschung hingebend, weinte er in seine fest gegen die Augen gepressten Hände.

Fanny war erwacht. Sie regte sich nicht und spähte verstört zu ihrem Bruder hinüber. Endlich glitt sie aus dem Bett und tastete sich durchs Dunkel.

»Rupert?«, fragte sie leise.

Dumpfes Stöhnen antwortete.

Sie setzte sich auf den Rand seines Bettes und suchte mit der Hand sein Gesicht. Als er sie fühlte, stieß er sie von sich.

»Lass mich«, jammerte er. »Was willst du?«

»Ich meinte, dir sei schlecht. Glaub mir, ich bin nicht aus Neugier gekommen.«

Er drehte sich zur Wand und schwieg. Langsam kam ein schmerzlicher Friede über ihn.

»Geh doch schlafen«, bat er mit leiser Stimme. Fanny beugte sich über ihn und küsste behutsam seine heiße, feuchte Wange.

»Es wird schon gut werden, Pertie.«

Seufzend richtete sie sich auf. Ihre bloßen Füße huschten über den Boden und verharrten vor dem Fenster.

Die Nacht war klar und still. Aus wuchtigen Wolkengrotten sickerte unbestimmtes, bläuliches Licht. Fanny setzte sich auf das Fensterbrett und faltete die kühlen Hände im Schoß. Verliebte Musik tauchte aus ihrer Erinnerung, und ihr war, als fühle sie Arturs Lippen noch auf den ihren. Ein Lächeln glitt über ihr Gesicht.

Aus dem Schlafraum der Mutter drang gedämpftes Hüsteln, dann das Ächzen des hölzernen Bettes. Fanny schlich auf Zehenspitzen zur Türe, öffnete sie leise.

»Bist du wach, Mutter?«

»Ja, ich habe Kopfschmerzen. Kannst du mir eine Tablette und Wasser geben?«

Fanny brachte das Gewünschte zugleich mit einem mild brennenden Wachslicht.

»Warum schläfst du nicht, Fanny? Es ist längst Mitternacht!«

Das Mädchen setzte sich auf den Bettrand und erwiderte mit vor Zärtlichkeit bebender Stimme: »Ich bin behext, Mutter. Und mir liegt so viel auf dem Herzen, was ich dir anvertrauen möchte.«

Die Mutter nestelte an ihrem Nachthemd. »Ja, du bist anders geworden.«

Fanny lächelte. »Ich – möchte heiraten.«

»Du willst –«

Die Tochter nickte und nahm in einer Aufwallung von Freude das Gesicht der Mutter zwischen beide Hände.

»Wer ist es?«, fragte Frau Kleist befremdet. »Kennst du ihn denn so gut?«

»Kennen?« Das Mädchen sah die Mutter offen an. »Aber natürlich kenne ich ihn.«

»Ich meine das anders. Du bist doch ein junges, unerfahrenes Kind. Siehst du – man kann an einem Menschen Gefallen finden und glauben, dass man über seine Lebensart Bescheid weiß. Nur gibt es da noch Dinge –«

Sie unterbrach sich und runzelte nachdenklich die Stirn. »Es gibt eben Dinge, die zwei Menschen erst dann voneinander wissen, wenn sie Mann und Frau geworden sind.«

»Mann und Frau?«, wiederholte Fanny ohne Verlegenheit. Sie verstand, was die Mutter meinte. »Ich – ich glaube nicht, dass Artur anders als lieb und gut sein könnte.«

»Mein unschuldiger Engel!«, klagte Frau Kleist. »Gerade dich soll ich als Erste verlieren. Wenn ich nur wüsste, ob du glücklich wirst.«

Fanny fragte, weich: »Du bist doch nicht böse, nicht wahr?«

»Nein, sicher nicht. Es kommt nur alles so unerwartet für mich. Vielleicht sollte ich noch mit Paula sprechen. Sie bringt morgen ihren ersten Koffer.«

Eine kleine, unmutige Falte erschien auf Fannys Stirn. »Tante Paula ist für mich eine fremde Frau. Ich möchte nur *deine* Einwilligung hören, Mutter.«

»Ich sagte dir schon, dass ich nichts dagegen habe.« Frau Kleist betrachtete ihre roten, rissigen Hände. Ein schmerzliches Zucken lief über ihr Gesicht. »Und – wovon werdet ihr leben?«, fragte sie unvermittelt.

»Ach Mutter, ich bin so selig, dass ich an solche Sachen gar nicht dachte. Aber du kannst beruhigt sein. Artur hat eine gesicherte Position. Und ich werde ihm bei der Arbeit helfen. Oh, es wird herrlich sein.«

»Und was geschieht mit mir, Fanny? Ich habe bis jetzt für dich sorgen dürfen und konnte das Geld nehmen, das du mir gabst. Wenn du aber weg bist –«

»Dir muss es besser gehen als bisher«, unterbrach sie Fanny lebhaft. »Du wirst ohne Sorgen leben können. Ich sehe die Zukunft wie einen großen, schönen Garten vor mir.«

Die Mutter lächelte ungläubig. »Es ist bitter für eine alte Frau, wenn sie auf Almosen angewiesen ist.«

Fanny beugte sich über die Hand der Mutter und küsste sie. »Das Wort ›Almosen‹ darf zwischen uns nicht fallen. Es ist eine Selbstverständlichkeit, dass ich dir deinen Lebensabend sichere. Das bin ich dir doch schuldig für all die Mühe, die du mit mir hattest. Und ich tue es gern, ich will dich zufrieden und froh wissen.«

»Du liebe Kleine«, flüsterte die Mutter schwach und zog Fanny an sich. »Wenn ich dich nicht hätte! Und ich habe dir so unrecht getan. Wirst du es vergessen können?«

»Ach Mutter, ich muss dir ja danken, dass du um mich besorgt warst. Es wäre nicht schön, wenn ich das nicht in Erinnerung behielte. Und wenn ich sehr, sehr froh bin – oder wenn mich etwas bedrückt, werde ich immer zu dir kommen.«

Fanny löste sich sanft aus den Armen der Mutter. »Jetzt sollst du aber schlafen.« Sie stand auf, zog eine Decke zurecht, blies die Kerzenflamme aus und ging vorsichtig zur Türe. »Gute Nacht, Mütterchen.«

»Schlaf gut, mein Kind.« Frau Kleist kehrte das Gesicht zur Wand und schloss die Augen. Wie schön sich die jungen Leute das Leben vorstellen, dachte sie im Einschlafen. Mir ist, als wäre ich niemals jung gewesen.

Es war still im Hause. In den niedrigen Zimmern atmeten die Menschen, dem Bann des Schlafes ergeben. Uhren tickten in ihren Gehäusen, manchmal rieselte Sand in den Mauern. Frau Kubin lag steif ausgestreckt unter ihrer dicken Daunentuchent, ihre von Lauge und Ruß angegriffenen Hände hölzern gefaltet. Neben ihr schlief ihr Mann, er schnarchte, sein Mund stand halb offen und die gelben Spitzen seines Bartes hoben und senkten sich im Takt der Atemzüge. Der Kanarienvogel kauerte wie eine dottergelbe Kugel auf der Sitzstange, das Köpfchen tief im Gefieder versteckt.

Nur durch eine Mauer von der Wohnung des Hauswarts getrennt, lag Else Mitterer, die hagere Kolporteurin, auf ihrem unebenen Strohsack. Ein derbes Bett mit einem vor Müdigkeit traumlos schlafenden Menschen, darunter schwere Männerschuhe und Filzstiefel für den Winter. Auf dem Stuhl, den sie auch als Nachtkästchen verwendete, hing ihre schmutzige Zeitungstasche, ein Kapuzenmantel war über das Fußende des Bettes gebreitet. Ein armer Raum mit schlechten Möbeln, ein Heiligenbild, auf dem Kasten zwei Gläser eingelegter Marillen – und sorgsam gehütet in einer klapprigen Schranklade ein Bündel zärtlicher Briefe aus der Jugendzeit.

Wieder eine Ziegelwand – dahinter schlief der Schuhmacher Jahn, hoch gelagert, mit bläulicher Nasenspitze. Seine Zehennägel, die unter der Bettdecke vorstanden, waren schwarz und rissig, und glänzende Frostballen gaben seinen Füßen eine groteske Form. Die Hand, die tagsüber den Hammer hielt, hatte er zur Faust geballt und unter den Rücken geschoben. Über die Decke war Tabak und Asche verstreut, und die langstielige Pfeife ruhte auf Jahns Kopfkissen, wie der Hampelmann aus Pappe einst mit ihm geschlafen hatte. Draußen auf dem Herd standen Töpfe mit Speiseresten, eine Spinne hing über dem Wandbrett, auf dem Jahns Kopfhörer lagen. Der Schuhmacher liebte Musik. Während er die übelriechenden Schuhe seiner Kunden bearbeitete, lauschte er, zufrieden schmunzelnd, Märschen und Walzern, und wenn eine Orgel spielte, war er zu Tränen gerührt. Doch jetzt schlief er – wie fern war der Alltag, wie unendlich fern waren Freude und Kummer.

In der Wohnung über ihm lag Frau Dreiser, das Haar offen, einen fragenden Ausdruck um die Lippen. Und in ihrem Leib schlief ein Kind, das vom Wachsein noch nichts wusste. Das Bett an ihrer Seite war leer. Die Kinder lagen in ihren geflickten Flanellhemden auf dem Diwan, ihre Mäulchen waren fest geschlossen, und kurze, braune Haarsträhne ruhten auf ihren runden Stirnen. Das Mädchen hielt einen Stoffbären im Arm, und unter dem Kopfkissen des Knaben schaute ein Bilderbuch hervor. Auf dem Tisch stand ein gehäkelter Hund, der steif ins Viereck des offenen Fensters glotzte.

Daneben war Frau Anderweits Kabinett, das Margit Luksch gemietet hatte. Das Mädchen mochte freundliche Träume haben. Es lächelte, eine Hand auf ihrer vollen Brust, die andere zwischen die Knie geklemmt. Auf dem Herde lag noch die Brennschere, mit der Margit abends ihre Haare gewellt hatte. Sie war in der Zeichenschule Modell gestanden.

Die Hauptmieterin, Frau Anderweit, war völlig verdeckt von unzähligen Kamelhaardecken. Aus ihrem offenen Mund rann seitlich Speichel auf das karierte Polster. In der Nähe des Fensters schlief ihr Mann auf einem Teppichbett, sein kolossaler Bauch zeichnete sich unter der rosafarbenen Steppdecke ab. Trotz der

Dunkelheit saß ein boshaftes Glanzlicht auf seinem kahlen Schädel. Er mahlte im Schlaf mit den Zähnen. Ein Restchen Pfefferminztee schimmerte in der groß geblumten Schale neben seinem Bett. Manchmal bewegte er sich unruhig, als fühle er, dass er auf trockenen Brotkrumen lag.

Hinter der Türe, auf der in biederer Schrift »Toifl« stand, war es weniger still. Die Hausfrau sprach im Schlaf und bekräftigte mit den Armen die Wichtigkeit ihres Vortrages. Einmal klatschte ihre Linke auf Toifls schlecht rasierte Wange. Der Alte rückte zur Seite, klopfte sein Kopfkissen zurecht und begann leise zu zählen. Er hielt dies für das beste Schlafmittel. Endlich wurde seine Zunge schwer. In der Küche schlief der Hund auf einem Jutepolster. Sein Atem pfiff trocken und heiß durch seine schwarze Nase. Über den Stühlen hingen Kleider. Frau Toifls blassviolette Trikothose war die Krone des nach Knoblauch riechenden Stoffberges.

Die anschließende Wohnung barg die seltsam zusammengewürfelten Gestalten der Familie Kleist. Rupert sah im Traum verworrene Bilder, er trat keuchend in ein schmales Kabinett, in dem ein Mädchen ihn erwartete. Fannys und Luises schön modellierte Körper waren sanft in die Decken geschmiegt. Die Mädchen hatten lichtere Traumbilder als ihr Bruder, und über den Augen der Mutter lag fast völlige Dunkelheit. Noch hing ein Drittel des Kalenderblocks an der Wand, und niemand konnte ahnen, wie viel dunkle Blätter in diesem unscheinbaren Papierbündel verborgen waren.

Im nächsten Stock stand eine Wohnung leer. »Franz Lupe« war auf die Tür gemalt, und auf einem der verstaubten Schränke stand eine Uhr, die niemand mehr aufzog. Maria hatte einer Freundin Auftrag gegeben, die Möbel zu verkaufen. Bisher waren alle Interessenten achselzuckend und unzufrieden wieder fortgegangen.

Hinter Tür 9 schlummerte Frau Sigmund bei fest geschlossenem Fenster auf weichen Matratzen, denen noch ein Glanz von Vornehmheit und guter Qualität anhaftete. Auch die Möbel waren nicht schlecht, wenn ihnen auch die Jahre einen Stempel aufgedrückt hatten, der sie nicht mehr wertvoll erscheinen ließ. Aus einem mit roten und blauen Perlen besetzten Rahmen blickte ein schönes Brautpaar in das Dunkel des Zimmers. Kleine, aus feinem Garn gehäkelte Deckchen und Spitzenbänder lagen verstreut auf dem Nachttisch, der Kommode, dem spinnenbeinigen Blumenständer, selbst auf der blassgelben Muschel des Weihbrunnens neben der Türe. Ein goldgefasster Türkis schimmerte auf Frau Sigmunds Ringfinger. Aber in der Tischlade befand sich eine Schachtel mit Versatzzetteln, und in der samtgepolsterten Schatulle im Kasten waren leere Vertiefungen. Nur ein kleines Medaillon, das eine graue Locke barg, behauptete darin noch seinen Platz.

Neben Frau Sigmunds Wohnung waren zwei schmale Einzelräume. Den ersten hatte eine elternlose Studentin gemietet. Sie hieß Traude Mückel, ihre Kleider verrieten den verschämten Glanz der Abgetragenheit, und sie spähte, wenn sie über die Treppe ging, immer von einem Guckloch zum anderen, ob man sie beobachtete. Trotz ihrer Intelligenz verwand sie es nicht, dass ihr Rückgrat verkrümmt war und ihr Kopf fast auf den Schultern lag. Um das tägliche Brot zu verdienen, fertigte sie Scherenschnitte an – und es war seltsam, dass ihre flinken, blassen Hände die anmutigsten Mädchenfiguren hervorzauberten. Es waren lilienschlanke Gestalten, die durch duftige Gärten wandelten oder aufrecht zu Pferde saßen. Traude träumte von Schönheit, und immer wieder erfüllten sich die Bilder ihrer Sehnsucht unter ihren schlanken Fingern. Ab und zu versuchte sie, das Glück zu bezwingen. Sie besaß ein Traumbuch, aus dem sie nach bilderreichen Nächten sorgsam Zahl um Zahl schrieb und in einem anderen Stadtteil in einer Lotterie setzte. Im Frühling hatte sie einen größeren Treffer gemacht und war wochenlang heiterer als sonst gewesen. Während sie nun schlief, war ein kindlicher Ausdruck in ihren Zügen. Vielleicht gedachte sie im Traume des kleinen Inserates, das sie vor einer Woche im ›Blatt der Frau‹ hatte einschalten lassen. »Junges Mädchen, nicht unhübsch, mit kleinem Körperfehler, sucht Anschluss an lebensbejahenden Studenten. Zuschriften unter ›Geteiltes Leid‹ an den Verlag.«

Und nur durch eine dünne Wand getrennt, lag lang ausgestreckt und hager ein etwa dreißigjähriger Mann in einer altmodischen Bettstatt. Neben ihm auf dem Boden stand eine leere Weinflasche. Sein Strohsack war buckelig, weil eine Aktentasche darunter lag. Thomas Albrecht schlief schlecht. Sein Bewusstsein hörte nicht auf, sich mit dem Inhalt der gefundenen Tasche zu beschäftigen. Das Gewissen hockte schwer auf seiner Brust. Dokumente, ein glattes Scheckbuch und ein Banknotenbündel – ja, das Heft und die Dokumente müsste er verbrennen. Aber die Banknoten? Er ächzte und zog unruhig die Beine zur Brust.

Es war ein kleines, armes Haus mit schmutzigen Gangfenstern und zerschlissenen Fußabstreifern vor den Türen, und im Keller rumorten die Ratten. Der Zins war billig wie in allen Häusern der Sackgasse, und nie ließ sich ein Besitzer in dem grauen Winkel blicken. Hinter der Spitalmauer aber standen lang gestreckte, weiße Gebäude, in den Beeten blühten Blumen, und Sträucher säumten die Wege. Selten nur drang ein Laut aus einem der großen Fenster. Nur die Bäume hörte man rauschen, und wenn im Park eine Amsel ihr süßes Lied sang, löste sich von manchem Herzen, das in der engen Gasse schlug, etwas Hartes, Bitteres und versank im Nebel des Vergessens.

Die Stadt schwieg. Es fuhr keine Straßenbahn mehr. Die Denkmäler in den Parkanlagen und vor den öffentlichen Gebäuden badeten im Mondlicht, und es war, als ob sie wissend lächelten.

*

»Du hast ein Loch im Strumpf«, sagte Paula Hamm belehrend zu Luise.

Das Mädchen hob den Deckel des Emailtopfes und tauchte prüfend einen Finger ins Wasser. »So?«, sagte es zerstreut.

»Wozu hast du das Wasser aufgestellt?«

»Ich will mich waschen. Du lässt mich doch ein paar Minuten allein?«

»Aber natürlich, Luise. Vergiss nicht, den Strumpf zu stopfen. Oder zieh ihn aus und gib ihn mir – ich kann den Schaden richten.«

»Das ist sehr lieb von dir«, entgegnete Luise zurückhaltend. »Doch heute gehe ich ohne Strümpfe aus.«

»Besuchst du eine Freundin?«

Paula kletterte umständlich auf einen Sessel und nahm von der Anrichte eine Büchse mit Paradeismark herunter. »Besuchst du eine Freundin?«, fragte sie nochmals, stieg vom Stuhl zu Boden und legte ihren harten Arm um Luises Schultern.

»Nein, Tante.«

»Wenn du, etwas einkaufen willst, musst du dich aber beeilen. Die Geschäfte schließen um sieben Uhr.«

»Ich gehe nicht einkaufen. Bitte, lass mich jetzt allein.«

»Ach so, ja, ja – du willst dich waschen. Und ich weiß immer noch nicht, was du vorhast.«

»Ich habe einen wichtigen Weg.«

»Da kannst du doch nicht ohne Strümpfe gehen, Luischen. Auch ist es heute nicht besonders warm.«

»Dich friert – und ich schwitze«, sagte Luise.

»Du willst also wirklich –«

Es klopfte. Tante Paula beeilte sich, hinauszulaufen.

Ein fremdes Mädchen stand auf dem Gang. »Ist Luise bald fertig?«

»Komm nur herein«, rief Luise.

Margit Luksch berührte flüchtig Tante Paulas dargereichte Hand und schlüpfte in die Küche. »In einer halben Stunde müssen wir gehen, Luise.

»Denken Sie sich, sie will keine Strümpfe anziehen«, seufzte Tante Paula.

Luise begann sich zu entkleiden.

»Zieh dir etwas Praktisches an, möglichst etwas, das nicht am Rücken zu knöpfen ist«, sagte Margit leise.

»Ich gehe jetzt ins Zimmer«, verkündete Tante Paula und blickte Beifall heischend auf ihre Nichte.

Luise füllte hastig das Waschbecken.

Tante Paula vermied, Luises Körper anzusehen. Sie starrte betont gleichgültig vor sich hin, nervös die Türschnalle knetend. »Brauchst du nicht ein frisches Handtuch?«

»Danke.«

»Und warum hast du es denn so eilig?«

»Um Himmels willen, lass mich in Ruh«, rief Luise gereizt. »Mir geht jede Minute ab.«

»Ich werde hinausgehen«, murmelte Frau Hamm und verließ die Küche.

Höchste Zeit, dachte Luise wütend. Ihr Herz klopfte sonderbar laut. Was ist es schon? Nichts Besonderes, nein, ich habe weder Angst noch Lampenfieber.

Margit saß mit dem Gesicht zum Fenster und polierte ihre Fingernägel mit dem Taschentuch.

»Ich hoffe, du bist nicht aufgeregt, Luise?«

»Keine Spur.«

»Das erste Mal ist es eben komisch. Aber man stumpft ab.«

»Ja!«, sagte Luise fest und rieb ihren Oberkörper trocken. »Ich werde mich daran gewöhnen.«

Zwanzig Minuten später eilte sie mit Margit Arm in Arm durch die Straßen. Das Eichentor der Akademie stand offen. Weiße Marmorbüsten leuchteten im Halbdunkel der weiten Halle. Neben der Loge des Portiers hing eine Tafel: »Abendkurse für Berufstätige.«

Die Mädchen hasteten vorüber. Ihre Schritte hallten im Stiegenhaus und klopften hart auf die Fliesen des langen Ganges.

»Eigentlich bist du jetzt meine Konkurrenz«, lachte Margit und drückte Luises Arm.

»Du wirst mich ausstechen –«

Bevor Luise antworten konnte, klopfte Margit an eine hohe, dunkle Tür. »Schnell«, flüsterte sie und schob die Neue in den Saal. Sie selbst ging auf dem Gange weiter, zum Zeichensaal IX.

Benommen und unsicher blickte Luise über die Menschen hin, die vor ihr an hellen Tischen saßen und sie kaum beachteten. Auf dem Podium stand ein junger Mann in Straßenkleidung, reglos und teilnahmslos. Der Professor, ein rotblonder Fünfziger, war über das Reißbrett eines sehr jungen Schülers gebeugt und korrigierte.

Luise wagte nicht, ihn zu stören. Sie blieb neben der Tür stehen, ihre Handtasche fest an sich pressend. Jetzt davonlaufen können, dachte sie, doch im nächsten Augenblick straffte sie ihre Gestalt und blickte hochmütig über die Köpfe der Frauen und Männer hinweg.

Als der Professor in Hörweite war, sagte Luise gedämpft: »Ich bin für heute herbestellt – als Modell.«

»Schön, schön«, erwiderte er und wies auf einen schwarzen Lackparavent in der Ecke des Podiums. »Dort können Sie sich entkleiden.«

Mit kleinen, energischen Schritten ging Luise auf den Wandschirm zu. Sie wusste nicht, was sie zuerst ausziehen sollte. Langsam, mit bebenden Fingern öffnete sie die Verschnürung ihrer flachen Schuhe. Nur nicht weich werden, munterte sie sich auf. Da unten sitzen sehr vernünftige Leute. Sie wollen ja nichts, als den menschlichen Körper studieren. Es sind Künstler –

Lautlos schlüpfte sie aus den Kleidern.

»Danke«, sagte der Professor zu dem noch immer starr auf dem Podium stehenden Schüler.

Luise ordnete ihre Haare und trat einen Schritt vor.

Sekundenlang schwammen die Gesichter der Schüler vor ihrem Blick. Röte und Blässe wechselten auf ihren Wangen. Ein fast körperlicher Schmerz erfüllte ihre Brust. Erst als der Lehrer sie in die gewünschte Stellung gebracht hatte und die Konturen ihrer Füße auf dem Boden mit Kreide fixierte, verlor sich ihre Scham und Qual in einer jähen Starrheit. Sie vermochte keinen Gedanken zu fassen und hatte ein Gefühl, als ob sie vollständig hohl sei. Ich träume nur, sagte ihr eine unklare Empfindung. Das ist ja alles gar nicht wahr!

Langsam gewann sie endlich ihre Sicherheit wieder. Sahen sie diese unzähligen Augen wirklich an wie etwas Lebendiges? Nein, sie war nur ein Körper, eine Form in Flächen und Erhebungen, ein Objekt, dessen Eigenart menschliche Hände festzuhalten suchten. Und die Augen, die sie maßen und jede Linie ihres Leibes verfolgten? Sie waren leidenschaftslose Spiegel, nahmen ihr Bild auf wie jedes andere und reflektierten es.

Während der Pause saß Luise hinter dem Paravent, ihr Kleid eng um die Schultern ziehend. Während dieser ersten Entspannung drängten sich Tränen in ihre Augen. Sie war müde und schwindlig. Eine nicht genau zu beschreibende Übelkeit krampfte ihren Magen zusammen.

Die halblauten Stimmen der Schüler schwangen im Saal auf und ab. Luise war zumute, als schwimme sie trostlos und allein auf gleichmäßigen Wellen, die sie einschläferten und trotzdem aufrüttelten. Sie warteten, warteten auf sie allein, bis sie wieder stehen konnte, ohne zu schwanken.

Ihr Rücken schmerzte, als sie durch die Gassen heimwärts schritt. Ein Brechreiz beengte ihr die Kehle. Langsam steckte sie das Modellgeld in die Handtasche. Mit dem Maßstab ihrer steifen Glieder durfte sie die Höhe des Betrages nicht messen. Geringschätzig verzog sie die Lippen, aber dennoch dämmerte Freude um ihr Herz. Ich suche mir ein hübsches, kleines Zimmer. Wenn ich dreimal wöchentlich in die Akademie gehe, bei Maudrich bleibe und an freien Abenden Schals roulliere, kann ich sogar sparen und auch Mutter etwas geben. Vorläufig brauche ich so wenig Zeit für Vergnügungen, denn Helmut muss noch warten. Ja, er könnte mich einmal zu Hause besuchen oder vom Geschäft abholen, dann wäre ich freilich sofort versöhnt. Aber er schämt sich ja, bei Tag in unsere Gasse zu kommen. Er ist in einem vornehmen Haus aufgewachsen und spricht das Wort ›Proleten‹ mit einem Unterton, der mir wehtut. Soll ich ihm überhaupt schreiben? Nein – ich warte, bis er selbst zu mir findet. Sein Brief ist so zurückhaltend, so förmlich! Oh, ich hasse ihn jetzt!

Sei vernünftig, warnte ihr zweites, sanfteres Ich. Du wirst es dir mit Helmut noch ganz verscherzen –

Und wenn auch, wehrte sie sich, es gibt auch anderswo Glück. Es würde mich wundern, wenn sich nicht einer von den Schülern in mich verliebte!

Schäm dich, Luise, raunte sie sich im nächsten Augenblick zu. Hast du deinen Körper auf den Markt stellen wollen? Nein, nein, sagte sie plötzlich laut. Ich denke an keinen anderen. Ich will ja nichts, als glücklich sein. Und ich werde zu Helmut gehen, jetzt gleich, ich werde ihn bitten, mein langes Schweigen zu verzeihen.

Sie änderte die Richtung und begann zu laufen. Freude erfüllte sie. Jetzt, jetzt, in zehn Minuten vielleicht, werde ich ihn sehen. Hoffentlich ist er zu Hause. Hoffentlich ist er nicht mit einer Kollegin fortgegangen. Mit Susanne oder Rita – von diesen beiden hat er manchmal erzählt. Nein, er sitzt in seinem Zimmer und lernt. Vor ihm liegt ein offenes Buch, ein Heft, ein Bleistift. Und er denkt an mich.

Das Haustor stand noch offen. Luise stieg die Treppe empor, beschwingt von einem unbeschreiblich schönen Gefühl, noch benommen von ihrem abendlichen Erlebnis, noch verwirrt von den Blicken der Schüler in der Akademie.

Vor der Tür blieb sie stehen, nestelte an ihrer Handtasche, schaute auf die Klingel und lauschte. Sie hörte gedämpftes Klirren und spürte einen Duft süßlicher Speisen.

Als sie läutete, zitterten ihre Knie. Das ist vom langen Stehen, beruhigte sie sich. Nichts weiter. Ich gehe doch zu keinem Fremden. Helmut ist mein zukünftiger Mann.

Eine alte Dame öffnete. Sie blickte Luise erwartungsvoll und erstaunt durch dicke Brillen an. Ihren Hals umschloss ein schwarzes Samtband, das mit kleinen, flimmernden Silberplättchen besetzt war.

»Bitte, kann ich Herrn Preis sprechen?«

»Gewiss. Kommen Sie herein, kleines Fräulein. Er ist eben in sein Zimmer gegangen. Wir haben heute sehr spät gegessen.«

Luise hätte die Hauswirtin umarmen mögen. »Ich danke Ihnen«, sagte sie warm.

Vor Helmuts Zimmer zögerte sie einen Augenblick, dann klopfte sie an und trat lächelnd ein. Helmut stand vor dem kleinen Schreibtisch, den Rücken zur Tür gewandt. Er glaubte, die Wirtin käme, um ihm Kaffee zu bringen.

»Das ist lieb, dass Sie noch kommen, Frau Matter«, sagte er, ohne sich umzudrehen.

Luise schlich an ihn heran und hielt ihm von hinten die Augen zu.

»Wer ist es?«, fragte sie mit verstellter Stimme.

Er fuhr herum. »Luise!«

»Nun, was sagst du? Ist mir die Überraschung gelungen?« Sie war völlig sicher und nickte ihm fröhlich zu. »Ein Missverständnis war das Ganze – Helmut, ich musste kommen!«

»Ich freue mich«, sagte er kühl. »Hast du meinen Brief erhalten?«

»Ja, hier ist er.« Luise entnahm ihrer Handtasche das Kuvert und drückte es an die Lippen. »Weißt du, ich hatte so wenig Zeit, dir zu schreiben. Und ich dachte, ein Brief könne auch verloren gehen.«

»Nimm doch Platz, Luise«, sagte Helmut. »Frau Matter wird gleich Kaffee bringen. Willst du Salzkeks oder ein Stück Kuchen?«

»Wie feierlich und fremd du bist«, schmollte Luise und wischte etwas, das nicht vorhanden war, von seinem Rockärmel.

»Was hast du denn?«

»Ach nichts! Du hast dich so komisch benommen, als wolltest du nichts mehr von mir wissen. Damals, als ich vor dem Warenhaus wartete, glaubte ich noch, ich hätte dich übersehen – aber jetzt, nachdem keine Antwort auf meinen Brief kam, wusste ich, dass du mir absichtlich ausgewichen bist.«

»Ich gebe zu –«

»Und mir ist die Geschichte sehr langweilig gewesen. Sicher hast du recht. Es ist besser, wenn wir uns trennen.«

Sie sah ihn groß an. »Aber Helmut!«

»Sag selber, bin ich im Recht?«, forderte er versöhnlicher.

»Ich habe das alles nicht so ernst genommen«, sagte Luise erschrocken. »Versteh mich doch, es ist nur ein Zufall gewesen.«

»Zufälle bestimmen unser Leben oft mehr als Pläne und Vorsätze. Ich glaube, der Zufall meinte es gut – mit uns beiden.«

»Nein, nein«, widersprach sie zärtlich und lehnte ihren Kopf an seine Schulter. »Sprich nicht so. Wir wollen Freunde bleiben.«

Er schien aufzuatmen und küsste sie flüchtig auf den Mund. »Du bist ein vernünftiges Mädchen. Freunde – das ist das richtige Wort. Vielleicht entwickelt sich aus diesem Gefühl wieder ein tieferes – sagen wir *Liebe*.«

»So meinte ich es nicht«, sagte Luise bestürzt. »Ich wollte sagen, dass wir wieder die alten sein wollen.«

»Nimm doch Platz.« Er schob ihr einen Stuhl hin und blickte auf die Uhr. »In einer halben Stunde wird das Haustor gesperrt und mein Schlüssel ist abgebrochen. Aber bis dahin kannst du doch bleiben? Oder sollen wir uns ein anderes Mal treffen?«

Luise schwieg. Sie sah ihn traurig, verständnislos an.

»Ein anderes Mal?«

»Ja, wenn wir einmal zufällig beide Zeit haben –«

»Du meinst das im Ernst?«

»Sicher. Willst du eine Zigarette?« Er hielt ihr seine Tabatiere hin.

Sie verneinte und blickte an ihm vorbei.

Er nahm ihr gegenüber Platz, lehnte sich zurück und sog nervos den Rauch ein. »Ich habe mich eben abgefunden«, sagte er unvermittelt.

»Dein Angebot nehme ich nicht an, Helmut. Besser ein sauberer Schlussstrich – ja, du brauchst deine Freude nicht zu verbergen – ich freue mich auch. Mir ist ein Stein vom Herzen gefallen.« Sie lächelte und wippte mit der Fußspitze. »Man kann so leicht vergessen, und es tut nicht einmal weh –«

Er sah sie aus erstaunten Augen an. Das ist Luise. Wirklich, das ist ihr wahres Gesicht. Habe ich sie jemals anders gekannt? Bisher verstand sie es, mich zu fesseln. Sie war eine süße Gefahr für mich. Aber seit der intensive Kontakt unterbrochen ist, hat sie keine Wirkung mehr auf mich. Ich blieb völlig kalt, als ich sie vorhin küsste.

»Ich werde gehen«, sagte Luise.

Ihr Blick heftete sich auf ihn, auf sein hübsches, jetzt so ernstes Jungengesicht. »Und wenn du einmal Sehnsucht hast nach mir und alten Zeiten –«, sie unterbrach sich und versuchte, spöttisch zu lächeln, »dann lass es mich wissen. Ich werde dir dann – vielleicht – zurückschreiben!«

»Ja, Luise.« Er ergriff ihre Hand, und nun schwang Bedauern in seiner Stimme. »Ich würde dich sehr gerne noch begleiten, aber –«

»Wegen des Schlüssels, ich weiß«, sagte sie und entzog ihm ihre Finger. Gute Nacht – und alles Gute.«

»Bis zur Tür darf ich doch gehen?«

»Lass es. Ich finde allein hinaus.«

Als sie auf die Straße trat, schien ihr die Welt verwandelt. Die Lichter, die aus den Fenstern strahlten, schienen sich zurückzuziehen, die Häuser wurden zu grauen Kulissen, die jemand fortriss an den Horizont.

Das Pflaster war hart. Luise spürte den Schmerz des Aufschlages nur ferne, nur undeutlich. Sie streifte, als sie neben dem Haustor umsank, die graue Mauer mit ihrer Stirn, hinter der es plötzlich nichts gab als eine wogende Weite, ein Nichts, ein Nebelmeer –

*

Fanny saß in einer Fensternische des Büros vor der Schreibmaschine. Neben ihr, auf dem blanken, schwarzen Tischchen, lag das Stenogrammheft. »Honorarnote für Herrn Adolf Oberbauer«, buchstabierte Fanny. Die Maschine klapperte. Eine Scheidungssache – ach Gott, haben diese Leute wirklich aus Liebe geheiratet? Ich kann mir nicht vorstellen, dass Artur und ich uns jemals trennen.

Sie blickte auf die Uhr. In wenigen Minuten werde ich ihn vom Fenster aus sehen. Was er nur vorhat? Seine Stimme klang so freudig erregt durchs Telefon. Wenn die Zeit ein bisschen schneller verginge –. Fanny schrieb eilig weiter, hin und wieder einen Blick auf die Straße werfend. Da – er steht schon unten, vor dem Schuhgeschäft, einen kleinen blauen Blumenstrauß in der Rechten!

Fanny sprang auf und winkte ihm. Er lächelte hinauf. Und es war zwölf Uhr! Die Zeiger standen haargenau übereinander.

»Auf Wiedersehen, Erna!«

Die Tür fiel hinter Fanny ins Schloss. Arm in Arm wanderten Artur und Fanny auf der Schattenseite der Straße aus dem Geschäftsviertel.

»Wie lange haben wir uns nicht gesehen, Fanny?«

»Ich glaube, fünfzehn Stunden.«

»Das ist barbarisch.«

Sie lachten und sahen sich übermütig in die Augen.

»Wohin gehen wir?«, fragte Fanny.

»Mein Geheimnis!«

»Ich wüsste es so gern – willst du mich nicht zu deiner Vertrauten machen?«

»In allen Dingen«, sagte er fröhlich. »Aber Überraschungen sind manchmal notwendig. Und ich spanne dich nicht lange auf die Folter – hast du übrigens schon etwas gegessen?«

»Ja.«

»Du lügst! Ich kenne das sofort. Komm, wir gehen in ein Büfett.«

»Ich bin nicht hungrig.«

»Willst du mir zeigen, dass du widerspenstig sein kannst?«

»Nein – oder ja! Ich möchte dein Geheimnis erfahren.«

»Gut, ich verrate es. In zwei Sekunden weißt du es.« Artur zog Fanny in ein fremdes Haus, schloss das Tor, und im Halbdämmer des Flurs riss er sie an sich und bedeckte ihr Gesicht mit Küssen.

Sie flüsterte: »Wenn jemand kommt?««

»Das macht nichts. Du hast doch mein Geheimnis erfahren. Bist du jetzt zufrieden?«

»Ja, ich bin zufrieden!« Sie erwiderte seine Küsse, scheu und doch voll verhaltener Inbrunst.

»Wir können weitergehen«, scherzte Artur und öffnete das Tor. Sie traten ins Sonnenlicht hinaus.

»Entschuldige mich einen Augenblick«, sagte er, verschwand in einer Konditorei und erschien mit einem sauberen Päckchen wieder. »Das musst du alles essen!«

»Du bist ein schrecklicher Tyrann!«

»Wie könnte ich dich sonst zähmen? Du würdest mir über den Kopf wachsen.« Er lachte frei und Fanny war glücklich, weil ihn die Unterschiedlichkeit ihrer Erscheinungen offensichtlich nicht störte.

Plötzlich verlangsamte Artur seine Schritte.

»Siehst du da oben die fünf großen Fenster?«

Fanny hob den Kopf und beschattete ihre Augen mit der Hand. »Ja – wohnt dort das Glück?«

»Es *wird* dort wohnen, Fanny.«

Sie überquerten die Straße und betraten einen spiegelnden Flur.

»Ein zweites Geheimnis?«, fragte Fanny lächelnd und erwartete, dass Artur sie wieder an sich ziehen werde. Er nickte nur. »Bitte, nimm für einen Moment das Päckchen und meine Tasche. Ich muss den Aufzugschlüssel suchen.«

»In welches Stockwerk willst du mich denn entführen?«, fragte Fanny. »Und – soll ich wirklich mitgehen?«

»Du wirst es bereuen, wenn du es nicht tust.« Er schob sie in den Lift, nahm ihr die Blumen, die Tasche und das Kuchenpaket und legte alles auf die rote Samtbank.

»Wir sind am Ziel«, sagte Artur.

Fanny folgte ihm zögernd, mit großen, erwartungsvollen Augen.

Sie betraten eine Wohnung, die nach frischem Lack und Bo denwachs duftete.

»Wo sind wir?«, fragte Artur, die Arme in die Seiten gestützt.

»Ich weiß es nicht!« Fanny betrachtete hilflos die glatten Wände des Vorzimmers und lauschte dem Schall ihrer Stimme nach.

»Sei doch nicht so dumm«, schalt er fröhlich. »Das ist – unsere Wohnung!«

»Unsere –«

»Freust du dich? Ach, ich kann dir mit Worten nicht sagen, wie begeistert ich bin. Fanny, du kündigst doch jetzt schon, nicht wahr? Wir haben so viele Wege. Die Möbel wollen wir doch gemeinsam aussuchen? Du, ich habe eine wunderbare Stehlampe gesehen – und Fauteuils mit silbergrauem Bezug. Wenn man sie nur ansieht, wird man so angenehm müde! Komm, ich führe dich in die Küche.« Er tänzelte ihr voran. Es sah aus, als müsse er sich bezähmen, nicht einen Freudensprung zu machen.

Fanny folgte ihm still, verklärt, staunend. Ihr war seltsam ums Herz. Welche Vornehmheit und Lebensbejahung atmeten die Räume schon ohne jede Einrichtung! Oh, sie würden jedes Stück mit Liebe und Sorgfalt wählen!

Artur öffnete eine Milchglastüre und verbeugte sich: »Meine Gnädigste – hier ist Ihr Reich. Das heißt, wenn Sie gewillt sind, darin zu regieren. Und daneben ist ein heimeliges Zimmerchen, das wir als Bauernstube einrichten könnten. Du sagtest mir einmal, wie sehr du geschnitzte Luster und Kasten mit Butzenscheiben liebst – und eine gemütliche Eckbank – und einen kleinen, weißen Kachelofen mit grünen Augen.«

Sie konnte kaum nicken. Er wirbelte sie herum, und, angesteckt von seiner Freude, begann Fanny selbstständig die Wohnung zu durchforschen.

»Hier ist ja ein Bad«, rief sie hell. »Ein Heißwasserspeicher – und eine Brause!«

»Ist die Wanne nicht raffiniert? Blassblaue Kacheln – beinahe ein Schwimmbassin. Du kannst darin vier Kinder gleichzeitig baden.«

Fanny wurde rot. »Was fällt dir ein. Vier sind zu viel!«

»Also zwei?«

Sie hielt ihm den Mund zu. »Vorerst nur *ein* Kind – und das bist du selber!«

»Widerrufst du das gutwillig?«

»Nein!«

Fanny lief lachend aus dem Badezimmer.

»Bleib da!«

»Nein!«

Er folgte ihr, erreichte sie in dem lichtdurchfluteten Eckzimmer, in das sie leichtfüßig geflüchtet war, und packte sie an den Handgelenken.

»Du bist meine Gefangene.«

»Ach, Artur!« Fanny schmiegte ihr warmes Gesicht an seine Wange. Er ließ ihre Hände los und streichelte ihr Haar.

»Bist du glücklich, Fanny?«

»Sehr!«

»Und schöner denn je.«

Sie senkte, noch immer atemlos, in reizender Verlegenheit den Kopf. »Und – und Dora?«, fragte sie stockend.

»Wie kannst du fragen?« Er lachte vergnügt.

»Ich dachte nur –«

»Dora ist ein armer Schatten gegen dich, meine Einzige. Aber es freut mich doch, dass du ein wenig eifersüchtig bist.«

Sie wandte sich schweigend dem Fenster zu.

»Ich bin übrigens auch eifersüchtig«, fuhr er nachdenklich fort.

»Auf wen?«

»Du weißt es nicht?«

Ihr Spiegelbild in der Fensterscheibe betrachtend, entgegnete sie ernst: »In Peter war ich niemals verliebt – er hat mich nur flüchtig geblendet. Und sonst kannte ich noch niemanden –«

»Oh, das brauchst du nicht zu betonen, Fanny. Du kannst ja nicht einmal küssen.«

Sie blickte ihn erstaunt an, ohne zu sprechen.

»Und jetzt musst du dir das Zimmer mit dem Kamin und der Eichendecke ansehen. Es ist anheimelnd wie ein Raum, in dem die Großmutter mit leiser Stimme Märchen erzählt –«

»Ich bewundere dich, Artur! Wie hast du es fertiggebracht, nie ein Wort über diese Wohnung zu verlieren?«

»Es war schwer genug, Liebes. Mir ging oft das Herz über. Gestern ist die Frau, die den Boden gebürstet hat, zum letzten Mal hier gewesen. Jetzt ist endlich alles bis auf die Einrichtung fertig.«

»Ich werde mir Urlaub nehmen, damit wir –«

Er unterbrach sie ungestüm. »Urlaub? Nein, damit bin ich nicht einverstanden. Du musst deine Stellung aufgeben – gleich – heute Nachmittag. Oder fürchtest du, den Staub der Anwaltskanzlei aufzuwirbeln, wenn du Knall und Fall kündigst?«

»Doktor Hamberger hat noch keinen Ersatz, Artur.«

»Den beschaffe ich ihm. Ich kenne ein Mädchen –«

»– in das du einmal verliebt warst?«

»Willst du unbedingt einen Don Juan aus mir machen? Nein? Die Tante dieses Mädchens war eine Freundin meiner Mutter. Es hat mich, als ich es zufällig traf, sehr schüchtern gefragt, ob ich nicht in der Redaktion einen leeren Sessel hätte.«

»Und da dies nicht der Fall ist –«, setzte Fanny schelmisch lächelnd fort, »möchtest du deinen Schützling Herrn Hamberger feierlich überreichen.«

»Du hast's erraten!« Er zog ihre Hand an die Lippen. »Und du wirst heute den Kampf um deine Freiheit aufnehmen?«

Fanny sah plötzlich sehr blass aus. »Ich will nicht voreilig sein – ich – habe nicht viel Gelegenheit gehabt, mir Geld beiseitezulegen.«

»Du bist die beste Partie, die ein Mann machen kann«, rief Artur aus.

»Ja, aber –«

»Wehr' dich nicht und denk' nicht an Ersparnisse. Oder willst du dich nicht *ganz* meiner Führung anvertrauen?«

»Ich komme mir wie eine – Bettlerin vor«, stammelte sie traurig. »Lass mich doch wenigstens in deinem Büro mitarbeiten.«

»Erstens ist das *unser* Büro, mein kleines, stolzes Frauchen, und zweitens hast du jetzt keine Zeit dafür. Du kannst dich ja später einmal, wenn du wirklich Lust hast, ab und zu der ›Parallele‹ widmen. Das würde mir ehrliche Freude machen. Und deine Mutter unterstütze ich so, dass sie es nicht als peinlich empfindet. Ich bin doch bald ihr Sohn, nicht wahr?«

»Ja«, sagte Fanny leise. »Und sie muss Gott für diesen Sohn danken!«

Er nahm ihr Gesicht zwischen beide Hände. »Und nun reden

wir von etwas anderem. Ich habe Wein besorgt – für dich und mich. Wollen wir heute in meiner alten Junggesellenklause eine Feier machen?«

»Eine Feier!«, wiederholte Fanny, und ihre Augen strahlten vor Freude.

»Du sagst nicht Nein?«

Sie schüttelte den Kopf. »Ich komme gern.« Fanny fühlte, wie ihre Glieder von etwas Unnennbarem schwer wurden. »Ja, ich komme«, sagte sie nochmals sanft und blickte ihn offen an. Heute ist eine große Wende für mich, dachte sie. Und ich will sie, mir ist, als müsse ich sonst verbrennen.

»Darf ich wissen, woran du denkst?«

»Ich dachte daran, dass heute – ein besonderer Tag ist.«

»Oh«, fuhr er plötzlich erschrocken auf, »das Kuchenpäckchen liegt im Vorzimmer auf dem Fensterbrett. Die Schokoladecreme wird zerronnen sein.«

»Wir werden beide essen«, schlug Fanny vor. »Doch wohin setzen wir uns?«

»Wenn ich dir meinen Daumen anbiete, wirst du mir eine Ohrfeige geben«, sagte Artur. Es klang nicht frivol oder anzüglich.

Fanny winkte dankend ab, legte ihre Handtasche auf den Boden und ließ sich lächelnd darauf nieder. Artur setzte sich neben sie und packte die Kuchen aus. »Sie kleben ein bisschen zusammen«, meinte er und machte ein schuldbewusstes Gesicht.

»Das ist kein Malheur, Artur.«

Sie begannen vergnügt zu essen.

»Ein denkwürdiges Picknick! Komfortabel kann man es nicht nennen«, scherzte Artur.

»Aber es schmeckt wunderbar«, sagte Fanny, zufrieden kauend.

»Hast du dir schon ausgedacht, wie du deinen neuen Namen schreiben wirst?«

»Mit einem sehr schwungvollen ›K‹. Ich habe es dreizehn Jahre sorgfältig geübt!«

»Das freut mich. Hoffentlich bist du nicht böse, dass du deine Einsilbigkeit aufgeben musst, wenn wir verheiratet sind.«

Fanny schüttelte den Kopf. »Dreisilbig ist entschieden schöner. Und außerdem gefällt mir ›Kalander‹ sehr gut.«

»Weil es dich an Kalender erinnert?«

»Nein, nein«, wehrte sie ab. »Kalender sind mir gar nicht sympathisch. Sie teilen unsere Jahre so unerbittlich ein.«

»In Ihrem Alter war ich noch nicht so melancholisch, Fräulein Kleist.«

»Seit Sie aber einen weißen Vollbart haben, hat sich dieser Zustand sehr geändert, nicht wahr, Herr Kalander?«

»Grundlegend.«

Sie sahen sich einen Augenblick verständnisvoll an, wie zwei weise Raben, die eben etwas Besonderes entdeckt haben, dann lachten sie herzlich und fanden es wundervoll, dass sie im Türkensitz auf dem Boden hockten.

»Je niedriger die Sitzgelegenheiten der Menschen sind, umso höher ist ihre Kultur«, sagte Artur gespielt schulmeisterlich.

»Du hast vollkommen recht. Aber ich habe auch nicht unrecht, wenn ich zur Abwechslung auf die Uhr schaue. Oh, so spät! Ich muss gehen.«

»Das darfst du nur, wenn du mir versprichst, im Laufe des Nachmittags mit Doktor Hamberger zu reden.«

»Soll ich schwören?«

»Lieber nicht. Schwüre sind gefährlich. Man soll sie nicht leichtfertig gebrauchen. Mir genügt ein kleines Ja!«

»Um vier Uhr kannst du an mich denken. Das ist der historische Moment, in dem ich um meine Entlassung bitte.«

»Ich denke von zwei bis sechs an dich. Und um vier mache ich einen Luftsprung bis zum Plafond.«

»Gut, ich besuche dich morgen im Krankenhaus. Oder lässt du vorher ein Daunenkissen an die Decke nageln?«

Fanny stand auf, streckte sich und entfernte die Kuchenbrösel von ihrem Kleid.

»Auf der Wange hast du noch ein Zuckerstäubchen«, sagte Artur. »Ich muss es dir wegküssen.«

»Ein entzückender Vorwand«, meinte Fanny und wich ihm lachend aus.

Als sie auf die Straße traten, sagte Artur: »Rosi hat sich selbstständig gemacht. Erinnerst du dich, dass ich mit Peter über die Jugendausstellung sprach?«

»Im Strandbad, ja, ich weiß. Der Zeichenprofessor wollte Rosi bei der Wahl eines Motivs behilflich sein.«

»Das hat sich sehr in die Länge gezogen. Man sieht die beiden ständig zusammen. Vor ein paar Tagen fuhren sie im Auto an mir vorüber. Rosi sieht jetzt viel älter aus. Sie trug einen extravaganten Hut und verwechselt ihr Gesicht mit der Leinwand – die edle Malkunst treibt eben manchmal komische Blüten.«

»Du magst geschminkte Frauen nicht?«

»Ja und nein. Aber mir zuliebe brauchtest du dir keinen Zwang aufzuerlegen.«

»Schönen Dank, aber zu meiner Haarfarbe passt nicht jedes Rot. Hast du übrigens schon bedacht –« Sie stockte und schritt rascher aus.

»Nun? Was wolltest du sagen?«

»Ich meinte, dass unsere Kinder vielleicht auch rothaarig werden.«

Er blieb stehen und sah sie strafend an. »Deine Vererbungstheorie in Ehren, Fanny. Aber du sprichst von deiner Haarfarbe so verächtlich wie –«

»Wie ein Mensch, der in einer Sackgasse aufgewachsen ist, nicht wahr?«

»Auf dich hat dein Wohnort keinen Einfluss geübt. Deine Welt ist eine helle, uneingeschränkte! Wirklich freie Menschen lassen sich von Mauern ihren Weitblick nicht nehmen.«

Fanny schaute zu Boden. »Wenn du mich nur nicht überschätzt«, sagte sie leise.

Artur nahm ihren Arm. »Wir werden weitergehen, Fanny. Warum sollen wir im Schatten stehen bleiben? Sieh doch, wenige Schritte vor uns ist die Straße wieder sonnig –«

*

Seit Paula Hamm bei ihrer Schwester wohnte, blühte sie sichtlich auf. Ihr gelbes, kantiges Gesicht zeigte Spuren von Röte. Die Nase, die aussah, als habe eine Wäscheklammer sie zusammengepresst, glänzte fettig und war selbstsicher emporgerichtet. Die neue Umgebung wirkte belebend auf Tante Paula. Bisher hatte sie allein in einem Hofkabinett gewohnt und wenig Anschluss an Hausparteien gefunden. Die Überzeugung, dass sie nun eine wichtige Rolle spielte, brachte sie in schwungvolle Bewegung. Es gab so viel zu sehen, zu kritisieren, zu fragen. Und die Kinder ihrer Schwester schienen eine Nachhilfe für ihre Erziehung zu brauchen. Besonders auf Rupert lenkte sie mit großer Vorliebe ihre besorgten Blicke. Sie beobachtete ihn und zerbrach sich den Kopf über sein sonderbares, mit merkwürdigen Geräuschen verbundenes Gehaben am Morgen und Abend.

An einem Sonntag, es war sechs Uhr früh, setzte sich Frau Hamm vorsichtig in ihrem Bett auf und lauschte. Das war er wieder. Sie kannte nun schon die Art, wie er die Tür schloss. Gleich darauf knackte der Boden unter seinen abgezirkelten Schritten.

Paula hörte deutlich, dass er sich um irgendetwas mühte. Er ächzte manchmal, und sein Atem ging stoßweise und gehetzt. Kopfschüttelnd kroch Paula aus dem Bett und spähte durchs Schlüsselloch in die Küche. Da sah sie nur, wie seine Beine durch die Luft sausten und sein Oberkörper vorbeischnellte.

Eilig nahm sie ihr paradeisfarbenes Fransentuch über ihr Nachthemd und öffnete die Tür einen schmalen Spalt.

»Was tust du denn? Das ganze Haus zittert!«

»Vor dir«, erwiderte er höhnisch und stellte das Fünfkilogewicht, das er eben hatte stemmen wollen, unsanft zu Boden.

Tante Paula nestelte an ihrem eisengrauen Zopf. »Für deine Scherze habe ich gar kein Verständnis, mein lieber Neffe. In einem ordentlichen Haushalt ist kein Sportplatz. Ich habe schließlich ein Recht auf Ruhe.«

Rupert sah sie feindselig an. Seine hagere Brust hob und senkte sich erregt. Langsam leckte er den Schweiß von seiner Oberlippe.

»Willst du nicht wieder zu Bett gehen?«, fragte Paula, ihre Geduld offensichtlich genießend.

Statt zu antworten, machte Rupert eine Kniebeuge.

»Es ist ja noch so früh am Morgen«, setzte Paula milde fort. Warum turnst du? Du bist ohnehin so mager!«

Rupert hob das Gewicht auf und stellte es mit Nachdruck auf den Tisch.

»Nicht so laut, ich bitte dich!« Paula fuhr mit beiden Händen gleichzeitig gegen ihre Ohren. Ihr Umhängetuch glitt zu Boden. »Mein Gott!«, sagte sie erschrocken. »Auch das noch.«

Rupert ging aus der Küche, ohne sie anzublicken.

Zwei Stunden später war gemeinsames Frühstück. Es verlief anfangs schweigsam. Tante Paula versuchte mehrmals, ein Gespräch anzuknüpfen, doch es sickerte immer wieder in den Sand trüber Laune. Frau Kleist hatte Schmerzen in ihrer rheumatischen Schulter und zog böse Falten um die Augen.

»Ist dir auch schon aufgefallen, dass es bei Toifls wie in einem Affenkäfig riecht?«, brach Paula beharrlich die Stille.

»Sie machen beide eine Knoblauchkur«, sagte ihre Schwester und griff in die Zuckerdose. »Wann warst du denn bei ihnen?«

»Gestern. Frau Toifl hat mir ihre selbst geklöppelten Spitzen gezeigt.« Sich gegen Fanny und Luise wendend, fragte sie säuerlich: »Ihr macht wohl nie Handarbeiten?«

»Wir haben so wenig Zeit«, antwortete Fanny.

Luise rümpfte die Nase.

»Du wirst dir hoffentlich selbst dein Monogramm in die Bettwäsche und Taschentücher sticken, Fanny? Alle Bräute machen das mit so viel Liebe und Sorgfalt.«

Fanny stellte ihre Tasse nieder. »Monogramme sind eigentlich nicht mehr modern, Tante.«

Paula nahm einen Schluck Kaffee. »Und was ist mit der Schramme auf deiner Stirn, Luise? Sie sieht noch gar nicht schön aus.«

»Ja, ich habe daran herumgekratzt. Aber sie ist fast gut.«

»Ich verstehe nicht, wie dir jemand in der Straßenbahn so nahe kommen konnte.«

»Es war aber so. Ich sagte dir doch, eine Frau nahm ihren Korb vom Gepäcknetz herunter, und in diesem Moment bremste der Fahrer, weil ein Auto aus der Seitenstraße –«

»Es passiert so leicht ein Unglück«, sagte Paula bekümmert. »Man ist seines Lebens nicht sicher. Bist du übrigens krank, Luise? Du hast gestern ein Medizinfläschchen unter dem Kopfpolster gehabt.«

Luise hob jäh den Kopf. »Was hast du unter meinem Kopfpolster gesucht?«

»Du sollst nicht so unhöfliche Fragen stellen, Luise«, mahnte die Mutter. Zu ihrer Schwester gewandt, sagte sie entschuldigend: »Sie ist eben in den Flegeljahren. Man muss manchmal durch die Finger sehen.«

»Du würdest etwas Gutes tun, wenn du die Kinder ab und zu in die Kirche schicktest«, meinte Paula bedeutungsvoll. »Erinnere dich – wir gingen jeden Sonntag.«

Frau Kleist lehnte sich seufzend zurück. Ja, du hast recht, Paula. Ach Gott, meine Schulter tut wieder so wahnsinnig weh.«

»Was war in dem Fläschchen, das unter deinem Kopfpolster lag?« Tante Paula tauchte eine Brotrinde in den Kaffee und rülpste.

»Magentropfen«, gab Luise trocken zur Antwort.

Paula wiegte den Kopf. »Zu meiner Zeit hat man Kamillentee getrunken.«

»Hast du Beschwerden mit dem Magen?«, fragte Fanny besorgt.

»Manchmal, wenn ich fettes Fleisch esse.«

»Aber wir hatten doch gar kein fettes Fleisch diese Woche«, warf Paula ein.

»Es ist ja auch völlig gleichgültig«, fuhr Luise auf. »Wie lange sollen wir uns noch über meinen Magen unterhalten!«

Paula Hamm sah das Thema Luise für abgeschlossen an und sagte halblaut zu ihrer Schwester: »Weißt du übrigens, dass Rupert morgens und abends turnt?«

»Ja, er macht ein wenig Gymnastik. Das schadet nichts.«

»Ein wenig? Meine Liebe, das ist sehr vorsichtig ausgedrückt. Es ist Wahnsinn, was er treibt. Heute begann er schon um sechs Uhr. Das ganze Haus hat gezittert.«

»Nur der Gassentrakt«, sagte Rupert bissig.

»Das ist mehr als genug. Schließlich muss man auf die Leute Rücksicht nehmen. Und – wie ich schon zu Rupert sagte – er ist ohnehin mager und kränklich. Er sollte mehr essen und dein Fünfkilogewicht aus dem Spiel lassen, Vally.«

»Was hast du mit dem Gewicht getan?«, fragte die Mutter.

Rupert sprang auf. »Ich habe jetzt keine Zeit!« Mit steifen Schritten ging er ins Zimmer. Auch die Mädchen erhoben sich. Sie waren froh, dass der Brotkorb und ihre Schalen leer waren.

Im Vorzimmer hielt Luise ihre Schwester am Ärmel fest. »Fanny – hast du etwas Besonderes vor?«

»Nein. Ich wollte nur ein paar Briefe schreiben. Und Artur treffe ich heute erst Nachmittag.«

»Fahren wir auf den Friedhof?«

»Wenn du willst, gerne«, sagte Fanny erstaunt. Sie konnte den verstörten Ausdruck in Luises Augen nicht deuten. »Gerne, natürlich«, fügte sie liebevoll hinzu. Mitleid überflutete ihr Herz, doch sie konnte die Veränderung in Luises Wesen nicht begreifen.

Sie hatte wohl bemerkt, dass Luise seit längerer Zeit viel zu Hause war und dass ihr Gesicht manchmal einen Ausdruck erschreckender Fremdheit trug.

»Hast du Sorgen?«, fragte sie weich.

Luise wandte sich ab. »Ich werde draußen – mit dir reden.«

Schweigend gingen sie ins Zimmer.

Der Bruder schaute lauernd über den Rand seines Buches. »Ihr seid heute merkwürdig«, sagte er kopfschüttelnd. »Konferenzen im Vorzimmer? Findet *ihr* vielleicht auch meine Turnstunden komisch?«

»Nein«, sagte Fanny. »Wir stellen nur fest, dass uns Tante Paula nervös macht.«

Er atmete erleichtert auf. Nein, niemand war argwöhnisch. Niemand ahnte, warum er turnte, warum er seinen Körper zu ungewöhnlichen Leistungen zwang, antrieb, hetzte –

»Ich habe mich wieder ins Bett gelegt, um mir Paulas Gesellschaft zu ersparen«, sagte er nach einer Pause.

»Bitte, dreh das Gesicht zur Wand, wir wollen uns anziehen.«

»Ihr geht fort?«

»Auf den Friedhof. Jetzt ist es noch nicht so heiß und staubig draußen.«

Er hatte sich das Buch über sein Gesicht gelegt und sagte darunter mit fremder Stimme: »Würdet ihr mich mitnehmen?«

Die Schwestern wechselten einen schnellen Blick. Luise legte einen Finger an die Lippen.

»Nun?«, fragte Rupert.

»Wir gehen in zehn Minuten. Bis dahin wirst du nicht fertig sein«, sagte Fanny.

»Schön – wenn ihr es so eilig habt«, brummte er gekränkt.

»Vielleicht können wir ein anderes Mal miteinander gehen«, schlug Fanny vor, während sie in ihr Kleid schlüpfte.

Er antwortete nicht.

Indessen stand Paula Hamm vor dem Spiegel in der Küche und nadelte ihren knisternden Strohhut an den Haaren fest.

»Ich gehe jetzt in die Kirche, Vally. Für dich wäre es auch gut, wenn –« Sie hielt inne, von der gleichgültigen Haltung ihrer Schwester verletzt.

Paula band die weißen Bänder an ihrer Bluse zu einer Schleife und sagte kühler: »Also ich gehe jetzt!« Ihre größte Schwäche war, jede Handbewegung mehrmals anzukündigen. Ihr selbst fiel daran nichts Störendes auf. Den ganzen Tag tönte ihre Stimme durch die Wohnung, »Ich werde jetzt Kaffee reiben – heute habe ich in meinem Zimmer noch nicht Staub gewischt, das mache ich später, zuerst muss ich Kaffee reiben! Heute wasche ich mir ein paar Taschentücher aus!« Nach einer Viertelstunde schnarrte sie wieder: »Heute wasche ich mir Taschentücher aus!« Es war zermürbend, ihr ausgeliefert zu sein, obwohl sie niemandem ein Haar krümmte. Sie glich einem nie ermüdenden Mechanismus, den ein boshafter Erfinder konstruiert hatte.

Im Vorzimmer prallte sie mit Luise zusammen.

»Wohin gehst du?«, fragte sie.

Luise blickte sich hilfesuchend nach Fanny um. Eine Bewegung, die mit ihrem Wesen sonst nicht zu vereinbaren war.

»Begleitet mich doch«, bat Paula, als sie auch Fanny in Straßenkleidung erblickte.

»Wir gehen auf den Friedhof«, sagte Fanny fest. Keinen Widerspruch abwartend, öffnete sie die Tür zur Küche. »In zwei Stunden sind wir zurück. Leb wohl, Mutter.«

»In zwei Stunden«, wiederholte Frau Kleist.

»Da bleibt wieder die Arbeit für mich allein.«

Sie trat ans Fenster und blickte ihren Töchtern nach. Paula ging neben ihnen, den Kopf gesenkt, das schwarze Gebetbuch in der Rechten.

Bei der Querstraße trennten sie sich. Fanny und Luise schwenkten nach links ab, und Frau Hamm ging mit kleinen, demütigen Schritten geradeaus, der Kirche zu.

*

Nikolaus Kleist hatte in den letzten Wochen seiner Krankheit den Wunsch geäußert, er wolle verbrannt werden. Seine Frau war gewohnt, alles zu tun, was er für gut hielt, doch zugleich mit seinem Leben war auch die Unselbstständigkeit Valeries erloschen. Sie empfand eine unüberwindliche Abneigung gegen das, wie sie es nannte, grausame Einäschern. Die Furcht, der Mensch könne auch nach seinem Tode Schmerzen fühlen, beherrschte sie überdies so stark, dass sie den letzten Wunsch ihres Mannes überging.

Nikolaus kam in das Grab der Familie Hamm, und sein Name wurde mit blasser Goldschrift in dem fleischfarbenen Kunststein verewigt. Jahre waren indessen über den Hügel hinweggegangen, die Büsche ringsum blühten duftend auf, verwelkten, streuten ihre Blätter auf verdorrte Astern, glitzerten silbern im Reif, neigten sich sanft unter der Last des Schnees. Es war seltsam: Nikolaus hatte bald nach seiner Verehelichung mit Valerie den Verkehr mit seinen Schwiegereltern abgebrochen, selbst Höflichkeitsbesuche unterlassen und kaum einmal einen Namen aus Vallys Verwandtschaft ausgesprochen. Und nun lag er nahe bei diesen Menschen, nur durch ein wenig Erde getrennt, ein Duldsamer wie sie alle.

Fanny und Luise hatten einen Strauß früher Astern bei dem Blumenstand vor dem Friedhofstor gekauft. Schweigend traten sie in den Garten der Toten. Sie gingen knapp nebeneinander. Manchmal streiften sich ihre Arme, und sie wechselten dann einen fragenden, scheuen Blick.

Was will sie mir denn sagen, dachte Fanny.

Und Luise schwieg noch, sie wollte zuerst Vaters Grab schmücken. Behutsam legte sie die Astern auf den kahlen Platz zwischen den roten Begonienstöcken. In ihrer gebückten Stellung verharrend, strich sie leicht über das schüttere, trockene Gras hin, das den Hügel säumte. Als sie sich aufrichtete, waren ihre Augen von Tränen verschleiert. Fanny zog sie an sich, bettete das Gesicht der Schwester auf ihre Schulter und streichelte ihr Haar. Schweigend standen sie da, der Wind spielte mit ihren Kleidern, es war still und friedlich. Ab und zu hörte man Schritte, manchmal von fern her undeutliches Gemurmel, Bruchstücke des Vaterunsers, eine süße, klare Vogelstimme.

Luise richtete sich auf. »Oh, bitte, schau mich nicht an. Ich bin so hässlich, wenn ich geweint habe.«

»Komm, Luise, wir setzen uns auf eine Bank und gehen erst

nach Hause, wenn du ruhiger geworden bist.« Sie neigte sich über das Grab und hob einen Strauß verdorrter Nelken auf. »Dort drüben ist ein Schacht, wir könnten die welken Blumen hineinwerfen.«

»Ja«, sagte Luise. »Ich werde sie tragen. Zu mir passen tote Blumen besser.« Ihre Finger zuckten, als sie den Strauß ergriff. Fanny wusste nicht, warum ihr die Schwester plötzlich den Rücken zukehrte:

»Was hast du?«, fragte sie weich.

»Das sind die Nelken, die Helmut mir geschenkt hat«, gab Luise zur Antwort. »Ich will sie mitnehmen.«

Zögernd ging die Ältere voraus. So sehr liebt sie ihn, dachte sie. Sie bückte sich nach einer gelben Papierrose, die auf dem Wege lag und schaute zurück. Luise kam ihr langsam nach, und während sie ging, wischte sie Erdkrumen und Staub von den dürren Nelken in ihrer Hand.

Sie ließen sich auf einer Bank nieder, die abseits des Hauptweges stand.

»Ich habe dich gebeten«, sagte Luise stockend, »mit mir hierherzugehen, weil ich dir etwas sagen muss, das –« Sie bedeckte ihre Augen mit der Hand.

»Was bedrückt dich, Luischen? Sag mir alles, du brauchst mir nichts zu verheimlichen.«

»Mit Helmut – ist es aus.«

»Ach!« Bedauern schwang in Fannys Stimme. »Kann ich dir nicht helfen? Lässt es sich wirklich nicht mehr gutmachen?«

»Gutmachen?« Luise schüttelte den Kopf.

»Nein. Ich will auch nicht, dass Helmuts wegen – ein Wunder geschieht. Ich denke nur an mich, an meine Lage, an mein Unglück –«

»Das heilt die Zeit. Du arme Kleine, denk nicht zu viel daran.

Es tut nur doppelt weh. Und du wirst sehen, in vier Wochen siehst du die Welt wieder rosig, und Helmut verblasst immer mehr in deiner Erinnerung.«

»Ja, er verblasst immer mehr«, sagte Luise.

Sie blickte auf ihre Hände. »Aber ich bekomme ein Kind von ihm.«

»Luise!«

»Bist du erschrocken, Fanny? Nein, nein, es soll dir nicht so nahe gehen. Du musst ja dein eigenes Leben leben. Und ich das meine.«

»Ich kenne Helmut nicht«, sagte Fanny verstört. »Doch ich möchte ihm ins Gesicht schreien, dass er ein Schuft ist –«

»O nein, beleidige ihn nicht. Er weiß – es – ja nicht.«

»Er weiß es nicht? Das – das ist großartig, Luise. Hör mich an: Wenn du zu ihm gehst und ihm sagst, was geschehen ist, wird er dir gern wieder die Hand reichen. Ihr werdet euch versöhnen, ihr werdet glücklich sein, werdet heiraten.«

»Ich kann nicht zu ihm gehen.«

»Hat er dich so sehr gekränkt?«

»Lass mir doch mein bisschen Stolz, Fanny. Lass es mir. Es ist zwecklos, mit ihm zu sprechen. Sicher würde diese Botschaft auf ihn Eindruck machen. Aber es wäre ja doch nur ein Theater – eine Komödie, die man Anständigkeit nennt. Und ich brauche kein Mitleid von ihm, ich weiß, dass wir beide dadurch unglücklich sein würden.«

»Wenn ich nur wüsste, warum ihr gestritten habt. Vielleicht ist alles nur eine Dummheit, ein Missverständnis.«

»Wir haben nicht gestritten – und es ist kein Missverständnis. Wir haben uns einfach getrennt und ich ahnte damals nicht, wie es um mich steht. Als ich aus dem Haus trat, würde mir übel. Ich verlor das Bewusstsein. Und ein paar Tage später ging ich zum

Arzt, ohne euch etwas zu sagen. Es gibt keinen Irrtum – ich bin schwanger.«

»Mein kleines Schwesterchen! Ich glaube, ihr seid euch beide nicht über eure Gefühle im Klaren gewesen. Du – liebst ihn. Und er wird sich nach dir sehnen. Warum willst du deinen Stolz nicht ein wenig beugen und Helmut die Wahrheit sagen?«

»Ich habe mit ihm nichts zu sprechen. Wir kennen uns nicht mehr.«

»Aber jetzt, unter diesen Voraussetzungen?«

»Erst recht nicht. Soll ich wie eine Bittstellerin an seine Tür klopfen? Und wieder gehen, deine krampfhaft freundlichen Worte im Ohr?«

»Ich glaube nicht, dass er viel sprechen wird. Wenn er dich jemals liebte, nimmt er dich in die Arme und – lässt dich nie mehr wieder los.«

»Ja, wenn er mich jemals liebte –«

»Du bist zu bitter, Luise. Und es tut mir leid, dass ich Helmut einen Schuft nannte. Er würde dir wahrscheinlich durch die halbe Welt nachlaufen, wenn er ahnte, wie hilfebedürftig du bist. Und er wäre glücklich, wenn er dich erreichte.« Fanny hatte mit zunehmender Erregung gesprochen. Im Tone ihrer Stimme schwang fester Glaube und Überzeugungskraft. Luise empfand plötzlich, dass die Schwester einen Entschluss gefasst habe, selbst wenn keine Andeutung gefallen war. Sie schloss die Augen, und der bittere Zug in ihren Mundwinkeln vertiefte sich, als sie sagte: »Ich bitte dich, Fanny, unternimm nichts.«

»Ich sehe es aber als meine Pflicht an, Helmut aufzusuchen und ihm zu sagen –«

»Nein, nein, nur das nicht! Er könnte jetzt gar nicht heiraten, auch wenn er wollte.«

»Man muss doch nicht reich sein, um –«

»Reich? Ihm fehlt ja das Notdürftigste. Er wohnt in einem kleinen Zimmer und kann sich mit Müh und Not selbst erhalten. Ach Gott, und sein Studium nimmt noch lange kein Ende.«

»Luise, kommt es denn so sehr darauf an, ob Helmut die Mittel zu einem geordneten Haushalt hat oder nicht? Es geht hier um mehr als um starre Pläne, um Geld oder andere wirtschaftliche Schwierigkeiten. Über allem steht doch das große Wunder der Liebe – und Mutterschaft.«

Luise hob den Kopf. Zweifel und Hoffnung sprachen aus der Geste ihrer Hand. »Das klingt sehr schön, Fanny«, sagte sie leise.

»Ist dieses Wunder es nicht wert, Armut, Sorgen und Entbehrungen starken Herzens auf sich zu nehmen? Glaub mir, Luise, dass ich alles, was mein ist, gerne mit dir teilen möchte, dass ich alles tun würde, um dir dein Los zu erleichtern, und dass ich mich selbst beschenkt fühlte, wenn du meine Hilfe nicht zurückwiesest.«

Ein verzehrendes, übermächtiges Gefühl ergriff von Luise Besitz. Sie fühlte sich untergehen in einer Welle von Wärme und Weh. »Wie gut du bist – wie großzügig und gütig! Ich komme mir neben dir ganz armselig vor.«

»Du wirst mir Helmuts Adresse sagen, nicht wahr?« Fanny sagte es eindringlich, beschwörend.

»Ich kann nicht –«

»So habe ich umsonst gesprochen?«

»Nein, ich danke dir für jedes deiner lieben Worte – aber helfen muss ich mir selbst.«

»Wes wirst du tun, Luise?«

»Nicht fragen, nur nicht fragen! Der Gedanke allein ist mir furchtbar, dass ich –«

Luise atmete schwer und wich dem forschenden Blick der Schwester aus. »Ach, Fanny, es gibt doch nur einen Weg für mich!«

Fanny ballte die Hände zu kleinen, festen Fäusten. »Du wirst dich also jemandem ausliefern – ja, erschrick nicht, ich habe deine Gedanken erraten –, der dir das Kind nimmt. Ein Arzt wird es nicht sein, und wer kommt dann noch in Betracht? Luise, sag, willst du wirklich zu Leuten hinabsteigen, die ein Verbrechen an der Natur begehen und ledigen Frauen für ihr unwürdiges Geschäft die letzten Ersparnisse abnehmen?«

»Margits Tante gehört nicht in diese Kategorie von Menschen. Und sie war früher Hebamme –«

»Wenn ich dich recht verstehe, willst du dich auf keinen Fall mit Helmut versöhnen und auch die Verantwortung für das Kind nicht übernehmen.«

»Ach Gott, als ob es auf das Wollen ankäme! Aber ich *kann* ja beides nicht. Ich kann einfach nicht.«

Fanny fühlte, wie sie die Macht über Luises schwankendes Wesen verlor. Die Fäden, die sie zuversichtlich in ihrer behutsamen Hand gehalten hatte, entglitten ihr, und die Schwester, die neben ihr saß, war plötzlich so fern und unerreichbar, dass Fanny Verzweiflung in sich aufsteigen fühlte.

Luise war befangen von den Grenzen der Sackgasse, in der sie aufgewachsen war, und nun, da sie eine Entscheidung, die sie in der Enge gefasst hatte, umstoßen sollte, bot sie ein Bild eisigen Starrsinns.

»Du bist ein armes kleines Mädchen«, sagte Fanny in die qualvolle Stille. Warum stößt du meine Hand zurück?«

Luise blickte sie verstört an. »Deine Fürsorge habe ich nicht verdient. Ich habe dir über meinen Zustand Bescheid gesagt, weil du der einzige Mensch bist, dem ich vertraue. Aber ich erwartete nicht, dass du mir eine für mich nicht gangbare Richtung weisen würdest. Vielleicht sollte ich darüber nachdenken –«

»Du wirst meinen Vorschlag erwägen?«, fragte Fanny und atmete erleichtert auf.

Ja. Ich habe noch ein wenig Zeit –«

Sie standen auf. Luise barg die trockenen Nelken, die die ganze Zeit über auf ihrem Schoß gelegen waren, in ihrer Handtasche und erwiderte Fannys aufmunterndes Lächeln mit einem scheuen Blick. Und während sie zwischen den Gräbern dem Friedhofstor zuschritten, dachten beide: Noch ein wenig Zeit – und was geschieht, wenn diese Frist vorüber ist?

*

Rupert stand in Friedas kleiner Küche. Die Gangtür war offen gewesen, wahrscheinlich der drückenden Schwüle des Abends wegen. Auf dem Herd stand eine verbeulte Teekanne, in einem mit fettigem Wasser gefüllten Kochtopf schwammen Zwiebelhäute, ein angebissener Apfel lag an der Tischkante. Rupert sah dies alles wie durch einen Schleier. Sein Gesicht war gerötet, das Blut pulste dröhnend durch seine Schläfen. Ich komme ja nur, um meine Schuld zu begleichen, beruhigte er sich. Nein, es gab keine anderen Motive für sein Kommen. Oder – er machte bei diesem Gedanken einen zögernden Schritt zu Friedas Zimmer hin – erwarte ich, dass sie mich einlädt, heute bei ihr zu bleiben?

Im nächsten Augenblick war ihm, als habe er einen Schlag gegen den Kopf bekommen. Eine Männerstimme klang hinter der Tür auf, die ihn von Frieda trennte. Eine Männerstimme – was sagte sie? Rupert hatte kein einziges Wort verstanden. Aber sie war barsch, abfällig, mit einem verächtlichen Unterton.

Das drängende Verlangen, zu bleiben und ungesehener Zeuge dieser Auseinandersetzung zu sein, war stärker als Ruperts zweites Ich, das zur Flucht drängte. Ängstlich bedacht, gegen keinen Stuhl zu stoßen, schlich Rupert näher zur Tür. Atemlos verharrte er vor dem Zimmer.

Plötzlich hörte er Frieda sagen: »Alles hat seine Grenzen. Und du hast falsch spekuliert, wenn du dachtest –«

»Ich sagte dir ja, dass ich dir das Kleid bringe. Wahrscheinlich auch den Rotfuchs. Du würdest gut aussehen damit.«

»Ich habe aber immer noch das Brennen und Stechen im Rücken. Manchmal glaube ich fast, ich kann nicht mehr atmen.«

»Du übertreibst wahrscheinlich«, meinte der Mann verstimmt. »Und du vergisst, dass du dir manchen Goldfisch entgehen lässt, wenn du auf deinem Standpunkt beharrst.«

Frieda lachte gezwungen. »Ein Kleid und ein schäbiger Rotfuchs – wo bleibt ein Hut, wo bleiben Schuhe, Strümpfe und Handschuhe? Soll ich mich wie eine Vogelscheuche auf die Straße stellen und zusehen, wie die anderen Geschäfte machen? Und überhaupt, mich ekelt vor etwas Neuem, mir graut vor den schönen Stadtvierteln.«

»Hier ist eben alles so bequem. Du brauchst dir nichts anzuziehen, kannst deiner Kundschaft mit einem zerdrückten Bett aufwarten. Und was du verdienst, ist ein Tropfen auf einen heißen Stein.«

»Weil du zu wenig Geld für Zigaretten und Wein bekommst, wie?«

»Viel ist es nicht.«

»Ich bleibe trotzdem hier. Mach, was du willst. Stell dich von mir aus auf den Kopf.«

»Du hast Allüren wie ein Filmstar. Ich möchte wissen, wer dich so beeinflusst. Hast du einen Liebling hier in der Gasse?«

»Ich hab nie einen Liebling gehabt!«

»Warum machst du mir dann einen Strich durch die Rechnung? Glaubst du, ich sehe länger zu, wie du –«

»Das hast du mir damals auch gesagt, als ich noch Schuhstepperin war: ›Glaubst du, ich sehe länger zu, wie du rundrückig wirst von der Arbeit?‹«

»Hatte ich nicht recht? Die fünfzig Oberteile wären im Lager ohnehin verschimmelt.«

»Die fünfzig Oberteile! Musst du mich daran erinnern?«

»Du selbst hast wieder in der Vergangenheit gebohrt. Im Übrigen tust du, als hätte ich dich zum Stehlen verleitet.«

»Nein?«, kam es schroff zurück.

»Alte Geschichten!«, erwiderte die Männerstimme.

»Ich habe sie nicht vergessen, Stefan. Und diesmal lasse ich mich von dir nicht beeinflussen, hörst du?«

»Willst du mir vielleicht drohen? Und womit?«

»Wenn du mich reizt, gebe ich die Wohnung auf und ziehe zu Emmi zurück.«

»Zu Emmi! Auf einmal hast du wieder eine Schwester. Ich verstehe –« Ein Sessel wurde gerückt. Rupert wich einen Schritt zurück und schätzte angstvoll den Abstand zwischen sich und der offenen Gangtür. Die Hände ineinander verkrampft, blieb er stehen, kaum fähig, das Gehörte zu einem klaren Bild zusammenzufassen.

»Lass mich los!«, schrie Frieda. Ihre Stimme überschlug sich. »Du brichst mir den Arm – du Feigling – du Ausbeuter –« Ein Schluchzen, drohendes Gemurmel des Mannes. Rupert war mit einem Satz bei der Türe, riss sie auf, hängte sich von hinten an den Hals des Fremden, würgte ihn in blindem Hass.

»Ich – ich werde Ihnen helfen – ich werde Ihnen –«

Plötzlich ließ die Kraft seiner Arme nach. Er fühlte sich zurückgestoßen, ein Faustschlag traf seine Nase, ein zweiter seine Wange. Schlag auf Schlag folgte, bis er in die Knie sank.

Als er aufblickte, war er mit Frieda allein. Das Mädchen kauerte neben ihm auf dem Boden und sah ihn mit fremden Augen an.

»Das hat sich ausgezahlt«, sagte sie rau. »Können Sie aufstehen?«

Er hob den Oberkörper und stützte sich mit den Armen auf. »Ja«, sagte er, das Blut von seinen Lippen leckend.

»Versuch es einmal«, rief Frieda freundlicher.

»Ja«, sagte er mechanisch. »Ist – ist er weggegangen?«

»Vor einer Weile. Hast du Schmerzen?«

»Nein. Ich bin nur ganz benommen. Gib mir Wasser!«

Sie sprang auf und lief in die Küche.

»Wie bist du denn hereingekommen?«, fragte sie, während sie Tee in eine Schale goss.

»Die Tür war offen, glaube ich. Und ich hörte dich schreien.«

»Nun, er hätte mich nicht umgebracht«, sagte sie, und als sie Rupert die Schale reichte, war ein unergründliches Lächeln um ihren Mund. »Aber ich danke dir, dass du für mich Partei ergriffen hast.«

»Es war also gar nichts Arges?«, stammelte er.

»Zumindest nichts Neues.« Sie befühlte seine Stirn. »Du wirst ein paar Beulen bekommen.«

Er ging mit zitternden Beinen zum Tisch. Dabei verschüttete er die Hälfte des Tees.

»So ein Zufall«, sagte er, als er sich gesetzt hatte. »Ich wollte dir nur die versprochenen Strümpfe und die Seife bringen.«

»Tja!« Sie zuckte die Schultern. »Lass dich in nächster Zeit nicht in dieser Gegend blicken. Stefan würde dir die Krawatte enger ziehen.«

Rupert griff sich unwillkürlich an den Hals.

»Eigentlich könnte ich jetzt gehen«, sagte er, ohne ihren Widerspruch zu erwarten. Er trank den Rest des Tees aus.

Frieda hielt ihm einen Spiegel vor. »Sieh dich an! Ich sollte dir vielleicht kalte Umschläge geben.«

Er betrachtete sein entstelltes Gesicht. Was er dabei empfand, war eher Genugtuung als Bedauern. »Ich habe noch nie mit jemandem gerauft –«

»Man hat es gemerkt«, sagte Frieda, den Spiegel wieder an die Wand hängend. »Du bist ein Anfänger.«

Er wandte sich nach ihr um und sah sie zerknirscht an. »Hoffentlich hast du keine weiteren Unannehmlichkeiten durch mich.«

»Hoffentlich«, entgegnete sie trocken. »Willst du noch Tee?«

»Nein, danke.« Umständlich zog er das Päckchen mit den Strümpfen und das Stück Seife aus seinen Taschen. »Hier – es ist natürlich nicht viel.«

Frieda schnupperte an der Seife wie eine Katze, die nicht hungrig ist. »Ganz gut!«, sagte sie. »Und die Strümpfe – sind etwas zu gelb. Wahrscheinlich waren sie in der Auslage.«

»Der Verkäufer hat sie aus einer Lade genommen.«

Rupert stand auf, sah an sich herab.

»Ein bisschen zerknittert –« Frieda lachte. »Dabei ist noch heller Tag!«

Rupert blickte resigniert zum Fenster und versuchte dann, seinen Anzug mit der Hand zu glätten.

»Kannst du mir etwas Geld borgen?«, fragte Frieda.

Er griff in die Tasche. »Ja, wenn ich, wenn ich –«

»Hast du nichts bei dir? Nun, es macht nichts.« Sie seufzte.

Rupert ergriff ihre Hand. »Auf Wiedersehen –«

»Ja, auf Wiedersehen. Aber nicht zu bald, du weißt, Stefan –«

Er nickte und wandte sich zur Tür. Ein dumpfer Schmerz erfüllte seinen Kopf, doch in seiner Brust war etwas, das mehr wehtat als sein misshandeltes Gesicht.

Auf der Straße kam er sich wie ein verirrtes Schaf vor. Er wusste nicht, welche Richtung er einschlagen sollte. Nach Hause? Nein! Irgendwohin, nur nicht nach Hause. Zu Schwalb vielleicht – ich bin ihm noch einen Besuch schuldig. Aber er wird über mein Aussehen erstaunt sein. Gut, ich sage ihm eben, ein Betrunkener hätte mich überfallen.

Er ging rasch die Straße hinunter, ab und zu seine Nase befühlend. Das Bewusstsein, dass er an Frieda ritterlich gehandelt hatte, befriedigte ihn. Er verwarf den Gedanken, seine Hilfe sei unnötig gewesen. Sicher hätte der Mann, dessen Gesicht er nicht einmal kannte, das Mädchen zu Boden gerungen, hätte es geschlagen und ihm eine Zustimmung zu seinem Plan erpresst. Frieda hatte wohl aus anderen Gründen sein Eingreifen bagatellisiert, sie wollte ihm nicht zeigen, dass sie schwach und dem brutalen Mann ausgeliefert war. Ein Zuhälter, dachte Rupert. Wer kann so ein Verhältnis begreifen –

Er begann zu laufen, ließ die Arme frei schwingen, sprang locker über die Randsteine, rannte fast gegen eine Gaslaterne und empfand eine unklare Freude darüber, dass er Schwalb in wenigen Minuten mit seinem Besuch überraschen werde. Als er das Haus des Alten erreichte, war seine Spannkraft erschöpft. Mit hängenden Schultern stand er vor der Gartentür.

Erst nach dem zweiten Klingelzeichen wurde die Haustür geöffnet und Schwalb kam, verwundert mit dem Kopfe wackelnd, auf Rupert zu. Er streckte ihm beide Hände entgegen und bat ihn in seiner lauten Art, ohne Umschweife einzutreten.

»Ich hätte Sie beinahe nicht erkannt, junger Freund –«

»Das ist kein Wunder«, entgegnete Rupert verlegen. »Ich wurde –« Nein, er konnte nicht lügen. »Ich werde Ihnen erzählen, was mir passiert ist«, sagte er. »Vor allem muss ich mich entschuldigen, dass ich damals –«

»Ach so, ja, ich habe ziemlich lange auf Sie gewartet. Aber kommen Sie nur. Sicher hat Sie etwas Wichtigeres in Anspruch genommen.«

Rupert atmete auf. »Danke, Sie sind sehr gütig.«

Schwalb schob ihn ins Arbeitszimmer und drückte ihn auf einen bequemen Stuhl. Er selbst nahm auf einem Ledersessel

Platz. »Ich habe gerade meine Socken gestopft«, sagte er, auf ein überladenes Nähkörbchen weisend. »Nun erzählen Sie mir einmal, was Sie immer treiben!«

Rupert machte eine unbeholfene Geste. »Ich arbeite jetzt an aktuellen Zwiegesprächen für eine Zeitung.«

»Fein!« Schwalb ließ die Rechte auf seine Knie niedersausen. »Für welche Zeitung schreiben Sie?«

»Für welche?«, echote Rupert. Sein Gesicht verdüsterte sich. »Ich weiß es nicht – noch nicht.«

»Sie werden schon einen Abnehmer finden«, meinte Schwalb begütigend. Als Rupert zur Seite blickte, musterte der Greis besorgt das kalte, müde, durch die Faustschläge entstellte Profil des jungen Mannes. »Jeder Mensch hat Sorgen. Seien Sie nicht traurig. Auch ich bin ein Pechvogel – ich habe gestern Wilma zertreten!«

Schwalb hatte den Kopf gesenkt und blickte in komisch wirkendem Ernst auf Rupert, wie ein Kind, das einen bösen Streich beichtet. »Sie saß in der Küche neben einem Tischbein und knabberte an einem Sonnenblumenkern. Ich habe sie nicht gesehen – und ich trage leider auch zu Hause genagelte Schuhe.«

Einen Augenblick kam Rupert die vor Gram zitternde Stimme des Alten lächerlich vor. Doch als er in Schwalbs helle Augen blickte, rieselte ein Gefühl warmen Verständnisses durch seine Glieder. Er setzte sich bequemer, stützte den Kopf in die Hand und senkte wohlig ermattet die Lider. »Bei Ihnen ist ein Friede, den ich sonst überall vermisse«, sagte er halblaut in die Stille.

Der Greis nahm einen Briefbeschwerer vom Tisch und betrachtete ihn so intensiv, als sähe er ihn zum ersten Mal. »Mein Haus ist eine Insel«, bemerkte er gedehnt. »Und ich bin eben – eine Art Inselmensch. Das ist unvermeidlich.« Er lachte. »Glauben Sie mir, ich bin so weit, dass es mich eher belustigt als schmerzt, wenn sich irgendeiner über meine Kleidung oder über meine Gewohnheiten mokiert. Selten wird sich jemand in seiner Haut so wohl fühlen wie ich. Nennen Sie mich einen komischen Alten, einen ungehörten Pionier, nennen Sie mich meinetwegen einen Narren. Das macht mir nichts.«

»So etwas würde mir niemals einfallen«, warf Rupert bestürzt ein. »Sie haben mich missverstanden.«

»Aber mein Lieber! Ich weiß, ich weiß! Wäre ich arm und müsste meinen Hut aufhalten oder die Ämter wegen einer Rente ablaufen, oder gar Verwandte um finanzielle Hilfe bitten, dann würde mich meine Schrullenhaftigkeit stören, weil sie mir ein Hindernis wäre. Aber ich bin unabhängig und frei und belästige nur ab und zu einen Menschen mit meinen Ideen, wie zum Beispiel Sie! Bei der Wahl dieser Menschen gehe ich allerdings mit sehr kritischen Augen zu Werke. Ich muss ihnen ansehen, dass sie Takt besitzen – und nicht gewöhnlich, nicht schablonisiert sind.«

»O Gott«, sagte Rupert mit leichtem Lächeln. »Haben Sie auf den ersten Blick erkannt, dass ich ein – ein Sonderling bin?«

»Das nicht. Überhaupt Sonderling – dazu hätten Sie noch Zeit. Aber ich fühle, Sie sind ein Suchender, einer, der nicht ganz glücklich ist.« Rupert erwiderte nichts. Er berührte mit dem Zeigefinger seine Schläfe.

»Sie wollten mir doch erzählen, wer Sie so zugerichtet hat«, erinnerte ihn Schwalb.

»Ja, das wollte ich. Zuerst hatte ich vor, Sie zu belügen. Ein Betrunkener habe mich überfallen, doch es war anders.«

Rupert neigte sich weiter nach vor und berichtete mit einer Leichtigkeit und Wärme, die ihm sonst fremd war, von der Erkenntnis seiner Schwäche, von der Sehnsucht, gesund zu werden, von seinen täglichen Versuchen, durch strenges Einhalten der Turnübungen seinem Körper Kräfte zu geben. Das Erlebnis in der Kegelgasse stellte er gleichfalls ohne Umschreibungen dar, und Schwalb unterbrach ihn kein einziges Mal.

»Ich weiß«, schloss Rupert, »dass ich die Anlage habe, aus den Geleisen des Normalen zu gleiten. Und ich weiß leider auch, dass mir niemals eine so verklärte, über dem Unschönen stehende Warte wie die Ihre beschieden sein wird. Ich kann kein innerlich zufriedener und irgendwie unantastbarer Außenseiter werden. Nur ein Narr, ein Narr, der Unverständliches an die Wände malt und sich die Zähne an Eisenstangen ausbeißt.«

»Von dieser Vorstellung müssen Sie sich frei machen!« Schwalb stand erregt auf und ging im Zimmer auf und ab. »Ich bin überzeugt, dass es Ihnen gelänge, wenn Sie an eine Wendung zum Guten glaubten. Auch der – körperliche Mangel, von dem Sie mir erzählten, ist heilbar. Die gymnastischen Übungen können Sie fortsetzen, sollen sich aber nicht daran klammern. Es dürfte Sie zum Beispiel nicht deprimieren, wenn die Turnstunde einmal entfiele –«

»Natürlich nicht!« Rupert schob das Kinn vor und blickte starr vor sich hin. »Natürlich nicht«, wiederholte er ohne Überzeugung.

Schwalb spürte, dass sein Gast abwesend war und sich selbstquälerisch in eine melancholische Stimmung versetzt hatte.

Wie aus weiter Ferne kam seine Stimme wieder an Ruperts Ohr. »Nun müssen wir etwas essen, mein Freund. Nein, wehren Sie nicht ab. Es macht mir Freude, Sie zu bewirten, und ich esse abends immer sehr zeitig.«

Allein geblieben, lehnte sich Rupert in den Stuhl zurück und betrachtete die Gegenstände, die auf dem Schreibtisch lagen. Es waren Dinge, an denen Erinnerungen haften mochten, Dinge, die stumme, seltsame Gespräche führten, verschiedene Gesichter hatten und doch eine trauliche, innerlich abgestimmte Familie bildeten. Und während er die Harmonie des ganzen Zimmers dankbar in sich aufnahm, verspürte er Lust, Marias letzten Brief zum – vielleicht zehnten Male zu lesen. »Maria!« Ruperts tiefe Sehnsucht, all sein Leid, sein Wille, an einem Menschen zu genesen, und tausend namenlose Selbstqualen bebten in seiner Stimme, als er diesen Namen flüsterte. Was wäre mit mir, wenn ich nicht wüsste, dass es diese Frau gibt und dass diese Frau, die nach Reinheit duftet, zu mir hält, an mich glaubt, mich immer wieder durch ihre Briefe stärken wird –

Als Schwalb, ein beladenes Tablett tragend, ins Zimmer kam, blieb er überrascht stehen. Rupert saß völlig verändert auf dem Stuhl und sah ins Leere, als sei sein Blick von einer lichten Vision gebannt.

»Ich habe Sie lange warten lassen«, rief der Alte munter und rollte einen kleinen Serviertisch heran. »Sehen Sie – davon lebe ich und das erhält mich gesund und frisch. Greifen Sie nur lustig zu. Wenn ich Ihnen raten darf: zuerst einen Apfel. Dann Brot und Nüsse. Und zum Schluss den köstlichen Mischsalat, den ich mit Zitrone und etwas Zucker würze. Für später habe ich Kräutertee und süße Kugeln aus Haferflocken vorbereitet. Eine prächtige Mahlzeit, nicht wahr?«

»Sie helfen mir sehr«, stammelte Rupert. »Ich bin ja so unbeschreiblich hilflos. Und bei Ihnen ist alles selbstverständlich, es gibt nichts Unklares, nichts Falsches. Mit welcher Zufriedenheit können Sie sich über Ihr Nachtmahl freuen, wie konsequent stehen Sie zu Ihren Vorsätzen und zu Ihrer Eigenart. Ich brächte das niemals fertig. Es klingt lächerlich, aber ich habe dauernd Furcht vor der Meinung der Nächsten, vor Spott und Missachtung, vor einem einfachen Wort, das im Dunkel lauern könnte. Haben Sie nie die Qual der Unsicherheit gespürt? Mir hemmen Minderwertigkeitskomplexe und Wahnvorstellungen jeden Schritt, zirkeln jede meiner Bewegungen ab, stehlen den meisten Worten, die ich ausspreche, den echten Klang und beengen mich von allen Seiten wie Zäune, hinter denen ich nichts, nichts als Unheil und Trostlosigkeit vermute. Das Schrecklichste aber ist, dass sich mir diese Begriffe zu menschlichen Gestalten formen, die durch jede Ritze spähen und mir Hohn sprechen. Es sind die Überlegenen, die Sicheren, die Wissenden, jene, die immer ein jämmerliches Opfer brauchen, an dem sie ihre eigene Stärke messen können.«

»Junger Freund, ich sage Ihnen jetzt etwas sehr Hartes. Sie leiden unter einem Verfolgungswahn. Wer greift Sie denn an? Sagen Sie mir einen, der Ihnen ernstlich nahetritt. Ich glaube, kein Mensch tut Ihnen vorsätzlich weh. Der Krankheitsherd ist in Ihnen selbst. Ihr *Wille* allein kann Sie heilen. Und Sie haben die Möglichkeit, frei und ungezwungen zu sein, selbst in der Hand. Das ist doch ein erhebendes Gefühl, nicht wahr? Ihre Qualen sind eingebildete. Niemand ist Ihr Feind, niemand beobachtet Sie. Ihre Krankheit ist in Wirklichkeit gar keine Krankheit. Sie brauchen keinen Arzt, weil Ihnen nichts fehlt als der Sprung über eine Kluft, die Sie sich eingeredet haben. Es ist ein Kinderspiel für Sie, mein Lieber, darüber hinwegzukommen. Es gibt so viel Elend auf der Welt – Kinder gehen an Unterernährung zugrunde, in zahllosen Anstalten liegen Unheilbare mit schwärenden Wunden, in Fetzen gehüllte Menschenwracks schlafen unter Brücken und graben bei Tag in Abfallkörben nach etwas Essbarem. Und Sie? Tragen Sie nicht einen guten Rock und geputzte Schuhe? Haben Sie Hunger? Haben Sie nicht Ihre Glieder, Ihr Augenlicht, Ihre Jugend? Mit welcher Begeisterung würde ich an Ihrer Stelle dem Leben die Stirn bieten, der Sonne entgegenlachen! Jeden Schritt sollten Sie auskosten und jeden Atemzug genießen! Und *Sie* reden sich ein, schwach, benachteiligt und arm zu sein? Wenn Sie mein Sohn wären, würde ich Sie durchbläuen und Ihnen zeigen, dass kein Mensch Sie durch die Lupe mustert, und wenn, zu Unrecht.

Ich rate Ihnen gut – reißen Sie sich los von Ihrer fixen Idee. Schwermut und unaufhörliche, negative Autosuggestion sind Elemente, die Körper und Geist zermürben. Ach Gott: Warum degradieren Sie sich zum Regenwurm, wenn Sie ein Mensch sind? Aber Sie sind ja kein Mensch, sondern ein schwerfälliges Nashorn, ein Dickhäuter, ein –« Schwalb hielt erschöpft inne. Ruperts verdutztes Gesicht reizte ihn zum Lachen. Er hustete eine halbgekaute Nuss aus dem Mund, rang nach Luft und bearbeitete mit beiden Fäusten seine Schenkel. Sein Heiterkeitsausbruch prallte an Rupert ab. Allmählich erholte er sich, zwinkerte dem jungen Manne listig zu und biss herzhaft in eine Schnitte schwarzen Brotes.

»Ich muss Ihren Vortrag erst verdauen«, sagte Rupert.

»Verdauen Sie, verdauen Sie in Ruhe, mein lieber Freund. Wahrscheinlich hatte vor mir niemand den Mut, Sie mit Pfeffer zu füttern. Nun, es war gut gemeint, ich hoffe, Sie haben mich richtig verstanden. Auf dem Heimweg werden Sie sicher jeder Laterne sagen, dass ich ein Scheusal bin. Aber ich hoffe, Sie werden morgen mit einem Lächeln erwachen und den ersten Sonnenstrahl wie einen Glücksboten umarmen. Ja, eine Wandlung vollzieht sich oft über Nacht. Bei mir war es ähnlich. Am Abend – das ist viele Jahre her – aß ich noch dampfende Blutwürste, und am Morgen war ich fest entschlossen, kein Aas mehr anzurühren. Und ich blieb meinem Vorsatz treu. Versuchen Sie diese Methode, auf Ihren Fall übertragen. Sagen Sie in der Frühe zu sich: Guten Morgen, ich sehe, du hast gut geschlafen, du bist fröhlich und willst es bleiben. Und ich sehe, du bist ein anderer, du glaubst an das Schöne im Leben, glaubst an deine eigene Kraft, bekennst dich zu allem Positiven.

Ich möchte Sie nach einer solchen Zwiesprache gern beobachten. Sie wären vergnügt und könnten es kaum erwarten, auf die

Straße zu laufen oder eine Aufgabe zu lösen, die Ihnen bisher zu schwer erschien. Wirklich, würden Sie zu sich selber sagen, ich fühle mich wunderbar. Fast scheint es mir, ich hätte keinen Schatten. Die Sonne strahlt durch meine Knochen wie durch Glas und jede Faser meines Körpers lebt, strebt aufwärts, vorwärts! So macht man das. Suggestion gegen Suggestion! Phantasie gegen Phantasie! Ich wette, Sie finden an der neuen Richtung mehr Gefallen als an der alten, abgegriffenen, die Sie zur Hölle wünschen, und doch immer wieder am bequemsten finden. Ein Wickelkind muss warten, bis die Mutter es aus den Leinenbinden befreit. Es kann nur die Nase rümpfen und die Finger bewegen. Ach, ist das eine Freude, wenn es strampelt und wie ein Hahn kräht. Spüren Sie Ihren Vorteil? Sie müssen nicht warten, bis Sie ausgewickelt werden, Sie können strampeln, wann Sie Lust dazu haben. Ist es nicht eine Sünde, dass Sie es unterlassen und schlaff wie ein alter Dudelsack liegen bleiben?

So können Sie nicht weiter vegetieren. Raffen Sie sich auf und seufzen Sie nicht so trostlos.«

»Mir ist, als hätte ich Wein getrunken«, stotterte Rupert.

»Wein ist ein rotes Tuch für mich. Ich habe mehrere junge Leute, die dem Suff ergeben waren, zu Abstinenzlern gemacht.«

»Ich bin kein Trinker, den man entwöhnen könnte.«

»Halten Sie sich für so hartnäckig?«, fragte Schwalb gereizt.

Rupert nickte und bewegte lautlos die Lippen. Er hätte ein Wort der Entschuldigung sagen wollen und fand keines. Plötzlich stand er auf und murmelte: »Ich habe Sie lange aufgehalten. Darf ich mich verabschieden?«

»Sind Sie beleidigt?«

»Nein, nur etwas müde.«

»Gut, ich lasse Sie gehen. Doch Sie müssen mir versprechen, nächsten Sonntag mit mir einen Ausflug zu machen. Ich führe

Sie in eine prächtige Kräutergegend. Vergessen Sie nicht, einen kleinen Rucksack mitzunehmen. Vielleicht stöbern wir Pilze auf. Oh, ich weiß schon, was Ihnen fehlt. Frische Luft, Sonne, Sonne und wieder Sonne. Sie müssen die Vögel im Wald singen hören und alle Kräfte der Erde spüren, mein lieber Freund. Die Natur ist ein Allheilmittel.«

»Wenn ich Sie so sprechen höre –« Rupert zögerte. Seine langen, nervösen Finger griffen in die Luft, als wollten sie einem Gedanken Form geben. »– dann glaube ich wieder ein wenig an das Leben.«

»Ein wenig? Nun, es ist doch ein Anfang. Ich begleite Sie noch ein Stück. Ein kleiner Spaziergang am Abend ist eine köstliche Entspannung.«

Sie traten auf die Straße. Schwalb klemmte seinen Spazierstock unter den Arm und gab sich genießerisch einem jugendlichen Trab hin. »Atmen Sie tief ein«, riet er Rupert.

»Saugen Sie sich mit Luft voll. Das Hemd soll Ihnen dabei zu eng werden. Ich mache es ebenso. Und ich freue mich, dass ich noch nicht in der Leichenhalle liege, mit einem Nummerntäfelchen an der großen Zehe.«

»Ich bitte Sie«, rief Rupert aus. »Lassen Sie sich vielleicht freiwillig sezieren?«

»Warum nicht? Ist es nicht gleichgültig, ob man mit oder ohne Eingeweide in den Sarg gelegt wird? Ich habe mich längst dem Anatomischen Institut verschrieben. Mein Körper ist nicht uninteressant. Er ist weise genährt und weder von Nikotin noch von Alkohol vergiftet. Die Studenten sollen an meiner unverdorbenen Leber Freude haben. Was sagt ihr, werden sie rufen, dieser Mann war neunzig – oder mehr – Jahre alt. Hat er nicht einen Magen wie ein Jüngling? Wenn ich dann noch reden könnte, würde ich den jungen Leuten ein paar Ratschläge geben.« Er lachte. Sein

Gesicht strahlte vor Vergnügen. Anscheinend verband er mit dem Gedanken an den Tod nichts Schmerzliches. Sein Spazierstock sauste durch die Luft. Jeder Schritt des Alten zeugte von Unternehmungslust und Lebensbejahung.

Rupert ging gesenkten Kopfes neben ihm.

»Woran denken Sie? An morgen?«

Die Schultern zuckend, entgegnete Rupert: »Ich könnte es nicht genau sagen. Es ist – aber – ich muss jetzt rechts hinuntergehen.«

»Schön.« Schwalb blieb stehen und streckte Rupert seine knochige, feste Hand hin. »Besuchen Sie mich noch vor Sonntag. Gute Nacht – wirklich gute Nacht. In der Nacht wachsen unsere Komplexe in den Himmel. Eine gefährliche Tageszeit. Man muss ihr gewappnet entgegentreten.«

Rupert tauchte im Schatten einer Seitenstraße unter und wiederholte Schwalbs eindringliche Worte: »In der Nacht wachsen unsere Komplexe in den Himmel! Jetzt weiß ich auch, dass er alle meine Qualen kennt. Alle –«

*

»Wir haben längst gegessen. Warum kommst du so spät, sag, wie siehst du denn aus? Um Himmels willen, du bist ja ganz entstellt!«, rief Tante Paula, als Rupert die Küche betrat.

»Frag mich nicht. Das ist meine Sache«, entgegnete er mürrisch.

»Wir haben längst gegessen«, murmelte Frau Hamm nochmals und musterte ihren Neffen mit unverhohlener Neugier.

Fanny und Luise waren im Zimmer. Sie sprachen gedämpft und erregt miteinander.

»Ist die Mutter nicht hier?«, fragte Rupert.

»Frau Toifl hat sie geholt. Angeblich musste sie ihr etwas Wichtiges sagen. Ich hätte auch gern gewusst, worum es sich handelt.«

Rupert nahm sein Besteck aus der Tischlade, widerwillig auf Frau Hamms langweilige Reden hörend. »Ja, ja«, sagte er zerstreut. »Warum habt ihr mir so viel Kartoffeln übrig gelassen?«

»Du musst nicht alle essen. Sie sind ein wenig versalzen. Nimm dir ein Glas Milch dazu. Übrigens hätte ich mit deiner Mutter gern einmal ein ernstes Wort gesprochen.«

»So?«

»Wegen der Kästen und Schränke. Seit ich bei euch wohne, hat sie kein einziges Mal ordentlich gelüftet. Ich ziehe jeden Abend, bevor ich schlafen gehe, alle Laden heraus und lasse sie eine halbe Stunde offen.«

»*Darüber* wolltest du mit Mutter heute reden?«

»Natürlich. Gute Ratschläge soll man nicht zu lange hinausschieben. Und es ist wichtig, die Kästen täglich zu lüften. Das gehört zur Ordnung. In meinem Zimmer hat es nie muffig riechende Schränke gegeben.«

Rupert aß und schaute Paula aus zusammengekniffenen Augen an. »So etwas habe ich noch nie gehört, Tante.«

»Siehst du, siehst du«, sagte sie mit bedeutungsvollem Kopfnicken. »Man lernt nicht aus. Und ich werde mit deiner Mutter noch heute über das Lüften der Kästen reden. Ich bin seit mehr als zehn Jahren dieser Gewohnheit treu geblieben.«

»Eine lange Zeit«, meinte Rupert.

»Nicht wahr?« Ihre Züge erhellten sich, und sie lächelte selbstgefällig. »Wie schmeckt dir die Milch, Rupert?«

»Sie ist schon etwas sauer.« Er stand auf und holte unter dem Geschirrkasten seine Hausschuhe hervor. Mit einem Seufzer der Erleichterung zog er sie an und ging ins Zimmer.

Die Schwestern saßen auf seinem Bett. Fanny hatte den Arm um Luises Schultern gelegt und sprach eindringlich auf die Jüngere ein. Als Rupert grüßte, lächelte ihm Fanny abwesend zu. Er fühlte etwas Fremdes zwischen sich und den Schwestern, und das durch sein Eintreten entstandene Schweigen lastete drückend auf ihm. Luise wich offenbar seinem Blick aus. Ihr Gesicht lag im Dunkel. Er stand eine Weile unschlüssig.

»Geheimnisse?«

»O Pertie, lass uns doch –«

»Ich komme ungelegen«, sagte er bitter und ging wieder in die Küche hinaus.

Allein geblieben, schmiegten sich die Schwestern enger aneinander.

»Bleib zu Hause«, bat Fanny. »Ich spüre eine Gefahr, ich habe Angst um dich, Luise. Vor wenigen Tagen hatte ich das Empfinden, bis an dein Herz vorgedrungen zu sein – Luise, meine Worte an Vaters Grab waren ein williges Versprechen. Kannst du denn so schnell vergessen?«

»Warum habe ich dich nur eingeweiht! Jetzt wird mir alles doppelt schwer. Du überwachst mich, lässt mich keinen Schritt allein machen!«

»Warum versuchst du auch, dich mir zu entziehen? Ich bin nicht nur deine Schwester – ich bin deine Freundin. Und du bist im Begriffe, etwas Widernatürliches zu tun.«

Luise schwieg. In ihr fochten zwei Kräfte einen erbitterten Kampf aus. Was Fanny sagte, stand da wie ein sicherer Hort, wie eine Burg, die mit dem Verstande nicht zu zerstören war und stark und groß in die Zukunft blickte. Doch die gefühlsmäßige Ablehnung Luises verschleierte sie, ließ sie unwirklich, als ein zu sehr idealisiertes Bauwerk erscheinen.

»Für mich gibt es nichts Unabänderliches«, sagte Luise hart. »Man kann mir nichts herlegen und sagen: Das muss so bleiben, daran gibt es nichts zu rütteln. Ein Kind ohne Vater? Nein, nein. Willst *du* das verantworten?«

»Ich werde dir helfen, dich stützen! Wenn du dich nicht stark genug fühlst, das Kind zu erziehen, nehme ich es zu mir.«

»Bis du selbst eines hast. Und dann? O Gott, wie schön habe ich mir meine Zukunft ausgemalt –«

Fanny richtete sich auf. »Was wir uns erträumen, Luise, erfüllt sich oft noch später, wenn auch in etwas anderer Form. Du bist doch so jung, hast du keinen Glauben mehr?«

»Ich glaube an den Gott, von dem man uns in der Schule erzählt hat. Es ist der *liebe* Gott. Er wird mit mir aber wenig Freude haben, und ich fühle, dass er mir nicht zuhört, wenn ich bete. Er hat mich fallen lassen. Ich bin ihm zu schlecht. Durch ihn finde ich nicht den Ausweg. Und woran glaube ich noch? An meine Selbstständigkeit – das ist das Einzige, woran ich wirklich glauben *muss*.«

»Du ziehst dich so sehr in dich zurück, dass ich –«

»– dass du den Mut verlierst! Aber es ist ganz sonderbar: Ich habe ihn nicht verloren. Und ich nehme den Kampf mit meinem Schicksal auf.«

»Vielleicht solltest du *anders* kämpfen? Was du vorhast, ist gefährlich.«

Ein kleiner, hochmütiger Funke glühte in Luises Augen auf. Sie zog die Knie zur Brust. »Was kann gefährlicher sein, als nichts, überhaupt nichts zu tun?«

»Du willst zu Margit gehen. Ihre Tante war Hebamme. Das genügt mir, um zu wissen, wie nahe du dich am Rande eines Abgrundes bewegst.«

»Wir gehen immer im Kreis, Fanny. Bleiben wir doch auf dem geraden Weg. Frau Dreiser war schon zweimal bei Margits Tante. Sonst hätte sie schon vier, und bald sogar fünf Kinder. Du siehst an diesem Beispiel, dass es keine schwerwiegende Angelegenheit ist, auf Mutterfreuden zu verzichten. Überlege doch – was sollte aus meinem Kinde werden?

Ich müsste Geld verdienen, und euch fiele die Last zu. Soll ich einen Menschen in die Welt setzen, dem schon bei der Geburt auf der Stirn abzulesen ist, dass er nichts anderes werden kann als ungelernter Hilfsarbeiter?«

»Sei nicht so bitter, Luise.«

»Wenn es ein Mädchen wird, könnte es Laufmädchen werden. Ein schönes Los. Ich kenne es.«

»Aber *du* bist doch –«

»Das ist ein Irrtum. Wie konntest du glauben, ich sei Verkäuferin? Das war ich wenige Wochen. Dann hat man mich dorthin gestellt, wo ich hingehöre. Mittags muss ich den Verkäuferinnen und Lehrmädchen das Essen bringen und das schmutzige Geschirr weggetragen. Von allen Seiten höre ich Tag um Tag das ungeduldige Geschrei: ›Luise, gib uns doch endlich Wasser!‹ – ›Luise, wo bleibt mein Besteck?‹ Abends bin ich auch immer die Letzte. Wann eigentlich nicht? Ich muss im Heizraum ganze Berge verstaubter Vasen und Services waschen und in den Verkaufshallen zerknüllte Papierfetzen aufheben, wenn die Kunden fort sind. Und wenn ich endlich meinen Rücken geraderichten darf, habe ich meistens nur Zeit zum Essen. Dann«, Luises Stimme zitterte, »stehe ich bis halb neun Uhr Modell – das ist noch ärger als die Demütigungen zwischen acht Uhr früh und sechs Uhr abends.«

»Das ist ein schlechter Scherz.«

»Leider nicht. Wo wäre ich immer so lange am Abend? Meinst du, ich säße dauernd im Kino oder fände Zeit, mich zu amüsieren?«

Fanny schwieg. Sie fühlte sich plötzlich müde und abgespannt. Seit einer Stunde wartet Artur auf mich, dachte sie. Aber ich darf Luise jetzt nicht allein lassen. Vielleicht gibt sie bis morgen ihren unseligen Plan auf. Sie vergrub das Gesicht in beide Hände.

»Ich weiß, du willst mir helfen«, sagte Luise sanfter. »Wenn du nur einsehen könntest, dass alles zwecklos ist.«

»Aber du hast Helmut geliebt, du liebst ihn heute noch«, rief Fanny verzweifelt. »Und jemanden lieben heißt, der ganzen Welt ein festliches Kleid anziehen. Begreif mich doch, Luise! Hör auf mich und denk nicht an die Leute, die ledige Mütter scheel ansehen.«

»Ach, die Leute. Habe ich eigentlich einen Augenblick an sie gedacht? Du irrst dich. Die Umwelt ist mir gleichgültig. Sie interessiert mich so wenig, wie – wie Helmut mich heute interessiert. Sicher, es stimmt, dass ich verliebt war. Ach, verliebt! Grenzenlos geliebt habe ich ihn. Das weiß ich jetzt erst, weil ich innerlich so furchtbar leer bin.«

Fanny atmete auf. »Sag mir seine Adresse, verrate mir wenigstens seinen vollen Namen. Ich finde ihn. Und ihr werdet glücklich sein. Stell dir vor – eine kleine, trauliche Wohnung –«

»Du träumst ein romantisches Märchen«, sagte Luise mit schweren Lippen. »Selbst wenn Helmut mich noch liebte, selbst wenn ich glaubte, dass mein Herz auch heute noch ihm gehört, könnte ich nicht zu ihm zurückkehren. Denn der bedrückende Gedanke, das Kind habe ihn wieder an meine Seite geführt, das Kind sei ein Band, nein, eine Fessel zwischen ihm und mir, und das Kind habe ihm die Heirat zur Pflicht gemacht – würde unserer Ehe das Schönste nehmen. Denn ohne das Kind wäre Helmut seine eigenen Wege gegangen – ohne mich.«

Fanny spürte ein Würgen im Halse. Mit leiser, vor Erregung heiserer Stimme sagte sie: »Lass mich doch einen Versuch machen. Nicht *du* würdest zu ihm gehen, sondern ich. Und ich würde eine Basis der Verständigung finden, die eurem Glück nicht schadet.« Sie brach in Tränen aus. Allzu lichte Bilder waren ihr vorgeschwebt. Der goldene Glanz süßer Vorstellungen erstarb in ihrem Herzen, doch ihr Blick weilte noch jenseits der düsteren Zimmerwände.

Luises Hand zuckte, als wollte sie Fannys Haar streicheln. Aber sie unterdrückte die zärtliche Regung, stand auf und ging zur Türe. »Ich muss hart bleiben, Fanny. Halte mich nicht von meinem Vorhaben ab. Jeder Mensch muss sich sein Schicksal selbst formen.« Der letzte Rest von Wärme erstarb in ihrer Stimme. »Und ich kann einfach noch nicht darauf verzichten, *frei* zu sein. Siebzehn – und Mutter! Noch dazu eine einsame Mutter. Ich bin nicht heroisch genug. Verzeih mir!«

Eine Tür fiel zu. Geistesabwesend blickte Fanny auf die Uhr. Ihr war, als sei sie von allem getrennt, was Glück heißt, auch von Artur. Einen Augenblick lang glaubte sie, sie habe ihn verloren. »Umsonst!« Mit einer Bitterkeit, die ihr sonst völlig fremd war, flüsterte sie dieses Wort vor sich hin.

*

Als es läutete, richtete sie sich wie erwachend auf. Ein Lächeln, dessen sie sich in ihrer Verwirrung nicht bewusst wurde, zitterte auf ihren Lippen. »Sie kommt zurück, sie hat Margit nicht getroffen –« Kurz atmend stand sie auf, und impulsiv die Hände faltend, flüsterte sie: »Mein Gott, ich danke dir, ich danke dir!«

»Es ist ein bisschen spät«, sagte Paula Hamm und nestelte an ihrem Haarknoten. »Vielleicht ist Fanny zu Bett gegangen. Manchmal legt sie sich schon um acht Uhr nieder.«

»Sie wird doch nicht krank sein?« Artur stand auf dem Fußabstreifer, zurückhaltend, trotz seiner Unruhe gefasst. Er bot einen seltsamen Kontrast zu Tante Paula. Seine dezente Eleganz, die unbetonte Kultur seiner Persönlichkeit standen wie ein Fremdkörper im Rahmen des hässlichen Stiegenhauses.

»Es wäre mir sehr lieb, wenn ich sie einen Augenblick sprechen könnte.«

Tante Paula richtete ihre Stimme gegen die Zimmertüre: »Fanny, komm heraus, ein Herr ist da. Liegst du im Bett?«

Fanny öffnete die Türe. »Artur! Oh, Artur!« Frau Hamm war nur noch ein Schemen, auch die zerknüllten Kleider an der Vorzimmerwand und die trüb brennende Deckenlampe versanken in einem jähen Freudentaumel. Fanny vergaß, ihren Besuch der demütig wartenden Tante vorzustellen. »Bitte, komm weiter! Ich bin ja so glücklich, dass du gekommen bist.«

Sie traten ins Zimmer. »Ich konnte nicht weggehen«, sagte Fanny. »Ach, bitte, erspare, mir eine Erklärung. Vielleicht kann ich dir später einmal alles sagen. Es betrifft nicht mich –«

»Sag nichts, wenn es dir schwerfällt, Liebes. Du freust dich, dass ich hier bin – mehr will ich nicht wissen.«

Er streckte die Arme aus und umfasste liebevoll ihr Gesicht. »Fanny, ich hatte solche Sehnsucht nach dir. Manchmal glaube ich fast, ich sei krank. Kann denn ein Mensch so viel Glück ertragen, dich sein Eigen zu nennen? Tausend Zweifel steigen oft in mir auf. Heute, als du nicht kamst, hatte ich schon die ärgsten Vermutungen. Du ahnst ja nicht, wie ich mich fürchte, dich einmal zu verlieren.«

»Das solltest du nicht sagen. Es schmerzt mich zu sehr. Hast du denn kein Vertrauen zu mir?« Fannys Worte klangen wie eine zarte, einschmeichelnde Melodie an sein Ohr. »Fühlst du denn nicht, dass du mir alles bist, alles, was ich ersehnen könnte: Liebe, Glaube, Zukunft, Geborgenheit. Nein, du darfst nicht zweifeln an mir – und – wenn du willst, können wir schon früher heiraten, als geplant war.«

»Verzeih mir, Fanny, ich bin manchmal törichter als ein Gymnasiast.«

Ein seltsamer Zauber erfüllte das Zimmer. Die Lampe schien heller, feierlicher zu strahlen. Mund an Mund gelobten sich Fanny und Artur ihre Liebe. Voll Innigkeit waren die kleinen, leise gesprochenen Worte, die sie zwischen heißen Zärtlichkeiten tauschten. Und sie hörten nicht, dass die Gangtüre aufgesperrt wurde und die Mutter eintrat.

Frau Kleist stand sprachlos im Türrahmen, die Hände in die Hüften gestützt.

»Was bedeutet das?«, fragte sie endlich in ihrer ernüchternden Art.

Fanny errötete und versuchte, ihre Haare in Ordnung zu bringen. »Mutter, ich habe Besuch. Das ist Artur –«

»Schade, dass ich Sie nicht früher schon hier begrüßen konnte. Meine Tochter hat so oft von Ihnen gesprochen.«

»Verzeihen Sie die späte Stunde«, bat Artur. »Ich war in Sorge um Fanny und wollte mich nur überzeugen, ob meine Befürchtungen unnötig seien. Auch ist der Besuch, den ich Ihnen lang schon schulde, nun besonders dringend geworden. Fanny und ich heiraten in einer Woche.«

»In einer Woche!« Frau Kleist war überrascht. Ihr fahles Gesicht zeigte plötzlich einen Schimmer von Röte. »Das geht sehr rasch bei euch, Kinder«, murmelte sie. Man konnte ihr ansehen, dass sie sich freute und dennoch einen längeren Brautstand begrüßt hätte.

»Setzen Sie sich doch, Herr Kalander!« Die Mutter schien sich auf etwas zu besinnen, wandte sich Fanny zu und sagte in verändertem Ton: »Wo ist Luise? Frau Toifl hat mir schöne Sachen von ihr erzählt.«

Peinlich berührt, wechselten die Jungen einen zweifelnden Blick.

»Soll ich gehen?«, fragte Artur leise.

»Ich ziehe mir schnell Schuhe an und gehe mit dir.«

»Es ist unglaublich«, ereiferte sich die Mutter. »Frau Toifl weiß von Frau Anderweit, dass Luise mit Margit in einer Zeichenschule Modell steht. Hältst du so etwas für möglich? Es kann doch nur ein dummes Gerede sein.«

»Das glaube ich auch«, entgegnete Family, bemüht, die angeschnittene Frage zu bagatellisieren.

»Ist Luise in der Küche?«

»Nein. Nur Rupert und Tante. Luise ist vor einigen Minuten weggegangen. Aber du brauchst dir über das, was Frau Toifl sagte, keine Gedanken machen.«

»Wenn du so zu Luise hältst, wirst du wohl Gründe haben. Wahrscheinlich weißt du doch etwas –«

»Aber Mutter.«

Frau Kleist ging grußlos aus dem Zimmer.

»Sie ist manchmal sehr nervös«, sagte Fanny leise.

»Ich verstehe das. Sei ihr nicht böse. Du sollst nicht bitter an sie zurückdenken, wenn du meine Frau bist. Sie muss viel Leid erlitten haben und ist hart geworden. Ich bedaure nur, dass unser erstes Gespräch so unliebsam unterbrochen wurde.«

Fanny legte ihre Hände auf seine Schultern. »Du willst wirklich – in einer Woche schon?«

»Ist es dir zu früh?«, fragte er, Besorgnis in der Stimme.

»Nein, nein. Nur mein Brautkleid –«

Artur lachte befreit auf. »Ihr Frauen seid doch sonderbare Geschöpfe. Das Brautkleid! Aber sei beruhigt, ich war inzwischen auch bei der Schneiderin. Sie hat mir versprochen –«

»Das ist ja wunderbar«, unterbrach ihn Fanny. Dann fügte sie zweifelnd hinzu: »Und die Trauzeugen? Werden sie Zeit haben?«

»Willy kommt auf jeden Fall – und statt Hans könnte ich –«

»Wen meinst du?«

»Es könnte dich verletzen, Fanny. Ich werde vielleicht meinen Vetter bitten.«

»Warum zögerst du, Peter zu nennen? Du hast zuerst an ihn gedacht, nicht wahr?«

»Ehrlich gesagt, ja! Aber es kommt mir doch etwas komisch vor. Mein Vetter wird dir sicher willkommener sein. Er ist zwar sehr blasiert und steif, wird wie ein Hahn einherstolzieren und die Stimmung abkühlen, doch –«

»Nein, Artur, ich weiß, du magst Robert nicht. Was mich betrifft, ich habe gegen Peter nichts einzuwenden. Wenn du willst, gehe ich morgen zu ihm und bitte ihn selbst.«

»Das würdest du wirklich tun?«

»Gerne, natürlich. Und jetzt werde ich Rupert hereinholen. Er kommt ganz bestimmt nicht von selbst.«

Bevor Fanny das Zimmer verließ, sagte sie, den Jubel in ihrer Stimme nur schwer bezähmend: »Ich bin wie neugeboren. Oh, das Leben ist traumhaft schön. Früher, bevor ich dich kannte, war ich blind und habe es nicht gesehen.«

Rupert war indessen von der Mutter über Fannys Besuch unterrichtet worden. Er folgte seiner Schwester lächelnd ins Zimmer. »Herr Kalander«, rief er ehrlich erfreut aus. »Sind Sie es wirklich?«

»Rupert!«, sagte Artur warm. »So darf ich dich doch nennen? In einer Woche sind wir verschwägert und duzen uns ohnehin. Bin ich nicht ein Glückspilz? Ach, jetzt sehe ich erst –« Er blickte besorgt in Ruperts verschwollenes Gesicht.

»Ein kleiner Zwischenfall auf der Straße«, stotterte Rupert. »Es ist nicht wichtig!« Er wandte sich seiner Schwester zu: »Du siehst heute strahlend aus, Fanny.«

Fanny lief auf ihn zu. »Deine Komplimente sind schon durch ihre Seltenheit kostbar. Ich danke dir dafür, Pertie. Tut dir das nicht weh?« Sie fuhr mit dem Finger vorsichtig über Stirn und Nase des Bruders.

»Ja, ja«, seufzte Rupert errötend.

»Schön, dass wir uns so gut verstehen, Kinder!« Artur setzte sich rittlings auf einen Stuhl und blinzelte den Geschwistern zufrieden zu.

»Man bekommt fast Heimweh, wenn man euch beide –« Rupert unterbrach sich und betrachtete seine Hausschuhe, tiefe Falten auf der Stirn ziehend. »Ich habe meinen Weg immer noch nicht gefunden.«

»Aber, Rupert! Du tust, als ob du ein Greis wärst und beim Ofen sitzen müsstest. Eines Tages wirst du ebenso glücklich sein wie wir.«

»Hoffentlich«, sagte Rupert. Er dachte an Maria und schämte sich, dass er sich trotz ihrer aufrichtigen, freundschaftlichen Gefühle einsam vorkam. Als Fanny ihre Handtasche nahm, murmelte er: »Ihr geht noch fort? Ja, es ist wirklich schön heute. Die Sterne leuchten heller als sonst –«

Artur stand auf und ergriff Ruperts Hand. »Ist deine Mutter böse? Ich hätte gerne noch mit ihr gesprochen.«

»Nein – du hast ihr anscheinend sehr gefallen. Doch sie nimmt gerade ein Fußbad. Wenn ihr ein paar Minuten warten könntet?«

»Es muss ja nicht heute sein, nicht wahr, Artur?« Um Fannys Mund war ein so flehender Zug, dass Artur ohne Überlegung zustimmte.

»Nehmt euch meine Taschenlampe mit, im Stiegenhause wird kein Licht mehr sein.« Rupert öffnete eine Schublade und zog aus einem Chaos verschiedenartigster Gegenstände die Lampe hervor. »Morgen muss ich den Schrank in Ordnung bringen«, entschuldigte er sich kaum hörbar.

»Dann wären wir also so weit«, meinte Artur, Fannys Arm nehmend. »Und du überarbeite dich nicht, Rupert. Das heißt natürlich nicht, dass du die ›Parallele‹ total vernachlässigen darfst. Schicke mir doch wieder ein paar Sachen.«

»Gern, gern, Artur. Ach Gott, hört euch das an.« Rupert wies mit dem Daumen nach der Küche. »Tante Paula hält einen Vortrag. Mir graut, an der Versammlung da draußen teilzunehmen.«

»Schließ dich uns an. Wir gehen zum Brunnenpark hinunter.«

»Mein lieber Artur –« Rupert schüttelte in gemachter Verzweiflung den Kopf. »Denkst du, ich möchte euch den Rest des Abends verderben? Und außerdem – ich bin müde.«

Seine Gedanken formulierten die Ablehnung anders. Ich brenne darauf, allein zu sein. Ich will turnen, ins Bett gehen und grenzenlos tief schlafen. Morgen versuche ich zum ersten Mal Schwalbs Methode. Wenn ein Dritter davon wüsste, hielte er mich wohl für verrückt. Doch ich muss alles tun, um meiner fixen Ideen Herr zu werden.

Er lauschte auf die verhallenden Schritte im Stiegenhaus. Dann lehnte er sich aus dem Fenster und blickte Artur und Fanny nach. Sie gingen eng aneinandergeschmiegt, schwach von den Laternen beleuchtet. An der Ecke blieben sie stehen und küssten sich. Rupert fühlte, wie die Erkenntnis seiner Verlassenheit ihn zu übermannen drohte. Rasch zog er sich zurück und lief in die Küche.

»Artur bat mich, euch gute Nacht zu wünschen.«

»Er hätte hereinkommen sollen«, bemerkte die Mutter. Paula Hamm nickte zustimmend hinter einem Zeitungsblatt.

Rupert musste warten, bis die Waschschüssel frei wurde. Sein abgespanntes Gesicht zeigte Spuren innerer Erregung. Er trommelte unbewusst mit den Fingern auf den Tisch.

»Du machst mich nervös«, sagte Frau Hamm und glättete mit einer majestätischen Geste die Zeitung. »Ich lese eben etwas so Aufregendes. Es gibt furchtbare Menschen.«

»Leider!«, sagte Rupert lakonisch.

»Ein Schlosser hat seine Frau erdrosselt.«

»Der Beruf ist dabei weniger wichtig.«

Tante Paula machte große Augen. »Wieso? Ist es nicht etwas ganz anderes, ob ein Schlosser oder ein Filmschauspieler seine Frau erdrosselt?«

»Mord ist Mord. Und du bist jedenfalls auf Einzelheiten erpicht. Sicher würdest du gern einer Hinrichtung beiwohnen.«

»Gott bewahre mich vor einem so schrecklichen Schauspiel. Ich kann kein Blut sehen.«

»Aber du liest gern darüber. Glaubst du, ich weiß nicht, dass dein erster Blick immer der Gerichtssaalspalte gilt?«

»Wie lange soll ich das mitanhören, Rupert?« Frau Kleist zog einen Fuß aus dem Wasser und trocknete ihn sorgfältig ab. »Wenn du schlecht gelaunt bist, geh in dein Bett!«

»Mir fehlt gar nichts, nur Ruhe, Ruhe, Ruhe!« Er schrie es laut und ließ sich auf einen Sessel fallen. »Die Wohnung ist mir zu klein, zu eng, zu überfüllt. Eine einzige Waschschüssel für fünf Personen – zwei Kaffeeschalen mit und drei ohne Henkel –«

Frau Kleist wechselte mit ihrer Schwester einen verständnislosen Blick.

»Ja, es ist schwer«, sagte sie endlich stockend, »aber du solltest nicht immer gleich so gereizt sein. Siehst du nicht ein, dass wir alle dasselbe Los tragen?«

»Ich sehe es ein.«

»Dann ist alles gut!« Die Mutter legte mit spitzen Fingern die Seife auf den Tisch. »Und jetzt geh schlafen, du siehst schrecklich blass aus. Warum willst du uns nicht sagen, wer dich so zugerichtet hat?«

Für Rupert war es gut, dass Luise kam. Die Aufmerksamkeit der Frauen wandte sich ihr sprungartig zu. Beide wollten einen nützlichen Tadel anbringen, aber der Anblick des Mädchens ließ sie sofort verstummen.

»Guten Abend!«, sagte Luise tonlos. Sie sah leidend aus.

»Was fehlt dir?« Frau Hamm erhob sich schneller als gewöhnlich und zog ihre Nichte in den Lichtkreis der Lampe. »Hast du geweint?«

»Nur eine Stimmung«, entgegnete Luise und blickte trüb über die Unordnung auf dem Tisch.

Oft hatte es den Anschein, als ob Frau Kleist durch die Jahre ihres freudlosen, arbeitsreichen Lebens für tiefere Gefühle unempfänglich geworden sei und sich gegen weiche Empfindungen verhartet habe. Sentimentalität war ihr fremd, und doch schlummerten in dieser früh gealterten, verbrauchten Frau unter der Schlacke der Verdrossenheit und Härte alle reinen Regungen der Mutter. Die leiseste Schwäche oder Wehmut ihrer Kinder konnte sie bis zu Tränen erschüttern. Ruperts Ausbruch hatte sie weich gestimmt und Luises heute so fremdes Gesicht löste eine quälende Traurigkeit in ihr aus. Frau Toifls Behauptung, Luise stünde in einer Zeichenschule Modell, war plötzlich verblasst und nebensächlich.

»Kann ich dir nicht helfen, Luischen? Komm her zu mir – sag mir doch, was dir fehlt!«, sagte die Mutter mit zitternder Stimme und streckte beide Arme nach ihrer Tochter aus.

Luise ging langsam auf sie zu. »Ich habe Zahnschmerzen. Sonst ist es wirklich nichts.« Ihre Lippen waren kalt und hart, und der Ausdruck ihres Gesichtes ließ sich nicht deuten. Es mochte Hohn oder versteckten Triumph ausdrücken.

Sich aus der Umarmung der Mutter lösend, sagte sie leichthin: »Denkt euch, ich kann mich sogar über etwas freuen – Herr Maudrich schickt fünf Verkäuferinnen für ein paar Tage in sein Landhaus. Ich darf mitfahren, weil ich die Jüngste bin.«

»Eine Erholung wird dir nicht schaden«, sagte Tante Paula.

Die Mutter fragte: »Ist das bald? Hoffentlich nicht früher als in einer Woche. Fanny heiratet in acht Tagen.«

»In acht Tagen?«, wiederholte Luise bestürzt. Sie schien sich zu besinnen. »Das ist eine Überraschung. Ich – möchte die Hochzeit nicht versäumen.« Sie wandte sich ab.

»Wir sind auch ganz gerührt und wie vor den Kopf geschlagen, »aber du wirst doch nicht weinen, Luise?«

»Nein, Mutter. Ich freue mich so, dass Fanny glücklich ist. Und ich kann ihren Festtag miterleben – der Autobus geht erst in neun Tagen.«

»So ein Zufall«, meinte Paula Hamm kopfschüttelnd.

»Schlimmstenfalls hättest du eben den Urlaub verschieben müssen. Fanny wäre gekränkt gewesen, wenn du –«

»Ich hätte den Urlaub nicht verschoben«, warf Luise scharf ein.

»Ist das dein Ernst?« Paula Hamm riss verwundert die Augen auf.

Luise trat vor den Spiegel und begann sich in lässiger Haltung zu kämmen.

»Warum gibst du keine Antwort?« Die Mutter stellte sich neben sie und starrte sie kampflustig an.

Da traf sie ein so schmerzlicher, unverstellter Blick aus Luises Augen, dass sie ein unbeschreibliches Weh befiel. Sie nahm den Kopf ihrer Jüngsten impulsiv in ihre rauen Hände und zog ihn an ihre schwer atmende Brust.

Luise ließ es geschehen, und in diesem Augenblick bedauerte sie, die Mutter nicht ins Vertrauen gezogen zu haben. Wenn alles vorüber ist, werde ich ihr sagen, wie es um mich stand, dachte sie.

Ihre Stimme klang kindlich, als sie flüsterte: »Verzeih mir, dass ich so heftig war. Selbstverständlich würde ich um keinen Preis die Hochzeit versäumen.«

»Was sagte sie?«, fragte Tante Paula mit trockenen Lippen.

»O nichts, nichts!«, wehrte die Mutter ab. »Sie wird jetzt schlafen geben.« Und sie küsste Luise zart auf Stirn, Mund und Wangen.

*

Rupert musste länger als eine Stunde warten, bis er allein in der Küche war. Nachdem Frau Hamm die Tür hinter sich geschlossen hatte, stand er vorsichtig auf, entkleidete sich und schlüpfte in sein Nachthemd. Dann kauerte er sich auf die Wäschebank und lauschte. Er hörte Tante Paula gähnen und das Bett unter ihren unruhigen Bewegungen knarren.

Blass bis in die Lippen stand er auf, machte die erste Kniebeuge und horchte wieder auf die Geräusche im anschließenden Schlafraum. Plötzlich war ihm, als schlürften Pantoffel auf die Küchentüre zu. Den Atem anhaltend, blickte er feindlich auf die schwarze Klinke. Er bildete sich ein, sie müsse sich jeden Augenblick senken. Die Vorstellung, dass Frau Hamm wieder herauskommen könnte, um ihre immer wache Neugier zu befriedigen, ließ ihn erstarren. Lang ausgestreckt stand er neben dem Tisch. Seine Nasenflügel vibrierten vor Nervosität. Die Mutter und Luise waren sicher schon eingeschlafen. Doch – Fanny war noch nicht zu Hause. Die Möglichkeit, sich ins Vorzimmer zurückzuziehen, war ihm dadurch genommen. Er biss sich in einer Aufwallung von Zorn in den Daumen. Kann ich niemals allein und ungestört sein, schallte eine laute Stimme in ihm. Hass flammte aus seinen Augen. Mit schleppenden Schritten ging er zum Spiegel und warf sich einen verächtlichen Blick zu. Es dürfte Sie nicht deprimieren, wenn die Turnstunde einmal entfiele – ja, so sagte Schwalb. Aber glaubte er selbst an seine Worte? Und wenn auch: *ich* glaube nicht daran.

Draußen wurde ein Schlüssel angesteckt. Rupert zuckte zusammen, doch gleichzeitig hob ein erleichternder Atemzug seine Brust. Seine Geduld würde nun, da auch Fanny heimgekommen war, nicht mehr lange beansprucht werden.

Ein kurzes, quiekendes Geräusch – die Vorzimmertür ging auf, und Fanny lächelte Rupert zu.

»Du bist immer noch wach?«, flüsterte die Schwester. Ihre Lippen waren gerötet, ein warmer Glanz strahlte aus ihren Augen.

Rupert nickte.

»Schlaf gut«, sagte sie weich. »Ich gehe gleich ins Zimmer. Kommst du bald nach?«

»Ja.«

Sie hob die Hand und winkte ihm. Ihrer Fröhlichkeit zuliebe rang er sich ein Lächeln ab.

Als er sich allein sah, bewegten sich seine Füße wie im Traum wieder zum Spiegel. Seine Züge hatten sich etwas gelöst. Er zog die Brauen hoch, senkte den Kopf und fixierte sich von unten herauf mit einem Gefühl von Abneigung und Ekel. Er wusste, dass sein Benehmen dem eines Narren glich, doch die Gefahr des Spieles, das er mit seiner Vernunft trieb, versetzte ihn in prickelnde Erregung. Es befriedigte ihn, dass er es wagte, das Feuer zu schüren, zum Aufflammen zu reizen, und es, wie er sich einbildete, zu beherrschen, seinem Willen unterworfen zu wissen. Er zeigte seiner verzerrten Fratze die Zunge, zog den Mund breit, zerraufte sich mit eckigen Bewegungen die Haare. So würde ich aussehen, wenn mein Verstand mich verließe. Aber ich halte ihn – und morgen fängt ein neues Leben an. Guten Morgen, Rupert Kleist, ich sehe, du bist ein anderer geworden. Warst es wirklich du, der gestern noch ein furchtgepeitschtes Bündel Mensch darstellte? Wenn ja, ist ein Wunder geschehen – durch *deinen* Willen! Nun kannst du dich auf deinen Lorbeeren ausruhen, kannst dich im Licht deiner eigenen Stärke sonnen!

Rupert straffte sich, kehrte der Tür, die zu Tante Paulas Schlafraum führte, ungestüm den Rücken und schritt in die Mitte der Küche. Ich bereite dir eine kleine Enttäuschung, dachte er triumphierend. Du wirst keinen Laut mehr in der Küche hören. Ich ziehe mich ins Vorzimmer zurück.

Er schaltete das Licht ab und suchte im Dunkeln die Klinke. Dann trat er leise in den Vorraum, schloss die Tür hinter sich und schlüpfte aus den Pantoffeln. Ein knarrendes Geräusch aus dem Zimmer irritierte ihn, er streckte abwehrend beide Arme aus. Die Gewissheit, dass Fanny noch wach lag, überfiel ihn aus dem Hinterhalt wie ein heimtückischer Feind. Er zog sich lautlos zur Gangtüre zurück, tastete mit zitternden Fingern nach dem Riegel und trat auf den stacheligen, mit harten Schmutzkrusten bedeckten Fußabstreifer hinaus. Erregt lauschte er in die Finsternis des Stiegenhauses. Es war still und kühl. Etwas Traumhaftes, Unwirkliches umgab Rupert. Er lehnte die Türe zu und ballte die Fäuste. Eins – zwei – wie ein Zählwerk aus Metall folgte sein Herzschlag dem Rhythmus der Glieder. Er ließ die Arme vorschnellen, streckte sich lang aus, knickte mit voller Wucht zusammen und berührte mit den Handflächen den Boden. Schneller, verbissener wurden seine Bewegungen, das Blut durchpulste ihn wie ein heißer Strom, aber es war ihm, als fließe es aus seinen Adern, irgendwohin, in eine namenlose Weite.

Die Dunkelheit war tröstlich und gut. Rupert empfand wilde Freude darüber, dass er endlich allein war, und seine anfängliche Furcht vor dem Ungewöhnlichen verlor sich in einer blinden Ekstase. Nach einigen Minuten wagte er, sich bis zum Stiegengeländer vorzutasten. Er stützte sich krampfhaft darauf und schwang abwechselnd die Beine, bis ihn die Muskeln schmerzten. Doch er wollte seine Erschöpfung nicht zugeben. Ein irres Lächeln um den offenen Mund, beugte er sich immer wieder zu Boden, riss sich empor, ließ die seitlich ausgestreckten Arme in fieberhafter Eile kreisen und stieß die Fäuste ins Dunkel, als wolle er etwas Furchtbares, das ihn bedrängte, in einen gnadenlosen Abgrund werfen.

Plötzlich umflutete ihn Licht. Ihm erschien es wie ein Feuerschein, ein Feuerschein, der ihn vernichten musste. Mit weit geöffneten Augen starrte er in die Helle, sprachlos, keiner Bewegung fähig. Ein schmerzliches Röcheln drang aus seiner Kehle.

»Was ist geschehen?«, wollte er rufen. Doch eine fremde Gewalt hielt ihm den Mund zu, etwas Unsichtbares hatte sich auf ihn gestürzt und würgte seinen Hals.

»O Gott!«, schrie jemand.

Vor Ruperts Augen begann die offene Tür, aus der ihn das grausame Licht angesprungen hatte, einen unbarmherzigen Reigen zu tanzen. In ihm drehten sich zwei Gestalten, zwei schwarze Silhouetten – eine Frau und ein Mann.

»Nein!« Seine Stimme gellte laut auf dem Gang. »Nein!« Er schlug mit beiden Fäusten gegen seine Schläfen, presste die Augen zu, zog beide Schultern zum Gesicht empor. Instinktiv suchte er sich zu verstecken. Mit einem Sprung erreichte er die Treppe und flüchtete in den Halbstock. Hier gab es Schatten und rettende Winkel, hier war sein Gesicht verborgen.

An die Mauer gelehnt, starrte er zu Frau Anderweits offener Tür hinunter. Ein metallisches Klirren schreckte ihn aus seiner Erstarrung. Die Frau hatte ihren Schlüsselbund fallen lassen und der Mann neben ihr bückte sich grinsend danach. Dann zog er die Tür zu, sodass nur noch ein scharfer Lichtpfeil auf die klapprigen Fliesen fiel, knipste seine Taschenlampe an und sagte: »Nun, warum zittern Sie so, Frau Anderweit? Es ist Ihnen ja nichts passiert. Wenn wir noch eine Weile warten, versäume ich die Straßenbahn –«

Rupert hörte noch ein Flüstern, leiser werdende Schritte, die sich tief unter ihm verloren wie in einem Brunnenschacht. Wie erwachend blickte er um sich. Es war dunkel, so dunkel, dass er glaubte, erblindet zu sein. Seine Finger glitten schwach über das feuchte Leinen seines Nachthemdes hinab. »Das Ende!«, sagte er mit fremder Stimme. Steif ging er zur Wohnungstür hinunter und trat ein.

*

»Rupert wollte heute um halb neun bei einem Redakteur sein. Wir müssen ihn wecken!«, sagte Fanny am Morgen.

»Lass mich das machen!« Luise stand hastig auf und stellte die Kaffeemühle auf die Anrichte.

Fanny ergriff ihre Hand. »Vorher sag mir noch, was gestern war.«

»Ach ja! Ich habe nichts ausgerichtet. Margit war immer noch nicht bei ihrer Tante – ich muss warten. Außerdem fahre ich einen Tag nach deiner Hochzeit in Maudrichs Landhaus. Wenn ich zurückkomme, wird Margit hoffentlich mit ihrer Tante über mich gesprochen haben.«

Sie entzog der Schwester sanft ihre Finger und lächelte.

Fanny sah sie forschend an. »Es ist gut«, sagte sie leise.

Luise ging ins Zimmer. »Rupert, du musst aufstehen!«

Er antwortete nicht.

»Höchste Zeit für dich«, sagte sie etwas energischer.

Der Bruder blieb reglos liegen. Seine Hände bewegten sich unstet auf der Decke hin und her.

»Schläfst du noch?« Die Schwester beugte sich über ihn. Er öffnete die Augen und blickte sie wie aus weiter Ferne an.

Sie zog ihn am Ohrläppchen. »Du bist ein schrecklicher Faulpelz. Soll ich dir Wasser über den Kopf schütten?«

Seine Pupillen weiteten sich, als wollten sie alles, was vor ihnen lag, mit einem Male in sich aufnehmen. Dann ließ er die Lider fallen und kehrte sich ächzend zur Wand.

»Ich glaube, er hat Fieber«, sagte Luise in der Küche. Kopfschüttelnd zog sie ihre Strümpfe an. »Sein Gesicht ist wie Käse. Und unter den Augen hat er rote Flecken!«

Auch Fanny versuchte, ihn zum Aufstehen zu bewegen. Sie setzte sich auf die Kante seines Bettes und streichelte seine Schulter.

»Ist dir schlecht, Rupert?«

Er schwieg. Es war, als habe er nichts gehört.

»Ich bitte dich, was hast du?«

Der Bruder stieß mit der Hand nach ihr, ohne sich umzuwenden. »Lass mich, geh, ich ertrage deine Stimme nicht!«

Von jähem Schluchzen geschüttelt, verkrampfte er sich in die Kissen, schlug mit den Beinen aus, bäumte sich auf und schrie: »Es muss finster sein!«

Inzwischen kam die Mutter vom Kaufmann zurück. Fanny lief ihr entgegen. »Ich fürchte, Rupert ist ernstlich erkrankt!«

Frau Kleist stellte erschrocken die Einkaufstasche nieder, schob Fanny zur Seite und eilte an Ruperts Bett.

»Was ist denn, Pertie, Fanny sagte mir –« Sie deckte ihn bis zu den Hüften ab und drehte sein Gesicht gewaltsam zu sich.

»Warum sagst du uns nichts? Hast du Schmerzen?«

Er verzog den Mund. »Gib dir keine Mühe!«

»Habe ich dich gestern gekränkt?«

»Lass mich«, bat er schwach, ohne die Augen zu öffnen.

»Ist etwas geschehen, Pertie? Kannst du es mir nicht sagen? Ich will alles verstehen, jeden Leichtsinn, jede Dummheit – nur sprich, lass mich nicht im Dunkeln tappen.«

Sein Gesicht war glatt und unbewegt, dann zuckten seine Brauen jäh empor, der Kiefer verschob sich, die Lippen glitten zurück und ließen die Zähne frei. Es sah aus, als entstellte eine unsichtbare Hand seine Züge.

»O mein liebes Kind«, flüsterte die Mutter. »Soll ich einen Arzt holen?«

Rupert antwortete nicht.

Frau Kleist schmiegte ihr Gesicht in seine schlaff auf der Decke liegende Hand. »Hab doch Mitleid mit mir«, flehte sie mit tränenerstickter Stimme. »Erkläre mir dein Verhalten. Diese Ungewissheit zermürbt mich.«

»Lass mich allein«, entgegnete er matt.

Die Mutter stand schwerfällig auf. »Ich bringe dir das Frühstück.«

»Ich kann nichts essen.«

»Aber ein wenig Birnenkompott –«

»Nein!«, schrie er, packte die Decke und zog sie sich mit einem hölzernen Ruck über den Kopf. –

An diesem und auch am folgenden Tage nahm er keine Nahrung zu sich, gab keine Antwort auf Fragen, und starrte, wenn er nicht schlief, mit glanzlosen Augen zur Decke empor.

Paula Hamm und die Mutter saßen abwechselnd an seinem Bett und versuchten ihn zu trösten. Frau Anderweit hatte nicht geschwiegen. »Ich machte die Tür auf und sah Herrn Kleist im Nachthemd beim Stiegengeländer stehen. Was er tat, konnte ich nicht begreifen. Er schlug wild mit den Armen um sich. Als er mich und meinen Bekannten sah, schaute er uns wie Gespenster an. Ich habe nie vorher ein so schreckliches Gesicht gesehen. Kein Mensch kann mir übelnehmen, dass ich dachte, Herr Kleist habe den Verstand verloren. O Gott, das kann ja heilbar sein. Ich hatte einen entfernten Verwandten, der auch zeitweilig verrückt war. Er ist im Nachthemd sogar auf die Straße gerannt und mehrmals auf Laternen geklettert.«

Es gab niemanden im Hause, dem Frau Anderweit ihr nächtliches Erlebnis nicht erzählt hatte. Und bald wussten die Leute des Nachbarhauses, der Kaufmann, die Trafikantin und der Wirt an der Ecke Bescheid über den Zwischenfall. Niemand richtete eine Frage an Frau Kleist, doch die forschenden, bedeutungsvollen Blicke, die sie trafen, sagten ihr genug. Sie ging gebeugter und eiliger, als sonst und dankte kaum hörbar, wenn man sie grüßte. Tante Paula hörte auf, unnötige Reden zu halten. Wenngleich sie von Ruperts Zusammenbruch weniger berührt wurde als die Mutter, hatte sie doch das Gefühl, helfen und in der herrschenden Verwirrung klaren Kopf behalten zu müssen, und zeigte sich von einer neuen Seite. Sie verrichtete schweigend Arbeiten im Haushalt, die ihr früher nicht zugefallen waren, sorgte dafür, dass Frau Kleist nach dem Mittagessen eine Stunde schlief, und setzte ihren Ehrgeiz darein, auch ihre Nichten zu verwöhnen. Mit Rupert verfuhr sie weniger liebevoll als seine Mutter. Sie blieb ihm gegenüber sachlich, ruhig, unsentimental wie eine Krankenschwester, und sie war es auch, die einen Arzt ins Haus brachte.

Luise und Fanny hatte die Wahrheit über ihren Bruder tief berührt – doch beide standen selbst vor einer Wende, vor ungewöhnlichen Ereignissen. Außer einem Gefühl großen Staunens und Mitleids war nichts von den Empfindungen der Mutter in ihren Herzen. Luise war von einer Lüge beschwert und sehnte den Tag herbei, der sie ihrer Last entledigen würde, und Fanny konnte sich dem Bann ihres Glückes, der Freude über ihre baldige Hochzeit nicht entziehen. Rupert schien in einer anderen Welt zu leben. Er lag apathisch in seinem Bett, nichts anderes als den Tod herbeisehnend. Der Gedanke, dass die Menschen, die sich teilnahmsvoll über ihn neigten, von der nächtlichen Begebenheit wussten, machte ihn rasend. Gleichzeitig aber fühlte er sich zu schwach, um zu toben. Er spürte weder Hunger noch Durst. Das

Glas Limonade, das die Mutter neben ihn gestellt hatte, streifte er mit einem verächtlichen Blick und berührte es nicht

»Rupert?«

Er zuckte zusammen.

»Rupert, du hast Besuch!« Paula Hamm machte einige Schritte ins Zimmer. »Bitte, Hochwürden.«

»Er schläft wohl«, sagte eine tiefe gedämpfte Stimme.

»Nein, nein! Ich werde Sie mit ihm allein lassen.«

Rupert hörte, dass ein Stuhl an sein Bett gerückt wurde. Er blickte auf und sah in ein fremdes Gesicht.

»Was tun Sie hier?«, fragte er gehässig.

»Geht es dir besser?« Eine kühle Hand legte sich auf seine Finger.

»Wollen Sie mich verhöhnen? Mir – fällt das Sprechen schwer!«

Der Pfarrer zog ein kleines, schwarzes Büchlein aus dem Mantel und vertiefte sich in eine Seite, die er geduldig gesucht hatte.

Minuten verstrichen

»Lassen Sie mich allein«, bat Rupert schwach.

»Ich warte noch – vielleicht fühlst du, dass ich als Freund zu dir gekommen bin.«

Rupert horchte auf. Dann lachte er laut und böse. »Wozu brauche ich einen Freund? Ich bin und bleibe allein.«

»Das ist ein Irrtum.«

»Ach, Sie wissen ja nicht, wie elend mir zumute ist.«

»Das Bewusstsein, dass ein gütiger Vater über uns wacht, müsste in dein krankes Herz einziehen.«

»Mich hat Gott schon bei meiner Geburt verstoßen.«

»Vielleicht schickte er dir nur ein Übermaß an Prüfungen. Du solltest sie mit Demut hinnehmen.«

»Mir fehlt die Kraft dazu –«

»Deine Augen sagen mir, dass dein Leid kein körperliches ist und dass du dieses Leid überwinden kannst. Doch die Genesung wird nicht in deinem engen Bett, nicht hier hinter geschlossenen Scheiben kommen. Sie ist draußen, unter Gottes Sonne! Willst du nicht aufstehen und ein Stück mit mir gehen?«

Rupert schüttelte den Kopf. »Man wird mit Fingern auf mich zeigen. Da ist er – der Narr!«

»Du musst deiner Phantasie Einhalt gebieten. Es ist eine Sünde, in jedem Menschen das Böse zu sehen.«

»Tue ich das? Die anderen tun es. Sie sagten, durch mich sei einer getötet worden. Sie sagten, ich sei schuld, dass Herr Dreiser seine schwangere Frau geschlagen hat. Und jetzt werden sie sagen, ich sei schamlos und verrückt, weil ich nachts im Hemd auf dem Gang war – und – turnte! Und wenn ich in der Wohnung meine Übungen mache, werde ich ebenso verurteilt und verlacht. Ist etwas Ungewöhnliches daran, wenn man eine Tür öffnet, weil man dahinter Ruhe und Dunkelheit weiß? Ich fand nichts Schlechtes daran. Aber als ich so plötzlich in grellstem Licht dastand, wusste ich – ich bin zu weit gegangen. Viel zu weit. Und die Welt wird das Schrecklichste von mir sagen!« Er hielt erschöpft inne. Schweißperlen standen auf seiner Stirn.

»Die Welt? Ist dieses kleine Haus die Welt? Geh tausend Schritte und du bist den Menschen ein Fremder. Du hast dich zu sehr von der Weite des Himmels zurückgezogen, du hast das Maß für die Größe unserer schönen Gotteswelt verloren. Wohin soll es führen, tagelang zu fasten, tagelang nur an sich und seinen Kummer zu denken? Das ist ein falscher Weg. Steh auf, iss, suche Zerstreuung oder arbeite.«

»Für wen? Und wozu? Und was sollte ich arbeiten? Wenn ich einen Bleistift zur Hand nehme, habe ich keinen anderen Gedanken als mein Leid, und jedes von mir beschriebene Blatt Papier wäre nichts als ein Spiegel meiner Verzweiflung.«

»Dir ist es zu gut gegangen. Nein, unterbrich mich nicht. Dir ging es so gut, dass du auf Abwege kommen musstest. Hättest du eine Verantwortung zu tragen gehabt, wäre eine wirkliche Bürde auf deinen Schultern gelegen, hättest du weniger Zeit gehabt, dich mit dir selbst zu befassen. Du hast unverbrauchte Energien in dir, die sich in irgendeiner Richtung entladen mussten. Schade, dass du sie nicht zu einem besseren Zweck brauchtest, als deinen Angehörigen Kummer zu bereiten –«

»Das kann schon stimmen«, gab Rupert resigniert zu. »Doch jetzt ist diese Erkenntnis zu spät. Ich kann nicht mehr unter Menschen gehen. Ich muss einfach hier liegen bleiben, bis ich erlöst bin.«

»Was meinst du mit – erlöst?«

Alle Farbe wich aus Ruperts Wangen. »Für mich gibt es nur eine Erlösung.«

»Sterben? Frau Hamm sagte mir, dass du dich weigerst, Nahrung zu dir zu nehmen. Du willst also verhungern. Für einen, der es nicht müsste, ein unwürdiges Ende!«

Rupert hob den Arm und ließ ihn auf die Decke fallen. »Das ist mir gleichgültig –«

»Es wird dir guttun, wenn du jetzt schläfst«, sagte der Pfarrer. »Ich bleibe noch ein Weilchen bei dir im Zimmer, aber wir müssen nichts mehr sprechen.«

Rupert verlor langsam das Bewusstsein.

»Sind Sie noch da?«, fragte er im Halbschlaf.

»Ja.«

»Sie meinen es gut mit mir, doch, ich werde Sie enttäuschen –«

Als Rupert tief und gleichmäßig atmete, verließ der Greis auf Zehenspitzen das Zimmer.

*

In den nach Osten gelegenen Schlafraum flutete ein Strom ungebrochenen Sonnenlichtes. Fanny setzte sich auf. Es war ein seltsames Erwachen. Über dem Stuhle lag silbern und morgenrein das Brautkleid, der Strauß weißer Rosen, den Fanny zur Hochzeit getragen hatte, stand wie verzaubert im kühlen Schaft einer Kristallvase.

Mit einem glücklichen Seufzer wandte die junge Frau das Gesicht. Lächelnd betrachtete sie Arturs entspannte Züge. Er schlief, beide Hände unter der Wange.

Fanny strich mit einer fast andächtigen Bewegung eine Haarsträhne aus seiner Stirn.

Während sie in ihren Morgenrock schlüpfte, wanderte ihr Blick liebkosend über die vornehmen Möbel des Zimmers. Lautlos huschte sie über den Teppich und öffnete die Tür zum Wohnraum. Der vergoldete Barockluster brannte noch vom Abend. Auf der Hochzeitstafel glitzerten die Weingläser und Karaffen im Zwielicht. Langsam ging Fanny um den Tisch. Hier saß die Mutter – hier Luise – hier Peter – hier Willy und hier Arturs Onkel.

Ihre Hand glitt über die Stirnseite des Tisches und hob zwei welke Blumensträußchen auf. »Unser Platz«, sagte sie versonnen. »Unser Platz!«

Sie begann den Tisch abzuräumen. Fröhlich vor sich hinsummend, stellte sie die Gläser auf ein Tablett und trug sie in die Küche. Dann bereitete sie Kaffee, legte Kuchen und Bäckereien auf einen Teller und ging ins Schlafzimmer zurück.

Vorsichtig ließ sie sich neben Artur auf dem Bette nieder und wartete, bis er erwachte.

»Fanny!« Er bedeckte ihre Hände, ihr Haar, ihre Wangen mit Küssen.

Sie schmiegte sich schweigend an ihn.

»Bist du glücklich?«

»Ich kann's mit Worten nicht sagen, Artur!«

»Hast du gut geschlafen?«

»Ja, und ich hatte wunderbare Flugträume. Ich brauchte nur die Arme heben und verlor gleich den Boden unter den Füßen.«

»Die ganze Nacht? Entweder bist du sehr vergesslich, oder –«

Sie hielt ihm sanft den Mund zu. »Ich werde dir das Frühstück bringen. Vielleicht bist du vom Hunger so unartig!«

»Gut, ich lasse mich gern verwöhnen. Aber glaub' nur ja nicht, dass mein Übermut vergeht, wenn ich satt bin. Im Gegenteil.«

Er schmiegte sich wohlig in die Kissen. Die Erinnerung an den vergangenen Abend zog an ihm vorüber. Die Gäste waren zeitig aufgebrochen. Frau Kleist war Ruperts wegen, der immer noch zu Bett lag, unruhig gewesen, und Luise folgte ihr anscheinend gern nach Hause. Bald darauf hatte sich der Onkel empfohlen. Peter und Willy waren als Letzte mit vielsagendem Grinsen verschwunden.

Artur lächelte. Er sah Fanny wieder in ihrem festlichen Kleid vor sich, schöner denn je. Und als sie nun ins Zimmer trat, zarte Röte auf den Wangen, glaubte er einen Engel zu erblicken.

Fanny nickte ihm zu. »Artur –«

Er sprang aus dem Bett und nahm ihr das Tablett ab. »Ich habe dich mit Sehnsucht erwartet, Liebes. Du hast ein hilfloses Kind aus mir gemacht. Ich kann keine Minute von dir getrennt sein.«

Sich über das Tablett neigend, küsste ihn Fanny auf die Lippen.

»Und ich möchte den ganzen Tag singen und jauchzen.«

Sie setzten sich eng nebeneinander auf die Bettkante. Fanny goss Kaffee in die Schalen. »Ich glaube, ich könnte ganz gut ohne Essen leben.«

»Das ist die süßeste Einbildung, die ein Mensch haben kann, mein kleines Frauchen. Aber – ehrlich gestanden, ich habe auch keinen Hunger. Höchstens bei der Vorstellung, dass ich von dir abbeißen dürfte.«

Sie kniff ihn ins Ohr. »Du Raubtier! Habe ich den Kaffee nicht gut gemacht?«

»Ausgezeichnet, ganz ausgezeichnet! Du bist eine gottbegnadete Köchin – für den Anfang. Wohlgemerkt, für den Anfang.«

Er freute sich über ihr verdutztes Gesicht. »Wie leicht du dich erschrecken lässt«, setzte er schmunzelnd fort. »Und ich dachte immer, du seist das personifizierte Selbstbewusstsein!«

»Bin ich das nicht?«, fragte sie.

»Keine Spur. Eine Mimose kann nicht empfindsamer sein als du. Sieh einmal her –« Er streichelte ihren Arm. »Du bekommst gleich eine Gänsehaut, wenn man dich nur ansieht!«

»Oh!« Fanny hielt ihm die Nase zu. Dann sprang sie auf, stellte das Tablett beiseite und warf ihm ein Kissen an den Kopf. »Das sollst du büßen. Hast du nicht gewusst, dass ich rachsüchtig bin?«

Er zog sie am Handgelenk und versuchte sie zu küssen.

»Nein, nein!«, rief sie lachend.

»Ich will aber.«

»Und ich werde nicht gefragt?«

»Wenn ich dich fragte, bekäme ich überhaupt nie einen Kuss. Du bist viel zu sparsam.«

»Und du bist zügellos.«

»Das hat mir noch keine Frau gesagt. Ich bin überrascht.«

»Das freut mich. Ich bin eben die Erste, die dich durchschaut.«

»Na schön! Und ich fühle mich verpflichtet, deiner Behauptung gerecht zu werden.« Er riss Fanny an sich und drückte sie auf die Decke.

Sie hielt ihn an den Haaren. »Ich lasse mich scheiden, wenn du so brutal bist. Gib nur acht, gleich kommt der Anwalt.« Ihre Stimme überschlug sich. »Lass mich aus, ich ersticke!«

»Das wäre noch schöner!«

»Willst du mir die Rippen brechen, du Ungetüm?«

»Nein, Fanny –« Das schalkhafte Leuchten in Arturs Augen verglomm zu einem zärtlichen, unendlich ernsten Ausdruck von Liebe. Auch Fannys Gesicht glättete sich. Sie schloss die Augen und bot ihm die Lippen. »Ich werde dich immer lieben«, sagte sie mit einer Stimme, die alle Tiefen ihrer Seele preisgab.

Sie küssten sich lange und innig. Ohne seine Lippen von Fannys Mund zu lösen, öffnete Artur ihren Morgenrock.

»Zieh dir Vorhänge zu«, bat sie schwach.

»Verlang das nicht von mir, bitte!«

Da schlang sie die Arme um seinen Hals und schmiegte sich an ihn.

Sie glaubten, auf einer Insel zu sein. Gab es ein Schiff, das hier landen und sie aus ihrem Rausch wecken könnte? In süßer Ermattung lagen sie Arm in Arm, nicht ahnend, dass ein dunkles Segel am Horizont auftauchte.

Es läutete.

»Bleib doch«, sagte Artur, als Fanny zusammenzuckte.

»Wer kann das sein?«

»Der Briefträger oder ein gefühlloser Gratulant. Wir machen nicht auf.«

»Gut!« Fanny zeichnete mit einem Finger die Linien seiner Brauen nach. »Natürlich, wir rühren uns nicht.«

Es läutete wieder, diesmal lauter, fordernder.

Artur flüsterte Fanny ins Ohr: »Und wenn es einer deiner Verehrer wäre?«

»Hundert Männer haben draußen nicht Platz. Vielleicht sind es auch zweihundert, wenn ich die – früheren – dazurechne.«

»Du hast ja eine undurchsichtige Vergangenheit.« Er küsste ihre Nasenspitze und begann behaglich zu schnurren.

»Katzen haben im Bett nichts zu suchen. Leg dich sofort in dein Kistchen im Vorzimmer!«

»Nicht so laut, Liebes. Du kannst wirklich nicht gut schwindeln.«

»Das bedeutet für dich einen Vorteil –«

Sie lauschten.

»Der Feind ist abgezogen«, meinte Artur nach einer Weile.

»Ich werde ihm durch die Schießscharte nachsehen.« Fanny löste sich sanft aus seiner Umarmung, schlich zum Fenster und spähte auf die Straße. Als das Tor zufiel, schob sie den Kopf ein wenig vor.

Schmal, arm und unsicher überquerte eine alte Frau die Fahrbahn.

»Die Mutter!«, rief Fanny bestürzt aus.

»Es wird doch nichts passiert sein?«

»Das fürchte ich.« Fanny ließ die Arme sinken. Rupert, dachte sie, oder Luise?

»Vielleicht hat sie Nachricht in den Postkasten geworfen.« Artur eilte ins Vorzimmer und kam mit einem Zettel in der Hand zurück.

»Ich suche Luise. Ihr Autobus ging heute früh, aber ich habe den Koffer, den sie mitnehmen wollte, unter ihrem Bett gefunden. Grüße, Mutter.«

Artur hatte mühsam die hastig hingeworfenen Buchstaben entziffert. Fanny stand blass und reglos vor ihm.

»Was bedeutet das?«

»Luise hat uns belogen. Sie ist nicht weggefahren. Ach Gott, wenn das nur gut ausgeht –«

»Komm, setz' dich. Du zitterst ja. Und nun erkläre mir –«

»Sie bekommt ein Kind, aber sie will es nicht. Ich habe umsonst gesprochen.«

»Du glaubst doch nicht etwa, dass sie Selbstmordgedanken hat?«

»Nein. Sie ist so lebenshungrig wie ein Mensch, der eine todbringende Krankheit in sich trägt. Aber was sie vorhat, kann einem Selbstmord gleichkommen.« Fanny sprang auf. »Ich muss sie unbedingt finden – bevor es geschehen ist.«

»Wenn du weggehst, begleite ich dich.«

»Das ist lieb von dir, Artur, nur bitte, mach kein so bekümmertes Gesicht – lass mich allein gehen –«

»Ich verstehe dich, obgleich ich deinen Wunsch sehr bedaure«, sagte Artur leise.

Fanny war wie ausgewechselt. Der Abglanz des Glückes, der vor wenigen Minuten ihr Gesicht verklärt hatte, war einem Zug harter Entschlossenheit gewichen. Sie schlüpfte in ihre Kleider und verließ mit raschen Schritten das Haus.

Artur schaute ihr vom Fenster aus nach. Ich bin nicht böse, dass sie jetzt fortläuft – sie hat ein zu starkes, reines Herz, dachte er. Als er sich wieder dem Zimmer zuwandte, lag ein Lächeln um seine Lippen. Er hob Fannys Morgenrock vom Teppich auf und legte ihn liebevoll über einen Stuhl.

*

»Fräulein Margit, entschuldigen Sie, dass ich störe, ich suche Luise.«

»Luise?« Das Mädchen zuckte die Schultern. »Woher sollte ich wissen, wo sie steckt?«

»Sie wissen es«, sagte Fanny kalt. »Sie brauchen mir nur die Adresse Ihrer Tante sagen.«

»Ach, die Adresse meiner Tante!« Margit überlegte. »Ja, ich habe keine Ahnung, welche Tante Sie meinen.«

»Machen Sie es mir nicht so schwer. Ich muss sofort in die Wohnung jener Frau gehen, die einmal Hebamme war.«

»Seit einiger Zeit bin ich schrecklich vergesslich. Daran sind die vielen Sorgen schuld, und ich kann Ihnen beim besten Willen –«

»Sie *wollen* nicht!« Fanny wurde rot vor Zorn. »Sie *wollen* einfach nicht.«

Margit stopfte ihre Seidenbluse in den Rock und lächelte erstaunt. »Ich kann doch kein Wunder wirken. Sie sind aber reichlich grob!«

Fanny hörte ihre Worte nicht mehr. Sie war zu Frau Dreisers Tür geeilt und klopfte.

»Ich habe noch nicht aufgeräumt«, sagte eine abweisende Stimme hinter der Tür.

»Frau Dreiser«, bat Fanny, »ich will Sie nicht lange belästigen. Wenn Sie die Tür nur einen kleinen Spalt aufmachten, wäre ich Ihnen von Herzen dankbar.«

»Wer ist es eigentlich?«, fragte die Stimme nicht gerade einladend.

»Fanny! Ich muss Sie etwas Wichtiges fragen.«

Frau Dreiser kam auf den Gang heraus. »Was haben Sie denn?«, fragte sie verwundert. Nun, so reden Sie doch –«

»Erinnern Sie sich, Sie waren einmal bei einer Frau – sie ist Margits Tante. Sie werden bestimmt noch ihren Namen und ihre Adresse wissen.«

»Das ist also aller Welt bekannt«, sagte die Frau bitter.

»Nein, nur mir, durch Zufall. Und ich muss unbedingt hingehen.

Frau Dreiser musterte in naivem Staunen Fannys schlanke Hüften. »Sie haben doch erst geheiratet –«

»Es handelt sich nicht um mich. Ich bitte Sie, Frau Dreiser, helfen Sie mir!«

»Sie – heißt Wagner – und wohnt in der Elisabethstraße – ich glaube Nummer sechsunddreißig!«

»Danke.« Fanny griff in ihre Handtasche. »Hier – für Ihre Kinder!«

Wagner – Elisabethstraße sechsunddreißig. Fanny lief wie gehetzt durch die Gassen, sprang auf das Trittbrett einer eben anfahrenden Straßenbahn.

»Die Jugend hat es eilig!«, bemerkte der Schaffner kopfschüttelnd. »Erst gestern haben wir ein Mädchen mit zerquetschten Beinen unter dem Beiwagen hervorgeholt.«

»Ja, ja«, sagte Fanny atemlos.

»Dabei bin ich überzeugt, dass ›Er‹ gern noch zehn Minuten warten würde.«

Fanny nahm ihren Fahrschein und quittierte das breite Grinsen des Schaffners mit einem hilflosen, verlorenen Lächeln.

»Sind wir bald bei der Elisabethstraße?«

»Noch sechs, nein, sieben Stationen!«

Der Schaffner ging ins Wageninnere.

Noch sieben Stationen, dachte Fanny verzweifelt. Sie stieg schon bei der sechsten aus und fragte eine Frau nach dem Weg. Die Häuserzeile, die sie entlanglief, schien ihr endlos.

Bei einer Kreuzung rannte sie wie blind über die Straße. Die Schimpfworte, die ihr ein Chauffeur nachrief, bezog sie nicht auf sich. Nummer sechsunddreißig – das war alles, was sie im Moment denken konnte.

Endlich hatte sie das Haus erreicht. Sie läutete an der Tür des Hauswarts. Es blieb still hinter der kalten Glasscheibe. Fanny eilte zur Treppe. Völlig außer Atem langte sie im ersten Stockwerk an und überflog die Namensschilder an den Türen.

»Wagner!« Sie rief es wie erlöst aus und drückte auf den Klingelknopf.

»Sie wünschen?«, fragte die Frau, die gleich darauf öffnete.

»Sind Sie Frau Wagner?«

»Ja.«

»Entschuldigen Sie, ist nicht ein junges Mädchen bei Ihnen?«

»Nein, nein«, erwiderte die Frau verlegen. »Ich habe niemals Untermieter gehabt –«

»Das meine ich nicht. Es ist ein Mädchen, das bei Ihnen Hilfe suchte.«

»Hilfe, bei mir?«

Fanny ließ sich irreführen. Sie fragte, Verzweiflung in der Stimme: »Ist Margit Luksch nicht Ihre Nichte?«

Frau Wagner lächelte bedauernd: »Sie haben sich in der Adresse geirrt, Fräulein!«

Mit einem kurzen, grausamen Knall fiel die Türe zu.

Fanny wandte sich zur Treppe. Ihre Füße waren schwer wie Blei. Und plötzlich ersehnte sie mit brennender Ungeduld Arturs Nähe.

Als sie auf die Straße trat, zwang sie ein jäh erwachendes Misstrauen, zu den Fenstern des ersten Stockwerkes emporzublicken. Noch einmal zögerte sie. Wenn die Frau gelogen hätte und Luise sich hinter einem dieser Fenster befände? Sie bedeckte die Augen mit der Hand und überlegte. Nein, es ist zwecklos, ich kann doch nicht gewaltsam in die Wohnung eindringen. Und auch sonst sehe ich keine Möglichkeit, Luise zu finden –

Indessen war Frau Wagner auf leisen Sohlen in das Hofkabinett zurückgegangen, in dem Luise auf einem mit zerschlissenen Kissen beladenen Diwan lag.

»Man hat Sie gesucht!«, sagte sie gedämpft.

Luise setzte sich auf. »Das war meine Schwester – schade, dass Sie sie nicht hereingelassen haben.«

»Was glauben Sie«, ereiferte sich die Frau.

»Ich kenne Ihre Schwester nicht. Es hätte sein können, dass sie mich anzeigt –«

Luise lächelte matt. »Fanny ist ein Engel. Ist es nicht rührend, dass sie sich um mich kümmert, obwohl sie gestern ihren Hochzeitstag hatte? Wissen Sie, wenn ich aufstehen kann, wird mein erster Weg zu ihr sein.«

»Legen Sie sich jetzt zurück, Sie müssen rasch wieder zu Kräften kommen. Es ist mir unangenehm, wenn Sie auch morgen noch da sind.«

»Morgen? Nein, nein! Wenn ich nicht so viel Blut verloren hätte, könnte ich sofort nach Hause gehen.«

»Sie waren aber auch reichlich leichtsinnig. Vor einem Monat wäre alles noch besser gegangen. Das Kind hat ja schon Fingernägel gehabt.«

Luise schaute an Frau Wagner vorbei und seufzte. »Das Kind! Vielleicht hätte ich es doch nicht tun sollen.«

»Das ist Ihre Sache. Und jetzt ist es jedenfalls zu spät. Aber Sie können sich ja wieder eines anschaffen. Nur eines müssen Sie sich merken: *Ich* habe dann keine Zeit für Sie!«

»Verzeihen Sie«, bat Luise, »das war eine dumme Anwandlung von mir. Und ich weiß gar nicht, wie ich Ihnen danken soll. Leider kann ich nur in Raten bezahlen.«

»Ach Gott! Trinken Sie jetzt endlich die Milch aus –«

Luise griff nach dem Henkelglas, das auf dem Stuhl neben dem Diwan stand und machte gehorsam einen kleinen Schluck. »Ich will Ihnen nicht zur Last fallen, Frau Wagner. Wenn mir besser ist, stehe ich heute Abend schon auf. Bitte, nehmen Sie sich doch aus meiner Börse etwas Geld für das Frühstück und das Mittagessen.«

»Schon gut«, wehrte die Frau ab. »So eilig ist das nicht. Versuchen Sie jetzt zu schlafen.«

»Ja«, sagte Luise, »ich bin schrecklich müde.«

Sie zog das Leintuch, mit dem Frau Wagner sie zugedeckt hatte, mit zitternden Fingern ans Kinn und schloss die Augen. »Gut, dass alles vorüber ist«, murmelte sie. »Jetzt fängt für mich ein neues Leben an –«

*

Am Abend desselben Tages schob Frau Wagner den Sessel mit Luises Kleidern schweigend an den Diwan.

»Es ist schon halb sieben«, sagte sie nervös.

»Ich kann mir gar nicht vorstellen, dass ich jetzt aufstehen soll«, bemerkte Luise und streckte Frau Wagner ihre Hand hin. »Mir ist jetzt schlechter als am Morgen. Ich glaube, ich habe Fieber.«

»Das ist eine Einbildung. Sie haben die heiße Suppe zu rasch gegessen.«

Luise blickte sie traurig und schuldbewusst an. »Hoffentlich haben Sie recht, ich fürchte mich ja, es zu sagen, aber –«

»Sie wollen also noch dableiben? Nun, ich sehe ein, dass Sie empfindlich sind. Wenn Sie nicht so jung und zart wären, würde ich Nein sagen.«

»Ich darf also –«

»Wenn es sein muss, bleiben Sie! Aber morgen früh müssen Sie sich aufraffen.«

»Natürlich«, sagte Luise dankbar. »Ich will es Ihnen nicht noch schwerer machen.«

Frau Wagner wiegte den Kopf. Ihr breites, schwammiges Gesicht hatte sich verdüstert. »Falls Sie in der Nacht etwas wollen, brauchen Sie nur an die Mauer zu klopfen. Ich habe ohnehin einen sehr unruhigen Schlaf.«

Und die Nacht kam. Sie war endlos lang und quälte Luise mit Angstträumen. Schweißgebadet und verstört öffnete das Mädchen die Augen, als Frau Wagner in das Kabinett kam.

»Wie geht es Ihnen heute?«

»Ich – ich weiß nicht –«

»Ich werde Ihnen kaltes Wasser bringen, damit Sie frisch werden. Es ist besser, wenn Sie fortgehen, bevor das ganze Haus wach ist.«

Luise entgegnete nichts. Sie hatte Schmerzen und lag offenen Mundes da, den Blick gegen die Decke gerichtet.

Frau Wagner erschrak, setzte sich neben Luise auf den Diwan und befühlte ihre Stirn.

Ihre Stimme klang unsicher, als sie sagte: »Eine halbe Stunde dürfen Sie noch schlafen. Ich mache inzwischen das Frühstück.«

»Bitte, Frau Wagner.«

Margits Tante ging zögernd zur Tür, sich mehrmals nach Luise umwendend. »Sie sind eben noch schlaftrunken«, sagte sie in einem Tone, der sie selbst wohl mehr trösten sollte als Luise.

Als Luise allein war, befiel sie grenzenlose Verzweiflung. »Ich habe Durst«, flüsterte sie. »Und ich kann nicht aufstehen, mir ist zu elend, zu elend.« Sie versuchte, sich aufzusetzen und ließ sich mit einem Wehlaut auf die Kissen zurückfallen. Tränenloses Schluchzen schüttelte sie. »Frau Wagner, kommen Sie, bitte, kommen Sie!«

»Was ist denn?« Ein bestürztes, fahles Gesicht neigte sich über das Mädchen. »Kann man Sie keine fünf Minuten allein lassen?«

Luise benetzte ihre trockenen Lippen mit der Zunge. »Es ist viel verlangt – aber – können Sie einen Arzt holen?«

»Einen Arzt? Gott bewahre! Was sollte ich ihm sagen?«

»Ja, was sollten Sie ihm sagen!« Furcht verschleierte Luises Augen. »Sagen Sie ihm, ich sei bei Ihnen zu Besuch –«

»Das geht nicht. Er würde mir kein Wort glauben. Schließlich müsste er Sie untersuchen und wüsste sofort die Wahrheit. Ich kann mich dieser Gefahr nicht aussetzen. Ich habe noch nie mit der Polizei zu tun gehabt.«

»Mit der Polizei?«, wiederholte Luise. »Nein, nein, keinen Arzt! So arg ist es auch nicht – später – in einer Stunde vielleicht – wird mir leichter sein.«

»Davon bin ich überzeugt. Das ist alles nur Nervosität und Angst. Ich – habe schließlich nichts versäumt, was notwendig war.«

Luise nickte.

»Versuchen Sie einmal, im Zimmer auf und ab zu gehen.«

»Muss ich das? Oh, ich möchte doch noch eine Weile warten.«

Frau Wagner zuckte die Schultern. Margit hat mir da etwas Schönes eingebrockt, dachte sie zornig und zog unsanft die Tür hinter sich zu.

Der Tag verging. Es dämmerte und Luise machte immer noch keine Anstalten, aufzustehen.

»Sie sollten in ein Spital gehen«, sagte Frau Wagner, während sie einen Apfel für Luise schälte.

»Lässt sich das nicht vermeiden? Ich fürchte, man wird mich nicht aufnehmen. Oder bin ich wirklich – so krank?«

»Natürlich sind Sie krank.«

»Könnten Sie meine Mutter holen?«

»Aber das ist doch ausgeschlossen –«

»Ich möchte, ich möchte, oh, Frau Wagner – die Schmerzen!«

»Ich muss das Fenster zumachen, wenn Sie so schreien. Geben Sie doch endlich Ruhe. Hier, der Apfel ist geschält – beißen Sie ab.«

Unklare Bilder flossen vor Luises weit geöffneten Augen ineinander, die Farben der schmutzigen Tapete verschmolzen zu einem hässlichen Violett, und die Wand schien sich langsam und drohend vorzuneigen.

»Oh, das ist furchtbar«, wimmerte Luise. »Helfen Sie mir, helfen Sie mir!«

Frau Wagner sprang erschrocken auf und schloss das Fenster. »Seien Sie doch vernünftig. Sie bringen mich in Gefahr!«

»Warum kommt meine Mutter nicht? Und Fanny – will – ich – sehen –«

»Wenn es finster ist, ziehen Sie sich an und gehen in ein Spital oder nach Hause. Ich weiß nicht mehr, was ich mit Ihnen anfangen soll!«

Frau Wagner lief in die Küche, holte eine Waschschüssel und einen Lappen. »Bleiben Sie ganz ruhig, ich gebe Ihnen kalte Umschläge.«

»Wasser!«, seufzte Luise.

»Ja, ja. Alles auf einmal kann man nicht haben. So – ist das nicht gut? Lassen Sie meine Hand aus, verkrampfen Sie sich nicht so. Ach Gott, wenn es nur schon dunkel wäre!«

»Ich werde ins Spital gehen – wenn Sie wollen.«

Frau Wagner atmete erleichtert auf. »Natürlich will ich es. Sie dürfen dort aber nicht erzählen, woher Sie kommen.«

Luise verneinte mit einer hilflosen Geste. »Machen – Sie – sich – keine – Sorge.«

Um halb neun schien sie ruhiger zu werden.

»Schnell«, sagte Frau Wagner, »ziehen Sie sich an. Ich helfe Ihnen.«

Luise blickte sie verloren an. »Ich kann ja nicht –«

»Wollen Sie hier zugrunde gehen, Sie dummes Kind?«

Ein praller Arm schob sich unter Luises Rücken. Ein zweiter umschlang ihre Beine und hob sie vom Diwan. Luise war zu schwach, sich dagegen zu wehren. Mehr im Unterbewusstsein fühlte sie, dass ihr etwas über den Kopf gezogen wurde. Dann spürte sie Schuhe an den Füßen. Ein grober Kamm fuhr durch ihr schweißfeuchtes Haar. Auf Frau Wagner gestützt, machte sie die ersten Schritte. Mit geschlossenen Augen ging sie über die Treppe.

»Nicht so laut«, flüsterte Frau Wagner, als sie plötzlich schmerzvoll stöhnte.

Eine schwach erhellte Straße. Verhängte Fenster, angeheiterte Stimmen.

»Wohin gehen wir, Frau Wagner?«

»Nicht meinen Namen nennen! Und lassen Sie sich nicht so ziehen, um Himmels willen!«

»Wohin – gehen – wir?«

»Ins Spital. Das nächste ist zehn Minuten von hier. Wir sollten rascher gehen.«

»Ja, ja«, lallte die Kranke.

Es begann zu regnen.

»Dort drüben ist schon das Tor. Sehen Sie es?«

Luise hing wie ein toter Körper an Frau Wagners Arm.

»Ein Tor?«

»Ja. Ich bringe Sie noch über die Straße. Aber hineingehen kann ich nicht. Man würde mich fragen, wer ich bin. Werden Sie vernünftig sein und dem Portier sagen, dass Ihnen schlecht ist?«

»Diese Schmerzen!«, schluchzte Luise auf. Sie schwankte.

Frau Wagner zog sie vorwärts. »Schnell, wir werden ganz nass.« Neben der Einfahrt des Spitals war eine Nische mit einer Bank. Auf diese steuerte die Frau mit dem willenlosen Geschöpf an ihrer Seite zu.

»Einen Augenblick dürfen Sie sich setzen. Und – ich gehe jetzt. Versprechen Sie mir, die paar Schritte zum Portier allein zu machen.«

Luises Kopf sank vornüber.

»Sie versprechen es mir?« Frau Wagners Stimme zitterte vor Erregung. Als sie sich von einem Vorübergehenden beobachtet fühlte, sagte sie gedämpft: »Ich werde drüben an der Ecke nochmals stehen bleiben und warten, bis Sie hineingegangen sind.«

Luise war allein. Ein Strom heißen Blutes stürzte auf das Pflaster. Und die Gestalt, die verkrümmt auf der Bank gesessen war, glitt lautlos zu Boden.

*

Rupert kaute angewidert ein Stück Mohnkuchen. Er lag lang ausgestreckt in seinem Bett. Mit Genugtuung fühlte er, dass seine Ohren kaum noch die Geräusche aufnahmen, die von der Gasse ins Zimmer drangen. Er horchte nur noch nach innen. Und die Stimme, die er vernahm, sagte eindringlich: »Nun kann es nicht mehr lange dauern – du bist schwach und hast keinen Lebenswillen mehr. Du stirbst ab.«

Dass es läutete, nahm er nicht zur Kenntnis. Seine Hand sank tiefer. Der Rest des Mohnkuchens fiel auf den Bettvorleger.

In einem Anfall von Schwäche schloss er die Augen.

Eine fremde Männerstimme sprach im Vorzimmer. Dann gellte ein markerschütternder Schrei zwischen den engen Mauern: »Luise?«

Rupert setzte sich auf, benommen, wie aus einem schweren Traum erwachend. »Was ist?«, murmelte er.

Er verstand nicht, was der Polizist zu Frau Kleist sagte.

Die Küchentür wurde aufgerissen.

Paula Hamm griff ihrer Schwester geistesgegenwärtig unter die Arme. »Bringen Sie schlechte Nachricht?«, wandte sie sich an den jungen, uniformierten Mann.

»Ein Mädchen wurde beim Josephinenspital gefunden. Es hatte keine Dokumente bei sich, nur einen Brief mit Ihrer Adresse – Sie sollen die Tote identifizieren.«

»Die Tote?« Paulas Kinn fiel erschrocken herab. »Wir kommen – gleich – mit. O Gott, wir müssen – auch Artur verständigen –«

Rupert saß aufrecht in seinem Bett und lauschte. Sein Blut war zu Eis erstarrt. Luise – tot – das gibt es nicht – das gibt es nicht –

Mit einem Ruck sprang er zu Boden, wankte zum Kasten, riss seinen Anzug heraus.

»Wartet auf mich«, keuchte er.

Die Gangtüre fiel zu.

Zerrauft und ohne Krawatte stürzte Rupert zur Treppe. Auf der Straße wurde ihm bewusst, dass er nur Turnschuhe anhatte. Nur vorwärts, dachte er, alles andere ist gleichgültig.

An der Ecke holte er die Mutter ein. Sie ging zwischen dem Polizisten und Paula Hamm.

»Mutter!«

Frau Kleist sah ihn abwesend an. »Rupert – du?«

»Ja. Darf ich mit euch gehen?«

Sie nickte, blass bis in die Lippen.

Rupert rannte über die Straße zu einer Droschke, die an der Ecke parkte. »Zum Josephinenspital – es ist dringend. Fahren Sie dort hinüber – die Frau kann zu Fuß nicht weiter.«

Der Chauffeur brummte eine Zustimmung.

Rupert nahm den Arm der Mutter und half ihr beim Einsteigen.

»Ich kann es allein«, sagte Paula Hamm, als er auch sie stützen wollte.

Durch die Einfahrt des Krankenhauses wurde eben eine Bahre getragen. Rupert benützte den Aufenthalt, in der Portierloge nach Artur zu telefonieren. Trotzdem sein Körper geschwächt war, ging er aufrecht neben Frau Kleist auf das Zimmer zu, in das sie gewiesen wurden.

Sie betraten einen kahlen, weiß getünchten Raum, in dem sich außer einer Bank, zwei Stühlen und einem niedrigen Tisch keine Einrichtung befand.

Aller Augen waren verstört auf den mit einem gelblichen Tuch bedeckten Körper gerichtet, der auf dem Tische lag.

Der Polizist zog das Laken von Luises blassem Gesicht.

»Ist sie es?«

»Luise – mein Kind – du lebst ja!«

Paula Hamm hob die Hand und zeichnete ein Kreuz auf die Stirn des Mädchens. »Sie schläft, Vally, lass ihr den Frieden!«

Sie begann ein Gebet zu murmeln.

Rupert streichelte scheu Luises kalte Wange. »Mein armes, kleines Schwesterchen – wenn du doch reden könntest.«

Die Mutter war starr und gebeugt dagestanden. Jetzt schien sich ihre verkrampfte Miene zu lösen. Ungläubig tastete ihre Hand nach Rupert. »Ich kann es immer noch nicht begreifen. Vielleicht ist alles nur ein böser Traum –« Sie brach in lautes Schluchzen aus. »Luise, mein Kind – wie ist das geschehen?«

»Komm, Mutter, setz dich!« Frau Kleist wehrte sich nicht, als Rupert sie behutsam an sich zog und zu einem Sessel führte.

»Luise – war – doch nicht krank? Sie hat nie – ein Wort gesagt – und ich – ich war oft hart zu ihr.« Die Mutter hob ihr tränenüberströmtes Gesicht und sah Rupert flehend an. »Wird sie – mir alles verziehen haben?«

»Ja, Mutter.«

»Lass mich zu ihr –« Frau Kleist stand mühsam auf. Bei Luises Anblick überwältigte sie ein so maßloser Schmerz, dass ihr die Stimme versagte.

Paula Hamm löste langsam ihre gefalteten Hände voneinander. Sie sah bleich, aber besänftigt aus, und als sie das verzerrte Gesicht ihrer Schwester an ihre Schulter bettete, strahlte ein warmer, tröstlicher Glanz aus ihren Augen.

»Weine nur«, murmelte sie, »doch vergiss nicht das Wiedersehen, Vally.«

»Das Wiedersehen? Glaubst du –«

»Ja, es wird eines geben. Dort oben. Ich fühle es.«

Der Polizist kam aus dem Nebenraum zurück, Luises Handtasche wie etwas Zerbrechliches tragend.

Rupert nahm sie in Empfang. Mechanisch streichelten seine Finger das faltige braune Leder. Sein Blick suchte Luises geschlossene Augen. Nein, ich öffne deine Tasche nicht, sei beruhigt – deine Geheimnisse gehören dir – dir allein.

Als Fanny und Artur eintraten, hob Rupert den Kopf und schaute ihnen schweigend entgegen, wie ein Angeklagter, der sich schuldig fühlt und schämt. Dann wandte er sich ab.

Er sah nicht, was sich hinter ihm zutrug. Kein Laut war zu vernehmen. Fanny hatte sich schweigend über die Tote gebeugt und sie geküsst. Nun stand sie da, Luises Finger zwischen den ihren, und hielt stumme Zwiesprache mit der Verstorbenen. Kein Vorwurf war in ihrem wunden Herzen, nur Mitleid, grenzenlose Güte. Und der Gedanke, dass sie schweigen werde, erfüllte sie wie ein reines, ruhig brennendes Feuer.

Nun waren sie alle vereint, die in der Enge beisammengewohnt hatten und doch so oft aneinander vorbeigegangen waren. Die Mutter, Paula Hamm, Fanny und Rupert. Und mitten unter ihnen befand sich Luise, das lebensdurstige, an seinem eigenen Willen zerbrochene Geschöpf mit den hellen Augen, dem trotzigen Mund, der stolzen Stirn. Und die Tote legte die Hände der Lebendigen ineinander, hauchte alles Kleinliche und Hässliche von ihren Gesichtern und sagte: Liebt euch, helft zusammen, macht euch den gemeinsamen Weg leichter und schöner. Seht, ich bin gescheitert, weil ich eure Liebe unterschätzte, weil ich glaubte, allein mehr zu erreichen. Das war ein Irrtum. Lernt daraus!

Und zu Rupert sagte ihr Mund, der anklagend offen stand:

Habe ich dich geheilt? Habe ich dir gezeigt, dass dein Los nur durch dich selbst so schwer war? Habe ich dich beschämt?

»Ich war ein Schwächling«, flüsterte der Bruder. »Und ich schwöre dir, neu zu beginnen –«

Geht nie ohne ein liebes Wort, geht nie mit Groll voneinander! Es ist so tröstlich, wenn man sagen kann: Ich habe sie noch geküsst, ich habe ihr Haar gestreichelt, habe ihr einen Segenswunsch auf den Weg mitgegeben. Ihr legt euch abends zu Bett, das Gesicht von Hass oder Unmut entstellt, weil euer Bruder, euer Kind, eure Mutter nicht ganz so ist, wie ihr es haben möchtet. Und am Morgen könnt ihr nicht mehr bitten: Verzeih mir, ich war hart, verzeih mir, ich habe dir unrecht getan! Denn der Mensch, zu dem ihr sprechen wollt, hat sich aufgelöst. Ihr könnt ihm kein Lächeln, keine Geste, kein Wort mehr abringen. Er gehört nicht mehr euch. Und wenn euch tausendmal der Gedanke tröstet: Ich sehe ihn wieder, ich kann mein Haupt wieder in seinen Schoß legen, werde seinen Atem und seinen Herzschlag fühlen – irgendwo – drüben – wisst ihr denn, wie dieses *Drüben* ist? Und wollt ihr wirklich so lange warten?

Die Mutter suchte Ruperts Augen. Er erwiderte dankbar ihren Blick. Und Paula Hamm, die Frau mit der spitzen Nase, die Frau mit den seltsamen Gewohnheiten, sah er heute zum ersten Mal. Hatte sie nicht eine gramzerfurchte Stirn, war ihr Rücken nicht von Sorgen gebeugt, die vielleicht Jahre zurücklagen, forderte ihre armselig gekleidete Gestalt nicht Verständnis und Mitgefühl?

»Werden Sie die Formalitäten erledigen?«

Rupert zuckte zusammen und wischte einen Tropfen von Luises Tasche. »Ja«, sagte er. Schweigend ging er hinter dem Spitalsdiener aus dem Zimmer.

Und Luise sagte: Nun ist alles gut. Ihr habt mich richtig verstanden. Geht – und vergesst mich nicht.

Es war, als hätten die Menschen, die das kalte Lager umstanden, wirklich eine Stimme gehört. Sie nahmen Abschied von Luise, jeder in seiner Art, ohne Maske, ohne Kritik an der Art des anderen.

Tief in ihren Herzen hatte etwas Wurzel gefasst:

»Liebt euch –«

*

Es war an einem Spätnachmittag im Herbst. Die Mutter saß mit Frau Hamm beim offenen Fenster.

»Willst du nicht noch ein paar Trauben essen, Paula?«

»Mit dir zusammen – gern! Erinnerst du dich, wie wir als Kinder nach der Lese die Weinstöcke absuchten und die Schürzen für unseren Schatz zu klein wurden? Ich habe eine dieser Leinenschürzen noch heute.«

»Ja, ja«, sagte Frau Kleist nachdenklich, »ich erinnere mich. Aber – meine Schürze habe ich nicht mehr. Fanny trug sie, als sie zur Schule ging – und dann Luise – sie ist damit einmal auf einer frisch geteerten Straße niedergefallen. Ich musste sie leider wegwerfen.«

Paula stand auf. »Komm, iss jetzt!« Sie stellte die Schüssel mit den Trauben auf den Schoß ihrer Schwester.

»Rupert hat die Schönsten ausgesucht«, sagte Frau Kleist. »Er und Fräulein Lupe halfen einem Winzer bei der Lese. Du kannst seinen Brief sehen, er verspricht uns darin für nächste Woche ein Kistchen mit Äpfeln.«

Paula aß genießerisch. Sie wiegte den Kopf und sagte schmatzend: »Ich hätte nie gedacht, dass Rupert sich so ändern könnte. Er sorgt rührend für dich?«

»Ja, er hilft mir sehr –«

»Aber Vally, weine doch nicht.«

»Es ist nur, weil ich mich freue.«

Die Schwester tätschelte ihren Arm. »Siehst du, und du sagtest immer, das Leben könne dir nichts Schönes mehr bringen.«

»Das – war ein Unrecht. Doch an Luise darf ich nicht denken.«

»Sie schläft. Und sie wird ruhig schlafen, wenn wir die Erinnerung an sie rein halten.«

Paula hüstelte. »Fanny und Artur haben uns doch für heute ein Stündchen versprochen. Sie sollten schon da sein – ich werde schnell Kaffee kochen. Haben wir noch Lebkuchen zu Hause?«

»Ja, in der Tischlade. Oh – es hat geklopft – sie kommen!«

»Es ist ein wenig spät geworden«, sagte Fanny und küsste die Mutter auf beide Wangen. »Aber wir bringen euch eine Überraschung!«

»Eine Überraschung?«, fragte Tante Paula. Sie hielt Fannys Rechte abwartend mit beiden Händen fest.

»Hoffentlich seid ihr einverstanden«, sagte Artur.

Er wechselte mit Fanny einen warmen Blick. »Willst *du* es sagen?«

Sie wehrte lächelnd ab.

»Setzt euch doch, Kinder«, sagte die Mutter weich. »Macht es euch gemütlich.«

»Ihr dürft nicht länger hierbleiben«, begann Artur nach kurzem Zögern. »Wir haben draußen am Westrand eine Wohnung gefunden, die euch gefallen wird.«

»Es ist ein kleiner Garten mit Obstbäumen dabei«, fiel Fanny lebhaft ein. »Und die Zimmerfenster gehen nach Süden – ihr hättet den ganzen Tag Sonne!«

»Den ganzen Tag Sonne!«, wiederholte die Mutter staunend und ungläubig.

»Für uns? Wirklich für uns?« Tante Paula strich verlegen ihre Haare zurecht.

»Die Übersiedlung wird euch nicht belasten. Artur und ich haben uns schon alles zurechtgelegt. Ihr braucht nichts anderes tun als zuzustimmen.«

Einen Augenblick herrschte Schweigen.

»Ich kann es noch gar nicht fassen«, murmelte die Mutter. »Was meinst du, Paula? Sollen wir?«

Frau Hamm nickte.

Vom Spitalsgarten her wehte der Geruch feuchter Erde durch die graue Häuserschlucht.

Der Himmel hatte sich nochmals gelichtet. Mildes Blau rann über die Dächer. Und die beiden Frauen, die beklommen zwischen den engen Mauern geatmet hatten, empfanden keine Furcht vor der hereinbrechenden Nacht. Morgen schon würde die Sackgasse in den Schatten einer düsteren Vergangenheit zurücksinken, und sie würden mit den Jungen ins Freie hinausfahren, dorthin, wo das letzte Rot der Sonne wie eine Verheißung glühte –

ENDE

Die Möglichkeit des Gelingens. Über Vera Ferra-Mikura und ihren Roman »Die Sackgasse«

Peter Zimmermann

Eine wichtige und oft unterschätzte Grundlage für das literarische Schreiben ist der Selbstzweifel. Denn Schreiben heißt, etwas Ungeformtes, Unförmiges in Sprache zu übersetzen und ihm damit eine Form zu geben. Das heißt aber auch, dass die Vorstellung von einer Geschichte, von Figuren, von einem Rhythmus, von der Unordnung, die man im Kopf hat, sich nicht mit dem Text auf dem Papier deckt. Schreibend kann man sich dem sich in alle Richtungen fließenden Denken nur annähern. Das, schrieb Vera Ferra-Mikura einmal, sei das eigentliche Anliegen ihres Schreibens, egal, ob es sich um Kinderbücher oder Literatur für Erwachsene handle: dieses Zusammenführen von Innen und Außen. »Darin liegt eine freudige Spannung für mich, ein wechselvolles Abenteuer, die Lust am Experiment.«

Diese Lust zeigt sich schon früh. In ihren ersten Büchern legt sie eine große formale wie inhaltliche Bandbreite an den Tag: 1946 erscheinen der Gedichtband »Melodie am Morgen« und die Kinderbücher »Der Märchenwebstuhl« und »Der Käferspiegel«, 1947 folgt ihr erster Roman »Die Sackgasse«. Alle noch unter dem Namen Vera Ferra. Die Erweiterung zum Doppelnamen erfolgt 1948 nach der Heirat mit dem Staatsoperntänzer Ludwig Mikura. Es scheint, als wolle eine junge Autorin unterschiedliche Formen und Genres ausprobieren, um herauszufinden, welches »wechselvolle Abenteuer« ihr am ehesten zusagt. Schriftstellerische Anfänge sind auch Gehversuche, ein Tasten nach einem sicheren Grund, auf dem man nicht unbedingt verharren möchte, der einem aber doch das Nachdenken darüber ermöglicht, in welche Richtung man sich weiterbewegen möchte, welche Mittel man besser oder weniger gut beherrscht, welche Themen und Formen von innen nach außen drängen und – nicht zuletzt – wie die Texte aufgenommen werden, von der Kritik, vom Publikum.

Für Vera Ferra ist die Richtungsfrage 1946/47 völlig offen, nicht nur, weil sie die Grenze zwischen Kinder- und Erwachsenenliteratur nicht ziehen will und sie sich in der Lyrik genauso sicher fühlt wie in der Prosa, sondern auch durch die positive Resonanz, die ihr beziehungsweise ihren vier Büchern widerfahrt. 1946 publiziert Otto Basil in der von ihm herausgegebenen Zeitschrift »Der Plan« Gedichte der 23-Jährigen aus dem Band »Melodie am Morgen«, der, wie ein Kritiker urteilt, eine Persönlichkeit zeige, die bereits mit innerer Sicherheit ihre Erlebnisse mit großer Intensität aussprechen könne. Diese Gedichte aus den Jahren 1941 bis 1945 sind geprägt vom Blick auf soziale Verhältnisse und vom Krieg weniger als Gewalterfahrung, sondern vielmehr als Gewissheit, um die Jugend betrogen worden zu sein. Auch für Vera Ferras Lyrik gilt, was ihre Zeitgenossin Erika Danneberg über die junge Schriftstellergeneration nach 1945 schrieb: »Von daher erklärt sich das Überangebot an Traumbildern und die Ambivalenz des Erwachens, das keineswegs nur als Glück, sondern auch als schreckhaft und als Bedrohung der Identität in den Versen in Erscheinung tritt. Darum ist das Träumen, als regressives Moment, jenseits der vordergründigen Aussagen im einzelnen Gedicht so verbreitet und das Erwachen so schwer.« Ferras Blick auf die Wirklichkeit ist in der Tat einem Erwachen geschuldet, einem Zustand also, in dem sich die gerade durchlebte Nacht, die Dunkelheit, die bösen Träume, die Angst überlagern mit der Helligkeit, der Hoffnung, der Freude auch, etwas überstanden zu haben und der Lust, sich auf etwas Neues, Besseres einzulassen. Ihr Blick ist kein pessimistischer wie etwa jener von Ilse Aichinger, die ebenfalls zu jener Zeit im »Plan« erste Texte veröffentlicht und 1948 mit dem Roman »Die größere Hoffnung« debütiert. »Ein unklarer oder negativer Schluss hinterlässt Mutlosigkeit«, sagt Ferra einmal, »nicht einmal der erwachsene Mensch, der stärker ist als das Kind, kommt ohne Illusionen aus«. Man könnte sagen, dass sich in der jungen Literatur der unmittelbaren Nachkriegszeit zwei Haltungen manifestieren: die Möglichkeit des Scheiterns (Ilse Aichinger, Ingeborg Bachmann, Marlen Haushofer, Hertha Kräftner, Gerhard Fritsch) und die Möglichkeit des Gelingens (Vera Ferra-Mikura, Friederike Mayröcker, Andreas Okopenko).

Die beiden ebenfalls 1946 erschienenen Kinderbücher muten auf den ersten Blick an wie Gegenentwürfe zur Trümmerwirklichkeit der ersten Nachkriegsmonate. Es ist zu jener Zeit nicht ungewöhnlich, das gerade erst Erlebte literarisch in Traumbilder zu verwandeln, mythische oder märchenhafte Szenerien zu entwerfen und das Augenscheinliche, die Toten, die Not und die Zerstörung, gerade nicht zur Sprache zu bringen. »Schuldlos möchten wir sein«, heißt es in einem Gedicht von Vera Ferra, wobei das »Wir« als Abgrenzung zur Elterngeneration gemeint ist, die durchaus Schuld auf sich geladen hat. Diejenigen allerdings, die als Kinder und Jugendliche in diese Schuld hineingewachsen sind, die keine Wahl hatten, die nicht nach ihren Wünschen gefragt, sondern indoktriniert und systemkonform gemacht wurden, wollen nicht nachträglich verantwortlich gemacht werden für die Folgen dieser Schuld. Dennoch lockt Ferra ihr junges Publikum nicht ins zeitentrückte Nirgendwo. Sie vermeidet in »Der Märchenwebstuhl« und »Der Käferspiegel« den Rückgriff auf bewährte Märchenmuster mit eindeutigen Zuordnungen von Gut und Böse. Es gibt keine Hexen, Feen und Zwerge, sondern Menschen, Tiere und Blumen im Kontext einer komplexeren Gesellschaftsordnung, die, und das ist wesentlich, nicht vorbestimmt oder den Individuen aufgezwungen wurde, sondern sich aus deren Verhalten und Entscheidungen ableitet.

1947 schließlich erscheint »Die Sackgasse«, der erste Roman der 24-jährigen Autorin – und zugleich eine Zäsur in ihrem Werk. Es scheint, als habe sie den sicheren Grund gefunden. Und doch wird sie ihn verlassen.

Sie verlässt auch ihren Verlag, »Die Sackgasse« ist die letzte Veröffentlichung im Festungsverlag, bei dem sie auch als Sekretärin und Lektorin beschäftigt ist, ehe sie sich 1948 dazu entschließt, als freie Schriftstellerin zu leben.

Unmittelbar nach Kriegsende erfolgt eine Reihe von Verlagsgründungen, die aus heutiger Sicht abenteuerlich anmuten, weil einerseits sieben Jahre Nationalsozialismus durch Mord, Vertreibung und Berufsverbote eine kulturelle Ödnis hinterlassen haben und damit einfach die Ressourcen fehlen, um an die Zeit vor 1938 anzuschließen. Andererseits ist da eine Generation von zwanzig- bis dreißigjährigen Autorinnen und Autoren, die »Schuldlosen«, um mit Vera Ferra zu sprechen, die nun die Möglichkeit hat, die ihnen lange Zeit vorenthaltenen oder verbotenen Lektüren nachzuholen und über die Besatzungsmächte die kulturelle Produktion anderer Länder kennenzulernen. Diese Mischung aus intellektueller Ressourcenknappheit, Euphorie des Anfangs und Ratlosigkeit bezüglich des Umgangs mit der jüngsten Vergangenheit ist charakteristisch für die inhaltliche Ausrichtung der Verlage. Das gilt auch für den Festungsverlag, der im März 1946 von den Kriegsheimkehrern Wolfgang Schaffler und Alois Hoffmann in Salzburg gegründet wird. Im April wird ein zweiter Verlagssitz in

Wien angegeben (Südtiroler Platz 2 im vierten Bezirk), und ebendort beginnt Vera Ferra zu arbeiten und zeitgleich zu publizieren. Es ist nicht die erste Adresse für eine ambitionierte Jungautorin, doch die Chancen, überhaupt gedruckt zu werden, sind in dieser Zeit nicht groß. Die Verlage sind abhängig von der Papierzuteilung der Militärverwaltung. Und Papier ist Mangelware.

Während die Salzburger Produktion sich zunehmend auf die Herausgabe des »Alpen-Journals« – Untertitel: »Alpenländische Monatszeitschrift für Kultur und Gesellschaft«, Begleitpublikationen zu den Salzburger Festspielen oder einen Sprachführer für die Kommunikation zwischen Einheimischen und den amerikanischen Besatzern mit dem Titel »A little English. Ein bisserl Englisch« beschränkt, erscheinen am Wiener Verlagsstandort die literarischen Titel. Im Gründungsjahr 1946 gleich drei Bücher von Vera Ferra: »Melodie am Morgen«, »Der Käferspiegel« und »Der Märchenwebstuhl«, daneben Novellen von Adalbert Stifter, eine Erzählung des katholischen Schriftstellers und Malers Georg Rendl, der in den Folgejahren ein Stammautor wird, »Die Prärie am Jacinto« von Charles Sealsfield, sowie eine Vielzahl an reißerischen Kolportage- und Kriminalromanen. Ab 1947, dem Erscheinungsjahr von »Die Sackgasse«, ist dann auch die Nähe zum NS-Regime mancher Autorinnen und Autoren kein Thema mehr. Insofern folgt der Verlag dem kulturellen Mainstream in Österreich. 1956 trennen sich die Verlagsgründer. Während Alois Hoffmann den Festungsverlag weiterführt, gründet Wolfgang Schaffler den Residenz Verlag, der bis heute besteht und der für sich in Anspruch nehmen darf, von den 1970er bis in die 1990er Jahre der maßgeblichste österreichische Literaturverlag gewesen zu sein.

Dieser kurze Ausflug in die Verlagsgeschichte soll verdeutlichen, in welch schwer überschaubarem, ideologisch und inhaltlich verschwommenem, kurzlebigem, mitunter wenig ambitioniertem, launischem und männlich dominiertem Umfeld junge Autoren und Autorinnen um die Chance kämpfen müssen, in Erscheinung zu treten. Das ist eines der zentralen Themen in »Die Sackgasse«; Rupert Kleist möchte Schriftsteller werden, aber er weiß nicht wie. Er weiß zwar, was er schreiben möchte, Form und Inhalt stehen ihm recht klar vor Augen, doch wie er damit eine Öffentlichkeit erreicht, wie aus dem Wollen ein Sein, also eine Lebensgrundlage, werden kann, ist ihm ein Rätsel. Einerseits spielt dabei das soziale Umfeld eine Rolle, denn eingebettet in ein Klima aus Interesselosigkeit an kreativer Begabung, da von den Erwachsenen an deren ökonomischer Verwertbarkeit gezweifelt wird, gedeiht keine Selbstsicherheit. Der Versuch, sich zu emanzipieren, wird immer begleitet vom Verdacht, die anderen könnten doch recht haben. Andererseits verfestigt sich der Selbstzweifel durch die Vielzahl an Türhütern, denen man, wenn man das literarische Feld dennoch betritt, begegnet. Wenn Rupert einen Text für die Zeitschrift »Mosaik« schreibt, sitzt dort der Redakteur Milar: »Er hatte die Macht, er war mit dem Korrigierstift verwachsen.« Die Leser möchten sich entspannen, behauptet Milar, für phantastische Gedankensprünge seien sie zu schwerfällig. Der Versuch, Texte bei der »Parallele« unterzubringen, von der der jugendliche Redakteur Artur Kalander meint, die Zeitschrift sei »Revolution, bedeutet frische Luft zwischen den Wolkenkratzern der Tradition, dem geistigen Antiquitätenladen unserer verstaubten Konkurrenz«, erweist sich als nicht minder problematisch, denn Kalander muss zugeben, dass die »Parallele« erstens auf Abonnenten angewiesen ist und zweitens auf das Wohlwollen einflussreicher Kritiker. Ganz ohne Kompromisse wird es also nicht gehen.

Vera Ferra macht im Roman die Entstehungsbedingungen von Literatur zum Thema – die Bedingungen in den Jahren nach 1945, genau genommen, die geprägt sind von Netzwerken, politischen

Seilschaften, paternalistischer Kulturpolitik, Ressentiments gegenüber dem Neuen und, aus weiblicher Sicht, von einer gewissen Abhärtung gegenüber Übergriffigkeiten. Um Letzteres im Roman auszublenden, mag es sein, dass sie einen jungen Mann zum Protagonisten gemacht hat. Ihre Erfahrungen als junge Frau im Berufsleben und im Umgang mit Männern hat sie auf Ruperts Schwestern Fanny und Luise projiziert. Vera Ferra hat, ehe sie Sekretärin und Lektorin beim Festungsverlag und später freie Schriftstellerin wurde, als Laufmädchen in einem Wiener Warenhaus, als Stenotypistin in einem Architekturbüro und als Erntehelferin in einem Wachauer Weingut Erfahrungen gemacht, die sie in der »Sackgasse« kenntnisreich verwertet.

Auch wenn der Roman autobiographisch grundiert ist, handelt es sich dabei in erster Linie um eine Geschichte von Emanzipationsversuchen verschiedener Repräsentanten einer bestimmten Generation, ebenjener Generation der »schuldlosen« Menschen Anfang, Mitte zwanzig, die hier allerdings eher eine »lost generation« sind, Menschen in unerträglichen Abhängigkeitsverhältnissen, denen sie zu entkommen suchen. Viele Möglichkeiten gibt es nicht. Die jungen Männer im Roman versuchen sich Netzwerke aufzubauen oder sich in solchen zu integrieren, um mittels künstlerischer Tätigkeit den sozialen Status zu ändern. Interessanterweise ist ein Aufstieg durch Bildung, also ein Studium und eine anschließende akademische Berufslaufbahn, kein Thema. Vermutlich ist diese Vorstellung von Emanzipation zu bürgerlich und zu wenig verbunden mit der Idee einer geistigen Erneuerung. Für die jungen Frauen, Ruperts Schwestern etwa, sieht die Angelegenheit schon trister aus. »Hätte ich dein Talent, ich fände aus dieser Sackkasse heraus, und die Welt ließe sich von mir wie ein Ball jonglieren«, ermahnt die lebenshungrige Luise ihren melancholischen, von Selbstzweifeln geplagten Bruder. »Du nimmst deine Begabung gelangweilt zur Kenntnis und nützt sie nicht aus. Ich möchte auch gern etwas Außergewöhnliches können – und bin auf irgendeine dumme Beschäftigung angewiesen.« Oder auf eine Ehe. Die besonnene Fanny wird diesen Weg gehen, die emotionale Luise wird eine ohnehin zum Scheitern verurteilte Liebesbeziehung nicht überleben. Die Möglichkeit des Gelingens bietet sich nicht jeder und jedem, und Rupert muss erkennen, dass das Streben nach Glück mitunter einen hohen Preis hat.

Auf Vera Ferra trifft beides zu. Sie heiratet 1948, bekommt zwei Kinder und hält sich für einige Zeit aus dem Literaturbetrieb heraus. Zumindest was das Schreiben betrifft. Sie ist aber auch eine eifrige Netzwerkerin, zeitlebens in formellen Vereinigungen und informellen Gruppen aktiv, sie lernt, mit männlichen Machtattitüden umzugehen und baut, wenn diese ihr zu viel werden, Parallelstrukturen auf – einen literarischen Salon etwa, nicht öffentlichkeitswirksam im Kaffeehaus wie Hans Weigel, sondern in der Privatwohnung Ferra-Mikura. Friedrich Polakovics, Redakteur der Zeitschrift »Neue Wege«, notiert am 2. Oktober 1950 in seinem Tagebuch: »Literarischer Abend bei Vera mit Busta, Kräftner, Ebner, Hauer, Diem, Altmann, Hradek, Gunert.« Vor Mansplaining ist man dort sicher. Auch vor Selbstüberhöhung. Der Schriftstellerei haftet ihrer Ansicht nach nichts Heroisches an, und es könnte genauso gut aus Rupert Kleists Mund kommen, wenn sie sagt: »Einem Menschen, in dessen Personalausweis die Berufsbezeichnung Schriftsteller steht, wird allgemein ein Image angedichtet, das er in den wenigsten Fällen hat. In den Augen jener, die mit dem Schreiben von Weihnachtswünschen das Auslangen finden, schwebt der Schriftsteller in einer glitzernden Luftblase außerhalb der gewöhnlichen Atmosphäre. Dazu tragen oft auch die Filme bei, in deren Mittelpunkt der Schriftsteller, bekleidet mit einem exotischen Morgenrock, seiner Sekretärin geistreiche Sätze diktiert. Spitzwegs Gemälde, das den Dichter frierend in seiner Dachkammer zeigt, gibt der Armut des Poeten wiederum einen so romantischen Anstrich, dass sie weniger realistisch wirkt als die Armut Aschenputtels. Aber Mitleid für sich selber zu erwecken, ist ohnehin nicht die Aufgabe dessen, der schreibt. Sein Anliegen kann auch nicht sein, für das, was er tut, bewundert zu werden. Eitelkeit kann ihn sprachlos machen. Für einen Schriftsteller das ärgste Malheur. Über die Berufsbezeichnung Schriftsteller, der man hilflos gegenübersteht, werden noch Generationen grübeln müssen, falls sie nicht durch ein anderes Wort ersetzt wird. Aus Bequemlichkeit nimmt man es hin, ein Schriftsteller zu sein. Man stellt die Schrift, wie man Sessel um einen Tisch gruppiert, man stellt die Schrift als Segel in den Wind, man stellt sie wie einen Zaun, wie ein Verkehrszeichen oder einen Kleiderständer irgendwohin, man stellt sie wie einen Gartenzwerg zwischen Blumenbeete, wie einen Schirm in die Ecke, man stellt sie als Behauptung auf, man stellt sie zur Debatte, man stellt sie vor und um. Zuletzt, wenn man aufhört, ein Schriftsteller zu sein, stellt man die Schrift ab und das Schreiben ein.«

Im Gegensatz zu Rupert Kleist im Roman muss sich Vera Ferra nicht gegen ihre Familie positionieren, um schreiben zu können. Im Gegenteil, ihre Mutter gibt ohne Veras Wissen deren Gedichte an den Musiker und Autor Ferdinand Kögl weiter, der im selben Haus wohnt und seit 1945 als Generalsekretär demokratischer Schriftsteller fungiert. Es ist anzunehmen, dass es diese Aktion ist, die Vera Ferras literarische Laufbahn in Gang bringt, denn Kögl hat einen guten Draht zu Otto Basil, der, wie bereits erwähnt, erste Gedichte 1946 im »Plan« veröffentlicht.

Aber auch der Vater, Raimund Ferra, ist der Literatur zugewandt. Als Invalide aus dem Ersten Weltkrieg zurückgekehrt, betreibt der gelernte Bäcker im dritten Wiener Gemeindebezirk eine

Vogel- und Tierfutterhandlung sowie eine Kanarienvogelzucht. Er ist ein leidenschaftlicher Leser und schreibt Gedichte, die er auf die von ihm verkauften Futterverpackungen drucken lässt. Produktmarketing avant la lettre, sozusagen. In Fachkreisen hat er den Ruf eines »edeldenkenden Revoluzzers«. Vera – eigentlich Gertrud – geboren am 14. Februar 1923, ist das zweite Kind der Ferras. Ihr drei Jahre älterer Bruder, der wie der Vater Raimund heißt, macht sich nach dem Krieg als bildender Künstler, vor allem als Grafiker im Umfeld des Phantastischen Realismus, als Raimund Gregor Ferra-Vilaintour einen Namen. Dies allerdings ohne akademische Ausbildung wie Ernst Fuchs, Arik Brauer, Wolfgang Hutter oder Rudolf Hausner, was damals für die Gruppenbildung wichtig ist, weil sie sich auf dieselben Lehrer berufen, auf Albert Paris Gütersloh etwa oder Edgar Jené. Letzterer ist übrigens der Ehemann von Erica Lillegg, die zur selben Zeit beginnt Kinderbücher zu schreiben wie Vera Ferra-Mikura. Beide bringen in die heimische Kinderliteratur Elemente der Phantastik ein, das ist in einer erst von ständestaatlicher und dann von nationalsozialistischer Pädagogik devastierten Gattung eine echte Innovation. Raimund Ferra, der Vater, stirbt bereits 1941, sein Sohn wird zur Wehrmacht eingezogen. Vera und ihre Mutter müssen den Krieg in prekären finanziellen Verhältnissen durchstehen. Auch hier eine Parallele zum Roman.

Doch ehe Vera Ferra die Phantastik entdeckt, schöpft sie die Möglichkeiten des realistischen Erzählens aus. Oder zeugt »Die Sackgasse« nicht doch auch von einer Wirklichkeitsvorstellung, die sich dem magischen Denken nicht verschließt? Ganz sicher ist der Roman nicht einfach eine Fortführung der neusachlichen Literatur, die in den 1920er und 1930er Jahren vor allem in der Weimarer Republik dem pathetischen, metaphernverliebten, bizarren und albtraumwandlerischen Expressionismus eine am

Journalismus, der Soziologie und überhaupt an der positivistischen Weltdeutung orientierte Wirklichkeitsbeschreibung entgegensetzt. Neue Sachlichkeit bedeutet die möglichst objektive und genaue Wiedergabe der Realität. Allerdings – und das ist eben die Aufgabe der Literatur – unter Einbeziehung der subjektiven Perspektive. Im Gegensatz zum Expressionismus mit seinem rauschhaft überhöhten Empfinden der Figuren zielt die Neue Sachlichkeit auf identifikatorisches Lesen ab. Das Handeln und Denken der Figuren muss nachvollziehbar sein, denn letztlich geht es darum, nicht nur Opfer der Verhältnisse zu sein, sondern diese zu beeinflussen. Die Neue Sachlichkeit erzählt von den Beziehungen zwischen Gesellschaft und Individuum nicht als Sackgasse (um beim Romantitel zu bleiben), an deren Ende der Einzelne keinen Ausweg mehr sieht, sondern sie wurzelt im (durchaus prekären) demokratischen Aufbruch nach 1918.

Es ist anzuzweifeln, dass Vera Ferra mit der neusachlichen Literatur vertraut ist, als sie »Die Sackgasse« schreibt, denn zur Zeit des Nationalsozialismus waren die Bücher von Bertolt Brecht, Erich Kästner, Erich Maria Remarque, Vicki Baum, Irmgard Keun, Marieluise Fleißer oder Annemarie Selinko verboten oder zumindest schwer greifbar. Dazu kommt, dass diese Literatur in Österreich auch vor 1938 kaum in Erscheinung trat. Der Boden hierzulande war weitgehend monarchistisch und christlich grundiert, der Moderne gegenüber skeptisch bis ablehnend. Nur so ist es zu verstehen, dass nach 1945 ein kulturpolitischer Neuanfang von den Funktionären und Türhütern des Betriebs als Wiederherstellung des Alten gedeutet wird. »In der Tat brauchen wir nur dort fortzusetzen, wo uns die Träume eines Irren unterbrochen haben, in der Tat brauchen wir nicht voraus- sondern nur zurückzublicken«, schreibt Alexander Lernet-Holenia. Damit meint er auch, dass »die Träume eines Irren« keiner Aufarbeitung von österreichischer Seite bedürfen. Nahm Vera Ferra die Schuldlosigkeit nur für ihre Generation in Anspruch, erteilte Lernet-Holenia im Einklang mit der Mehrzahl der Schriftsteller seiner Generation die Generalabsolution.

Dennoch weist »Die Sackgasse« deutliche Parallelen zur neusachlichen Literatur auf, vor allem jener von Autorinnen wie Keun, Baum oder Selinko in ihren frühen Werken. Die jugendliche, geradlinige, metaphernlose Sprache etwa, die grausame – vor allem weibliche – Erfahrungen unmittelbar beschreibt. Das reicht von Machtmissbrauch am Arbeitsplatz über sexuelle Übergriffe bis zur illegalen Abtreibung mit Todesfolge. Letztere wird man in der österreichischen Nachkriegsliteratur in diesem von Sachkenntnis getragenen Realismus kein zweites Mal finden.

Für die jungen Autorinnen und Autoren ist es schwer, gegen die restaurative Kulturpolitik unmittelbar nach 1945 mit Texten in Erscheinung zu treten, die einen gewissen Eigensinn und Unbelastetheit an den Tag legen. Rupert Kleist ist auch in dieser Hinsicht Vera Ferras Alter Ego (beide sind gleich alt). Seine Versuche, in den Gedichten und Artikeln, die er seinem wichtigsten Abnehmer, dem Redakteur Milar, unterbreitet, die Vergangenheit sprachlich und formal hinter sich zu lassen, stoßen bei diesem auf Ablehnung. »Sie dürfen nicht Ihre Energie an phantastische Projekte verschwenden und Ihren Hirngespinsten – verzeihen Sie den groben Ausdruck – Nahrung geben«, wird er ermahnt, um sich darauf auf eine Weise belehren zu lassen, die gedanklich fest in der Lingua tertii imperii verwurzelt ist: »Denken Sie sich, Sie seien ein Baum mit gesunden Ästen, und diese Äste sollen Früchte tragen. Sie können es auch – aber da ist ein Ästchen, das hoffnungslos und unnütz ist. Es ist schwach und krank, entzieht aber dem Baum enorme Kräfte. Wenn Sie ein kluger Baum sind, werden Sie diesen schädlichen Ast dem Sturm entgegenhalten, damit er gebrochen wird. Ich möchte gern in Gestalt eines Gärtners an Sie herantreten und den bösen Ast einfach absägen (...)« Mit großem Geschick legt Vera Ferra den unbewussten Gebrauch der Ideologie frei, die zumindest verbal nicht überwunden ist und die noch weit in die Zweite Republik hineinragt. Dazu gehört auch das gedankenlos hingeworfene »Jedem das Seine!«, das den inneren Kern des sich selbst als aufrechten Demokraten begreifenden Milar sichtbar macht. Und nicht nur seinen, sondern jenen der Generation, die eben nicht schuldlos ist. Dazu gehören auch die Bewohner des Hauses in der Sackgasse. Es sind ja nicht allein die beengten ökonomischen Verhältnisse, die deren Handlungsspielraum begrenzen. Vielmehr ist es – und da ist der Vergleich mit Elias Canetti, den ein zeitgenössischer Kritiker anstellt, nicht von der Hand zu weisen – die moralische Verkommenheit eines Kleinbürgertums, dem die Illusion des Anschlusses an die Bourgeoisie geraubt wurde, die hier vor allem thematisiert wird. Mit erstaunlicher Klarsicht beschreibt Vera Ferra das soziale Biotop einer am unteren Ende der gesellschaftlichen Skala sich angekommen wähnenden Mittelschicht. Keine Arbeiter oder Außenseiter, sondern »brave« und »ehrliche« Leute, denen der Boden unter den Füßen weggezogen wurde und die nun in dieser Bastion der Abgehängten einen aufreibenden Krieg nach innen führen. Also dort, wo es keine Sieger geben kann, weil der wirkliche Gegner ganz woanders zu suchen wäre. Anders als etwa Joseph Roths Kriegsinvalide Andreas Pum im Roman »Die Rebellion«, der sich in Kohlhaasmanier mit der Staatsgewalt anlegt (und unterliegt), wenden sich Hass und Gewalt der Hausbewohner gegeneinander. Kontrolle, Denunziation, Argwohn, Neid und Angst verklumpen sich zu einer alltagsfaschistischen Mentalität, die zwar kein österreichisches Spezifikum ist, wie oft behauptet wird, in Vera Ferras Roman aber doch als Folge von 1918 gelesen werden kann, als die Monarchie zu jenem »Staat, den keiner wollte« schrumpfte, oder, um im Bild zu bleiben: zu einem abgewohnten Haus in der Sackgasse – endgültig ruiniert nach dem Anschluss ans Deutsche Reich und den zweiten Wurf in einen ungewissen demokratischen Neuanfang mit leeren Taschen nach der Kapitulation. Es wäre ein Haus ohne Zukunft, ein Totenhaus, stünde dem nicht die emanzipatorische Kraft der Jugend entgegen, in Person der Kleist-Geschwister und Marias, der Tochter der unglückseligen Herrn Lupe. Sie verwehren sich der fatalistischen Logik der Älteren, und es gehört zu den magisch-realistischen Momenten im Roman, dass ausgerechnet ein älterer Mann, ein dogmatischer Vegetarier obendrein, ein Merlin aus dem Obsthain, in dessen Bann Rupert zufällig gerät, dem Jüngeren die Richtung weist: »Sie haben die Möglichkeit, frei und ungezwungen zu sein, selbst in der Hand. Das ist doch ein erhebendes Gefühl, nicht wahr? Ihre Qualen sind eingebildete. Niemand ist Ihr Feind, niemand beobachtet Sie. Ihre Krankheit ist in Wirklichkeit gar keine Krankheit. Sie brauchen keinen Arzt, weil Ihnen nichts fehlt als der Sprung über eine Kluft, die Sie sich eingeredet haben.« Er sagt nicht: die »man« Ihnen eingeredet hat, er appelliert an die Selbstverantwortung: Er, Rupert selbst, mache sich klein, also »raffen Sie sich auf und seufzen Sie nicht so trostlos«. Das klingt ein wenig nach der weltlichen Befreiungstheologie eines Monte Verità-Veteranen, kann aber auch verstanden werden als Orientierungshilfe für jene Generation, der durch die Mühle schwarzer Pädagogik jegliches Selbstwertgefühl ausgetrieben wurde. Was nicht passte, wurde passend gemacht, zuerst im christlich-sozialen Ständestaat, dann im Nationalsozialismus. »Mir hemmen Minderwertigkeitskomplexe und Wahnvorstellungen jeden Schritt«, klagt Rupert, »zirkeln jede meiner Bewegungen ab, stehlen den meisten Worten, die ich ausspreche, den echten Klang und beengen mich von allen Seiten wie Zäune, hinter denen ich nichts, nichts als Unheil und Trostlosigkeit vermute«. Doch Vera Ferra lässt die Geschichte auf ein Happy End zulaufen, nicht für alle allerdings, auch diesbezüglich ist sie realistisch, alles andere wäre Kitsch. Die Möglichkeit des Gelingens bietet sich für diejenigen, die auch in der Grenzüberschreitung das rechte Maß finden. Das entspricht durchaus nicht dem jungliterarischen Mainstream, der angesichts des langen Schattens der Vergangenheit eher pessimistisch grundiert ist. »Nichts ist wert zu preisen/Mond im Abfallkübel Mond im Kanal Mond in der/zerbrochenen Tischlade« dichtet René Altmann, während am Schluss der »Sackgasse« mehrfach das Bild der Sonne beschworen wird – und damit ein zentrales Symbol der (damaligen) Sozialdemokratie: »Brüder, zur Sonne, zur Freiheit, Brüder zum Lichte empor. Hell aus dem dunklen Vergangenen leuchtet die Zukunft hervor.« Dies jedoch gewaltfrei, mit dem rechten Maß eben.

Wenngleich im Roman immer wieder sozialdemokratische Rhetorik aufblitzt, entzieht er sich durch den dramaturgischen Kniff, ihn im Zeit- und Ortlosen spielen zu lassen, dennoch der ideologischen Zuordnung. Anfangs ist man beim Lesen irritiert, dass mit keinem Wort Nationalsozialismus, Krieg, Zerstörung oder Besatzung zur Sprache gebracht werden. Wie ist so etwas 1947 möglich? Und auch die Stadt, in der der Roman spielt, bleibt namenlos. Vieles deutet auf Wien: der Strom, die »auf dem Wasser schwimmende Fischerhütte«, wie sie am Donauufer häufig zu sehen war, die Straßenbahn, die Kauf-, Wirts- und Zinshäuser und nicht zuletzt die nach Deutungshoheit drängenden Jungkünstlerzirkel, denen Vera Ferra selbst angehört, die Avantgarde der Schuldlosen, die sich in Kaffeehäusern, Kellerbars und Wohnungen versammelt, um nicht »dem Glanz von vorvorgestern« zu erliegen, wie Andreas Okopenko in seiner Ablehnung der offiziellen Kulturpolitik und deren Rückbesinnung auf die »österreichische Eigenart« es ausdrückt.

Während die Verortung einer Geschichte im namenlosen beziehungsweise fiktiven Irgendwo ein probates Stilmittel der Literatur – und ganz besonders der Nachkriegsliteratur – ist (etwa auch in Ilse Aichingers »Die größere Hoffnung« oder in Hans Leberts »Die Wolfshaut«), um das Geschehen ins Allgemeine und Gleichnishafte zu rücken, ist die Aussparung der Zeit in einem realistischen Roman doch ein Wagnis. Der Verdacht des Verschweigens oder Verdrängens steht im Raum, der berühmte Elefant also, von erdrückender Präsenz, die nicht zur Sprache findet. »Die Sackgasse« könnte genauso gut in der Zwischenkriegszeit wie in den 1950er und sogar noch 1960er Jahren spielen, es fehlen alle äußeren Anzeichen einer von Diktatur und Krieg zerstörten Großstadt. Doch diese Leerstelle verdeutlicht nur umso mehr die innere Verwüstung der Individuen und die Deformation der Gesellschaft durch eine Kette politischer Katastrophen, die ja im Bewusstsein der Lesenden verankert ist und auf die nicht noch einmal explizit hingewiesen werden muss. Die Lektüre funktioniert durch das Kurzschließen der Erzählung mit den Erfahrungen und dem Wissen der Lesenden. Wie bei Franz Kafka, dessen Texte sich ja auch der örtlichen und zeitlichen Festschreibung verweigern, ist der historische Kontext im Untergrund des Bewusstseins abgelagert (in seinem Fall die Situation der Prager Juden in der Spätphase der Monarchie, der Zionismus, der Erste Weltkrieg, die nationalen Spannungen in der neu gegründeten Tschechoslowakei, der Antisemitismus), ist aber nicht das Thema des Romans. Das Thema ist ein existentielles: die Geworfenheit in eine Welt, für die man nicht verantwortlich ist, die übermächtig erscheint und die man doch nicht akzeptieren darf. Wie in Kafkas Parabel »Er« geht es nicht zuletzt um die Gefahr, als Individuum zwischen

Vergangenheit und Zukunft aufgerieben zu werden: »Er hat zwei Gegner: Der erste bedrängt ihn von hinten, vom Ursprung her. Der zweite verwehrt ihm den Weg nach vorn. Er kämpft mit beiden. Eigentlich unterstützt ihn der Erste im Kampf mit dem zweiten, denn er will ihn nach vorn drängen, und ebenso unterstützt ihn der Zweite im Kampf mit dem ersten; denn er treibt ihn doch zurück. So ist es aber nur theoretisch. Denn es sind ja nicht nur die zwei Gegner da, sondern auch noch er selbst, und wer kennt eigentlich seine Absichten? Immerhin ist es sein Traum, dass er einmal in einem unbewachten Augenblick – dazu gehört allerdings eine Nacht, so finster wie noch keine war – aus der Kampflinie ausspringt und wegen seiner Kampfeserfahrung zum Richter über seine miteinander kämpfenden Gegner erhoben wird.«

Vergangenheit und Zukunft versuchen gleichermaßen den Boden zurückzuerobern, den sie verloren haben, und verbünden sich mit dem »Er«. Kafka legt sich nicht fest, welche der beiden Mächte obsiegen wird. Vera Ferra hingegen lässt keinen Zweifel offen. Luise, Ruperts jüngere Schwester, die an den Folgen der Abtreibung verstorben ist und ins Gedächtnis ihrer Familie absinkt, also in die Vergangenheit, spricht als Tote die zukunftsweisende Zauberformel:

»Nun ist alles gut. Ihr habt mich richtig verstanden. Geht – und vergesst mich nicht.

Es war, als hätten die Menschen, die das kalte Lager umstanden, wirklich eine Stimme gehört. Sie nahmen Abschied von Luise, jeder in seiner Art, ohne Maske, ohne Kritik an der Art des anderen.

Tief in ihren Herzen hatte etwas Wurzel gefasst:

Liebt euch –«

Peter Zimmermann
Geb. 1961 in Villach. Nach dem Studium der Theaterwissenschaft und Germanistik in Wien Regie- und Dramaturgieassistent u. a. am Burgtheater und am Volkstheater. Seit 1986 journalistische Arbeiten für zahlreiche österreichische und deutsche Medien. Seit 1990 als Feature- und Kulturredakteur beim ORF/Hörfunk beschäftigt, wo er seit 2002 die Büchersendung *Ex libris* leitet. Letzte Veröffentlichungen als Autor: *Stille* (Roman, 2013), *Aus dem Leben der infamen Menschen* (Roman, 2016), *Der Himmel ist ein sehr großer Mann* (Roman, 2020).

Lesenswerte Klassiker aus dem Hause Milena

Hertha Pauli
JUGEND NACHHER
Roman
ISBN 978-3-903184-40-4

Irene, 15, hat das KZ überlebt, sie kommt zurück in die Stadt und muss bald feststellen, dass sich an Hass und Misstrauen seitens der Bevölkerung nichts geändert hat. Niemand will von ihrer Vergangenheit wissen, man betrauert den verlorenen Krieg, fühlt sich vom Führer betrogen. Auch von Irene wird erwartet zu schweigen. In der kleinen Pension ihrer Tante findet Irene als kostenloses Hausmädchen eine lieblose Unterkunft und wird ab sofort mit dem ungehemmten Fortleben der NS-Ideologie konfrontiert. In diesem Ambiente, wo keiner dem anderen traut, ist Irenes Lager-Vergangenheit die eigentliche Schande, die es zu verbergen gilt. Ebenso naheliegend ist es, dass die kriminellen Umtriebe einer übrig gebliebenen HJ-Gruppe unter der Schlagzeile »Missbrauchte Pfadfinderideale« Platz finden.

Einer der besten Romane zur psychologischen Situation nach dem Zusammenbruch des NS-Regimes in Österreich. Damals wurde es mit Heinrich Bölls *Haus ohne Hüter* verglichen.

Lesenswerte Klassiker aus dem Hause Milena

Juliane Kay
ZWEI IN ITALIEN
Roman
ISBN 978-3-903184-79-4

Es ist die Geschichte einer Innenarchitektin und ihres Freundes Paul, die hier mit viel Witz und Charme erzählt wird. Paul ist Architekt, ihn erwartet ein größerer Geldbetrag in Rom, dorthin soll die gemeinsame Reise gehen – nachdem sie sich ausdrücklich versichert haben, dass sie keine Liebe, sondern nur Freundschaft füreinander empfinden. Beide sind alleinstehend, eine Anziehung ist da, doch man ist bereits in der reiferen Lebensphase angekommen und weiß um die Gefahren des Sich-Verliebens. Man hat Respekt vor der Liebe, und noch mehr vor ernsthaften Beziehungen.
Doch schon zu Beginn der Reise zeigt es sich, dass Theorie und Praxis recht verschiedene Dinge sind. Es kommt zu mancherlei Komplikationen, und außerdem erweist sich Paul als reichlich launenhafter Begleiter.

Das Ungewöhnliche an dieser heiter erzählten Geschichte ist die namenlose Erzählerin. Sie ist eine beeindruckend kluge Person, die auf das alberne männliche Imponiergehabe und dümmliche weibliche Verhaltensweisen mit scharfem Blick schaut. Sie ist eine emanzipierte, eine selbstständig handelnde und denkende Frau – in einer Zeit, in der die Frauen doch besser folgsame und brave Hausfrauen sein sollten.
rbbKultur, Manuela Reichart

Lesenswerte Klassiker aus dem Hause Milena

Martina Wied
DAS ASYL ZUM OBDACHLOSEN GEIST
Roman
ISBN 978-3-903184-52-7

John von Kellingrath, ein junger Mann aus bestem Hause, flüchtet sich in eine Nervenheilanstalt; die Handlung spielt um 1890. Er ist einer der Repräsentanten des obdachlosen Geistes, ein Asket, der den materialistischen Anforderungen seiner hochbürgerlichen Familie nicht gewachsen ist. Kellingrath hat seine Frau einst aus Pflichterfüllung geheiratet und verachtet sie wegen ihres berechnenden Charakters. Als sie gemeinsam mit seinem Bruder Johns Einweisung ins Irrenhaus betreibt, um die Verfügungsgewalt über sein Vermögen zu erhalten, ist das auf prekäre Art durchaus in seinem Sinn. Die Irrenanstalt erscheint ihm als ein Ort des Friedens; im Elfenbeinturm seiner Zelle will er ein ungestörtes Gelehrtenleben verbringen und Sören Kierkegaard übersetzen.
»Garantierte Einzelhaft ist alles, was ich mir verlange: Meine Bücher, Schreibgerät, mein Quantum Tabak, das nicht klein ist, also ungefähr die Freiheiten, die man in zivilisierten Ländern politischen Sträflingen zuzugestehen pflegt.«

Lesenswerte Klassiker aus dem Hause Milena

Joe Lederer
BRING MICH HEIM
Roman
ISBN 978-3-903184-34-3

Jeannine Maran ist eine einsame Frau. Seit acht Tagen weilt sie mit ihrem Jugendfreund Harald und der geliebten Dogge Tommy in Florenz. Alkohol und Ennui bestimmen ihren Tagesablauf, bis Jeannine beschließt, einen wichtigen Ort ihrer Kindheit, eine Villa am Meer, wiederaufzusuchen. Als Jeannine 16 war, verbrachte sie dort einen Sommer – und verliebte sich in ihren älteren Cousin Andy. Jeannine liebt Andy noch immer, doch er ist aus ihrem Leben verschwunden. Im Zug lernen Jeannine und Harald den bekannten Schauspieler Mathieu Corodi kennen, und da es nur ein Hotel im Ort gibt, mieten sich alle drei dort ein …
Mit feiner Klinge analysiert Lederer, was am ewigen Missverständnis zwischen den Geschlechtern schuld ist: Obsessionen, kindliche Kränkungen, Rollenvorgaben, ungleich verteilte und durchaus wechselnde Stärken und Schwächen.
Nach Erscheinen ihres ersten Romans *Das Mädchen George* wurde Lederer der Titel »deutsche Colette« verliehen. Im Juli 1935 wurde ihr gesamtes literarisches Werk verboten. *Bring mich heim* erschien erstmals 1932, sie verarbeitete darin ihre Liebesgeschichte mit Hans Albers.

Gedruckt mit freundlicher Unterstützung durch

Umschlag: Boutique Brutal, www.boutiquebrutal.com
Druck und Bindung: Finidr s.r.o.

ISBN 978-3-903184-98-5